莫言小说创作与新文学叙事传统

彭秀坤　著

九州出版社
JIUZHOUPRESS

图书在版编目（CIP）数据

莫言小说创作与新文学叙事传统 / 彭秀坤著. –– 北
京：九州出版社，2021.02

ISBN 978-7-5108-9958-4

Ⅰ.①莫… Ⅱ.①彭… Ⅲ.①莫言—文学研究 Ⅳ.
①I206.7

中国版本图书馆CIP数据核字（2020）第239778号

莫言小说创作与新文学叙事传统

作　　者：彭秀坤　著

出版发行：九州出版社

地　　址：北京市西城区阜外大街甲35号（100037）

发行电话：（010）68992190/3/5/6

网　　址：www.jiuzhoupress.com

电子信箱：jiuzhou@jiuzhoupress.com

印　　刷：山东海印德印刷有限公司

开　　本：710mm×1000mm　1 / 16

印　　张：18.25

字　　数：247千字

版　　次：2021年7月第1版

印　　次：2021年7月第1次印刷

书　　号：ISBN 978-7-5108-9958-4

定　　价：88.00元

目录 *Contents*

绪　论

自 1981 年发表短篇小说《春夜雨霏霏》起，到 2017 年 11 月推出短篇小说《天下太平》止，莫言共创作了长篇小说 11 部，中篇小说 30 多部，短篇小说 70 多篇。这些作品大都体现出鲜明的个性化叙事特征，与五四新文学叙事传统存在复杂关联，也是本书的研究对象。

莫言小说是中外文学艺术传统共同影响的结果，但我国五四以来的新文学现代个性化文学传统对其影响最为明显。读莫言的小说，读者能感知到其强烈的个性意识，感知其与新文学叙事传统的内在联系，但莫言小说与五四新文学又有明显的差异。他将新文学"重精神"的个性化叙事还原为"重肉身"的个性化叙事，既有对五四新文学身心一体化思想的传承，又包含着对其实用理性的对抗。将莫言小说与新文学叙事传统相对照，可以发现二者之间存在明显的传承与重构关系。

莫言认为，对传统的"继承不是根本目的，根本目的应该是创新"[1]。莫言小说与新文学叙事传统研究，可以为解读其小说提供一条新的路径。五四新文学是我国文学史上最具现代个性化叙事意识的文学，研究莫言小说与新文学叙事传统的关系，主要是为了回到五四新文学叙事传统来探讨莫言小说个性化叙事特点，通过分析他对新文学叙事传统的传承与重构来更好地认识他的小说创作，另外，也可以更好地理解新文学叙事传统在当代文学中的衍化发展。

---

[1] 莫言:《传承与创新——在第十三届亚洲艺术节和第二届亚洲文化论坛的演讲》,《文艺研究》, 2013 年第 12 期。

一、研究意义与相关概念的界定

（一）研究意义

"个性化"是文学创作的活力之源，但因中国传统文化中"个人"的不发展，导致"中国人的倾向不欣赏一个人有'个性'"[①]，这也致使弘扬个性的个性化文学总会受到主流文学的压制。

莫言认为："只有艺术家高度重视了自我，高度重视了个性，他的创作才有价值。"[②] 他对新时期以前的集体化创作之弊深为反感，特别对一些经典的非个性化偏颇认识颇深。他认为"……经典中什么都有，就是没有作家自己"[③]。他的小说的个性化叙事隐含着对以往政治集体化创作对个性化写作压抑的不满与反抗，也与五四新文学个性化叙事传统遥相呼应。

一般认为，五四时期确立的个性主义思想是新文化运动的核心，而个性化叙事是五四文学新传统的主要表现。日本学者伊藤虎丸认为，"作为'个人'或'个性'的人——这种人性观和人的'精神''自由'，是鲁迅留学时代在欧洲近代文艺当中所发现的'神髓'"[④]。通过莫言小说可以发现，张扬个性的个性化叙事也是其小说的魅力之源，虽然因时代的差异，他与以鲁迅为代表的五四新文学作家的个性化表达有所偏差。

莫言小说具有鲜明的个体自由精神、真切的个性关怀和强烈的个性化文体自觉意识，这与新文学个性化叙事传统极其相似，但又有明显差异。五四新文学和莫言小说的个性化叙事都探索人的个性问题，都重视个体的独立、自由，但又有不同的特点。五四新文学个性化叙事较注重人物的意识或社会性自我的表现，而莫言小说个性化叙事更为注重人物的无意识或生理性身体体验的表达。

[①] [美] 孙隆基：《中国文化的深层结构》，桂林：广西师范大学出版社，2011 年，第 281 页。

[②] 莫言：《当代文学创作中的十大关系——2006 年 11 月在第七届深圳读书论坛上的讲演》，《莫言讲演新篇》，北京：文化艺术出版社，2009 年，第 252 页。

[③] 莫言：《在文学种种现象的背后——2002 年 12 月与王尧长谈》，《莫言对话新录》，北京：文化艺术出版社，2009 年，第 173 页。

[④] [日] 伊藤虎丸：《鲁迅与日本人——亚洲的近代与"个"的思想》，李冬木译，石家庄：河北教育出版社，2001 年，第 182 页。

　　五四新文学叙事传统对当代文学产生了很大影响，其中，个性自由被认为是其留下的"最有价值"的遗产，是"产生真正的文学作品的内在动力"，也是"形成文学审美特性的一种保证"①。但由于历史文化因素的影响，很长时期内，文学创作与研究大多缺乏对个性自由问题的充分关注。以鲁迅、周作人和胡适等作家为代表的个性自由意识的觉醒和表达，体现了新文学的现代性魅力。但五四新文化运动后，由于民族革命发展的需要，注重个性化的文学大多受到主流文化的打压，文学创作的个体意识往往为群体意识所取代，个性精神常常被集体话语所淹没，这种情形一直延续到"文革"。新时期文学逐步摆脱了政治束缚，并随着中西文学研究的深入和文学主体性大讨论的开展，文学主体性得以强化，创作者获得了极大自由，个体自由精神在文学创作中又一次得以弘扬。莫言小说就是在其透彻领悟新文学叙事传统精髓的基础上忠实于"身体—主体"或"身体—本体"观念的个性化探索与表达，也是其对新文学个性化叙事精髓的传承与发展。

　　在 20 世纪 80 年代的文学转型中，莫言小说个性化叙事对新文学叙事传统的传承与扬弃，是新时期市场文化语境下个性化文学传统再次凸显的典型个案，亟须缜密梳理和深入研究。

　　因此，本书研究意义主要有以下几点：

　　一是能更好地把握莫言小说的创作观念、思想内容和形式特征。在深入考察莫言小说与新文学叙事传统的异同及特点的基础上，研究其小说个性化叙事思想、人物个性自由精神的探索，以及对新文学文体自觉意识的纠偏与创新等问题。能以新的视角来分析莫言小说的叙事特点，并探讨其个性化叙事特征、审美现代性倾向以及对中西文化传统的取向。

　　二是能更好地理解新文学叙事传统在莫言小说中的传承与衍化问题，明确新文学叙事传统的当代转化与嬗变。分析莫言小说个性化叙事与其个体经历、时代语境和文化生态的关系，分析莫言小说个性化叙事与新文学

---

　　①　王铁仙：《中国文学中的个性主义潮流——从晚明到五四》，《文艺理论研究》，2001 年第 3 期。

个性化叙事传统的异同与关联，以更好地理解新文学叙事传统在当代文学中的变化，为新文学叙事传统的当代传承与发展研究提供参考。

三是为当下的个人化写作提供启示。新文学叙事传统主要是一种个性化文学传统，莫言小说的个性化叙事有着对新文学个性化叙事传统的传承与重构。莫言小说个性化叙事与 20 世纪 90 年代以来盛行的个人化写作有一定的渊源关系，但其高度的个性化叙事又不同于 90 年代以来的个人化写作。个性化叙事在文学创作中的价值凸显，以及当前个人化写作的风行，也亟须对其深入探讨。

（二）相关概念的界定

1. 新文学

新文学主要指五四以来的中国现代文学体系，是指思想上强调人本意识，具备五四精神的文学。

文学中的五四精神主要是关注人的个性解放、个性自由，注重表现自我、张扬个性的精神。具备五四精神的新文学注重个体的价值、个性化的表达，主要目标还是指向人的解放。茅盾曾指出，"发展个性，即个人主义，成为五四时期新文学运动的主要目标"[①]。五四时期，虽然出现了众多的文学社团和流派，但在对个性自觉的认识上，基本是一致的。不管是文学研究会，还是创造社等社团流派作家的创作，都注重了个性觉醒或个性解放的书写，个性主题也一度成为五四小说、诗歌、散文和戏剧的共同主题。另外，人的觉醒、个性的觉醒也相应地促进了不同文体的自觉发展。在发展个性的创作目标的导向下，五四新文学走向了个性化文学创作的道路。

2. 个性

"个性"一词，在西方又称"人格"，据说源于拉丁语 Persona，意思是演员所戴的面具，也称人格面具。个性是心理学、社会学、哲学和文艺学等众多学科关注的对象，但对其界定不同。个性心理学认为"个性是由

---

① 茅盾：《关于"创作"》，《茅盾文艺杂论集》，上海：上海文艺出版社，1981年，第298页。

无意识与意识、能力系统与需要系统所构成的具有完整的静态的心理系统"①；社会学认为人的个性是生理性与社会性、理性与非理性的统一；哲学所理解的个性是"指个体主体性"②；文艺学也讲个性，但大多从心理学角度进行解释。

现据不同学科对个性的认识，结合莫言小说和新文学叙事中的个性问题，对本文中的"个性"予以界定：个性指个体的独立性、自由性、自主性和创造性，是人的意识与无意识、理性与非理性、社会性与生理性的统一，也是人性的个体化表现。

本书所讲的个性主要是指创作主体或对象主体的个性问题，当然，创作个性，特别是文体形式的个性特征作为创作主体的个性意识的对象化存在，也是不容忽视的。

个性往往与个体的概念紧密相连，讲到个性，大都要涉及个体。所谓的个体，一般指个人或群体中的特定主体，也是个性的基础或载体。

"个性"这一术语具有多解性、歧义性和复杂性，人们对它的认识和运用有多元化倾向。说到五四新文学叙事传统中的个性问题，一般会想到作品中人物形象的个性觉醒或解放，其实，五四新文学叙事传统中的个性问题除了指人物的个性外，还包括创作主体的个性意识以及文体自觉意识等。莫言在演讲和接受访谈时也多次谈及个性，但他所讲的个性的指涉对象和范围不同。概括起来看，他所讲的个性主要涉及四个方面，分别是创作主体的个性、作品中人物的个性、作品艺术个性和民族个性，研究时应分辨清楚，区别对待。

3. 个性主义

所谓的个性主义，从广义上来说，就是表现个体人性欲求的思想；从狭义上来说，就是以个体自身为人类本位，肯定人的合理欲求，呼吁自我发展、自我完善的思想。

学界普遍认为个性主义是五四新文学的精神内核和活力源泉，也是文

① 周冠生：《人性的探索——个性心理学原理》，上海：上海教育出版社，1989 年，第 9 页。

② 陈志尚：《人学原理》，北京：北京出版社，2004 年，第 157 页。

学创作不可缺少的，否则文学就会失去独立性而沦为附庸。但五四新文学一直是颇有争议的问题，争议的焦点就是其个性主义问题：有人认为五四文学从鲁迅开始"关于个性主义的主题开始被简单化了"①，在当前人本主义文学中"真正成为问题的只是个性主义文学了"，因新文学刚起步就逐渐动摇了对个性意识的肯定，"在个性主义的作品构思中渗透了逐渐居于支配地位的社会意识"②；也有人认为五四新文学虽是个性解放的文学，但其"理论和创作的形态都不够健全"，启蒙运动只是希望文学能"成为唤起'群体'觉醒的一种手段"，这种功利意识难以给"文学灌输个性主义的内在活力"，文学的工具观念太重，并"超出了文学本身的负荷"③；甚至还有人认为五四时期的个性主义其实就是西方的个人主义；等等。周作人曾将晚明个性主义文学视为五四新文学的先导，指出"今次的文学运动，其根本方向和明末的文学运动完全相同"，"胡适之的'八不主义'……只不过又加多了西洋的科学哲学各方面的思想，遂使两次运动多少有些不同了"④。确实，五四个性主义在肯定人的自然本性方面，和晚明个性主义是一脉相承的，但新文学对"科学""民主"的高度重视，表现了其明显带上了西方个人主义的理性色彩。

新文学叙事传统侧重表现人物的意识、理性和社会性的一面，在作品中常出现人物的意识压制无意识、理性战胜非理性、社会性掩盖生理性的现象，加之新文学对民族国家利益的过分强调，所以学界才普遍认为新文学中的个性主义存在着简单化和不完整性的问题。可见，虽然五四新文学在初期就倡导"以自身为本位"⑤的个性精神，把人的个性问题作为文学最

① 支克坚：《一个被简单化了的主题——关于鲁迅小说及新文学革命现实主义发展中的个性主义问题》，《中国现代文学研究丛刊》，1981 年第 1 期。

② 朱寿桐：《创造社与新文学中的个性主义》，《中国现代文学研究丛刊》，1988 年第 1 期。

③ 邓国伟：《关于五四个性主义文学及其走向问题的思考》，《中国现代文学研究丛刊》，1989 年第 1 期。

④ 周作人：《文学革命运动》，袁鹰编：《文谈书话卷》，北京：华夏出版社，1995 年，第30 页。

⑤ 陈独秀：《敬告青年》，《新青年》，1915 年 9 月 15 日，第 1 卷第 1 号。

重要的课题之一，但其创作又存在诸多的偏差与不足，所以许多学者认为新文学中的个性主义是不完整的个性主义。

4. 个性化叙事

个性化叙事就是要差异性地感知和反映生活、社会和历史。莫言认为文学创作是一项特殊的劳动，"是一种高度个性化的劳动"①。因此，文学创作要体现出创作主体的个性化追求，作家要写出他感受最深的东西，要"讲他心里面最真实的话，写他心中最痛的东西"②，这样创作出的作品才是有价值的作品。莫言小说创作主体的精神高扬、对人物个性的探索，以及小说艺术形式的自主创新，都是个性化诉求的反映。莫言曾于2004年分别以《个性化的写作和作品的个性化》与《文学个性化写作刍议》为题，大力倡导文学的个性化，他意识到"强调个性才有生存之路"，但他发现，"我们一直想个性化个性化，不知不觉就滑向了共性的泥潭"③。文学创作最宝贵的就是个性化表达。早在五四时期，周作人就提出"个性的文学"④观念。但何谓个性化叙事？

结合莫言小说个性化叙事特点及新文学个性化叙事，可以说，所谓的个性化叙事，简单地说，就是指具有强烈的个性精神的叙事；具体来说，主要是指创作主体具有强烈的个体独立、自由意识，注重对身心一体的人物的个性化探索，来贯通对民族和人类命运的思考，并具有鲜明文体创新意识的叙事。

五四新文学的个性化叙事与莫言小说的个性化叙事都强调以自己的方式实现对自我的认识与探索，都属于个性化创作，也都符合个性化创作原则，即"主要是要用适合自己的形式，重视地表达出个人真切的因而也一定是独特的情志，同时当然也包括由此形成的叙述、描写的个别性原

---

① ［日］阿刀田高、莫言：《小说为何而存在》，《文学报》，2012年8月30日。

② 莫言：《故乡·梦幻·传说·现实——2008年8月与石一龙对话》，《莫言对话新录》，北京：文化艺术出版社，2009年，第422页。

③ 莫言：《小说的写作——2004年5月与〈北京文学〉编辑对话》，《莫言对话新录》，北京：文化艺术出版社，2009年，第452页。

④ 周作人：《个性的文学》，《谈龙集》，长沙：岳麓书社，1989年，第146页。

则"①。但从根本上来说，五四新文学的个性化叙事与莫言小说的个性化叙事有明显的差别，主要在于启蒙现代性的个性化叙事与审美现代性的个性化叙事的差异。莫言的个性化叙事有对新文学个性化叙事强烈的主体精神的认同，也有对其过于理性化倾向的对抗，也可以称之为审美的现代个性化叙事。

5. 新文学叙事传统

"传统"，在人们的印象中，应该是与现代相对并作为现代的对立面而存在的。在西方文化中，"传统"一词"源于拉丁文 traditum ，意为从过去延传到现在的事物"②。在中国古代，"传统"的说法最初见于南北朝时范晔的《后汉书·东夷传》，书载"自武帝灭朝鲜，使驿通于汉者三十许国，国皆称王，世世传统"③。有人认为古代汉语中"传统"的含义"主要指帝业、学说等的世代相传"④。《现代汉语词典》的解释是"世代相传、具有特点的社会因素，如文化、道德、思想、制度等"⑤。因此，简单地说，传统就是指某些世代传承、至今不绝的东西。

从对传统和新文学的界定可知，所谓的新文学叙事传统，主要是五四以来的现代个性化文学传统。具体来说主要是指在五四文学领域形成并在当代文学创作中得以传承和发展的个性化创作观念、人物个性精神的探索，以及文体自觉意识等。

因此，莫言小说个性化叙事和新文学叙事传统在强调个性意识方面是一致的，但二者也存在明显的差异。个性是指人的意识与无意识、理性与非理性、生理性与社会性的统一，但文学创作中的这种统一往往是难以完

---

① 王铁仙:《中国文学的现代转型及其意义》,《中国现代文学精神》,北京:人民出版社,2008 年,第 86 页。

② 丁钢:《历史与现实之间:中国教育传统的理论探索》,桂林:广西师范大学出版社,2009 年,第 2 页。

③ 范晔:《后汉书》,北京:团结出版社,1996 年,第 827 页。

④ 温儒敏:《现代文学传统及其当代阐释》,《中国现代文学研究丛刊》,2008 年第 2 期。

⑤ 中国社会科学院语言研究所词典编辑室编:《现代汉语词典》,北京:商务印书馆,2018 年,第 201 页。

全实现的。如果说五四新文学偏于人的意识、理性或社会性的表现而显示出其个性主义的不完整性，那么莫言小说也可以说因偏于人的无意识、非理性或生理性活动的表达而体现出某种重构的偏颇。

从表达目的来看，五四新文学重视个性解放的启蒙意义，重视个性自由的社会价值，而莫言小说更为重视人性的探索，更为重视个性自由的审美价值。从表达的侧重点来看，五四新文学更为重视个体的精神觉醒，而莫言小说更为重视个体的肉身"自主"。五四新文学中常出现人物的精神理性压制肉身感性的现象，而在新时期，人们逐渐认识到"个性解放的福音不应该仅仅局限于对精神自由的承诺，并在此前提下以妖魔化自己的身体欲望为条件。对个体生命价值的珍重，实际上就逻辑地包含了对自己身体呵护的要求"①。注重身心一体的个性自由，其实也是为了拯救由西方身心二元论文化的影响所带来的肉身"残缺"或"缺席"问题，这在莫言小说中表现得极为明显。从思想来源来看，五四新文学重视对西方个人主义思想的借鉴，而莫言小说更重视对民族传统文化中个人主义因子的发掘。莫言小说既承传了新文学中的审美现代性，也有对其所包含的科学现代性的质疑。二者既反映了不同时代的文化精神，也体现了对待中西文化的不同心态。

"莫言在一个缺少个性的时代表现了自己的个性"②，在一个需要个性的时代实现了对新文学叙事传统的传承与重构。这种传承与重构深化了对人"自身"的认识，扩大了个性化叙事的范畴，促进了审美现代性的发展，也体现了不同时代的文化转型特征。

二、研究概况及相关研究综述

莫言小说创作研究始于 1985 年对《透明的红萝卜》的研讨，在此后三十多年里，涌现出的研究资料可谓浩如烟海。这些资料主要包括专著、

---

① 朱国华：《关于身体写作的诘问》，载陈定家：《身体写作与文化症候》，北京：中国社会科学出版社，2011 年，第 164 页。

② 孙郁：《莫言：一个时代的文学突围》，《当代作家评论》，2013 年第 1 期。

博士硕士论文、研究资料汇编、作家评传、对话录、讲演录和期刊论文等。据不完全统计，截至 2018 年 3 月，较系统的莫言创作专著有 32 部；博士论文有 23 篇，硕士论文有 400 多篇；集中编选、整理和出版的莫言研究资料汇编、对话录、讲演录和评传等有 30 多部；各种期刊上发表的研究论文数以千计；另外，互联网上的各种莫言研究资料，更是数不胜数，难以统计。现有的莫言小说创作研究成果，主要集中在对其审美观念、民间立场、农民形象、文体叙事和海外传播等方面。因学界目前已有较多的莫言小说创作研究综述，加之本文受篇幅的限制，在此主要论述与本书有关的研究状况，对其他问题的研究状况不再一一赘述。

莫言研究资料众多，探讨与分析其小说个性化叙事与新文学叙事传统的资料也不少。许多研究莫言小说创作的论文或著作都涉及这一问题，但大多只是零散论述，且褒贬不一。近几年来对此问题的论述逐渐增多，对其独特价值也日益重视。

（一）国内研究现状

归纳起来看，国内关于莫言小说创作与新文学叙事传统的研究主要包括两个方面。

首先，关于莫言小说创作与新文学作家作品关系的研究，主要是莫言与鲁迅作品之关联的论述。

张清华认为，莫言"传承了鲁迅和五四作家的国民性批判的主题，但是又将这一延续变得更为丰富和多维，这是百年新文学的精神脉系所在"[1]，所以"应该在鲁迅与五四文学以来的谱系中认识莫言"[2]。莫言本人也说"自己的写作一直是没有离开鲁迅"[3]。他对鲁迅的作品虽然也可能存在着某些"误读"，但他的小说创作与鲁迅的作品有着一定的传承与对抗关系。莫言多次谈到鲁迅对其创作的影响，自称"七八岁的时候，就开始读鲁迅

---

① 张清华：《莫言与新文学的整体观》，《文学评论》，2017 年第 1 期。

② 张清华：《应该在鲁迅与五四文学以来的谱系中认识莫言——答〈新华日报〉记者问》，《狂欢或悲戚——当代文学的现象解析与文化观察》，北京：新星出版社，2014 年，第 224 页。

③ 孙郁：《三十年的思与想》，《文艺研究》，2008 年第 12 期。

了"①，还模仿其笔法创作了小说《猫事荟萃》，写过散文《读鲁迅杂感》。在与孙郁的对话录《说不尽的鲁迅》中详细介绍了个人读鲁迅作品的经历，谈到最喜欢鲁迅的《铸剑》等作品②，并认为这些作品对其创作都产生了很大影响。

研究莫言小说与鲁迅作品关系的主要论文有孙郁的《莫言：与鲁迅相逢的歌者》，该文在分析了二者叙事的异同后指出，"莫言的创作只是对鲁迅的气质和个性的呼应"，认为鲁迅作品"暗含的精神"对其创作的影响是潜在的，他真正理解鲁迅是在80年代后期，到《酒国》"其实已经把'五四'中断的流脉衔接上了"③。可见，看重的主要是二者所共有的社会文化批判精神，其实这种文化批判精神在《红高粱》和《丰乳肥臀》等作品中就已经存在，只是这些作品对传统文化的批判呈现出一种既肯定又质疑的矛盾心态而已。有人认为孙郁的这种发现"意义重大"，"提供了一种方法论和思维方式：那就是文学传承不一定是显性层面的，还可以是精神、气质甚至某种'个性'的历史回应"④。王学谦多次撰文指出二人创作的"家族性相似"，他俩都是个人主义者，"都顽强地坚守自我，沉迷在自我的灵魂"，二者在刚性生命叙事⑤、魔性叙事⑥等方面，具有家族性相似"，因个体是个性的基础和载体，强烈的个人主义是个性的前提和条件，此类研究论文指出了二者共通的个体主义，但对因时代差异造成的个体主义差异没有过多涉及。另外，莫言获诺奖后，国内一些大学、杂志社和研究机构也曾举办过"鲁迅与莫言"的专题研讨，像《诺奖与中国：从鲁迅到莫言》就分别介绍了孙郁、马海良和张志忠等人在研讨会上发表的对二者关

① 莫言：《读鲁迅杂感》，《莫言散文新篇》，北京：文化艺术出版社，2009年，第90页。
② 莫言：《说不尽的鲁迅——2006年12月与孙郁对话》，《莫言对话新录》，北京：文化艺术出版社，2009年，第191页。
③ 孙郁：《莫言：与鲁迅相逢的歌者》，《当代作家评论》，2006年第6期。
④ 曹霞：《如何"传统"，怎样"民间"——论批评家对莫言写作资源的发现与命名》，《中国现代文学研究丛刊》，2014年第6期。
⑤ 王学谦：《莫言与鲁迅的家族性相似》，《吉林大学社会科学学报》，2014年第3期。
⑥ 王学谦：《魔性叙事及其自由精神——再论莫言与鲁迅的家族性相似》，《文艺争鸣》，2016年第4期。

联的不同见解①，并且争议颇大。其他成果论述最多的是对鲁迅的《狂人日记》与莫言的《酒国》中"吃人"叙事的对比研究。古大勇和金得存认为二者"吃人"的内涵同中有异，相同点都指真正的肉体吃人，也指象征意义上的吃人，其不同点是《狂人日记》重"文化文明层面的批判"，《酒国》重"现实政治层面的批判"②；张磊认为从《狂人日记》到《酒国》代表了"现代知识分子一种艰难的精神传承和跋涉"，"对现代性的思考，追求民族、国家和社会的现代化是《狂》和《酒》超文本之外的共同价值趋向"③；吴义勤和王金胜认为《酒国》延续《狂人日记》的"吃人"叙事传统，小说在主题、意象、人物塑造和话语风格等方面均不同程度地受《狂人日记》的影响，但其又是作者按"自身创作内在的思想与艺术脉络"，借助具有"民间色彩的先锋性叙述所完成的个性化美学创制"④。可以说，对"吃人"叙事的论述，是目前为止对二者传承与创新关系研究最为深入的，这些研究成果虽然指出了二者存在的一些相同点或不同点，但对二者文化批判指向的差异没能形成定论，其实，与《狂人日记》把批判的矛头指向了传统封建礼教文化"吃人"不同，《酒国》将批判的矛头主要指向了深受西方影响的灵肉二元分裂的酒文化现象。另外，其他较有代表性的论文还有李徽昭和李继凯的《论鲁迅与莫言小说中的女性命运》，认为二者皆以"他者化的男性视角"书写了男权社会女性命运状况，也都"创设了各自具有个性化的叙事方式"，不同的是，莫言以长篇叙事强调了"生命本能的自然释放"，女性"拥有了更多的身体支配权、经济权"⑤，这其实指出了其创作侧重于表现女性身体本能的一面，但该文对莫言小说中女性

---

① 孙郁等：《诺奖与中国：从鲁迅到莫言》，《中国作家》，2013 年第 2 期。

② 古大勇、金得存：《"吃人"命题的世纪苦旅——从鲁迅〈狂人日记〉到莫言〈酒国〉》，《贵州大学学报》，2007 年第 5 期。

③ 张磊：《百年苦旅："吃人"意象的精神对应——鲁迅〈狂人日记〉和莫言〈酒国〉之比较》，《鲁迅研究月刊》，2002 年第 5 期。

④ 吴义勤、王金胜：《"吃人"叙事的历史变形记——从〈狂人日记〉到〈酒国〉》，《文艺研究》，2014 年第 4 期。

⑤ 李徽昭、李继凯：《论鲁迅与莫言小说中的女性命运》，《中国现代文学研究丛刊》，2014 年第 9 期。

被动"自主"的悲剧命运以及母性扩张压抑子女个性成长的传统文化渊源缺乏深入分析;吴福辉从分析莫言在研究生班现代文学专题课上的一份课程论文谈起,认为其小说在人生含义的寓言象征和美学创造方面都有鲁迅《铸剑》的笔意①;另外,张志忠、王学谦和丛新强等学者也都分析了《铸剑》对莫言创作的影响;葛红兵用后结构主义理论分析鲁迅与莫言小说中的言语和发声问题,认为鲁迅用的是"西方式的启蒙主义发声方法",是一种"个人化的知识分子气的发声方式",那种喧闹的、畅达的民间化发声方式没被鲁迅接受,而莫言小说正是对这种发声方式的反拨,《檀香刑》可看作是对《阿Q正传》的戏拟之作②,作者从语言运用的角度来分析二人小说艺术个性的异同,视角和观点都很独到,该文指出了二者西化语言与民间化语言的差异,但对重视表现心理的西化"言心"语言与重视表现身体的民间传统"言体"语言没有进行区分与论述;张志忠认为莫言与鲁迅的《铸剑》有"说不尽的情缘"③,《我们的荆轲》是"向《铸剑》致敬"④;赵雨佳也认为二人的若干短篇小说有惊人的亲缘性,通过比较可以发现,莫言对鲁迅的追慕学习有"从'形似'到'神似'的巨大飞跃"⑤。以上关于鲁迅和莫言创作的研究成果,主要涉及二者创作主体精神的相通、叙事内容的关联和艺术手法的异同等问题,对二者"吃人"叙事的论述较多,但对其他问题的关注较少,研究也不够深入。

其次,关于莫言小说个性化叙事及其与新文学叙事思想关联的论述。易丽华认为小说《红高粱》"表现了具有启蒙意义的'张扬个性解放'的主题,但并没有表现无关乎思想启蒙的'崇尚生命强力'或'赞美原始生命力'的蕴意",指出小说既表现了人物"'自然的人'的旺盛'感性生

---

① 吴福辉:《莫言的"'铸剑'笔意"》,《中国现代文学研究丛刊》,2013 年第 4 期。

② 葛红兵:《文字对声音、言语的遗忘和压抑——从鲁迅、莫言对语言的态度说开去》,《中国现代文学研究丛刊》,2003 年第 3 期。

③ 张志忠:《莫言与〈铸剑〉:说不完的情缘》,《文艺争鸣》,2016 年第 11 期。

④ 张志忠:《〈我们的荆轲〉:向〈铸剑〉致敬——莫言与鲁迅的传承关系谈片》,《南方文坛》,2017 年第 1 期。

⑤ 赵雨佳:《心慕笔追:莫言对鲁迅短篇小说的模仿与继承》,《文艺争鸣》,2015 年第 10 期。

命'"，也"表现了他们作为'社会的人'的'理性生命'"①。作者虽然对小说中人物个性的自然性和社会性的统一问题有独到的思考，但对小说主题的认识却有待商榷。其实，完全否认《红高粱》中肉身"自主"人物的个性自由精神与"生命强力"或"原始生命力"的关系也是不合理的，因人物肉身"自主"的扩张本身就包含着一种生命强力或原始生命力。李掖平认为《红高粱家族》对性爱的自然性的挖掘"不仅在于展示、弘扬了一般心理层次和理性意义上的人性解放和个性自由，还在于它对人的深层结构中爱欲本能和潜意识的大胆肯定和张扬"②，论者还借助郁达夫的性爱理论对此问题进行分析，指出了二者在表现人物潜意识方面的内在关联，这其实也指出了其与五四新文学叙事传统的内在联系。

　　五四新文学最基本的、最有价值的是自由精神，这也是五四新文学留给当代文学最宝贵的遗产。对莫言小说创作自由精神的论述较多，有些论文指出了其与五四新文学自由精神的关联。庄森把莫言小说创作的自由思想概括为"创作的自由立场""一系列个性张扬的人物形象展示个人主义"和"具有批判精神的超越意识形态制约的历史观和道德观"③三个方面，并引用胡适的《易卜生主义》的观点来阐释莫言小说创作中的个人主义特点，指出了其与五四新文学的联系。庄森在另一篇论文《胡适·鲁迅·莫言：自由思想与新文学叙事传统》中对此进行了更为深入的分析，他认为胡适、鲁迅与莫言都有一个共同的思想资源，那就是"自由思想"，体现在文学创作上就是"作家保持一种精神的独立，自主的理性思考……传示作家的批判精神，向读者展示真、善、美"，指出莫言小说创作继承了"新文学自由思想的传统，创造了个人主义的新文学世界"④，

---

　　① 易丽华：《启蒙略辨·双重主题·叙述策略———我读〈红高粱〉》，《文艺争鸣》，2014年第5期。

　　② 李掖平：《重读莫言小说〈红高粱家族〉》，载徐怀中等：《乡亲好友说莫言》，济南：山东大学出版社，2013年，第181页。

　　③ 庄森：《莫言小说的自由思想》，《当代作家评论》，2013年第2期。

　　④ 庄森：《胡适·鲁迅·莫言：自由思想与新文学叙事传统》，《当代作家评论》，2014年第6期。

该文对莫言小说创作与新文学自由思想的联系，对二者自由思想的相通性的剖析较为深入，但对他们作品所体现的自由思想的差异没有过多涉及。如果说莫言小说的自由思想与五四新文学有相同之处，那应该主要是在创作思想和叙事艺术方面，而二者人物形象所体现出的自由精神是有本质差异的。

另外，许多人在论述莫言小说创作时常提及其与五四新文学之相似、相反或相对的关系，特别是与鲁迅创作的关联。较有代表性的是丁帆的《亵渎的神话：〈红蝗〉的意义》，该文指出了二者不同的审美观念，认为"鲁迅先生就明确指出过大便是不能写的，因为它不能引起美感。而莫言在整个《红蝗》中将大便描写得如此辉煌美丽，真可谓'毫无节制，'""它充满着一种对旧有审美观念的亵渎意识"①。该文较早指出了莫言小说的审丑意识问题，也隐含着对时代审美观念转型的理解。论者后来又指出，从表面上看莫言小说的悲剧美学精神"被'异化'了，但从本质上来说，作者的文化批判意识却更加强化了"②。确实，莫言最富有文化寻根意味的《红高粱》和《丰乳肥臀》等小说中，都流露出了对民族传统文化既探寻又否定、既展示又质疑的矛盾心态，这与五四新文学的现代文化批判精神有一定的差别，但也有相通之处。赵歌东认为"莫言早期小说通过对'种的退化'的解读揭示了历史、社会、道德诸种因素对家族或种族的原始生命冲动的压抑和扼制，从而使他在某种意义上继承了五四时期反抗父权文化的启蒙思路"③。也有人认为莫言小说与五四文学具有相似性，但又对其缺乏理性约束提出批评，认为"这种主体精神的大解放、大张扬，还是在'五四'个性解放的浪漫主义潮流中才爆发过。但文学毕竟不是哭笑无常的小孩，它不能脱离理性的调节与控制"④，等等。可见，莫言小说创作与新文学叙事传统的关系是一个颇有争议的话题，许多有关莫言小说创作

---

① 丁帆：《亵渎的神话：〈红蝗〉的意义》，《文学评论》，1989 年第 1 期。

② 丁帆：《九十年代小说走向再认识》，《江苏社会科学》，1997 年第 2 期。

③ 赵歌东：《"种的退化"与莫言早期小说的生命意识》，《齐鲁学刊》，2005 年第 4 期。

④ 杨联芬：《莫言小说的价值与缺陷》，《北京师范大学学报》，1990 年第 1 期。

的研究都涉及其与鲁迅及新文学的关联，指出了二者存在的复杂而暧昧的关系。

从总体来看，目前国内关于莫言与鲁迅作品关系的研究论文较多，而与其他新文学作家作品的关系论述较少，对莫言小说创作与新文学叙事传统的研究大多只在相关论述中有所涉及，较深入系统的研究不是很多，这一切都说明莫言小说创作与新文学叙事传统的研究是一个尚待深入的课题。

（二）海外研究现状

从 1986 年近藤直子在日本刊物上专栏介绍《透明的红萝卜》始[①]，莫言小说的海外传播已有三十余年，其部分作品在海外也得到了深入研究。

首先，与国内研究现状相似，本课题的海外研究也主要体现在对莫言小说与鲁迅作品关系的论述上。较有代表性的主要有：韦荷雅认为莫言的小说让人想起鲁迅，他的一些小说运用了与鲁迅相同的一些表现手法[②]。葛浩文认为《酒国》与鲁迅的《狂人日记》都写到"吃人"的主题，可以看出其对鲁迅早期作品的一些模仿[③]。乐钢也将《酒国》与鲁迅的《狂人日记》相对照，指出"'狂人救孩子'的这般结局，标志着现代中国小说从救孩子于被吞噬的呐喊声始，于《酒国》走到了道德英雄主义的尽头"[④]。藤井省三在分析鲁迅与莫言小说归乡叙事的特点后指出，莫言小说中"怀抱鲜花的女人是鲁迅归乡故事中等待主人公回乡的女性"，也是将中国现代文学的"原点"的"'五四'新文学中恋爱至上主义带给迟到七十年的中国农村的传达者"，认为在中外作家的影响中，鲁迅对莫言的影响"可能是最深刻的"，而在"让农村妇女对叙述者的男人讲她自己的经历和

① 杨四平：《莫言小说的海外传播与接受》，《跨文化的对话与想象：现代中国文学海外传播与接受》，上海：东方出版中心，2014 年，第 248 页。

② 宁明：《海外莫言研究》，济南：山东大学出版社，2013 年，第 83 页。

③ Howard Goldblatt. Forbidden Food: "The Saturnicon" of Mo Yan. *World Literature Today*, (74)3, 2000.

④ 乐钢：《以肉为本，体书莫言》，见杨守森等：《莫言研究三十年》（下），济南：山东大学出版社，2013 年，第 37 页。

心理来揭露中国农民的苦难史"这点上，"莫言可能超过鲁迅了吧"①。李冬木认为中国现代文学在日本的接受，最有标志性的作家就是鲁迅与莫言，认为二人的创作具有一定的相似性，因"转型期的文学很容易受到关注"，"他们都以自身的创作充分体现着变革时期的文学特质"②，并且都成为某一阶段文学的标志性的人物。王德威在对比莫言的《生死疲劳》与朱天文的《巫言》后指出"一个世纪以前，新小说开始的动力正是瓦解国家和个人主体的禁锢。何以到了新世纪，莫言和朱天文又提出了'自由'的话题？"③他在分析《白狗秋千架》时认为"当鲁迅'救救孩子'的呐喊被'落实'到农妇苟且偷欢的行为时，'五四'以来人道写实论述，已暗遭瓦解"④。可见，海外学者对莫言与鲁迅创作精神的相似性、典型作品的对比研究等方面与国内研究界有诸多相似之处，但其论述视野更为开阔、观点也较为新颖。

其次，还有一些海外学者分析了莫言小说创作所体现出的个性主义特点。吕彤邻认为小说《红高粱》对戴凤莲的叙述"体现了莫言所信仰的个性主义"，而且其"个性主义是基于身体力量的"⑤，这一观点较为独到，从某种意义上也说明了其与新文学个性主义的差异。钟学萍则认为莫言小说存在着高度的自我意识，"种的退化"的思想似乎是郁达夫的《沉沦》中"自我否定"主题的延续⑥，指出莫言小说与郁达夫小说的关联，对本书的研究很有启示意义。可以说，海外对莫言小说的个性主义特征较为关注，对其与新文学的内在联系也做出了一些颇有见地的阐释。

---

① ［日］藤井省三：《鲁迅与莫言的归乡故事系谱——以托尔斯泰〈安娜·卡列尼娜〉为辅助线》（上、下），林敏洁译，《扬子江评论》，2014年第5、6期。

② ［日］李冬木：《从鲁迅到莫言——中国现代文学在日本》，《东岳论丛》，2014年第12期。

③ ［美］王德威：《狂言流言 巫言莫言——〈生死疲劳〉与〈巫言〉所引起的反思》，见杨守森等：《莫言研究三十年》（中），济南：山东大学出版社，2013年，第237页。

④ ［美］王德威：《千言万语 何若莫言》，《读书》，1999年第3期。

⑤ 宁明：《海外莫言研究》，济南：山东大学出版社，2013年，第87页。

⑥ Zhong, Xueping. ZaZhong Gaoliang and the Male Search for Masculinity [C] // Masculinity Besieged? Issues of Modernity and Male Subjectivity in Chinese Literature of the Late Twentieth Century. Durham:Duke UP,2000，p.119.

相对于国内研究来说，海外对莫言小说创作与新文学叙事传统的研究视域更为开阔。他们不仅关注莫言小说创作与五四新文学的关联，还研究其与中国古代文学，特别是晚明以来个性主义文学的联系。如周英雄认为《酒国》与《西游记》存在着诸多关联；杨小滨则认为莫言小说中的"吃"与《金瓶梅》和《红楼梦》等作品存在着一定的联系①。不足的是，因译介和传播的限制，海外研究大多聚焦于《红高粱家族》《丰乳肥臀》和《酒国》等部分作品，对其他作品关注不多。另外，有些海外研究过于注重莫言小说内容的意识形态，部分观点也难免偏颇。

总之，目前莫言小说创作与新文学叙事传统的研究已引起了海内外学界的重视，也取得了一些相应的成果，但仍有不少问题尚未涉及或研究得不够深入，如新文学叙事传统在莫言小说叙事观念、人物个性精神的探索和个性化叙事的文体自觉意识等方面有何体现？又有哪些新的变化？莫言小说与新文学叙事传统的关系的形成与作者经历、时代文化语境又有何联系？为何新文学中的独立、自由和批判精神在莫言小说中又一次得以张扬？这为当下文学创作又提供了哪些启示？等等。随着莫言小说研究的深入以及对新文学叙事传统认识的深化，莫言小说创作与新文学叙事传统研究是一个无法回避的问题。

当然，文学传统的传承很难在文本中直接寻找，因在大多数情况下，它只是一种精神，一种"'幽灵化'的神气"，而且在多数情况下，这种"精神"或这个"幽灵"，只是"在文学的疯狂想象中才能成立"，但"没有这种疯狂，就没有文学的历史"②。因此，有人指出在研究时可以把关注点放到作家在精神上对"文学传统的响应方面，以及在文本的相似性甚至在对现代传统的反抗态度方面"③，去研究其存在的复杂而暧昧的关系。这说明了研究文学传统的传承与重构问题的可能与难度之大，也为本书的研

---

① 杨小滨：《盛大的衰颓：重读莫言的〈酒国〉》，见杨守森等：《莫言研究三十年》（下），济南：山东大学出版社，2013年，第61—66页。

② 陈晓明：《遗忘与召回：现代传统与当代作家》，《当代作家评论》，2007年第6期。

③ 温儒敏：《现代文学传统及其当代阐释》，《中国现代文学研究丛刊》，2008年第2期。

究提供了启示。

三、研究内容、框架及思路

莫言小说创作与新文学叙事传统的关联是新时期重要的文学现象之一，现有的海内外研究成果主要涉及莫言小说创作与新文学创作主体精神的呼应、文本内容的关联、叙事艺术与审美观念的异同等，大都指出了二者在某方面存在的复杂而暧昧的关系。

莫言小说创作与新文学叙事传统的关联主要体现在作家的创作观念、人物个性精神的探索以及个性化叙事的文体自觉意识等方面。现有研究成果大多属于作品关联的细部研究，还缺乏对此问题的系统论述。因此，本论文主要抓住莫言小说创作与新文学叙事传统这一中心论题，除运用文本细读研究方法外，还借助比较研究、谱系梳理和交叉研究等方法，考察莫言小说在个性化叙事观、人物塑造和个性化叙事的形式创新等方面的表现及特征，力求做到文本阐释与理论批评相结合。

具体来说，除了导入性的绪论与总括性的结语外，本成果的主要内容分六部分，在内在逻辑理路上是"总—分—总"的结构间架。本书的框架和思路是：

第一部分：莫言个性化叙事观与新文学叙事传统。主要梳理莫言个性化叙事观念与新文学叙事思想的关系。首先，从莫言提出的"民间写作""作为老百姓写作"和"自我写作"入手，分析其边缘叙事立场与新文学独立叙事精神的异同；其次，从莫言个性化叙事的叛逆心态入手，探讨其听从"内在自由"的对抗性写作与新文学自由叙事精神的关联；再次，理解莫言个性化叙事的"文学故乡"建构与"自我实现"的追求，分析以其"本我"同化万物的个性化叙事的原创精神，及其对新文学重"亲历性"叙事局限的突破；最后，分析莫言提出的批判自我之恶、宽容他人之罪的叙事思想，理解其对鲁迅倡导的"把自己当罪人来写"的叙事思想的传承。莫言个性化叙事观有对新文学叙事思想的传承，也有自身的个性化创新与发展。

第二部分："自主形象"与现代自由精神的重写。主要分析莫言小说塑造的"自主形象"的个体自由特点及其与新文学现代个体自由精神的异同。一是探讨莫言早期小说对人物"肉身"觉醒、个体存在寓言的书写，及其对新文学倡导的"以自身为本位"的个性精神的完善。二是论述莫言小说所表现的个体肉身本能的原始力量的积极意义，唯我个人主义"自我瓦解"的悖谬困境，以及对杨朱式个人主义思想在当代中国社会兴起的忧虑；小说揭示了男权文化下女性"自主"的悲剧命运，母性"自主"扩张的母爱神圣与束缚子女成长的局限存在着悖谬，说明莫言小说有对中国传统家族文化"杀子"现象的思考。三是探讨了莫言小说所揭示的"有价值的个性"内涵，分析他对人的终极问题的思索，以及对现代个体自由思想的反思与调适。莫言小说和新文学都探索人物的个体自由问题，但莫言小说中的"自主形象"主要是对中国传统个体自由精神的反思，而新文学主要体现了以西方现代个体自由思想来审视中国现实社会时的思考。

第三部分："非自主形象"与现代批判精神的重构。主要论述莫言小说对"非自主形象"的批评，与新文学现代批判精神的联系。第一，从"种的退化"入手，分析其与新文学不同的社会历史观，探讨地方专制、"常人"社会以及假道学思想对人物个性的压抑，并通过小说塑造的"身体异常者"来认识其与新文学不同的社会文化批判指向。第二，从莫言小说的酷刑叙事入手，探讨专制文化如何通过对人物身体的规训来实现身体与人的异化，进而分析了莫言小说所揭示的功名文化、物欲文化和酒文化对人的异化，理解其对个性异化共在的社会现象的批判。第三，莫言小说提出了人的"不彻底性"问题，其表达的人的个性忏悔意识与个性化生存思想体现了自我批判传统的深化。莫言小说创作与新文学叙事传统，既有社会文化批判和自我批判的传承关联，也有人性批判的拓展。

第四部分：文体创新与文体自觉的纠偏。主要探讨莫言小说个性化叙事对新文学文体自觉的纠偏与形式创新问题。从文体融合来分析其对五四现代小说私语化倾向的反拨，从小说叙述游戏实验来探讨其对新文学现代限知叙事的拒绝，从小说感知化结构的运用来探讨其对现代心理化小说结构的补充与完善，从小说"言体"语言的诗性智慧与狂欢色彩来分析其对新文学"言心"语言的反抗。莫言小说个性化叙事的文体自觉意识包含着对五四新文学形式西化倾向的纠偏，并在纠偏中体现出自身强烈的文体自觉意识。

第五部分：个性化叙事的传承与新文学叙事传统的衍化原因及意义。莫言小说个性化叙事对新文学的传承与重构受内外在诸多因素的影响。本部分主要探讨莫言小说传承与重构现代文学传统的主客观原因。从主观来看，莫言的童年体验与齐文化血脉等决定了其对现代叙事传统的取舍；从客观来看，新时期文化生态的变化和文学主体性大讨论等为莫言传承与重构现代叙事传统的可能与条件。传承与发展新文学叙事传统，既是莫言小说个性化叙事的需要，也是新文学叙事传统当代发展的需要。其意义拟从两方面进行评价：首先，重点反思评价莫言小说创作传承与重构新文学叙事传统的积极意义。分析莫言小说个性化叙事的审美现代性价值，其个性化叙事重视个体本能的探索与表达，推动了小说审美现代性的发展；探讨莫言小说个性化叙事的文学史意义，以莫言为代表的新时期小说创作，传承与重构新文学叙事传统，重视人性主题的表达和形式创新的探索，带来了一场意义深远的"纯文学"革命；简要分析莫言小说个性化叙事的文化意义，对新文学叙事传统的传承与重构，既有对新文学西化倾向的纠偏，又有对民族传统文化的吸收与批判。其次，探讨莫言小说创作传承与重构新文学叙事传统的问题与不足。莫言小说个性化叙事感性色彩浓厚，缺少新文学鲜明的理性色彩；小说人物的个性转化过于重视非理性特点，部分长篇小说存在结尾乏力现象；部分作品过于重视个体独到体验的表达，而忽视思想艺术共通性的表现等。

以上内容，第一部分主要从莫言小说叙事观念入手分析其与新文学个性化叙事思想的联系与区别；第二至四部分分别从小说中人物的个体自由精神、非自由的批判精神和文体自觉意识等方面分析莫言小说与新文学叙事传统的关联；第五部分从总体上探讨其成因，反思其意义和不足。五部分论述内容，基本将莫言小说创作与新文学叙事传统问题进行了系统研究。

本书研究基本思路是：始终坚持问题导向。首先，结合莫言小说作品及创作谈，探讨其小说个性化叙事观念与新文学叙事思想的联系与差异。其次，结合莫言小说创作的历程演变，紧扣其不同阶段的代表性作品，重点分析他对"自主"与"非自主"人物形象的塑造，对"自主"人物个性自由精神的探索、对"非自主"人物个性压抑与异化现象的批判等问题，并与新文学叙事传统相对照，分析其异同点及不同内涵。再次，分析莫言小说个性化叙事对新文学文体自觉意识的纠偏。最后，探讨莫言小说创作传承与重构新文学叙事传统的主客观原因、反思其传承与重构新文学叙事传统的意义和不足。

现有的莫言小说创作与新文学叙事传统之关联的研究成果，大多分析了二者存在的创作主体精神的异同、文本内容的关联和审美观念的差异等。本书可能在以下方面有所创新：

一是在学术思想方面：力图在系统化研究莫言小说创作与新文学叙事传统的基础上，提出莫言小说创作与新文学叙事传统存在传承与重构关系；明确莫言小说创作与五四新文学创作因时代文化差异，导致其形成了"重肉身"的个性化叙事和"重精神"的个性化叙事思想。

二是在学术观点方面：针对莫言小说叙事观念层面，提出莫言个性化叙事观与新文学的独立、自由、原创和忏悔叙事思想有一定联系，但也有不同时代文化影响的显著差异；针对人物形象的个性化探索层面，提出莫言小说塑造的个体"自主形象"和"非自主形象"，体现了其以民族个体自由精神反思现代自由思想，以人性批判重构现代批判精神；针对小说的文体层面，提出莫言小说创作对私语体小说的反拨、限知叙事的拒绝、心理化小说结构的补充以及"言心"语言的对抗等，都体现了现代文学文体自觉传统的自觉传承与扬弃。

三是在研究方法方面：从莫言小说创作与新文学叙事传统相关联的

不同侧面进行谱系分类，将各方面的内在联系加以梳理；借助心理学、美学、哲学、叙事学、写作学和社会学等理论方法进行分析，多学科研究方法的交融，使研究方法体现出多元共享的良好态势。

第一章
个性化叙事观与新文学叙事思想

余英时认为，五四以来多种多样的新价值从根源上都可归结为一个中心价值，即"个人的自作主宰"①。研究莫言小说与新文学叙事传统的关系，也主要是研究个人"自作主宰"的新文学叙事传统在新时期小说创作中的延传与发展。

梁漱溟说："中国文化之最大之偏失，就在个人之永不被发现这一点上。"②中国传统文学因受传统文化的影响，往往缺乏个性意识。一般认为，五四时期确立的个性化叙事思想，是新文学叙事传统的主要表现，但不可否认的是，古代也有不少具有强烈个性精神的作品，并大多成为文学史上最为奇诡壮丽的篇章。屈原的《离骚》以九死未悔的求索精神体现出彻底的反抗意识和强烈的个性气质，可谓开中国文学个性化书写的先河；《庄子》以汪洋恣肆的语言表达了对绝对自由精神的向往，流露出一种愤世嫉俗的情绪和遁世逍遥的思想；李白诗歌蔑视权贵的抗争精神与自由飘逸的浪漫主义风格，"为古代中国个性主义文学增添了美丽的光环"③。苏轼以其通脱旷达的词风抒写自我正直傲岸的节操，显示出随缘自适、安和乐观的一面……虽然古代也有不少有着鲜明个性意识的作品，但大多是个别天才

---

① 余英时：《现代儒学论》，上海：上海人民出版社，1998年，第158页。

② 梁漱溟：《中国文化要义》，上海：学林出版社，1987年，第259页。

③ 胡焕龙、王达敏：《中国现代文学个性解放与反叛传统的形成》，《文艺研究》，2013年第1期。

作家的才情所致，"都只能算是个性主义文学的苗头"①，个性主义文学开始形成一股风潮是在明中叶以后。晚明时期，随着工商文化的发展，个性主义才开始在我国孕育、生长，虽然没有占据主流文化地位，但预示着"个人开始使自己从过去所有的清规戒律中解放出来——至少是在思想上解放出来"②。随着严复、谭嗣同等人对西方文化的传播，个性主义在五四时期才真正成了社会文化主流，个性主义文学也风起云涌，形成了一股追求个性解放与自由的个性主义文学高潮。

五四新文学是个性解放、个性张扬的文学，莫言对五四新文学作家"欣赏的恰恰是这一传统"，"五四觉醒者的个性主义火种在这个山东汉子的笔下复燃着"③。他对其创作与五四新文学的渊源关系毫不避讳，而且认为，当我们向更高层次的社会进步时，最该补的一课不是强化集体意识，而是要强化个性、发扬个性。他说："我们在长期的禁锢之后，就像鲁迅说的那样，假如一只鸟长期关在笼子里，一旦放出来，翅膀麻痹了，不会飞，如果飞走了，还会飞回笼子里来。因此，要想解放自我，要想搞创新，就要敢于亵渎神灵，亵渎神灵最好的办法就是佛头着粪，大佛不是金光返照嘛，就给他头上撒上一泡尿，事实证明也没怎么着嘛。还所有的人本来面目，没有神灵，也没有上帝，上帝就是我们自己。"④

马籍旅台作家钟怡雯认为这大胆的言论，"可以作为莫言'为民（作家）请命（个体自主的命运）'的宣言"⑤，这是莫言对个性自由精神最迫切、最沉痛、最淋漓的呐喊，也是他对个性文学的肯定与向往。"上帝就是我们自己"的呼声听起来有些惊世骇俗，但新时期主体性理论认为，当

---

① 朱寿桐:《创造社与新文学中的个性主义》,《中国现代文学研究丛刊》, 1988 年第 1 期。朱寿桐认为相比于创造社的个性主义文学，以前文学中的个性主义仅是"苗头"，在此引用时有所改动。

② [捷] 雅罗斯拉夫·普实克:《普实克中国现代文学论文集》, 李燕乔等译, 长沙: 湖南文艺出版社, 1987 年, 第 29 页。

③ 孙郁:《莫言: 与鲁迅相逢的歌者》,《当代作家评论》, 2006 年第 6 期。

④ 房福贤:《全国首届莫言小说创作研讨会纪实》, 见杨守森等:《莫言研究三十年》(上), 济南: 山东大学出版社, 2013 年, 第 291 页。

⑤ 钟怡雯:《莫言小说: 历史的重构》, 台北: 文史哲出版社, 1997 年, 第 96 页。

一个作家的主体精神发挥到最高的时候，他就"在心灵上简直把自己代替了上帝"①，此言用于描述莫言小说创作中强烈的个性化意识也非常妥当。莫言在此以鲁迅的一段话来表达自己的观点，正表明他最看重的就是以鲁迅为代表的新文学强烈的个性化意识。

莫言小说创作具有强烈的个性化意识，他高举个性化写作大旗。因新文学叙事传统是一种个性化文学传统，莫言小说叙事观念与五四个性化文学思想有诸多的相似之处。他提出的"民间写作"和"作为老百姓写作"都强调了"自我写作"的边缘写作立场的重要性，主张要怀着叛逆之心进行写作，创作者要表现自身的"内在自由"，张扬个性，并有"自我实现"的个性化创新意识。另外，莫言还基于"人的不彻底性"，提出要学习鲁迅的"自我批判"精神，认为文学创作不仅要批判自我之恶，还要有博大的情怀。可以说，莫言小说个性化叙事观念与新文学个性化叙事思想之间存在明显的承传关系。

第一节　边缘写作与独立叙事思想

莫言小说创作的成名和成功都得益于其强烈的个性意识。他对是否有文学观念持怀疑态度，认为如果有，应该就是指"作家对自我的认识"，是"对自我的剖析"，是作家对宇宙人生的基本看法，认为比较高级的文学，就应该是"作家灵魂的淋漓暴露"②。由此可见，他对创作者"自我表现"的个性化表达的重视。

莫言小说创作对自我的寻找，也经历了艰难曲折的探索。新时期初因受集体创作观念的影响，其浓厚的个性化意识又决定了他不适合从事那种政治化、集体化创作，所以他创作初期常有退稿的尴尬。进入解放军艺术学院接受了不同文学思潮的影响后，他的创作观念发生了很大的变化，他

---

① 刘再复:《论文学的主体性》,《文学评论》,1985 年第 6 期。
② 《文学评论》记者:《几位青年军人的文学思考》,《文学评论》,1986 年第 2 期。

认为"与其在军艺这两年是学习，不如说是在寻找自我"①。这时他才"意识到最重要的是借助各种外力来冲破我们原有的文学观念，通过这个过程发现自我和找到自我，找到自我也就找到了文学"②。

一、"自我写作"与边缘写作立场

"民间写作""作为老百姓写作"与"自我写作"是莫言谈创作立场时经常使用的术语，这几个术语都强调了"自我写作"的边缘写作立场的重要性。

"民间写作"是莫言在 20 世纪 90 年代作为与知识分子写作相区别而提出的，是与官方写作、知识分子精英写作相对而言的概念。莫言在《文学创作的民间资源》的讲演中较系统地阐述过他的"民间写作"观。他认为真正的民间写作就是"作为老百姓写作"③。不管是"民间写作"还是"作为老百姓写作"，都要求作家放弃那种居高临下的姿态，用平等心态来看待小说中的人物。其实，莫言提出的"作为老百姓写作"，只是为了强调文学创作者应该发扬个体的独立精神，而不能因把文学当作宣传工具而丧失自我。莫言也意识到从严格意义上讲，"作为老百姓写作"的说法经不起推敲，之所以提出这个口号，"是基于我们几十年来对作家地位的过高估计和某些作家的自我膨胀"④。因此，"作为老百姓写作"只是提醒创作者不要丧失个体独立性的边缘写作立场的一种策略性表述。

"民间写作"与"作为老百姓写作"二者的表述不同，但含义却具有某种一致性，那就是都强调摆脱外在束缚的"自我写作"的重要性，这与

① 莫言：《先锋·民间·底层——2007 年 1 月与杨庆祥对话》，《莫言对话新录》，北京：文化艺术出版社，2009 年，第 393 页。

② 莫言：《写什么是一种命定——2003 年 9 月与〈文艺报〉记者刘颋对话》，《莫言对话新录》，北京：文化艺术出版社，2009 年，第 475 页。

③ 莫言：《文学创作的民间资源》，《当代作家评论》，2002 年第 1 期。

④ 莫言：《说不尽的鲁迅——2006 年与孙郁对话》，《莫言对话新录》，北京：文化艺术出版社，2009 年，第 205 页。

五四作家提出的"个性的文学"的"自我表现"创作观是一致的。因此有人说，莫言的"作为老百姓写作"与鲁迅等五四作家的启蒙写作虽然表述不同，但"其内在的精神联系却一脉相承"①。

从表面看，莫言似乎强调"作为老百姓写作"与"为老百姓写作"的对抗性，也似乎表达了对五四启蒙文学创作观念的质疑，但其根本目的是为了强调"写自我"的个性化叙事的重要性。莫言曾多次讲过"民间写作""作为老百姓写作"与个性化叙事的关系。他认为所谓的"民间写作"，"实际上就是一种强调个性化的写作，谁的写作张扬鲜明的个性，谁就是真正的个性化写作"②。他认为"民间写作"的意义在于每个作家都有其人格的觉醒、自我意识的觉醒；而"作为老百姓写作"，就"是从个人出发的，站在个人的角度上写自我，这是一种个性化写作"③；莫言甚至"大胆"地说，所谓真正的"民间写作"和"作为老百姓写作"，"也就是写自我的自我写作"④，创作就是一个发现自我的过程。莫言之所以这样表述，目的是为了突出"自我写作"的异质性，其小说创作也一直在寻求个人独特体验的表达。

可见，所谓的"民间写作"和"作为老百姓写作"，只是作者表述自己个性化写作的策略，只是一种自我表现的个性化倾向，一种个性化写作立场的强调而已。因此对莫言的创作，更为合理的表述应该是"民间立场上的个性化叙事"或"作为老百姓的个性化叙事"。

个性化叙事也属于边缘写作，因"每个人对世界而言都可谓'边

---

① 栾梅健：《从"启蒙"到"作为老百姓写作"——莫言对鲁迅文学传统的继承与创新》，《南京社会科学》，2015年第1期。

② 莫言：《在文学种种现象的背后——2002年12月与王尧长谈》，《莫言对话新录》，北京：文化艺术出版社，2009年，第129页。

③ 莫言：《作家和他的创造——2002年9月在山东大学文学院的讲演》，《莫言讲演新篇》，北京：文化艺术出版社，2009年，第144页。

④ 莫言：《作为老百姓写作——在苏州大学"小说家讲坛"上的演讲》，《小说的气味》，沈阳：春风文艺出版社，2003年，第13页。

缘'"，边缘写作就是能"认识并忠于自己的世界"①的写作。因此，不管是莫言提出的"自我写作"，还是五四作家提出的"自我表现"，其实都强调了表现个体自我内在世界的重要性，也强调了边缘写作立场的重要性。莫言曾多次谈到他对丧失边缘写作立场的警惕，认为许多作家刚开始时可能坚持"自我写作"，"从边缘地带突破"，但边缘一旦突破，就会变为中心，就很难"保持民间的特质"②了。也就是说，处于边缘的个性化叙事一旦成为主流，"自我写作"的异质性往往也就丧失了。

　　文体的变革一般是从表现自我的边缘意识生发的。小说原本属于民间的"残丛小语"，那些凡夫俗子说的话、写的文章其实就是雏形期的小说。小说文体在我国古代一直处于边缘状态，五四"新文学是将原先处于从属的、民间的白话文学确立为主流的、正统的文学地位"③，从而也宣告了新文学的诞生。但五四文学是从"自我写作"的边缘突破，让"边缘"成为"中心"。而莫言小说创作则力求回到"边缘"，回归到表现自我的个性化叙事，也就是回归到发现自我与抒写自我的边缘写作立场。回归边缘写作立场是为了找回小说创作的自在本真状态，也是为了寻找新的生长空间。因此，莫言提出的"民间写作"和"作为老百姓写作"表达的都是对回归"自我写作"的边缘写作立场的渴望，因"'边缘'意味着自由自在，意味着主体性张扬"④，他的"自我写作"观其实也是对小说边缘化叙事传统的认同。

　　郁达夫认为："五四运动在文学上促生的新意义，是自我的发见。"⑤五四文学的发生主要是在西方个人主义思想的影响下，是自我发现、自我

---

① 王鹏程：《论小说的边缘意识》，《小说评论》，2014年第6期。

② 莫言：《作为老百姓写作——在苏州大学"小说家讲坛"上的演讲》，《小说的气味》，沈阳：春风文艺出版社，2003年，第13—14页。

③ 吴俊：《白话·民间性·鲁迅——关于"五四"新文学叙事传统的札记》，《华东师范大学学报》，1999年第3期。

④ 王鹏程：《论小说的边缘意识》，《小说评论》，2014年第6期。

⑤ 郁达夫：《郁达夫全集》（第十一卷），吴秀明编，杭州：浙江大学出版社，2007年，第82页。

觉醒的表达。鲁迅说："人各有己，则群之大觉近矣。"[①] 这虽然主要是指反封建的个性解放思想，但也不能说与其文学创作的个性化追求没有关联。"任个人而排众数"既是鲁迅的个体生存理想，也是其文学创作观。莫言发现"鲁迅一旦回到文学创作上来"，就立刻"抛弃了口号式、宣传式、活报剧式的那种浅显"，"立刻直面人心，直视着人的灵魂"[②]。鲁迅的创作一直保持着一种个性的独立，保持着一种边缘写作立场。莫言所主张的"民间写作"和"作为老百姓写作"是对"自我写作"的边缘叙事立场的强调，也是对五四时期的"个性的文学"观的回应，因"个性的文学"其实也就是一种表现自我的边缘文学观。

二、独立叙事思想的认同

莫言认为作家的个性主要表现在其"独立的思想和独立的人格"。所谓"独立的思想"，在莫言看来，也就是指独立思考；所谓"独立的人格"，就是在强大体制的压力下，不"丧失独立思考的勇气"[③]。文学创作更多的是依靠个人的经验，要听从个人内在的声音，如果创作者不能保持独立的思想和人格，那么其自我个性往往为"他者"的话语所淹没。莫言对文学创作者迷信盲从政治或他人的现象保持着高度的警惕，他曾多次在演讲时说："二十多年来，尽管我的文学观念发生了很多变化，但有一点始终是我坚持的，那就是个性化写作和作品的个性化。"[④] 这也是莫言小说创作成功的秘诀之一。

（一）"超越政治"

要想保持独立精神，创作主体必须有超越狭隘政治的意识，不能沦为

① 鲁迅:《鲁迅全集》（第八卷），北京：人民文学出版社，1981年，第24页。

② 莫言:《文学与青年》,《莫言讲演新篇》，北京：文化艺术出版社，2009年，第53页。

③ 莫言:《文学个性化刍议——2004年8月在深圳社会大讲堂的讲演》,《莫言讲演新篇》，北京：文化艺术出版社，2009年，第286页。

④ 莫言:《没有个性就没有共性——2005年5月在韩国"东亚文学大会"上的讲演》,《莫言讲演新篇》，北京：文化艺术出版社，2009年，第32页。另见《文学是我终身的事——2004年4月第二届华语文学传媒大奖获奖感言》,《莫言讲演新篇》，北京：文化艺术出版社，2009年，第75页。

政治宣传工具，这也是莫言"超越政治"的观念。他意识到"作家最起码要表达自己的声音，不是别人的传声筒，不是政治的传声筒"①。他认为，摆脱政治束缚是作家保持个性创作的必要条件，作家应该站在超阶级的立场上进行创作，不要去主观地歌颂或批判某一阶级，尽管作家在社会中可能属于某个阶层，但其写作时"要努力做到超阶级"，因为只有做到超阶级、超政治，才会理解和同情每一个个体生命，也才能"发现所有人的优点和缺点"②。

新时期初，文学为阶级斗争服务的口号虽已不再倡导，但作家独立精神的确立还是经历了一个较漫长的过程。莫言小说创作与政治的关系经历了一个突出政治——淡化政治——"超越政治"的发展过程。他1985年前发表的一些作品，大都具有迎合政治、突出政治的特点，像1983年创作的中篇小说《流水》还带有"主题先行创作观念的痕迹"③；1985年发表的《透明的红萝卜》和《球状闪电》等作品中的政治已沦为背景而存在，政治色彩逐渐淡化；而从1986年发表《红高粱》起，他基本上已站在一个超越政治的立场上进行创作了，已不再主观地去歌颂或批判某一政治派别，而是站在人的高度上，用悲悯的目光，"来看待这些民族血"④。莫言意识到文学创作只有"超越政治"才能保持个性，才能写出真正的"人的文学"，才能写出感染和感动不同国家、阶级和阶层的读者的作品。也只有"超越政治"的文学作品，才可能成为"内在生命的真正显现"⑤，才不会因时代变化而失去意义。

"超越政治"的独立精神在莫言小说创作中主要表现为对具有个体独

① 莫言:《写最想写的——2006年6月在上海大学的讲演》,《莫言讲演新篇》,北京:文化艺术出版社,2009年,第187页。

② 莫言:《在文学种种现象的背后——2002年12月与王尧长谈》,《莫言对话新录》,北京:文化艺术出版社,2009年,第109页。

③ 莫言:《欢乐·序言》,上海:上海文艺出版社,2010年,第2页。

④ 莫言:《当代文学创作中的十大关系——2006年11月在第七届深圳读书论坛上的讲演》,《莫言讲演新篇》,北京:文化艺术出版社,2012年,第236页。

⑤ [德]恩斯特·卡西尔:《人论》,甘阳译,上海:上海译文出版社,1985年,第215页。

立精神的人物塑造上，他创作时看待人物的角度已超越了政治观念的束缚。莫言曾说，在《丰乳肥臀》中，他最喜欢的人物是司马库，"从阶级斗争的意义上来说，喜欢他就和敌人站到一边了。但在文学意义上，我确实喜欢他，喜欢他敢作敢为的性格"[①]。可见，莫言看待小说中的人物已经超越了狭隘的政治层面，而站到了人的高度上。他的小说创作着力探索人物"超越政治"的独立意识。《红高粱家族》赋予余占鳌土匪的身份，就是为了凸显其远离政治的独立精神。余占鳌即使在抗战期间，也不愿归属于某一政治派别，完全展现出一种"自主"精神；《生死疲劳》的蓝脸在人民公社时期拒绝入社，坚持单干，作者认为其个性是有价值的，这一人物在某种意义上也是寄寓着作者理想的人物；而《丰乳肥臀》的上官鲁氏不管对共产党的后代，还是国民党或伪军的后代都一视同仁，更是一种"超越政治"的独立精神的表现，也是作者着力赞美的形象。相反，莫言对那些在政治强权面前丧失个性独立的人物持批判的态度。《生死疲劳》中洪泰岳对政治的盲从与迷信，叙述者称其为"革命神经病"；《蛙》中姑姑因盲从计划生育政策而害死了许多无辜的生命，退休后受到群蛙的攻击，并深陷忏悔之中。这些人物形象都表现了创作者对"超越政治"的独立精神的重视。

"超越政治"的创作观念，是与五四新文学创作观，特别是鲁迅创作的独立精神是一致的。鲁迅认为文学"首先是艺术，然后才是其他"，他的"遵命文学"，遵从的是"革命的前驱者的命令"，而"不是皇上的圣旨，也不是金元和真的指挥刀"[②]。鲁迅为文学创作者如何保持个性独立树了榜样，也为如何处理好文学创作与政治的关系立了典范。

学界对莫言小说创作的独立意识、个体精神问题存在一些争议。譬如有人认为《丰乳肥臀》发表后，作者对作品的多次修改体现了其精神深

---

① 莫言：《在文学种种现象的背后——2002 年 12 月与王尧长谈》，《莫言对话新录》，北京：文化艺术出版社，2009 年，第 107 页。

② 鲁迅：《〈自选集〉自序》，《鲁迅全集》（第四卷），北京：人民文学出版社，1981 年，第 456 页。

处真正独立、个体意识的不足，这一观点应该说也不无道理，其个性独立精神也可能无法与一些五四作家相比。但也应该看到因时代文化语境的不同，《丰乳肥臀》于 1995 年在《大家》上连载后，作者曾受到了许多批评，国内曾一度禁止出版，一些不正当的批评也给作者带来了极大的伤害。莫言对作品的多次修改不管是迫于外在压力，还是出于艺术的目的，都不能完全说明其个性独立意识的不足，而只能说明特定时代的文化语境对作家个性独立意识的打压。而且也应该看到，莫言对作品修改还是坚持了自己的某些观点。

当然，"超越政治"并不是说文学作品要去除政治内容，相反的是文学作品还要处处体现着政治，因真正个性化叙事不能没有政治，而应该在"远离"政治之处显示其现实意义和力度。《天堂蒜薹之歌》的卷首语杜撰了一份斯大林语录："小说家总是想远离政治，小说却自己逼近了政治。"①这段话表达了小说与政治密不可分的关系，也体现了莫言对文学与政治之关系的思考。"超越政治"的创作观念，也许正如郜元宝所说，就是"真正的文学不反对政治，只是唾弃由政治支配自己的文学"②。莫言小说并没有特别地描写政治，"但处处充满了政治"③，这就是他小说创作"超越政治"的魅力。另外，应该指出的是，莫言小说中的政治表达是含混的、暧昧的，有着作者把握和书写政治的独到之处。有人认为在"暧昧的时代"，他运用"暧昧的政治表达方式是明智的"④。"超越政治"的创作观念，不但"使莫言的小说在精神境界方面，抵达'大生命意识'这样一种世界文学的高度"⑤，而且具有丰富的现实文化意蕴。

---

① 莫言：《天堂蒜薹之歌》，北京：作家出版社，2012 年。另外，本文所引用的莫言小说中的内容，除特别注明外，均出自作家出版社 2012 年版的《莫言文集》。

② 郜元宝：《郜元宝讲鲁迅》，合肥：安徽教育出版社，2010 年，第 56 页。

③ 莫言：《不同民族要能相互理解——2007 年 8 月与奥兹对话》，《莫言对话新录》，北京：文化艺术出版社，2009 年，第 300 页。

④ 吴俊：《歧义的莫言的暧昧》，《文艺理论研究》，2013 年第 8 期。

⑤ 杨守森：《生命意识与文艺创作》，《文史哲》，2014 年第 6 期。

（二）独异于"他者"

真正具有独立精神的作家不仅要有超越政治的观念，还要不屈从于任何文学社团或流派，也不听从于"他者"的影响。他可能在身份上属于某些社团或流派，但他真正进入创作时又会不完全属于那些社团或流派；他可能从他人的作品中得到启示，但又要极力远离他人的影响。莫言小说个性化叙事与新文学叙事都具有这种独异于"他者"的独立精神。

趋同和从众是个性化叙事的杀手，莫言小说创作力求避免趋同与从众。他在小说创作时"有强烈的自主性，他内在地具有一种对抗潮流的叛逆气质"①。新时期小说流派众多，风格各异，有人把莫言的小说归为"寻根派"，有人把其归为"现代派"，还有人将其划为"新感觉派"或"魔幻派"等，这些似乎都像又似乎都不像，他个性独异的创作风格决定了很难把他归于某一流派。莫言说，"我是一条不愿被人网住的鱼"②，表达了他强烈的个性独立意识。作为深受集体创作观念影响的作家，他对新时期前的非个性化叙事深恶痛绝，对当下的趋同化、模式化写作现象严厉批评，对个性化叙事立场的丧失保持着高度的警惕。他深深地认识到"从众"是人类共同的弱点，特别是那些经历过集体化创作训练的作者，即使时刻不忘记自己的个性，但"巨大的惯性"还会把其声音"变成大合唱中的一个无足轻重的声音"③。

莫言说，一个作者最好的处境，"应该是众叛亲离、孤军奋战"，而不应该去"拉帮结伙"④，这与鲁迅对作家与文学社团流派关系的观点极其相似。五四时期，虽然涌现出众多的文学社团流派，但这些社团大都是比较松散的组织，社团内的成员大都保持着自己的独立性。鲁迅指出："文学社

① 黄发有：《莫言的启示》，《东岳论丛》，2012 年第 12 期。

② 李福莹：《莫言：我是一条不愿被人网住的鱼》，《深圳晚报》，2007 年 7 月 21 日。

③ 莫言：《文学是我终身的事——2004 年 4 月第二届华语传媒大奖获奖感言》，《莫言讲演新篇》，北京：文化艺术出版社，2009 年，第 76 页。

④ 莫言：《说不尽的鲁迅——2006 年 12 月与孙郁对话》，《莫言对话新录》，北京：文化艺术出版社，2009 年，第 223 页。

团不是豆荚，包含在里面的，始终是豆。"① 莫言认为，"一个没人能够说出属于哪一流派的作家，才是有存在价值的作家"②，这是其独立精神的写照，也与一些新文学作家的独立意识是一致的。

莫言小说创作的独立精神还表现在他始终保持着对各种外在影响的警惕，坚守自己的独立立场。对中西方文学，他都主动学习借鉴，但又很注意距离感、分寸感。他既借鉴西方现代派文学的成功之处，也广泛吸取中国古代与现代文学传统的营养。譬如他曾模仿鲁迅笔法创作了《猫事荟萃》，但与鲁迅作品相比较，也"只是在文章的腔调上有几分像"③，"骨子里的东西"是完全不同的。莫言的许多作品似乎有着西方文学的影子，但如果仔细分析，又会发现这些作品其实有着更浓厚的东方文化意蕴。他继承了齐文化广采博取、融合创新的精神，能广泛化用古今中外各色文学传统，融会贯通，如蜂酿蜜、蚕吐丝，把传统文学精髓化为自己的东西，因此这不是简单的借鉴或模仿，而是高层次的化用，如糖溶于水，看不见但味道已存。对此，莫言认为，高明的作家之所以能做到受他人的影响却"不留下痕迹"，是因为这些作家"有一个强大的'本我'"，并且能"时刻注意用这个'本我'去覆盖学习的对象"④。

莫言认为阅读他人作品"是一次对话，甚至是一次恋爱"，谈得好会成为"伴侣"，谈不好就各奔东西。"对话"与"恋爱"的形象化比喻说明，阅读借鉴时，"我"有独立的人格、自由的个性，不因盲目地模仿他人而丧失自我。在莫言看来，所谓的影响只是"一种唤醒"，是阅读他人作品时把个人已有的"内心深处"的"个性当中的沉睡的一些气质唤醒"⑤，

---

① 鲁迅：《中国新文学大系·小说二集·导言》，《鲁迅全集》（第六卷），北京：人民文学出版社，1981年，第255页。

② 莫言：《中国当代文学边缘——2002年与法国汉学家杜特莱对话》，《莫言对话新录》，北京：文化艺术出版社，2010年，第253页。

③ 莫言：《读鲁迅杂感》，《莫言散文新篇》，北京：文化艺术出版社，2009年，第94页。

④ 莫言：《影响的焦虑——2008年10月在中美文学论坛的讲演》，《莫言讲演新篇》，北京：文化艺术出版社，2009年，第326页。

⑤ 莫言：《作为老百姓写作：访谈对话录》，深圳：海天出版社，2007年，第230页。

如果你内心深处没有，阅读再好的作品也不可能产生影响；而且在借鉴的时候，还要注意赋予"属于艺术个性"的东西，也就是赋予由我们民族的东西来构成和反映的"我们自己的丰富生活"①。由此可见，讨论莫言小说的酒神精神、魔幻现实主义等问题时，不能仅关注西方文学的影响，还应重点分析西方文学的影响究竟唤醒了其自身内在的哪些传统文化因子，这样的思考也许更有价值。

确实，在新时期文坛上，莫言是一个很难被归为某一流派的作家。刘再复称其是"特立独行的牛仔"②，这是对他忠实于自我表现的个体独立精神的肯定。当然，在他"特立独行"的创作中，独立主要是创作立场，自由才是创作的真正动力，二者往往相伴而生。

第二节　叛逆写作与自由叙事精神

从理论上看，"处于自然状态的人的自由意志是人性发展的最佳境界，一旦提出规范前提便是对人性的束缚"③。但反过来看，没有生命的压抑就没有文学，对此，鲁迅说过，"生命力受了压抑而生的苦闷懊恼乃是文艺的根柢"④。对具有强烈的个性化意识的创作者来说，一切既定的创作思想或规范都是对其创作自由的束缚。因此，真正的个性化叙事往往都伴生着显在或潜在的叛逆意识，这就要求创作者要怀着叛逆之心进行写作，是一种叛逆写作。

引人注意的是，20 世纪的两次个性大解放、大张扬，都是思想文化大

---

① 莫言：《影响的焦虑——2008 年 10 月在中美文学论坛的讲演》，《莫言讲演新篇》，北京：文化艺术出版社，2009 年，第 327 页。

② 刘再复，卫毅：《刘再复谈莫言》，见徐怀中等：《乡亲好友说莫言》，济南：山东大学出版社，2013 年，第 17 页。

③ 张福贵：《"活着"的鲁迅——鲁迅文化选择的当代意义》，北京：社会科学文献出版社，2010 年，第 24 页。

④ 鲁迅：《〈苦闷的象征〉引言》，《鲁迅全集》（第十卷），北京：人民文学出版社，1981 年，第 232 页。

压抑后的大爆发：一次是五四时期，另一次是在 20 世纪 80 年代。另外，两次个性意识的高涨都是在西方文化的冲击影响下出现的。可见，这两次个性精神的高涨都是文化高度压抑后的必然结果，当然也是外来文化影响的结果。不同的是，五四个性文学思潮具有强烈的反封建的叛逆意识；而80 年代的个性文学思潮的兴起主要是由反"文革"专制引发的，也具有鲜明的叛逆色彩。表现在文学创作上，这两个时期的作家大都有着叛逆写作心态。

一、"叛逆写作"与自由精神

与五四新文学内容上的反封建和艺术上的反束缚相似，莫言小说叙事观念的叛逆意识也主要表现在两个方面：一是思想上的反专制；二是艺术上的反束缚。

莫言小说创作的叛逆意识主要表现在对专制思想的批判方面。他意识到所有的体制，都是对个性自由的约束，但作家创作跟体制的对抗，并不是主动去违反公德，而是要保持一种精神的警惕与独立。他创作时对具有叛逆精神的人物着力刻画，对专制思想大加批判，对专制下的人性迷失深表同情，这都表现了其创作的叛逆意识。他认为，"真正的高贵者是面对着高贵者不弯腰屈膝的人，真正的勇敢者是那些敢于坚持真理的人"[①]。《生死疲劳》的蓝脸是作者着力塑造的具有政治叛逆精神的形象，也是他小说中为数不多的"真正的高贵者"或"勇敢者"形象。

莫言个性化叙事的叛逆意识不仅表现在对专制思想的批判，还表现在他对落后的传统思想和现代名利物欲等思想的批判上。相对于五四新文学的叛逆意识而言，他创作的叛逆精神可能不像新文学文学反封建意识那样强烈，但其叛逆书写涉及的范围更为广泛。

在艺术上，莫言也具有鲜明的叛逆意识，他认为一切既定的文学规范既是作家创作的依据，也是对作家创作的约束。他对创作规范的模式化保

---

① 莫言：《文学个性化刍议——2004 年 8 月在深圳社会大讲堂的讲演》，《莫言讲演新篇》，北京：文化艺术出版社，2009 年，第 289 页。

持高度的警惕，尽量避免落入他人创作的"窠臼"。1987年，他谈到要避开福克纳和马尔克斯"这两座灼人的高炉"，他说，"在接下来的十几年里，我一直怀着叛逆之心写作"①。叛逆写作，就是一种在叛逆心态下的写作，也是创作者个性自由精神张扬的写作。叛逆意识是文学艺术形式创新发展的前提，五四新文学的发生是现代作家对古代"载道"的"八股"式文学的反叛，鲁迅如果不是带着叛逆之心也不会写出"格式特别"的第一篇现代白话小说。因此，可以说没有叛逆写作就没有新文学形式创新的发生，也没有文学的创新与发展。

莫言的叛逆写作主要表现在两个方面：一是对他人创作的对抗；二是对本人已有创作的对抗。首先，莫言小说创作是对他人创作的对抗，但主要是对新时期以前政治化、集体化创作的对抗。他的小说创作一直保持着对中西文学传统既继承又对抗的姿态，对模式化、类同化创作有着高度的警惕。其次，莫言小说创作不仅是对他人创作的对抗，也是与其本人以往创作的对抗。莫言说：一个人开始写作时可以"用别人做假想敌"，"越到后面就要把自己当成假想敌，能够写出跟自己以前的小说不一样的小说肯定是很好的东西"②。他的作品，不管是内容还是艺术，几乎每一篇都与众不同，当评论界似乎从其最近的创作中发现了某些规律性的东西，正欲对其创作风格做出界定时，他的下一部作品，马上会出现180度的大反转，令批评家无所适从。莫言确实是一条不愿意"被人网住的鱼"，始终怀着叛逆之心进行创作。

另外，需要特别指出的是，莫言小说创作的叛逆意识有着新文学叙事传统的影响，但也包含着反叛。他小说创作的叛逆意识来自高度的个性自由精神，在某种意义上，这种精神也可以说具有对新文学叙事传统的传承，但其对新文学叙事传统的继承，不是沿袭其形式，而是继承其内核——就是具有反叛性的个性自由精神。由此可见，莫言小说创作也是

---

① 莫言：《中国小说传统：从我的三部长篇小说谈起——2006年5月在鲁迅博物馆的讲演》，《莫言讲演新篇》，北京：文化艺术出版社，2009年，第332页。

② 张英：《莫言：姑姑的故事现在可以写了》，《南方周末》，2010年2月21日。

对新文学叙事传统的反叛式继承，因如果不反叛传统就不能获取传统的精髓，也就不可能实现真正的个性自由。正因莫言小说创作具有与五四新文学相似的个性自由精神，他才发现，"文学应该百无禁忌（特定意义），应该大胆地凌云健笔"①；文学"没有不可写的东西"，"鲁迅先生不是说过，毛毛虫、鼻涕、大便不能写入小说吗？这我觉得也未必，毛毛虫一转身，不就变成了美丽的蝴蝶吗？"②他认为文学创作"没有不可写的东西"，体现了高度的个性自由意识。米兰·昆德拉认为，"媚俗就是对大便的绝对否定"③，照此来看，莫言对新文学叙事传统禁忌的不认同，也是一种拒绝"媚俗"的姿态。

在个性化叙事中，怎样体现作家的叛逆意识呢？对此，有些读者发现了莫言叛逆写作的奥秘。有人称其"具有逆向思维的能力"④，也有人说不应简单地称之为"逆向思维"，而应该称之为"反写"⑤。其实，不管是"逆向思维"，还是"反写"，都强调创作要有一颗"叛逆之心"，而"叛逆之心"的根源就是听从"内在自由"的天马行空的大精神。

二、听从内在自由

苏珊·桑塔格说，"文学就是自由"⑥，文学是个体生命的表现形式，总是与人的自由天性相关。

自由是人的天性，但作为生存于社会群体中的个体生命，人总要"受

---

① 莫言：《天马行空》，见杨守森等：《莫言研究三十年》（上），济南：山东大学出版社，2013年，第296页。

② 莫言：《写最想写的——2006年6月在上海大学的讲演》，《莫言讲演新篇》，北京：文化艺术出版社，2009年，第178页。

③ [捷]米兰·昆德拉：《生命中不能承受之轻》，韩少功等译，北京：作家出版社，1989年，第264页。

④ 兰传斌：《把自己当罪人来写——与莫言对话茅盾文学奖作品〈蛙〉》，见杨守森等：《莫言研究三十年》（下），济南：山东大学出版社，2013年，第336页。

⑤ 李万钧：《试论莫言小说的借鉴特色和独创性》，见杨守森等：《莫言研究三十年》（上），济南：山东大学出版社，2013年，第144页。

⑥ [美]苏珊·桑塔格：《文学就是自由》，《同时：随笔与演说》，上海：上海译文出版社，2009年，第197页。

存在的奴役"①，这决定了个体的自由总会受诸多因素的压抑。受压抑的自由意识，不能得以张扬或宣泄，只能以无意识或潜意识的状态存在。莫言认为文学创作一旦进入"轻松、自由、信口开河的写作状态"，"脉络分明的理性无法不让位给毛茸茸的感性；上意识的意识无法不败在下意识的力量下"②。人内心深处潜藏着一种无意识的自由冲动，莫言小说创作正是深入到潜意识或无意识层面，才听到了来自自身内在的声音。

莫言小说叙事的自由精神，一直是评论界关注的热点。有人指出从莫言作品"可以看出创作主体绝对自由的精神状态"，是"在天马行空的心灵境界中进行的创作"③；有人认为"莫言叙事的天籁之声既来自他大彻大悟的心灵自由，更来自他在不断的艺术探索中获得的自由表达"④；还有人认为他的小说叙事代表了一种"完全没有任何约束、随心所欲的自由境界"⑤；等等。可见，人们对莫言小说叙事自由精神评价之高。

莫言小说叙事的自由精神为何能引起众多评论者的交口称赞呢？因其自由精神是一种真正的个性自由，也就是一种绝对自由。五四时期，周作人曾借他人之口说，"我想文学的世界里，应当绝对自由。"⑥所谓绝对自由就是一种个性自由。什么是个性自由呢？真正的个性自由是一种只听从个体生命的本能，顺其自然，并力图摆脱任何约束的、无拘无束的境界。"因为从精神属性所形成的个性，实际上也是一种'本能'"⑦，因此，个性

---

① [俄]尼古拉·别尔嘉耶夫：《人的奴役与自由——人格主义哲学的体认》，徐黎明译，贵阳：贵州人民出版社，1994年，第55页。

② 莫言：《〈奇死〉后的信笔涂鸦》，《昆仑》，1986年第6期。

③ 洪治刚：《莫言是一个奇特的存在》，《百家评论》，2012年第1期。

④ 黄万华：《自由的诉说：莫言叙事的天籁之声——莫言新世纪10年的小说》，《东岳论丛》，2012年第10期。

⑤ 吴义勤，刘进军：《"自由"的小说——评莫言的小说〈生死疲劳〉》，《山花》，2006年第5期。

⑥ 周作人：《文艺的统一》，《周作人散文全集》（2），桂林：广西师范大学出版社，2009年，第570页。

⑦ 王铁仙：《周作人的人性观和个性主义思想的嬗变》，《华东师范大学学报》，1994年第3期。

自由也就是个体生命本能的自由，是一种身体内在的自由。文学创作不应有过多的限制，而应听从个体身体内在自由的声音，这样才能展现出创作者独特的内在世界，也才会出现百花齐放的创作局面。莫言主张文学创作"要多一点天马行空的狂气和雄风"，在创作思想和艺术上，"不妨有点随意性，有点邪劲儿"，文学应该是创作者"潜意识的发泄"①，这也强调了听从个体内在自由声音的重要性。

让人深思的是，鲁迅认为"非有天马行空似的大精神即无大艺术的产生"②，认为创作者应从各种外在的束缚中解放出来，从而获取天马行空的精神，莫言在谈小说创作时，也多次提到这一观点，可见二人的个性自由精神存在着某种共通之处，他也可谓是鲁迅个性自由精神的真正传人之一。

内在自由的表达会让小说成为一种真正自由的艺术。这种内在自由首先表现在小说人物身上，往往体现出一种鲜明的自由精神。莫言小说中许多人物体现出一种遵从身体内在自由的特点，《红高粱》中的余占鳌，因"握了我奶奶的脚唤醒了他心中创造新生活的灵感"③，才彻底改变了二人的一生；《天堂蒜薹之歌》的高马为现实所压，唤起了他身体内在的反抗专制追求自由的意识，等等。这些小说写出了生命个体丰富的内在世界，并把个体生命的意识、潜意识和无意识世界完全打通了。因为所谓的个性的自由，不但是精神的自由，而且包括人的精神和肉体、内在和外在的全部自由。这种听从身体内在自由的人物形象，在五四新文学中也经常出现，但五四文学中人物的个性自由常常为民族国家的群体利益所压制。像郁达夫的《沉沦》就是一部注重展现身体内在纷争苦闷的小说，留日学生饱受非理性生命冲动的压抑、道德意识的约束，再加上对家国失望的痛心，最终无法忍受异国他乡的歧视以及性压抑的苦闷而投海自杀了。丁玲的《莎菲

---

① 《文学评论》记者：《几位青年军人的文学思索》，《文学评论》，1986 年第 2 期。

② 鲁迅：《译文序跋集·〈苦闷的象征〉引言》，《鲁迅全集》（第十卷），北京：人民文学出版社，1981 年，第 232 页。

③ 莫言：《红高粱家族》，北京：作家出版社，2012 年，第 41 页。

女士日记》，把一个追求爱情的女子的情感癫狂状态表现得大胆直露，写出了渴望女性解放的呐喊，但这种声音最终为外在的道德理性所压制。古今中外许多作家都写出了个体内在自由的声音，但因不同时代、地域的创作者不同的身份、经历和体验，他们抒写的自由声音不同，给读者的感染力也不一样，但他们对个性自由的向往是一致的，因此能打动古今中外的不同读者。其次，这种内在自由还表现在小说的艺术手法、文体自觉意识等方面。莫言小说中丰富的想象、联想、隐喻和象征手法的运用，体现出一种随心所欲不逾矩的艺术自由精神。

莫言小说创作的强烈的个体自由精神与五四时期高扬的自由精神有诸多的相似之处，特别是与鲁迅强烈的个体精神有一定的"家族相似性"①，但又有很大的差别。因五四新文学的个性解放更加重视人物精神的自由，常带有明显的理性色彩，而莫言小说叙事更倾向于人物的肉身自由，带有明显的非理性倾向。五四新作家对个性自由的理解，大都立足于个人与民族国家的关系，重视个性自由思想的反封建意义，而莫言小说叙事则更为重视创作主体内在的自由，带有明显的传统庄子式的个性自由特点。

怎样才能获得内在自由的表达呢？创作者必须直面自己的灵魂，倾听个体内在的声音。正如伊藤虎丸所说，"所谓获得自由，是把思想和文学的运作，收归给个人"，因文学本来就是个人行为，"是作为'个'的精神自出的产物"②。在莫言看来，因每个作家都有自己独特的世界，每个作家也都能自由地"发出自己的声音"，一个作家如果不从自我体验出发，那"这个作家的创作实际上无法开始"③。

创作者只有实现了内在自由的表达，才能真正做到无拘无束、天马行空。对自由的渴望是文学永恒的主题，自由的境界也是人类永远的向往，文学艺术创作就是要在有限自由的空间内寻找更大自由的可能。因此，高

---

① 王学谦：《莫言与鲁迅的家族性相似》，《吉林大学社会科学学报》，2014年第3期。

② [日]伊藤虎丸：《鲁迅与日本人——亚洲的近代与"个"的思想》，李冬木译，石家庄：河北教育出版社，2001年，第121页。

③ 莫言：《当代文学创作中的十大关系——2006年11月在第七届深圳读书论坛上的讲演》，《莫言讲演新篇》，北京：文化艺术出版社，2009年，第252页。

度表现自我、张扬个性自由的作品大都有着普世的价值。

自由对文学艺术创作来说是非常重要的，也是必要的，但自由总是相对的。莫言清楚地意识到"对艺术家来讲，过分的自由反而不一定是件好事"，他在谈到保罗·安德鲁设计的国家大剧院时说："我觉得他这个建筑实际上是一个天才之作，就是在一种高度限制中的自由的发挥。"[①] 创作自由，也只是相对而言，一个人在创作过程中不可能完全摆脱艺术规律的约束，也不可能完全无视读者的期待视野。因此，莫言认为在文学创作过程中，"完全的自由也是没有的"，你在创作过程中的一切自由和创新，其"前提是必须让人能看懂"，"文学创作的自由也是'戴着镣铐在跳舞'，一种限制的自由"[②]，这与五四新文学提出的创作自由观念也是一致的。

莫言小说创作的个性自由精神如果从渊源上来说，其最直接来源之一就是新文学，但他在学习和借鉴新文学叙事传统的同时，又对其给予个性化的重估。上文提到莫言小说创作传承新文学叙事传统的精髓，但又反叛这一传统，其实，反叛传统的说法是不恰当的，应称之为"扬弃"，也就是在批判中继承与创新。以个人体验重估一切价值，这一点是理解和把握莫言小说叙事思想的精髓。继承新文学叙事传统，而又重构这一传统，这是莫言小说创作与新文学叙事传统的联系的关键点，也是其意义之所在。吴炫曾呼吁"当代中国个体同样也应该对'五四'以来中国知识分子选择西方个体观对抗传统文化所构成的'西化式个体'进行调整、改造和批判理解"[③]。其实，莫言小说创作就体现了对新文学叙事传统的"调整、改造和批判理解"，而不是简单的传承。

① 莫言：《文学与时代——2011 年 12 月 7 日在解放军艺术学院的演讲》，《解放军艺术学院学报》，2012 年第 2 期。

② 莫言：《在文学种种现象的背后——2002 年 12 月与王尧长谈》，《莫言对话新录》，北京：文化艺术出版社，2009 年，第 163 页。

③ 吴炫：《构建当代中国个体观的原创性路径》，《学术月刊》，2012 年第 10 期。

第三节　自我写作与个性化创新意识

　　有人指出莫言"是中国当代最具原创性的作家"①。何谓原创？莫言说："所谓的原创，以我的理解，就是个性化"②，"所谓的原创性，是作家个性的最集中的表现"③。个性和原创并非同一，有个性的作品不一定是原创的，但原创的作品应该都有个性。坚守个性化叙事是文学艺术原创性的源泉。

　　个性的张扬、自我的实现是原创性作品产生的必要条件。因无论作家有着怎样的创作动机，一旦进入创作，难免要受某些创作规范的约束，"而它的头一条，就是：坦白你自己"④。作家在创作时，需要表达自我，"坦白"自我，但在新时期之前很长一段时间内，文学成为政治宣传的工具，文学的个性化创新意识已被人们所淡忘，文学创作甚至一度成为领导、群众和作家"三结合"协同劳动的结果，这致使许多作家丧失了"坦白"自我的勇气和能力，也导致了文学原创性的下降。在高度政治化创作观念的引导下，文学创作只是概念化、机械化或模式化的加工，创作者的自我个性意识被压抑到了最低限度，个性化叙事的创新意识也受到了极大的压制。

　　莫言小说创作的个性化创新意识，既是对新时期以前非个性化创作的反抗，也是时代发展的需要。新时期社会主义市场经济的发展，更加重视个体的创新能力，而自由宽松的文化语境，为文学创作者的个性张扬提供了广阔的空间。莫言小说创作不管怎样变化，其实都在书写个体生命存在

---

①　刘再复：《莫言的震撼与启迪——从李欧梵的〈人文六讲〉谈起》，《读书》，2013年第5期。

②　莫言：《文学个性化刍议——2004年8月在深圳社会大讲堂的讲演》，《莫言讲演新篇》，北京：文化艺术出版社，2009年，第286页。

③　莫言：《饥饿者的自然反应——2003年10月与法国〈新观察报〉记者对话》，《莫言对话新录》，北京：文化艺术出版社，2009年，第279页。

④　王晓明：《无法直面的人生》，上海：上海文艺出版社，1993年，第59页。

的独特体验。

一、"自我实现"的追求

创作者只有高扬个性，才可能有原创性作品的产生。莫言认为文学创作就是要突破现有的规范，最大限度地去探险、发现，要"敢于折腾"。"那股折腾劲儿，犹如猛虎下山、蛟龙入海……如是，作品就有所谓作家自我个性的灵气了。失去了作家的自我特征，也就失去了动人的灵魂"[①]。按莫言的说法，具有强烈个性特征的作品才具有自我创造的意义。文学主体性理论认为：这种自我创造不是对自我的简单复制、表现，而是对"自我的解放、发展和探索。对理想自我的发现带有探险的性质，他像一座未剪彩的塑像，一旦揭幕总会令人感到出乎意料"[②]，文学的魅力就在于对自我的"探险"。

艺术的原创性与创作者的个性意识存在着密切联系，真正的艺术作品无不打上创作者的个性烙印，而不同创作者体现出的不同个性特质，就是创作者个性化创新意识的体现。对自我生命体验及对自我可能性探索的书写往往带有自我与"他者"的"差异化"、不同于"他者"的自我异质性特征。文学创作就是"要呈现'同质化'中的'差异化'来"，而"对个人经验异质性的表达，是现代文学的基本起点"[③]。五四文学的兴起是在个性主义思潮的影响下，创作者发现了"自我"与"他者"的差异化存在。鲁迅在西方文化影响下对民族传统文化的审视，使他发现了自身具有撒旦气质的"任个人"式的狂气；郭沫若发现了自我再生的"涅槃"意识；郁达夫发现了自我的"苦闷和忧郁"……莫言小说创作的原创意识其实也是源于其对自我异质性的书写，体现出一种从"文革集体化"叙事的束缚中挣脱出来后开始关心个体自我的证明。

文学创作常遇到文学传统与创作者个性化创新的矛盾，遇到个性化表

---

① 《文学评论》记者：《几位青年军人的文学思考》，《文学评论》，1986 年第 2 期。

② 杨春时：《论文艺的充分主体性和超越性》，载红旗杂志编辑部：《文学主体性论争集》，北京：红旗出版社，1986 年，第 215 页。

③ 张柠：《莫言的意义和研究的歧路》，《中国图书评论》，2012 年第 11 期。

达与传统审美观念对立的难题。而要解决这一矛盾和难题，对于创作者来说，就只能靠不懈的自我探索。五四文学注重个性表达，追求个性解放，并有明显的反封建意识。莫言小说创作因时代背景与个体经历的差异，自然与五四文学不同。譬如莫言和鲁迅皆写过复仇题材的小说，较有代表性的是莫言的《复仇者》和鲁迅的《铸剑》，这两篇小说的主题与情节等有诸多相似之处，但由于时代背景和个体经历的差异，二者又体现出不同的个体异质性。《铸剑》写替父报仇的眉间尺在宴之敖的帮助下，最终砍下了国王的头颅；而《复仇者》中的复仇人却是两位农村的"小屁孩"，复仇故事也衍化成了一场闹剧。虽然阮书记的腿被砍掉了，但砍掉其双腿的不是复仇者，而是阮书记本人。因复仇者大毛、二毛面对"仇人"根本下不了手，对阮书记是否是真正的仇人也似是而非。鲁迅强烈的反封建意识，使他在《铸剑》中化身为义无反顾的侠客，希望能和封建统治者同归于尽；而莫言小说中的复仇者，却是一群懵懂无知的孩子，他们的复仇对象主要是地方专制的代表。被复仇者在复仇者下不了手的情况下，砍掉了自己的双腿。可见，莫言小说中的复仇意识与《铸剑》相比，很模糊，也很无力。也许他觉得，现代人要向专制者复仇是无能为力的，其结果也只能是一出闹剧而已。莫言和鲁迅的复仇叙事都是不同时代的创作者的个体体验与想象的表达，都带有创作者鲜明的个性烙印。但因个体经历与体验的差异及时代的变化，与鲁迅相比，莫言小说中的复仇意识已大为减弱，而宽容和忏悔意识却明显增强。莫言对鲁迅小说的复仇书写一直饶有兴趣，他曾多次在访谈和演讲时谈到对《铸剑》的欣赏，当年在北师大读文学创作研究生班时，他课程考试写的就是对《铸剑》的解读[①]。虽然他欣赏鲁迅的复仇书写，但当其创作时，并没有完全模仿鲁迅的主题和笔法，而是融入了自己的个人体验。莫言说："我们太多复仇的文学，太多复仇的教育，却没有宽恕和忏悔的传统。"[②] 由此可见，20 世纪初期文学的复仇书

---

① 莫言：《谁是复仇者？——〈铸剑〉解读》，《中国现代文学研究丛刊》，1991 年第 3 期。

② 莫言：《当代文学创作中的十大关系——2006 年 11 月在第七届深圳读书论坛上的讲演》，《莫言讲演新篇》，北京：文化艺术出版社，2009 年，第 239 页。

写，到 20 世纪末已化为一种忏悔与宽容意识的表达，这是时代变化，是不同创作者不同的个性化体验的表达，也是不同创作者"自我实现"的需要。

从个性心理学来看，文学的创新主要源于创作者"自我实现"的需要。自我实现又称自身实现。荣格把自我 (ego) 和自身（self）进行了区分，他认为"自我"仅是意识领域的内容，而"自身"是个体整个的身心主体，包括意识和潜意识两个方面。因莫言小说所表现的个性自我，不仅是意识领域的自我，还包括潜意识或无意识领域的自我，所以本文所讲的"自我"，在许多时候都是指"自身"，即个体的身心整体。荣格认为，"自身将整个个性结构加以整合并使之稳定……使个性处于一种和谐状态，使个性成为一个统一体，个人便处于自我实现的境界"①，因此"自身是自我实现的一种内驱力"。马斯洛对个性的"自我实现"问题进行了较系统的研究，其性格理论也被称为"个性的自我实现理论"。他认为自我实现的需要就是创造的需要，是"追求实现自我理想的需要"，"你是什么角色，就应该做什么样的事，这种动机就叫自我实现"②。因此，可以说，所谓自我实现的创造功能，即是创作者的个性自由发挥到最大限度，从而获取与众不同的异质性表达，实现自我的创造性。

莫言在小说创作时意识到如果"不再创造一个、开辟一个属于我们自己的地区，我就永远不能具有自己的特色"③。他的小说创作表明，文学创作最为可贵的就是对个性的坚守和个性化创新，这是其为当下文学创作提供的最有价值的经验。

---

① 叶奕乾、孔克勤:《个性心理学》，上海：华东师范大学出版社，1993 年，第 269 页。
② 叶奕乾、孔克勤:《个性心理学》，上海：华东师范大学出版社，1993 年，第 311 页。
③ 莫言:《两座灼热的高炉——加西亚·马尔克斯和福克纳》，《世界文学》，1986 年第 3 期。在此文中莫言提出了要"树立一个属于自己的对人生的看法""开辟一个属于自己的领域或阵地""建立一个属于自己的人物体系""形成一套属于自己的叙述风格"并认为"这些是不死的保障"。

二、"高密东北乡"的个性化创新

当莫言意识到文学创作必须体现出自我的异质性时，他的文学创造才真正开始。如果说他在《透明的红萝卜》中找到了自身，那么在《白狗秋千架》中则找到了精神的原乡——"高密东北乡"。"高密东北乡"是莫言在童年记忆的基础上建构起来的"一个文学的幻境"，是其"文学故乡"。他为建构这一"文学故乡"提出了一系列的建设目标，这些目标也体现着其个性化原创意识的表现，也是其"不死的保障"。

首先，开辟"属于自己的领域或阵地"。"高密东北乡"是莫言建造的一个文学王国。在这里，他可以呼风唤雨、移山填海，他说，"我就是这个王国的国王"，"我让谁死谁就死，让谁活谁就活"[1]。叶开认为"莫言是莫始皇，以此类推，上下从容"[2]。其实，他不仅是"莫始皇"，而且还是"莫独裁"。莫言为何会成为"高密东北乡"的独裁者，这主要是因其在现实生活中受到了极大的压抑，而"高密东北乡"为他提供了被压抑的生命能量释放的场所，这也是对现实个性压抑的补偿。莫言说在现实生活中自己是一位胆怯懦弱的人，但在写小说的时候，就"色胆包天"，具有坚强的意志与无所畏惧的胆量。因在现实世界无法完全实现自我，所以只能到虚幻的文学世界去寻求"自我实现"，他"体会到了一个作家在创作过程中的最大的幸福：开天辟地，颐指气使"[3]。作家在创作中体验到的幸福感，其实也是他在现实中难以实现的自由理想获得补偿后的满足感。

"高密东北乡"也是莫言开辟的"文学故乡"。五四新文学的故乡书写始自鲁迅，随后许多作家对故乡的书写，大都着眼于批判故乡的愚昧与凝滞，都是对鲁迅故乡书写内容的追随。而莫言的故乡书写与其他五四新文学作家不同，他是对鲁迅故乡书写的自由创造精神的追随。他甚至认为

---

[1] 莫言：《福克纳大叔，你好吗？——2000年3月在加州大学伯克莱校区的讲演》，《莫言讲演新篇》，北京：文化艺术出版社，2012年，第120页。

[2] 叶开：《莫言评传》，郑州：河南文艺出版社，2008年，第6页。

[3] 莫言：《没有个性就没有共性——2005年5月在韩国"东亚文学大会"上的讲演》，《莫言讲演新篇》，北京：文化艺术出版社，2012年，第32页。

"故乡应该是开放的"，"必须把故乡的概念拓展开"①。莫言把故乡建构成"自己的文学藏宝地"，这块藏宝地其实也是他体验过的"生命原乡"，他与自己的文学故乡"相互建构、意义互生"②。

其次，建立"属于自己的人物体系"。莫言不仅创造了自己的文学故乡，而且还创生了一整套完整的乡民形象系列。在这群乡民中，不但有老有少，有男有女；有土著农民，也有外地移民；有土匪和英雄，也有萎缩懦夫；有身残异禀之人，也有半人半兽之徒……现实社会的各色人物，在其"高密东北乡"中都一应俱全。在这众多人物形象中，最引人注目的是一系列忠于身体本能的"自主"形象。《红高粱》的余占鳌和戴凤莲、《丰乳肥臀》的司马库、《天堂蒜薹之歌》的高马、《四十一炮》的罗通，还有《生死疲劳》的蓝解放等，这些人物都既有独立意识，又有自由精神。他们是作者着力刻画的民间个性自由者，都有着顽强的生命力、不屈的生存意志和鲜明的爱欲追求，他们在某种意义上都是具有原创性的文学形象。

五四新文学曾着力呼唤个性的觉醒与自由，莫言小说也塑造了一群民间的"个性自由者"形象。当然，塑造民间的"个性自由者"并不自莫言始，早在20世纪30年代，沈从文的小说，就塑造了一系列具有原始生命强力的"个性自由者"形象，如虎雏、会明和龙朱等。但沈从文塑造的这些人物，更多的是体现了一种优美、自然、健康而"不悖于人性"的形象。而莫言笔下的民间"个体自由者"形象，大多是圣洁美丽和世俗龌龊的统一体，这表现了其对民间个性自由精神的独特体认。

再次，树立"自己对人生的看法"。文学创作应树立自己对人生的看法，这看法主要来自不同创作者的个体生命体验，而不是来自政治教条、教科书或流行观念。莫言说："个性不是来自流行和时髦，而是一种发自内心的需要，是一种对于人生和社会的独特理解。"③这一点，与五四文学创

---

① 刘慧：《总在和自己决裂的人——莫言的人生与创作》，《文学报》，2012年10月18日。

② 温儒敏、叶诚生：《"写在历史边上"的故事——莫言小说的现代质》，《东岳论丛》，2012年第12期。

③ 莫言：《文学个性化刍议——2004年8月在深圳社会大讲堂的讲演》，《莫言讲演新篇》，北京：文化艺术出版社，2012年，第293页。

作思想有相似之处。莫言小说与以鲁迅为代表的五四文学都非常重视个体人生体验的表达。

与五四文学有所差异的是，莫言小说非常重视自身对自然与社会的独特体验的表达。童年时饱受饥饿折磨的经历使他对五四文学过度宣扬精神解放，有一种天然的对抗。他小说中的个性解放，不仅是精神解放，也是一种肉身解放、感性解放。他忠实于自己的身体体验，身体也是其感知世界的路径和重估一切的根本。身体不仅是世界的主宰，也是一切意义的出发点，更重要的是，"人的感性当下的生命体验才是确立世界的终极价值的真正出发点"[1]。他用自己的身体去重新探索个性自主实现的可能与局限，思考个性的压抑和异化，重估社会道德的价值，反思人性的可能与局限，思考自我与社会、世界的关系。

在莫言看来，个体的身体是世界的本源，也是艺术的源泉，"我"在世界当中，世界也因"我"身体而存在。他的小说叙事拒绝一切神圣的教义，而只相信自我生命体验，只相信自身体验。莫言小说创作的自我意识非常强烈，而"自我意识的深刻与否，是衡量现代人格与精神哲学层次的一个标准"[2]。所以有人发现，莫言始终在"寻找一条自己的'河道'，一个属于个人文学表达的'出口'"[3]。他把创作的独立自由精神奉为法宝，把个体体验作为文学艺术创新的源泉。

最后，"形成一套属于自己的叙述风格"。莫言小说创作非常重视个人独特风格的形成，是否创造了新的风格是他判定作家作品价值的标准，也是他孜孜以求的创作目标。莫言小说具有鲜明的个人风格，一般认为，他的主要风格就是强烈的个性自由精神、独特的地域文化气息、魔幻现实主义色彩和贯穿始终的人性剖析等。在这些规律性的风格特点中，强烈的个性自由精神是他风格的核心，独特的地域文化为他提供了个性自由发挥的

---

① 张辉：《审美现代性批判》，北京：北京大学出版社，1999年，第5页。

② 孙郁：《20世纪中国最忧患的灵魂》，北京：群言出版社，1993年，第104页。

③ 张毅：《寻访大师　沿着故乡的河流》，见徐怀中等：《乡亲好友说莫言》，济南：山东大学出版社，2013年，第18页。

平台，魔幻现实主义的启示为其个性自由表达摆脱了羁绊，而创作过程中始终如一的人性剖析则是他个性自由精神寻求共性表达的体现。

莫言说他特别喜欢现代作家中的鲁迅、沈从文、萧红和老舍，但是不欣赏另外几个现代文学史上的"著名作家"，"因为他们不曾创造新的风格"①。莫言小说的艺术风格非常独特，但又很难明确界定。他的小说具有明显的多面性、多变性和浑融性特征。对比来看，莫言小说与五四新文学的总体风格具有明显差别，但也有相通之处。其相通之处就是自由创造精神，这也是二者对话的基础。

三、"同化"与"亲历"

莫言小说创作之所以具有如此鲜明的原创意识，关键在于创作者具有以强大的"本我"同化外物的本领。前文提到莫言认为高明的作家之所以能做到受他人的影响却"不留下痕迹"，是因这些作家具有一个强大的"本我"，并且能"用这个'本我'去覆盖学习的对象"。在此说的"本我"，不仅指意识中的"自我"，应该也包括来自潜意识或无意识的"自我"或"自身"。莫言认为"同化"就是"把听来的看来的别人的生活当做自己的生活来写"，"同化"能力也就是"用自己的情感经历来同化别人生活的能力"②。他的小说叙事之所以具有强烈的主观色彩、鲜明的个性化创新意识，正因他具有这种以强大的"本我"去同化外物的能力。

莫言强大的"本我"为何能同化外来事物呢？这只能借助于发生认识学理论和具身认知理论进行阐释。发生认识论认为"一般认识是通过个体的认识活动组成和表现出来的，人们对一般认识规律的研究，只能通过对个体认识活动的研究去实现"③。皮亚杰认为个体的认识活动实际上包含一种"同化"和"顺应"的双向构建过程。他把"外界元素整合于一个机体

① 莫言：《中国当代文学边缘——2002年7月与法国汉学家杜特莱对话》，《莫言对话新录》，北京：文化艺术出版社，2010年，第254页。

② 莫言：《写作是一种命定——2003年9月与〈文艺报〉记者刘颋对话》，《莫言对话新录》，北京：文化艺术出版社，2009年，第476页。

③ 石向实：《认识论与心理学》，北京：东方出版社，2006年，第76页。

的正在形成中或已完全形成的结构内"称为"同化",而把"同化性的图式或结构受到它所同化的元素的影响而发生的改变"① 称为"顺应"。发生认识论认为"同化"和"顺应"是相互依存、相互对立具有辩证关系的一对概念,二者的对立统一推动了认识的发展。

发生认识论说明,个性强烈的人在认识过程中,一般都有很强的同化能力。所以在"以我观物"时往往能使外物"皆著我色"。莫言创作时对外来事物具有强烈的同化能力,所以他才敢于把发生在任何地方的故事都搬到自己的"文学王国"。当然,说莫言小说叙事的同化能力强,并不是说其顺应能力差,相反,他创作的顺应能力也是非同寻常。何谓创作的顺应能力?就是创作主体在创作时要顺从对象主体的自然发展。正如莫言所说:"有一些大胆的强盗也造我的反,而我也必须向他们投降。"② 由此可见,他小说创作的"自我实现"并不只是表现创作主体的自身体验,还包括对象主体的自主行为,只有在创作主体和对象主体的双向建构中,文学创作的个性化表达才能得以实现。

有人在论述五四小说创作模式时指出,传统小说的主要认知方式是一种"旁观"式的,这种"旁观"式的认知方式属于群体的、社会的,而不强调个体意识。他认为五四小说的感知方式是"体验"式的,叙事讲究"亲历性"③。莫言小说的认知方式,可以说对五四小说"亲历性"认知方式又有所发展,可称之为"具身同化式"的。具身认知理论认为,身体是认识世间万物的基础和起点,是我们与世界交流的媒介。"亲历性"和"具身同化式"认知方式都强调个人亲身体验的重要性,但如果仔细分析,还是会发现二者之间微妙的差别。五四小说"亲历性"的感知体验方式主要重视个体的现场体验,而莫言小说创作中的"具身同化"更为重视创作者

① [瑞士]皮亚杰:《皮亚杰的理论》,《皮亚杰发生认识论文选》,上海:华东师范大学出版社,1991年,第8、9页。

② 莫言:《福克纳大叔,你好吗?——2000年3月在加州大学伯克莱校区的讲演》,《莫言讲演新篇》,北京:文化艺术出版社,2009年,第120页。

③ 季桂起:《中国小说创作模式的现代转型——论五四小说"心理化"的精神世界》,北京:中国社会科学出版社,2007年,第154—156页。

要用个人已有的身体体验来想象、理解和把握外来事物。

莫言对小说叙事经验的介绍说明了"亲历性"的认知方式与"同化"式的具身认知方式的差别。据他回忆,《红高粱》的创作源于他在军艺时的一次座谈会。因会上一位老作家感叹他们这一代人虽然"亲历"了党领导的革命战争,但因"文革"的原因,他们都已没有精力把这段历史写出来了,而年青一代作家虽然有精力却没有亲身体验,也不可能写出来。莫言对此不以为然,他当即站起来说:"我们可以通过别的方式来弥补这个缺陷。我没有听过放枪,但我听过放鞭炮;我没有见过杀人,但我见过杀鸡……因为小说家不是要复制历史……从这个意义上讲,没有经过战争也可以写战争。"[1] 这番话讲的其实也就是艺术创作中"具身同化"认知的可能,但当时却被人们认为是狂妄自大。"从创作主体上说,作家的体验的真切和表达的忠实,是文学作品成败的关键"[2]。小说《红高粱》创作的成功证实了这种具身认知的可能与魅力,也推翻了以往文学创作过于重视表现"亲历性"体验的片面性。

世界的许多事物是无法现实亲历的,对于无法亲历的外物,创作者可以借助于具身感知的"同化"能力来把握。莫言认为凭借这一本领,可以把"发生在天南海北,古今中外的事情,都可以纳入高密东北乡的盘子里来"[3],这也是其"拓展故乡""超越故乡"的方法。另外,需要指出的是,因五四新文学创作大多较为注重"亲历性"体验来再现外在事物,所以更重视小说内容的真实性,而莫言小说创作更为注重借助"具身同化"能力来认识和表现外在事物,所以其内容也具有更明显的虚拟性。

五四新文学一大特点就是"心理化"小说的兴起,无论是鲁迅的狂人呓语,还是郁达夫的私人话语、丁玲的个人情语等,都强调"亲历性"现实体验的表达,力求在"亲历性"体验的表达中体现出个性化创新意识。

---

① 莫言:《作为老百姓写作——与大江健三郎、张艺谋对话》,《作为老百姓写作 访谈对话集》,深圳:海天出版社,2007年,第323页。

② 王铁仙:《中国文学的现代转型及其意义》,《中国现代文学精神》,北京:人民出版社,2008年,第86页。

③ 刘慧:《总和自己决裂的人——莫言谈人生与创作》,《文学报》,2012年10月18日。

而莫言小说所表达的个体体验显然已不仅仅局限于心理体验，他的小说更为注重个体身体感知的非理性表达，他努力以个性化的身体感知来把握历史现实、书写社会人生。在莫言小说中，"我"是"我"身体感知的一部分，"我"的全部身体感知就是"我"。当然，莫言基于"具身同化"基础上的小说叙事并不完全是对现代文学传统的反抗，而是发展与补偿，他努力把五四新文学尚未展示或尚未充分展示的那些身体感性内容，借助自己强大的"具身同化"能力个性化地展现出来。

第四节　忏悔写作与博爱精神的传承

莫言小说创作的个性意识的高扬，不是为了标新立异，而是为了表达对"人"的问题的思考。个性化追求，并不只是追求个体自我的独特性，而是要寻求某种共性的表达，这种共性可能是时代特点、民族精神等，但最根本的还是共通的人性。如果说五四新文学主要体现了一种对国民性的反思，那么莫言小说创作则主要是寻求一种人性探索的表达。他认为写作的根本目的，不是为了歌颂或批判某项政策，"而是为了人性剖析和自我救赎"[①]。一些西方的批评者仅仅盯住莫言小说中的政治内容大做文章，必然会走向片面，如果缺乏对莫言作品中人性问题的深度把握，就会缺乏对他小说所表达的对个体生命关怀内涵的深刻理解。

忏悔是与自我的对话，并带有自我否定的意味，是高度自我意识或个人化的表现。文学的现代忏悔意识，往往也标志着创作主体意识或个性化程度的高低。普实克认为："对自我的意识、对个人的实体和意义的意识往往伴随着一个特征，那就是对生活悲剧性的感受。"[②] 因中国缺少像西方基督教那样的宗教文化意识，再加上传统文学创作一直较缺乏个体、个性意

---

① 王久辛：《莫言大哥获奖前后》，见徐怀中等：《乡亲好友说莫言》，济南：山东大学出版社，2013年，第206页。

② [捷]雅罗斯拉夫·普实克：《普实克中国现代文学论文集》，李燕乔等译，长沙：湖南文艺出版社，1987年，第2页。

识，这也造成了我国传统文学长期缺乏悲剧感和忏悔意识。现代第一篇白话小说《狂人日记》的诞生标志着现代个体意识的自觉，也标志着现代忏悔意识的觉醒。《狂人日记》主题的深刻之处，不仅在于以"狂人"的视角揭露了封建礼教"吃人"的本质，还主要表现在小说以鲜明的现代自我意识，沉痛地揭示了"我也吃过人"的扪心自问的现代忏悔精神。当狂人意识到自己不但是"吃人"社会的受害者，而且也是一位无意识的害人者时，小说对个体生命的反思和对人自身恶的揭示是震撼人心的。陈思和认为，《狂人日记》表达的是一种"现代色彩的忏悔"，是一种"关于人自身恶性的忏悔"，也是"质疑人性价值完善的忏悔"，也叫作"人的忏悔"[①]。中国现代忏悔书写是从鲁迅开始的，莫言认为"鲁迅之所以是一个伟大的人，就是他在批判社会的时候，同时能够批判自我"[②]。2008 年，他在绍兴文理学院讲演时说，他下一步"要把自己当罪犯来写"，并认为这是"向鲁迅先生学习"[③]。莫言提出的"我也有罪"的个性忏悔意识，表现了他袒露自我内在丑陋的良知和勇气，也是一种鲁迅式的具有现代色彩的人的忏悔。

一、"人都是不彻底的"

莫言小说创作为何又提出了人的忏悔问题？这主要源于他对人性的认识。他小说创作始终思索"人"的问题。他的小说中不论男女老少，没有完人，都有缺陷，这最终要说明的是"人实际上是不彻底的"[④]。他通过深刻的自我剖析认识到人性中善恶两面性的存在，他发现生活在现代社会的个体生命都难以摆脱自身的"兽性"因素。莫言在童年时母亲就告诉过他，世上最可怕的不是猛兽，也不是妖魔鬼怪，"最可怕的是人"。他也认

---

① 陈思和：《中国新文学整体观》，上海：上海文艺出版社，2001 年，第 352 页。

② 刘慧：《总在和自己决裂的人——莫言谈人生与创作》，《文学报》，2012 年 10 月 18 日。

③ 莫言：《我为什么写作——2008 年 6 月在绍兴文理学院的讲演》，《莫言讲演新篇》，北京：文化艺术出版社，2009 年，第 221 页。

④ 莫言：《故乡·梦幻·传说·现实——2008 年 8 月与石一龙对话》，《莫言对话新录》，北京：文化艺术出版社，2009 年，第 425 页。

识到，在自己成长过程中，真正给他带来伤害和让他恐惧的是人，所有的猛兽妖怪"都不如那些丧失了理智和良知的人可怕"①。莫言对人性恶的一面的揭示，并不是说他持性恶论的观点，而是源于他对"人"的不彻底不完整性的深刻认识。他的许多小说都表达了这一观点，譬如《食草家族》的结尾写道：

"人都是不彻底的。人与兽之间藕断丝连。生与死之间藕断丝连。爱与恨之间藕断丝连。人在无数的对立两极之间犹豫徘徊。如果彻底了，便没有了人。"②

莫言认为正是由于人的不彻底性，作为生活在社会上的"人"有时很难坚守善的本性，一不小心就会走向恶的一面。因此，不能认为他的小说具有"溢恶"倾向，或认为他有性恶论倾向，相反，莫言小说的"溢恶"倾向恰恰体现了他对人性善的肯定和向往。他认为人大多都是善良的，"大部分坏人是被集团逼迫着做了违心的坏事"，也只有善良的人才能写出"恶"或"残忍"的情节，因为只有"特别善良"的人才会"对恶特别的敏感"③。文学创作写丑恶暴力事件和写美好的事物一样能体现作家的善良品性，不能因作品写了丑陋或暴力事件，而对作家的人格进行诽谤，关键要明白写这些内容的目的和态度。

普实克指出由于中国传统儒家学说认为人性是善的，因而不重视"人的本质的复杂性和矛盾化"，所以这一问题也被简单化了，"只是在后来中国才发现了人的内心深处有一个极其有趣的、奇妙的、复杂的和动乱的世界，这一基本事实不会不反映在整个中国文学之中"④。可以说，普实克对中国传统文化缺乏对自我、对个性的复杂性和矛盾性的认识和分析

---

① 莫言：《恐惧和希望——2005年8月在意大利的讲演》，《莫言讲演新篇》，北京：文化艺术出版社，2009年，第111页。

② 莫言：《食草家族》，北京：华艺出版社，1993年，第255页。

③ 莫言：《写作时要调动全部感受——2004年12月在阿寒湖畔与记者对话》，《莫言对话新录》，北京：文化艺术出版社，2009年，第349页。

④ [捷]雅罗斯拉夫·普实克：《普实克中国现代文学论文集》，李燕乔等译，长沙：湖南文艺出版社，1987年，第2页。

是深刻的。明清小说虽然表露了有关个性之恶与丑陋的内容，但其对"真心""童心"和"至情"的过于推崇还是有些理想化，而五四新文学试图借助西方个人主义来实现个性解放的想法也过于虚妄，这可能也是真正的个体主义者鲁迅陷入与绝望相抗争之原因所在。因此，五四时期具有个性主义倾向的作家，除了像周作人和林语堂等闲适派作家外，其他"有个性自觉地人往往都很痛苦"①。莫言小说创作的个性忏悔意识也是在发现人的内在世界的复杂与混乱后的反思与表达。

莫言对"人都是不彻底的"的认识具有重要的文学和现实意义。基于对"人都是不彻底的"的深刻体认，他认为真正的文学创作最终要落实到"作家对自己灵魂的剖析上"，而一个作家如果能深入剖析自我"灵魂的恶"，他才会"爱他小说中的所有人物"②。莫言关于文学创作对个性之"恶"的揭示，无疑也具有深刻的现实意义，他指出了现代社会个体的现实生存问题："自我"与"他者"并不是相互对立的，"自我"与"他者"是交互的，是交互主体性，只有深刻地认识自我与他人的善恶，才能达成一种个体间性的理解与共在，也就是主体间性的共存，或者说个性化生存，也才能关注、宽容和热爱每一个个体生命。

对"人是不彻底的"的认识，主要源于莫言童年时期的阴暗体验，源于他对人的恐惧。他因富农（一说是上中农）出身，加之从小就具有略显张扬的个性，所以小学没毕业就被赶出了学校，在以后的很长时间里，他一直"小心翼翼，谨慎言行"。他说自己小时候经常听到从村办公室内传出的村干部与打手们折磨那些"所谓的坏人"发出的声音，那声音让他感到"极大的恐惧"，而且这种恐惧要"比所有的鬼怪造成的恐惧要严重得多"③。少年时代对人的恐惧，刺激了他对"人"的不彻底性的思考，也直接影响了其小说创作。

①　邓国伟：《五四新文学与个性主义文学传统》，《学术研究》，1994年第6期。

②　莫言：《作家应该爱他小说里的人物——与马丁·瓦尔泽对话》，《莫言对话新录》，北京：文化艺术出版社，2009年，第379页。

③　莫言：《恐惧与希望——2005年8月在意大利的讲演》，《莫言讲演新篇》，北京：文化艺术出版社，2009年，第110页。

　　莫言认为，一个作家以往所经历的，特别是童年经历的许多丑陋、悲惨事件只有具备深刻的自我批判的作家才能把他们挖掘和表达出来。人们常说，许多事情当我们经历时是痛苦的，回首时才可能是快乐的。一些文艺美学著作也常常讲到距离产生美的问题，认为时间能改变一切，距离能美化事物。许多作家在童年时经历了许多辛酸痛苦的往事，但当他们成年后进行创作时，却往往把童年往事写得无比美好，这是距离产生的美化效果。莫言也认为记忆能"将过去丑陋的事件、悲惨的事件美好化"，以往的屈辱和丑事，记忆会帮你对其予以选择性遗忘，或者"藏在意识的深层"，而"当一个作家具备自我批判的精神时，才会把他们挖掘出来"①。中国现当代文学史上，除了鲁迅和巴金等少数作家因深刻的自我批判意识表现出某种忏悔意识外，大多数作家都缺乏对此问题的深刻认识。五四初期的许多作家急于表现个性解放的迫切和对封建礼教的批判，而缺乏鲁迅式的深刻的自我反省、自我批判意识，而此后革命和抗战文学浪潮则让作家将视野投向了外在社会的表现，更无暇顾及自我内在灵魂的声音，因而忏悔意识的书写在现当代文学中一直比较薄弱。莫言对"人是不彻底的"认识，再次说明文学创作不能仅仅停留在对人或社会的盲目歌颂或批判的层面上，而要有更深刻的自我批判意识。

二、"把自己当罪人来写"

　　莫言认识到人的不彻底、不完整，所以才勇于说出"他人有罪，我也有罪"②。他认为对作家来说，"重要的不是拯救万民的灵魂，而是拯救自己的灵魂"③。他提出的创作要拯救自我灵魂观点，主要是对新时期前文学充当政治工具现象的批判，对作家充当政治代言人或精神导师的批评。莫言认为："鲁迅之所以是一个伟大的人，就是他在批判社会的时候，同时能够

---

　　① 莫言，王尧：《在文学种种现象的背后》，《莫言对话新录》，北京：文化艺术出版社，2009年，第120页。

　　② 莫言：《莫言谈文学与赎罪》，《东方早报》，2009年12月27日。

　　③ 房福贤：《全国首届莫言小说创作研讨会纪实》，见杨守森等：《莫言研究三十年》（上），济南：山东大学出版社，2013年，第291页。

批判自我。……所以我提出一个口号，提出了一个观念，就是把自己当罪人来写。"[1] 他非常认同鲁迅深刻的自我批评意识，认为创作就要"不但剥去了表面的洁白，拷问出藏在地下的罪恶，而且还要拷问出那罪恶之下真正的洁白来"[2]。作为深受假、大、空的"文革"文学毒害的莫言，他对创作者盛气凌人、居高临下的写作姿态非常反感，深刻意识到鲁迅式的自我批判精神在文学创作中的可贵。

中国传统文学普遍缺乏"把自己当罪人来写"的意识，这与西方文学创作往往有很鲜明的自我批判意识完全不同。中国传统文化重视个体自省的目的是消泯个体欲望，使个体言行服从群体意志，这反过来也导致了创作者自审意识的欠缺。我国古代虽然也有自省意识的表达，但其自省的目的大都是为他人，这种自省的结果，往往导致对自我的压抑与放逐，这也是中国传统文化中自审意识的特征。到了晚明，随着个性意识的觉醒，文学创作才逐渐具有了较为明显的个性意识，但创作者的自我忏悔意识还没有真正确立。西方文学之所以一直注重忏悔意识的书写，原因应该主要有两点：一是基督教文化渊源，二是文艺复兴以来的个人主义思想的确立。基督教文化宣扬了一种原罪意识，《创世纪》中人的始祖因受蛇的诱惑偷吃了善恶树上的果子而被逐出了伊甸园，所以人生来就是有罪的。基督教的原罪思想对西方文学的忏悔意识有很大的影响，忏悔情结作为一种集体无意识贯穿于西方人生命的始终。文艺复兴与新教革命的到来，忏悔意识已由原来的宗教意识发生了质的变化。"上帝死了"的呼声，使人本主义思想得以高扬，但随着精神分析学说的兴起，人们发现，虽然宗教原罪意识淡化了，但作为个体的人还是始终面临着本我与超我的冲突，而忏悔"注定起源于心理上的冲突状态：本我与超我的对抗"[3]。这也是现代人本主义思想对忏悔意识渊源的理解。

---

① 刘慧：《总在和自己决裂的人——莫言谈人生与创作》，《文学报》，2012 年 10 月 18 日。

② 莫言：《说不尽的鲁迅——2006 年 12 月与孙郁对话》，《莫言对话新录》，北京：文化艺术出版社，2010 年，第 201 页。

③ 刘再复：《罪与文学》，北京：中信出版社，2011 年，第 150 页。

五四时期，随着西方人本主义思想的冲击，个人本位主义思想对中国社会产生了很大的影响。随着对自我个性意识探索的深入，许多作家感知到自身内在善恶的冲突，意识到超我与本我分裂的痛苦，在文学创作中都体现出了一种明显的忏悔意识，譬如鲁迅、郭沫若、郁达夫和冰心等人的作品。五四新文学创作的个性忏悔意识的书写持续的时间不是很长，随着"左联"的成立，革命战争过程中民族集体意识的高涨让作家无暇顾及个体的自我体验，文学创作的忏悔意识也逐渐丧失了。

莫言认为创作时"不要把别人想象得那样坏，而把自己想象得那样好"①，创作者应勇于袒露自我的内在世界，勇于批判自我内在的丑陋和罪恶。鲁迅曾说过："凡是人的灵魂的伟大的审问者，同时也一定是伟大的犯人。"②莫言小说创作的忏悔意识，也经历了一个逐渐发展的过程：他初期小说的忏悔意识主要表现在勇于袒露生命个体内在黑暗和丑陋的一面。《食草家族》就是对自我内在"恶"的展示，并在"恶"的展示中更好地认识自我。卢梭说他打算"为世人做一件前人未曾做过的事：把他们当中的一个人的真实面貌展现给他们看，以便使他们也学会如何自己认识自己"③，这其实也是莫言忏悔写作的目的之一。以《酒国》为标志，他小说创作的忏悔意识由单纯地自我暴露内在的黑暗和丑陋转向了揭露传统文化对个体生命的压抑和戕害，转向了一种历史之罪。刘再复认为，鲁迅《狂人日记》所反映的罪意识，并不是宗教上的罪意识，而是一种"历史之罪"，也就是"四千年封建礼教所积淀的历史之罪"。《酒国》中所表达的罪意识，也不是宗教之罪，而是一种历史之罪，但《酒国》的"历史之罪"又不同于《狂人日记》的几千年来封建礼教所积淀的历史之罪，而是一种几千年来酒文化所积淀的历史之罪。而到了小说《蛙》，莫言则直接

---

① 莫言：《土行孙和安泰给我的启示——2007 年 10 月在韩中文学论坛的讲演》，《莫言讲演新篇》，北京：文化艺术出版社，2009 年，第 53 页。

② 鲁迅：《"穷人"小引》，《鲁迅全集》（第七卷），北京：人民文学出版社，1981 年，第 104 页。

③ [法] 让 – 雅克·卢梭：《我的画像》，《卢梭散文选》，天津：百花文艺出版社，1995 年，第 1 页。

将个人放在了灵魂的法庭，让个体生命充分展示自我灵肉的冲突。真正的忏悔文学并不是简单的认不认罪的问题，而是"人的隐蔽的心理过程的充分展开与描写"①。《酒国》在扉页中借丁钩儿的墓志铭表达了一种自我忏悔意识，那就是"在混乱和腐败的年代里，弟兄们，不要审判自己的亲兄弟"②，而到了小说《蛙》中，"我"却意识到，"我"是唯一的罪魁祸首，因"我为了那所谓的'前途'，把王仁美娘儿俩送进了地狱"③。莫言小说所揭示的忏悔意识"不是指向个别人的具体罪恶，而是揭示出人类自身与生俱来的集体无意识"④，他小说创作忏悔意识的发展变化，也是人对自我认识逐渐深化的反映。

三、"包容万物的博大胸怀"

"把自己当罪人来写"并不是意味着作家对自己、对他人和社会的绝望，相反，这正体现了对自我个性完善的期望，也是对人类和社会发展的希望。因在现实中，"我们每个人，既是被偷换过的孩子，同时也是偷换别人的戈布林"⑤。人的不彻底性是人难以逃脱的宿命，只有正视这一现实，如实地剖析这一问题，人才有可能避免和改善自身的弱点，人类社会也才会有希望。所以说，"人都是不彻底"的观点，体现了莫言小说创作勇于剖析自我的勇气，也包含着其勇于否定自我和提升自我的辩证思想。莫言说他是在饥饿、孤独和恐惧中长大的，曾经历过许多苦难，他之所以没有疯狂和堕落的原因就是因为还有希望，希望"能使我们产生战胜恐惧的勇

---

① 刘再复：《罪与文学》，北京：中信出版社，2011年，第229、277页。

② 莫言：《酒国》，北京：作家出版社，2012年。

③ 莫言：《蛙》，北京：作家出版社，2012年，第289页。

④ 罗兴萍：《重新拾起人的忏悔的话题——试论〈蛙〉的忏悔意识》，《当代作家评论》，2011年第6期。

⑤ 莫言：《大江健三郎先生给我们的启示——2006年9月在大江健三郎文学研讨会上的发言》，《莫言讲演新篇》，北京：文化艺术出版社，2009年，第29页。大江健三郎在《被偷换的孩子》中曾引用欧洲民间故事"戈布林的婴儿"，传说戈布林是妖精，其经常用妖精孩子或冰块做的孩子来"偷换人间的美丽婴儿"。

气"①。他因此也认为在创作中敢于揭露人性的黑暗面，勇于剖析人的不彻底性都是源于他对人类的希望，认为作家只有"清醒地知道并牢记着自己的弱点"，不脱离自己的生命体验，不脱离与大众生活的联系，才有可能写出"深刻展示人类灵魂的复杂性和善恶美丑之间的朦胧地带并在这朦胧地带投射进一线光明的作品"②。

在莫言看来，中国之所以缺少像托尔斯泰、陀思妥耶夫斯基那样具有深刻的忏悔意识的作家，"多半是我们没有怜悯意识和忏悔意识。我们在掩盖灵魂深处的很多东西"③。作家只有敢于剖析自我灵魂之恶，敢于把自己当罪人来写，才能充分认识自我，才能理解和尊重每一个个体生命，而对生命的尊重和敬畏，也"是文学的灵魂"。所以文学创作者应该站在人的高度和立场上，来思考人类的前途和命运，"并发出自己的声音。当然，这声音将是非常微弱的，甚至是被人嗤笑的，但如果没有了这些声音，这个世界将会变得更加单调"④。

2008 年莫言在第三届韩国大学生访华团的讲演中说，希望中韩两国的大学生们、希望青年们要有"包容万物的博大胸怀"，应意识到"地球的渺小、宇宙的博大，树立地球人观念"⑤。有这样博大的胸怀，才可能有博大的爱心，才有可能把追求人类的和谐与发展"当成最高的准则"。这不但是莫言对中韩两国大学生及青年们的希望，也是他小说创作的追求。他小说的博爱精神表现在认识自我、关爱他人以及自然万物等方面。自《透明的红萝卜》起，他的小说叙事就一直在探索个体生命自由的可能与局

---

① 莫言：《恐惧与希望——2005 年 8 月在意大利的讲演》，《莫言讲演新篇》，北京：文化艺术出版社，2009 年，第 111 页。

② 莫言：《土行孙和安泰给我的启示——2007 年 10 月在韩中文学论坛的讲演》，《莫言讲演新篇》，北京：文化艺术出版社，2009 年，第 54 页。

③ 莫言：《在文学种种现象的背后——2002 年 12 月与王尧长谈》，《莫言对话新录》，北京：文化艺术出版社，2009 年，第 109 页。

④ 莫言：《我的文学历程——2006 年 9 月第十七届亚洲文化大奖福冈市民论坛的讲演》，《莫言讲演新篇》，北京：文化艺术出版社，2009 年，第 67、71 页。

⑤ 莫言：《大学生是朝阳——2008 年 8 月为第三届韩国大学生访华团的讲演》，《莫言讲演新篇》，北京：文化艺术出版社，2009 年，第 42 页。

限，探讨个性压抑与异化的问题。他的小说是对自我生命体验的书写，也是对不同个体生命的关切；对源自身体本能的"自主"人物始终怀有深深的留恋，但又对此满怀忧虑；对个性异化现象非常愤慨，但又满怀同情和宽容；对"种的退化"深感忧虑，但又对人类的未来抱有极大的希望。在他的笔下，自然万物都具有生命和灵气，是人类共存的伙伴，《生死疲劳》等小说揭示了人是大自然的一部分，人来自自然最终还要回归自然，对自然万物的敬畏也是对生命的敬畏，对自然万物的关爱也表达了人与自然和谐共存的向往。

如果说独立精神是个性化叙事的立场，自由精神是其主要动力，个性化创新意识是其主要表征，那么博爱精神则是其主要的指归或意义。

博爱精神是个性化叙事的最高追求，也是其最终意义之所在。真正的个性化叙事并不是无目的、无内涵的"胡乱写作"，而应该是一种体现生命关怀的具有博爱精神的写作。鲁迅创作曾以对底层民众"哀其不幸，怒其不争"的忧愤，以其与自然万物生命的相知相通而具有博爱精神；冰心的散文以其对童心、母爱和大自然的书写，而体现出一种博爱情怀；许地山小说的博爱意识则带有鲜明的宗教情怀；等等。因此，也可以说，莫言小说创作具有的"包容万物的博大情怀"是对个体生命存在的理解和关怀，也有新文学博爱精神的延传。

第二章
"自主形象"与自由传统的发展

莫言说:"每个作家都应该有他人格的觉醒,作家自我个性的觉醒。"[1]1981年带着《春夜雨霏霏》走上文坛后,他就开始在小说中探索人物的个性精神问题。巴赫金对话理论认为,"作者创造了主角,是因为作者在努力寻求和实现他的自觉意识,确立他的主体性"[2]。创作主体只有在与对象主体的平等对话中才能实现自我的表达,在人物个性精神的探索中实现自我个性的表现。

一般认为,五四新文学是以个性解放为发端的,"五四运动的最大的成功,第一要算'个人'的发见"[3]。五四新文学重视个性解放,关注人的个性自由问题,但因五四个性主义"不是立足于人是目的这样的理论基石,而主要是挽救国家危机和救国救民的一种有效手段"[4],这使五四新文学常缺乏了对人的个性更为深入的探索。而对个性解放的盲目乐观,使其看不到人的个性的局限性和不完善性,因而大多也没能写出人物个性的丰富性和复杂性。因此,新文学在表现人物个性时,大多止步于个性觉醒与解放的简单想象,但个性觉醒及解放后该如何发展,缺乏进一步的深入探

---

[1] 莫言:《在文学种种现象的背后——2002年与王尧长谈》,《莫言对话新录》,北京:文化艺术出版社,2009年,第129页。

[2] 刘康:《对话的喧哗——巴赫金的文化转型理论》,北京:中国人民大学出版社,1995年,第3页。

[3] 郁达夫:《中国新文学大系·散文二集(导言)》,上海:上海良友图书出版公司,1935年,第5页。

[4] 顾红亮:《消极个性与积极个性——分析五四主流思想家个性观的一个新视角》,《华东师范大学学报》,2004年第6期。

索。创作者也大多只能在梦醒了无路可走的绝望中寻求希望，或干脆放弃个性，混入庸众，或独守自己的园地，享受个人闲适逍遥的人生。莫言小说创作不仅追随新文学叙事思想，还承传他对人物个性自主问题的探索，并在新文学止步或忽略的地方继续探寻。

莫言曾指出："小说里的人物，最重要的是要有个性，个性是人物的灵魂，也是作品的灵魂。"[①] 他的小说与五四新文学在重视探索和表达人物个性方面有相似性，但又有自己的独特之处。新文学倡导灵肉一体的个性自由，但又较为关注个体的精神自由，而莫言小说创作在身心一体观念的基础上更重视探索个体的肉身"自主"。"自主形象"是指莫言小说中那些主要听从个体身体本能，并遵从本能进行活动的人物。新文学创作及其研究一直有重精神的一面，而肉身往往是一种"创造性的不在场"，甚至被冷落或仅仅看作精神的外在体现，包括一些具有鲜明的灵肉统一倾向的作家的创作和研究，如鲁迅、周作人、郁达夫和丁玲等，肉身也常出现"有意味的缺席"[②] 现象，真正关注肉身的创作和研究不是很多。虽然有人发现，鲁迅的一些小说"不断地写到"人物的身体，"这种书写则是试图还愿乡土中国的生存境遇"[③]，并且鲁迅小说所写到的身体，大多是以"他者"的外来眼光来审视乡土人物的社会性身体，而不是人物内视角的肉身认知。创造社的一些作家虽然写出了人物身体内在的声音，但大多又为民族国家群体利益的想象或道德理性所压制，"现出各种幼稚病的缺陷"，与新文化运动倡导的"以自身为本位"的个性主义精神，"还有着历史的差距"[④]。

在新时期以前的文学中，身体在很长时间内一直处于被规训状态，而缺乏自在性、自为性。莫言认为："人的身体，在中国文学中，一直是被

① 莫言：《细节与真实——2005 年 4 月在中央电视台双周论坛的讲演》，《莫言讲演新篇》，北京：文化艺术出版社，2009 年，第 362 页。

② 陶东风：《身体与身体写作》，载陈定家：《身体写作与文化症候》，北京：中国社会科学出版社，2011 年，第 179 页。

③ 陈晓明：《现代性与文学研究的新视野》，载陈定家：《审美现代性》，北京：中国社会科学出版社，2011 年，第 80—81 页。

④ 朱寿桐：《创造社与新文学中的个性主义》，《中国现代文学研究丛刊》，1988 年第 1 期。

忽略的。我想把被他们忽略的写出来。"①中国当代文学中的"身体解放"是从莫言开始的，他"不仅是写身体，而且是用身体去写"②。也就是说，五四新文学和莫言小说创作均重视身心一体的个性自由，但新文学更为重视个体的精神解放，而莫言小说创作更为注重个体的肉身"自主"。

莫言小说创作对"自主形象"的探索也经历了一个不断发展的过程。他初期小说对"肉身"人物觉醒的书写使五四新文学初期所倡导的"以自身为本位"的个性主义精神得以完善，而《透明的红萝卜》对个体存在寓言的揭示说明了他的小说已由新文学"重精神"的人走向了"重肉身"的人物书写;《红高粱家族》中男性"自主形象"表现了源自身体本能的个性扩张的积极意义与唯我式个人主义滋生的悖谬，也隐含着对传统杨朱式的个人主义思想在当代中国社会发展的忧虑,而《丰乳肥臀》等小说则揭示了男权文化下女性被动"自主"的悲剧命运、母性"自主"扩张所体现的母爱神圣与约束子女个性成长的悖谬，也包含着对我国传统家族文化"杀子"现象的否定。"自主形象"说明了忠于个体生存本能的"自主"与新文学自由精神的差异，以及创作者对民族传统文化既欣赏又质疑、既肯定又批判的矛盾心态和特有的时代意义。《生死疲劳》对"有价值的个性"人物的书写，则表现了莫言小说叙事对新文学现代自由思想传统的反思与调控。

第一节　肉身的觉醒与人物个性书写的完善

与五四新文学重精神觉醒的书写不同，饱受肉身饥饿压抑的莫言创作伊始就难以摆脱童年时代的肉身体验，人物的个性大都打上了鲜明的身体印记。他的小说叙事力求忠实于自我的身体体验，表现出对灵肉统一

---

① 莫言:《身体的痛苦与欢乐——与波兰记者对话》,《莫言对话新录》,北京:文化艺术出版社，2010 年，第 230 页。

② 张清华:《叙述的极限——论莫言》,《当代作家评论》,2003 年第 2 期。张清华在此文中介绍，此观点是毕飞宇提出的。

的身体感知的认同和表达，其个性化叙事历程也是对灵肉一体化的身体原初体验的寻找和还原。在五四时期，周作人就认为应将人"从社会的存在还原为自然的存在"①，而鲁迅"对单纯的肉身"，可能"并不认为有持久探索的必要"②，这反映了五四新文学对生理性身体的表现有不同的认识，许多作家有忽视生理性身体表现的倾向。"肉身"人物是指莫言小说中那些主要体现了生理性身体需求的人物。与五四新文学侧重表现人物的精神觉醒不同，莫言创作初期小说作品中的人物就常流露出肉身觉醒的意识，在大多数作家还停留在精神伤痕和反思的书写时，他已开始注重了来自个体肉身体验的表达。对个体肉身体验的书写与当时的伤痕与反思文学思潮似乎并不合拍，加之莫言当时对肉身体验的书写也非常节制，所以并没引起人们过多的关注。莫言对身心一体的个性体验的表达，似乎有着对新文学创作观念的传承，但又包含着对其重精神而轻肉身书写的补偿与纠偏。

一、肉身与精神的冲突

莫言小说创作非常重视对肉身原初体验的表达，并常带有潜意识或无意识的非理性色彩。1981 年发表的处女作《春夜雨霏霏》写一位军人妻子在春雨绵绵之夜对丈夫的思念，小说既表达了主人公高尚的爱国情操，也展现了其身体本能的冲动与压抑。小说中那来自思妇个体生命潜意识的本能冲动一次次浮现上来，又一次次被道德理性打压下去，最终还是道德理性战胜了暧昧的儿女情长。这虽是一篇契合时代主旋律的作品，但其真正表现的似乎还是一位思夫少妇的雨夜春梦，在内容和艺术上都与新感觉派小说作家施蛰存的《春阳》有异曲同工之妙。《春阳》表现了一位寡居女子在春光明媚的午后性意识的萌动，《春夜雨霏霏》只是将背景由"春阳"改为"春夜"，将"阳光明媚"改为"夜雨霏霏"，这一雨夜背景似乎又

---

① 周作人：《论文学之意义暨其使命因及中国近时论文之失》，《河南》，1908 年第 4、5 期。
② 郜元宝：《从舍身到身受——略谈鲁迅著作的身体语言》，《鲁迅研究月刊》，2004 年第 4 期。

借鉴了施蛰存的《梅雨之夕》。《春阳》和《梅雨之夕》还有传统小说完整的故事情节，而《春夜雨霏霏》完全由一位少妇内心独白的片段连缀成篇，构成故事，从而把个体生命的肉身体验展现得淋漓尽致。

《春夜雨霏霏》虽然在内容和形式上存在着对新感觉派小说《春阳》和《梅雨之夕》的模仿和借鉴，但从根本上来说，也是对五四时期创造社文学传统的承传。五四新文学传统在五四后基本是沿着文学研究会和创造社两个社团流派的演变而发展的，并且这两大派系之间始终存在着一定的交融与对抗的关系。如果说文学研究会"为人生"的传统在五四后走向了以国家、民族的群体意识取代个性意识的文学主流，并最后在"文革"期间走向了极端；那么，创造社"为艺术"的文学传统在五四后则大都处于文学的边缘地带作为潜流缓慢发展，并长期受到主流文学的打压，到新时期文学中才获得充分发展的机会。新感觉派小说兴起于20世纪30年代，上承创造社，下启张爱玲的小说创作，其中许多作家，像张资平、叶灵凤和陶晶孙等，皆兼跨创造社和新感觉两大流派，都注重人物潜意识或无意识的书写。《春夜雨霏霏》中人物的情爱冲动最终为国家民族的群体利益和道德理性所压制，这与五四时期创造社的许多小说的主题非常相似，其个性化叙事也与创造社的小说叙事一样，现出一种"幼稚病的缺陷"。

莫言发表的第一篇小说，就表现出对人的无意识或潜意识世界的关注，小说开头就大谈"心理感应"，并且"唯愿其真唯恐其假"[1]。不久后创作的《售棉大路》也写到心理感应，写杜秋妹用深情的眼睛向车把式发射无线电波，而她大脑中"最敏感的部位"也不断接收到"从车把式心里发出的一连串的脉冲信号"[2]。也许在莫言看来，人的肉身体验中包含着许多理性无法把握的东西，那属于神秘的潜意识世界，只有忠实地展现这一世界，小说创作者才能真正表现自身的个性。

如果说《春夜雨霏霏》主要表现了人物肉身的原初冲动及压抑，那么随后创作的《丑兵》则以对物质性身体的书写实现了对以往文学中"高大

---

① 莫言：《春夜雨霏霏》，《白狗秋千架》，北京：作家出版社，2012年，第1页。

② 莫言：《售棉大路》，《白狗秋千架》，北京：作家出版社，2012年，第124页。

全"式英雄人物的戏仿与颠覆，也体现了对单纯夸大精神重要性的拒绝。五四新文学重视人物精神重要性的传统在以后的革命题材小说中得到了发展，甚至最终走向了极端，所谓的政治思想觉悟高而一切皆好的"高大全"式的人物形象就是这种极端现象的体现。

五四以后，特别是1949年至新时期的文学创作大多过于重视人的精神关怀，肉身一向被认为是不登"大雅之堂"的，或仅仅是精神的附庸。莫言的一些小说却开始着眼于个体生理性身体体验的表达。《丑兵》以一位连队排长的视角，叙述了一名来自山东的丑兵杜三社在面对奚落和歧视时饱受的人格侮辱，他最后发出"我也是个人"的呐喊。丑兵貌似《巴黎圣母院》中的卡西莫多，也有一颗美好的心灵，有健全的人格。结尾写丑兵在对越反击战中为保护战友而牺牲，按照当时战争小说叙事的惯常模式，英雄人物牺牲时喊的大多是高调的政治口号，而丑兵牺牲前所说的话却与之完全不同。他临终前说，"小豆子……不要记恨我……那碗豆腐……炖粉条……"①，说着，"他的手无力地滑了下去"，小说到此也结束了。丑兵牺牲前念念不忘那碗豆腐炖粉条，与拉伯雷《巨人传》的卡冈都亚一出生就高喊"渴呀！渴呀！渴呀！"②具有某种意义上的相似性，二者都体现了对人的合理物质欲求的肯定。

《丑兵》既以对个体合理物质性欲求的肯定来实现了对以往小说"高大全"式英雄形象的戏仿与解构，其实也包含着对新文学重视情爱欲求书写而忽视饮食欲求书写、重视精神话语而轻视肉身话语的对抗。五四新文学中人物的个性觉醒与解放主要是通过个体情爱欲求的书写来表现的，而莫言小说中人物的个性觉醒与解放还有着对个体饮食欲求的关注，由此可见，与新文学重精神解放的书写相比，莫言小说创作更为重视个体肉身解放的书写。

如果说《丑兵》以对饮食欲求的书写实现了对以往革命战争小说的戏仿，那么《售棉大路》则以对身体关怀的书写实现了对以往乡村浪漫爱情

---

① 莫言：《丑兵》，《白狗秋千架》，北京：作家出版社，2012年，第25页。

② [法]拉伯雷：《巨人传》，鲍文蔚译，北京：人民文学出版社，1983年，第31页。

叙事的颠覆。《售棉大路》前半部分写农民卖棉的艰难，但后半部分却主要表现杜秋妹的爱情萌动。小说似乎表明打动杜秋妹的不是什么爱情的甜言蜜语，而是车把式在发现她等待卖棉时突然来了"妇女的事"后，主动帮其买来了妇女卫生用品的关怀。正因如此，杜秋妹才说"俺一辈子忘不了你……"，并用深情的眼睛"向车把式发送着无线电波"①。在莫言的个人体验中，对辛苦的农民们来说，乡村的爱情，没有多少甜言蜜语、海誓山盟，而主要是源自真切的身体关怀。

现代身体理论认为，身体不仅指肉体，也不仅指精神，而是指肉体和精神的统一体。人的个性不仅是社会性个性，也是整个生理性身体的个性。身体一体化表达是莫言小说创作的基点，也是理解其小说的关键点。他的小说离开了肉身就干干巴巴，回归肉身就充满了生机与活力。

身体在莫言小说中没有上下半身的高尚与低下之分，都是物质性的，也都是精神之源。早在五四时期周作人就指出，人的身体分明是一个整体，"而吾乡（别处的市民听了不必多心）的贤人必强分割之为上下身"②，这种上下身不同的贵贱之分是不合理的。上下半身是一体化的，都是物质性躯体的一部分，这也符合巴赫金提出的"躯体的物质性原则"，"'躯体的物质性原则'意味着主体生命意识的觉醒，也是对伦理道德的质疑和对话"③。只有把握了身心一体化原则，才能理解为何莫言此后创作的《红高粱》和《丰乳肥臀》等小说中人物行为的动因都是来自个体肉身的本能需求，才会理解为何《檀香刑》如此醉心于血淋淋的肉体屠戮场面的展示，也才会理解为何《蛙》的人物以身体部位或器官来命名，当然，也才可能理解莫言小说创作为何会实现对新文学叙事传统的传承与重构。

食色，"性也"。食色需求是人的个性自觉与发展的根本动力源，所以注重个性化叙事的莫言将关注点集中在了人的情爱与饮食身体本能的书写上。尼采认为："本能是生命的内在驱力，就这一点而言，生命本能就是生

① 莫言：《售棉大路》，《白狗秋千架》，北京：作家出版社，2012年，第123、124页。
② 周作人：《上下身》，《雨天的书》，北京：人民文学出版社，2000年，第45页。
③ 钟怡雯：《莫言小说：历史的重构》，台北：文史哲出版社，1997年，第71页。

命的本质，是生命的意义。"① 由此可见，莫言小说将人物的个性觉醒、发展和张扬建立在个体肉身本能的基础上，其实也体现了他对个体生命本质与意义的探索。

莫言成名前的小说创作虽不够成熟，但都表现了对肉身的寻找，反映了个体独特的肉身体验，而一旦失去了肉身体验的表达，也就会迷失自我。《流水》是莫言早期的探索之作，也是一篇失败的作品。小说发表于1985年，但据莫言介绍，《流水》"大约完成于1983年"②，具有明显的"改革小说"痕迹。小说主要以牛青、牛玉珍兄妹为代表的改革支持派与以牛阔成为代表的改革反对派之间的冲突为中心，表现了马桑镇在建设甜菜榨糖厂前后出现的一系列矛盾冲突。小说因偏于政治思想表现，而忽略了人物肉身体验的表达，致使小说反映的时代政治主题突出，而人物的自然个性意识却被严重压抑了。

1983年发表的《民间音乐》在莫言小说创作中具有特殊意义，这篇小说并不完全符合他偏于表现肉身体验的特点，而是明显带有五四新文学重精神书写的特征。《民间音乐》反映了在灵与肉的冲突后，最终走向了灵的追求的一篇作品。小瞎子的形象具有"精神流浪汉"的气质，有着追求"唯美""唯艺术"的倾向。作者把小瞎子塑造成一个脱离俗气的人物，在得到肉身的暂居后，其精神仍然不肯停留，明白"我该走了……我一定要走了……我这就走……"③。另一人物花茉莉是一个"处于脱俗过程中的人物"，她主动提出与在县政府里当副科长的丈夫离婚，表现她对世俗生活的拒绝，而爱上流浪盲人并追随其而去，表现了她对艺术和美的向往。莫言说这种人寄托着他的人生观，"小瞎子和花茉莉都在追求人格的独立化，追求内心世界的自由和解放"④。小说发表后，孙犁曾给予高度评价，批评界也一般认为其具有荷花淀派的艺术风格。其实，小说对个体人格独立以

① 汪民安：《尼采与身体》，北京：北京大学出版社，2008年，第123页。

② 莫言：《欢乐·序言》，上海：上海文艺出版社，2010年，第2页。

③ 莫言：《民间音乐》，《白狗秋千架》，北京：作家出版社，2012年，第143页。

④ 贺立华：《红高粱家族的履印》，载杨守森等：《莫言研究三十年》（上），济南：山东大学出版社，2013年，第13页。

及艺术至上观念的表现，与新文学中田汉的《南归》和《古潭的声音》等剧作的主题思想有某种共通之处，并与《南归》的情节设置和人物表现等都极为相似。

《民间音乐》并不是真正具有莫言"重肉身"的个性化叙事特点的作品，但正是这篇小说的发表让他引起了文坛关注，这也反映了当时文坛的偏好。新时期初期，个性解放的书写一般被认为是五四新文学的回溯，一开始也是重精神的解放，以后才逐步演变为重肉身解放的书写，这在莫言初期小说创作中表现得极为明显。莫言成名前的小说叙事一方面体现了他对新文学的传承，另一方面也反映了他的创作还处于对"自身"的寻找中。

二、身体存在意识的觉醒

如果说肉身与精神的冲突是莫言成名前小说叙事的主要内容，那么也可以说，对个体身体存在意识的书写则是他成名的主要原因。

1985 年，莫言因中篇小说《透明的红萝卜》而一夜成名，整篇小说洋溢着传统文学的诗化意境，又有晦涩的现代意味，令人难以透彻理解和把握。但作为成名作，这篇作品在莫言小说创作中占有举足轻重的地位，也是理解和把握莫言小说叙事的一段必经的路径。莫言正是凭借着一己的身体体验，在这篇小说中书写了与新文学不完全相同的身体存在意识的觉醒。

五四新文学虽然深受西方存在主义哲学的影响，但因时代的限制，新文学所对应的主要是以克尔凯郭尔、叔本华和尼采为代表的"非经典形态的前期存在主义"[1]，而莫言的小说还体现出了与海德格尔和雅斯贝尔斯为代表的经典存在主义的相通之处，这在其成名作《透明的红萝卜》中表现得极为明显。

福柯认为："一个人写的第一本著作既非为他人所写，也非为了说明自己是谁而写……'人们'有一种透过写作行为改变自己存在方式的企图。"[2]

---

① 杨经建：《五四文学与存在主义》，《厦门大学学报》，2009 年第 3 期。

② [美]詹姆斯·米勒：《福柯的生死爱欲》，高毅译，上海：上海人民出版社，2003 年，第 31 页。

创作者企图通过"第一本著作"的写作，来"改变自己存在方式的企图"的观点在《透明的红萝卜》中有明显反映。虽然这篇小说并不是莫言发表的第一篇作品，但莫言说，"我以前的作品里没有'我'，这篇小说里写的几乎全是'我'"①。因此也可以说，这篇小说才真正是作者表现自我或自身的"第一本著作"。作者通过黑孩的生命体验找到了自身的存在感，这也是一篇关于个体生存寓言的小说。

《透明的红萝卜》实现了对个体身体存在的还原，作者力求再现个体生命存在的原初本真状态。小说开篇的乡村黎明景象有混沌初开般的神话意味，世界仿佛刚刚经受盘古开天辟地般"神之汗津，雨露甘霖"的沐浴；开头的槐树意象不仅是"山西洪洞大槐树"移民文化的象征，而且槐树还被认为是"介于'人鬼之间'的一种神秘存在。槐本生于阳，却又能通阴"②，这使小说背景一开始就有阴阳两界性特点，有神话与现实共融的混沌半开的特色。

据莫言回忆，《透明的红萝卜》的创作源于他本人的一个奇特的梦：梦中一位身穿红衣的姑娘"手持一柄鱼叉，从地上叉起一个红萝卜，高举着，迎着初升的红太阳，对着我走来……"③。黑孩弃儿般的个体存在体验正发生于混沌半开的梦幻状态，小说也是重返个体自身原初体验的表达。

五四新文学的个性觉醒，往往是人物在"癫狂"状态下实现的，鲁迅小说是以狂人的姿态发现了封建礼教"吃人"的本质，意识到自己也曾"吃了我妹子的几片肉"；郭沫若诗歌是以"天狗"般的疯狂状态，来企图实现自我的涅槃再生，郁达夫小说中的"零余者"在抑郁症的体验中实现对自我的认知，这些都表现了五四作家在西方个人主义思想映照下返观自我的精神状态。如果说五四新文学大多是在"癫狂"状态获得自我的确认和表达，那么《透明的红萝卜》则主要是在回溯个体肉身的原初感性体验中来认识和把握自身，因"从精神发展的层面来说，个体和感性自我的觉

---

① 莫言：《〈透明的红萝卜〉创作前后》，《羊城晚报》，2012 年 10 月 14 日。

② 纪永贵：《槐树意象的民俗象征》，《民族艺术》，2004 年第 1 期。

③ 莫言：《〈透明的红萝卜〉创作前后》，《羊城晚报》，2012 年 10 月 14 日。

醒也是整个现代性进程的题中应有之义"①。回归自然原始状态的目的是为了表达个体生存体验，为了表现自身的觉醒意识。黑孩的形象似乎尚处于"七窍半开"的未完全分化状态。小说生动地表现了他由混沌到自觉，又因对"幻影崇拜"而迷失自我的过程。

黑孩似乎还处于混沌的自然状态，甚至连感知都是麻木的。他刚出生母亲就去世了，父亲又远走关东，缺少父母关爱的他几乎是在一种自然原始状态下成长起来的。黑孩有着与自然万物息息相通的交互式体验，他的感知能力丰富而神秘，能听到雾气碰撞黄麻叶子和茎秆发出的震耳欲聋的声音，听到蚂蚱振动翅羽的声音"像火车过铁桥"，等等，这一切都说明了黑孩似乎还处于一种神秘的自然状态。

在小说中黑孩几乎是一句话也不说的"小哑巴"，甚至连基本的痛觉都没有。后妈把笤帚打在他屁股上，他感到"不痛，只有热乎乎的感觉"；在往滞洪闸走的路上，小石匠用手指在黑孩头上敲着鼓点，敲在光头上应该很痛，但他一声不吭，还尽量让头处于最适合小石匠敲打的位置上。

伊格尔顿认为："砍下一个人的手而不觉得疼痛，这显然是极有可能的。手被机器夹住的人有时在没有疼痛的情况下胳膊就被轧断了，那是因为他们被从那种状态下摆脱出来的需要分散了注意力。"②许多论者都注意到黑孩对菊子姑娘朦胧的恋母意识，也有人注意到他性意识的萌生，这些因素对黑孩自我意识的觉醒应该也有影响，但促使他自我觉醒的根本原因，还是源自那企图从"那种状态摆脱出来"的身体本能的反抗意识。特别是小说多次渲染黑孩对疼痛的无感觉，正体现了他渴望挣脱现实生存状态的生命本能的反抗。黑孩的反抗意识既是对小铁匠虐待言行的抗争，也是对时代社会无言的抗争，他在抗争中实现了自我觉醒。

当然，自我觉醒还需要一个重新熔铸、涅槃再生的过程。带有强烈的自我觉醒意识的文学作品往往包含着一个毁灭与再生的母题在内，像郭沫若的《凤凰涅槃》和《天狗》等新文学作品是这样，《透明的红萝卜》也

①　张辉:《审美现代性批判》，北京：北京大学出版社，1999年，第179页。

②　[英]伊格尔顿:《文化的观念》，南京：南京大学出版社，2003年，第87页。

是如此。莫言前期小说中经常出现"火"或铁匠的"火炉"的意象，其实都包含着这种熔铸再生的意味。黑孩自我意识的觉醒也经历了一个重新熔铸、脱胎换骨的过程。他在小铁匠面前攥住滚烫的钢钻，"听到手里'滋滋啦啦'地响"，"鼻子里也嗅到炒猪肉的味道"，即使手里冒出了黄烟，他仍不慌不忙，仿佛完全没有痛感……这近乎荒诞的描述其实正体现了一种挣脱现状的强烈渴望，一种重铸自我的勇气和信念，正因经历了熔铸锻造般的个体体验，新的自我才得以诞生。这近乎经历肉身重铸的自我，与大部分新文学作品重视精神的书写有所差异，倒与郭沫若的《凤凰涅槃》的毁灭与再生思想有点相似，都体现了身心一体的自我再生的意味。

《透明的红萝卜》不仅表现了基于原始生命强力的自我肉身的觉醒，还表现了黑孩因"幻影崇拜"而再次迷失自我的过程。自我意识觉醒后的黑孩因饱受饥饿的煎熬，对食物充满了渴望，夜晚看到那偷来的小萝卜在铁砧子上，变成了"一个金色的红萝卜"，看见了一幅红萝卜显现的虚幻而生动的画面。但在他与小铁匠争抢时，红萝卜被小铁匠扔进了河里，从此，黑孩就开始了对虚幻的红萝卜的寻找，"一会儿站在河水中，一会儿又站在萝卜地里，他到处找呀，到处找……"在此，透明的红萝卜其实也是某种虚幻事物的象征。他甚至干脆跑到萝卜地里，拔起了一个萝卜，失望地扔掉，"拔起两个萝卜。举起来看看。扔掉。又膝行一步，拔，举，看，扔……"[1]黑孩最后也因破坏生产队的萝卜，被队长剥光了衣服，赶进了原野。他又钻进了黄麻地，"像一条鱼儿游进了大海"。

黑孩来自原野，最终又回归原野，这是个体生命历程的缩影，也是个体生命存在的寓言，这与《生死疲劳》所表达的一切来自土地的最终还要回归土地的思想也是一致的。

黑孩因强烈反抗意志的觉醒而唤醒了自我，却又因"幻影崇拜"而迷失了自我。他对虚幻的透明的红萝卜的寻找其实也是尼采所说的"幻影崇拜病"。尼采认为，一切"实在界"的思想，都是从"幻影崇拜病"出发

---

① 莫言:《透明的红萝卜》,《欢乐》,北京:作家出版社,2012年,第23、45、51页。

的，并且他"由幻影崇拜病说明生之重要"①。黑孩因幻影崇拜而迷失了自我，其实也说明了"生之重要"，当然也有对"文革"时期盲目崇拜的批判。另外，《罪过》的小福子因受水中红花的蛊惑而溺亡，《长安大道上的骑驴美人》中侯七对虚幻的骑驴女人的追寻，似乎也都是"幻影崇拜病"的表征，这与海外学者陈雪莉认为《丰乳肥臀》上官金童最后患上的"光幻觉"②病症也有些相似。莫言小说揭示的"幻影崇拜病"就是要说明不能因对虚幻事物的追求，而忘记了个体肉身生存的重要性。

莫言说，一个作家一辈子可能塑造上百个人物，这上百个人物"合成的一个人物就是作家的自我"，"如果硬要我从自己的书里抽出一个这样的人物，那么，这个人物就是我在《透明的红萝卜》里写的那个没有姓名的黑孩子"③。小说主要表现了黑孩个体生命存在的体验，至于小铁匠和师傅的生存竞争，小铁匠、小石匠与菊子二男一女的情爱角斗，也都是个体生命体验的一部分或点缀。黑孩来自自然，经历了孤独的个体体验后，最终又回归自然，这是个体生命存在的寓言。老子的"恒德不离，复归于婴儿"，是希望人们超越思想，不为名利、欲望和知识所累，复归于婴儿的无知状态，才能重返自我。道家的"复归于婴儿"和海德格尔"复归于本真"的思想都表现了对"达到本真的人"④的意图。黑孩既是莫言饥饿孤独的童年记忆的写照，也给予了重返身体原初体验的能力。

《透明的红萝卜》揭示了儿童存在的饥饿与孤独体验，表面上看，似乎又一次呼应了五四新文学"救救孩子"主题，但莫言的小说并不只是停留在这主题上。黑孩那脱身于自然又复归自然的个体经历，那被抛弃在社会上的孤独的个体生命体验，正是个体存在的永恒寓言，传递的是人如何诗意地栖居的话题。如果说鲁迅把"'狂人的眼睛'设定为构制此后作品

---

① 李石岑：《超人哲学浅说》，载成芳：《我看尼采》，南京：南京大学出版社，2000年，第213—216页。

② 宁明：《海外莫言研究》，济南：山东大学出版社，2013年，第67页。

③ 莫言：《自述》，《小说评论》，2002年第6期。

④ 梁玉、李靖：《形而上学的殊途：海德格尔与道家》，《学习与探索》，2012年第6期。

世界（描写中国社会）的视点"①，那么莫言则把"黑孩的身体体验"设定为构制以后作品世界的出发点。由此来看，"当代的我们是应该被孩子拯救的"，也就是说，"我们要借用孩子发现理性盲点的智慧的时代已经到来了"②。只有拨开层层的理性帐幔，回归孩童般的个体生命原初体验，人们才能真正认识自我，走进个体生命自身。

知觉现象学认为，灵魂和身体的结合不是主体和客体的关系，"灵魂和身体的结合每时每刻在存在的运动中实现。我们通过第一个入口，生理学入口进入身体时在身体中发现的就是存在"③。身体位于自我与世界的交汇点上，只有当主体是身体，并通过身体进入世界，才能实现其"自我性"，"因为作为主体性的我的存在就是作为身体的存在和世界的存在，是因为被具体看待的作为我之所是的主体最终与这个身体和这个世界不可分离"④。《透明的红萝卜》发现了自我的存在是身体的存在，黑孩的体验与经历反映了个体的身体存在是宇宙万物存在的一部分或一个阶段，世界的存在为"我"的身体存在而存在，"我"的身体的存在和世界的存在息息相关，这也是理解莫言小说创作传承与重构新文学叙事传统的基点。

三、"以自身为本位"的个性的完善

张志忠曾借助恩斯特·卡西尔《人论》的观点来分析莫言小说的生命一体化问题，他指出"在生命的一体化进程中渴盼生命的个体化、渴盼人的天性和个性的解放，这显然不同于由农业社会向工业社会转化过程中、在近代科学精神招引下提出的个性解放、自由平等，但是，二者又是相通

---

① [日]伊藤虎丸:《鲁迅与日本人——亚洲的近代与"个"的思想》，石家庄：河北教育出版社，2001年，第106页。

② [日]斋藤晴彦:《心理结构与小说——用分析心理学解读莫言的作品世界》，复旦大学博士论文，2012年，第35页。

③ [法]莫里斯·梅洛-庞蒂:《知觉现象学》，姜志辉译，北京：商务印书馆，2001年，第125页。

④ [法]莫里斯·梅洛-庞蒂:《知觉现象学》，姜志辉译，北京：商务印书馆，2001年，第512页。

的"①。从生命一体化的角度指出莫言小说创作与近代个性解放、个性自由思想之间的异同与关联，见解较为独到，但该文主要论述了莫言小说中人与动植物间的生命一体化，而对人物肉身与精神的身体一体化问题没有过多涉及。莫言的小说不仅体现了人与自然万物的生命一体化，还更多地表现了一种肉身与精神的身体一体化。他的小说探索了精神与肉身的关系，表达了肉身是精神的基础，而精神首先是来自个体的肉身体验，肉身和精神密不可分。他认为："肉是肉，也不是肉。肉和灵，是相互依存又相互排斥的对立统一。肉又是欲望，是人的本能，但精神的升华总是建立在本能和欲望的基础上。"②

新时期许多小说都注重揭示精神和肉身的关系，强调肉身对于精神的先在性，并且常从"吃"的问题入手。阿城的《棋王》对王一生的"吃"与"棋"的叙述，表达的正是对肉身和精神的双向思考，小说表面上重点是写"棋"，但实际上重点表达的是"吃"，"吃"是个体生命存在及其他一切活动的基础，因"一天不吃饭，棋路都乱"③。张贤亮的《绿化树》《男人的一半是女人》中的劳改知识分子"我"在马缨花和黄香久等乡村女性那里得到"食"与"性"的满足后，才有了"超越自我"的更高的精神追求，特别是马缨花提供的食物对"我"充满了诱惑，连一个死面馍馍"我"都品尝到"饱含着一切食物的原始的香味"④。莫言在《猫事荟萃》中说，"张贤亮用他的知识分子的狡猾坑骗老乡的胡萝卜，也不是个宁愿饿死也要保持高尚道德之人"⑤。莫言在此不是攻击和批评张贤亮，而是对其肉身先在性观念的认同与肯定。《民间音乐》也表现了生命个体在获得了肉身的安居后，对精神追求的向往，而在《透明的红萝卜》中，肉身和精

---

① 张志忠：《莫言论》，北京：北京联合出版公司，2012年，第53页。

② 莫言：《用自己的腔调说话——2004年4月与〈新京报〉记者对话》，《莫言对话新录》，北京：文化艺术出版社，2009年，第431页。

③ 阿城：《棋王》，载蔡世连等：《中国当代文学作品选》，济南：山东大学出版社，2000年，第325页。

④ 张贤亮：《张贤亮中短篇精选》，银川：宁夏出版社，1994年，第429页。

⑤ 莫言：《猫事荟萃》，《白狗秋千架》，北京：作家出版社，2012年，第404页。

神的两种需求完全混淆了,《酒国》则专门在对个体吃喝体验的书写中思考灵与肉、人与社会的关系。吃喝在莫言笔下总是充满着魅力,现当代文学史上把吃喝写得最为生气勃勃、气象万千的作家非莫言莫属。作为个体生存基础的"吃"在莫言小说中得到了充分的表现。《酒国》中说,吃喝不只是为了维持生命,而是要"通过吃喝体验人生真味,感悟生命哲学"①。"吃"是莫言小说把握个体生命存在的基点,也是思考社会人生的视角。

在对人的生理性身体活动的叙述中,莫言主要侧重了对"吃"的叙述。肉身的存在是个体生命存在之根,而"吃"又是身体其他活动的基础,也是一切实践活动的基础。与鲁迅创作重视心灵的窗口——"眼睛"作为个体生命与外界沟通的门户不同,莫言小说着力表现"口腔"是个体生命存在的基础。《丑兵》中丑兵牺牲前喊的不是什么豪壮的政治口号,而是一碗豆腐炖粉条。《黑沙滩》写了两类人:一类以场长和刘甲台为代表,重视个体的"吃"的问题;另一类以指导员郝青林等为代表的,重视思想斗争而漠视"吃"的问题,其批评意向非常明显。

美国学者孙隆基在分析中国文化的深层结构时认为中国传统文化具有"口腔化的倾向"。他指出:"如果说中国人是以'口'来面对世界的,也不为过。"② 作为饮食的吃喝在中国古代文学中一直是重要的叙事内容。从《诗经·小雅·瓠叶》的"有兔斯首,炮之燔之"等燕飨诗,到苏轼《食猪肉》的"慢着火,少着水,火候足时他自美",再到《西游记》中猪八戒的贪吃和《水浒传》中梁山好汉大块吃肉大碗喝酒的豪情,写的都是形而下的饮食状况。近代以来,康有为等人在西方人性论基础上进一步肯定了晚明个性主义文学,认同食色"本能欲望是人与生俱来的天性"③观点。

五四新文学仅注重了个性觉醒的情爱欲求的书写,而个体饮食欲求的

---

① 莫言:《酒国》,北京:作家出版社,2012年,第145页。

② [美]孙隆基:《中国文化的深层结构》,桂林:广西师范大学出版社,2011年,第62页。

③ 康有为:《长兴学记》,载汤志钧编:《康有为政论集》(上),北京:中华书局,1981年,第88页。

书写被完全或部分地掩盖了，形而下的饮食叙事也仅是形而上的精神书写的附庸，这也反映了新文学有着重精神状态而忽视肉身需求书写的倾向。新时期文学"吃"的凸现，是对五四以来的文学，特别是"文革"文学过于注重精神的重要性，而忽视个体物质性身体欲求的审美反抗，"是肉体对理论专制的长期而无言的反叛的结果"①。

莫言是新时期较早借助肉身饥饿书写而涉及身体叙事的作家。毕飞宇认为，新时期文学的身体写作是以莫言小说创作为发端的，"《红高粱》产生的时候，'身体'还不是一个有趣的概念，它散发着难以启齿的气息"②。毕飞宇在此所说的身体应该还主要指性身体，其实莫言早期小说创作涉及的身体主要是饮食身体，他也是较早涉及饮食身体书写的作家之一。相对于当代文学的身体书写来说，作为饮食身体的书写在五四新文学中一直是作为启蒙的附属物来表现的，而生理学意义或存在论意义上的身体被完全或部分地遮蔽了，虽然新文学也写到了生理性身体的情爱欲求。另外，五四新文学一直较重视个体情爱欲求的精神解放，而作为饮食身体的解放往往表现得不够充分。这种情形在新时期文学中有了很大的改观，高晓声的《"漏斗户"主》、茹志鹃的《剪辑错了的故事》、路遥的《在困难的日子里》、阿城的《棋王》和张贤亮的《绿化树》等都是新时期较早涉及肉身饥饿叙事的作品，这些作品的作者大都有着"三年自然灾害"的切身体验，饥饿书写自然成了他们生命体验中不可缺少的一部分，饥饿叙事的强大震撼力使其也成为新时期身体写作之发端。

个性心理学认为，任何人的个性是都是生理性与社会性、理性与非理性的统一。个性首先是一种生理性个性，生理性个性也是其他个性形成与发展的生理基础和物质条件。晚明以来的几次个性思潮都有对人的生理性个性的肯定与思考，莫言小说人物的个性探索也是从人的生理性个性开始的。

---

① [英]特里·伊格尔顿：《审美意识形态》，王杰等译，桂林：广西师范大学出版社，2001年，第13页。

② 毕飞宇：《〈红高粱〉：行为与解放》，《南方文坛》，2006年第5期。

莫言小说注重对人的日常吃、喝、拉、撒等肉身活动的书写。在他看来，吃喝拉撒等生理性活动，是肉身存在之本，也是个体生命存在之本。因此，对吃喝拉撒等生理性身体活动的叙述不仅不丑陋、不卑下，还体现了文学对个体生命之本的探询。

明代李贽说，"吃饭穿衣，即是人伦物理"①，就指出了人的自然需求就是"道"。莫言也对"吃"之"道"有所悟，因此他才不但放心大胆地写吃喝，还无所顾忌地写了人或动物的粪便、尿等排泄物及排泄行为。不仅在《红高粱家族》中写"爷爷"的一泡尿能使一篓普通高粱酒变成"风格鲜明的高级高粱酒"，《石磨》中写"我"能尿落机器传送带，而且在《红蝗》中甚至公开"歌颂大便，歌颂大便时的幸福"②。莫言对生理性身体活动的无节制表达曾遭到许多人的批评，认为他对大便的歌颂离经叛道，但也有人认为是"向传统审美观念的挑战"，认为这应该是"孕育着一个审美价值判断的整体迁移的风暴"③。美国学者安德鲁·斯特拉森认为，"人体器官与人体排泄物等，既构成了人的身体，又构成了人的状态，它们还是人际沟通的符号。他们既代表亲密、特殊、隐蔽的东西，又代表社会、一般、公开的互动"④。莫言说他是从拉伯雷与韩国作家金芝河的作品中发现了书写"大便"的秘密，认为"描写物质性的肉体，尤其是描写人的下部，看起来是很丑陋的，但实际上却包涵了一种巨大的魅力"⑤，因为这是"一种生命力"，"一种母性的力量"，它孕育着生命的再生、健康与繁盛。

在莫言的小说中，个人的肉身体验使个体生命抵达一种躯体物质化的存在体验，"我不过是一根在社会的直肠里蠕动的大便"⑥，这是对个体肉身存在的确证和表达。有人曾借助于巴赫金的怪诞现实主义分析莫言的小说

① 李贽：《焚书·续焚书》，长沙：岳麓书社，1990年，第4页。

② 莫言：《红蝗》，《食草家族》，北京：作家出版社，2012年，第27页。

③ 丁帆：《亵渎的神话：〈红蝗〉的意义》，《文学评论》，1989年第1期。

④ [美]安德鲁·斯特拉森，帕梅拉·斯图瓦德：《人类学的四个讲座——谣言·想象·身体·历史》，梁永佳译，北京：中国人民大学出版社，2005年，第43页。

⑤ 莫言：《作家的魅力在于张扬小说的艺术性》，《探索与争鸣》，2006年第8期。

⑥ 莫言：《红蝗》，《食草家族》，北京：作家出版社，2012年，第4页。

作品，认为巴赫金提出的"躯体的物质性原则"和"躯体的低下部位"等观点能够解释莫言小说的身体物质性书写的意义。按照巴赫金的观点，肉体不再被认为是罪恶和下贱的，相反，其蕴含了"肥沃、成长、丰盈繁盛"。巴赫金的"卑贱化"原则将一切崇高、理想"从高位拉到低位"，"这种降位是针对人的肉体部分，亦即对人的肉体的关注由上部的头脑拉到生殖器官，其意义仍然要回到生命的不断循环、生长，新旧交替的意义上"①。莫言小说对生命个体的肠、胃和肛门等消化器官的书写观念，与巴赫金提出的"躯体的物质化原则"是一致的。在莫言的生命体验中，个体生命的存在首先是肉身的存在，而个体的身体不过是自然万物循环世界的一部分。自然万物是一种一体化存在，人类社会只是宇宙存在的一根"直肠"，每个个体生命正如《酒国》中所说，只是人类社会"直肠"中的"一段大便"，或者"是一根弯弯曲曲的猪大肠"②。人来自自然，还要回归自然，这是莫言小说表现的个体生命存在哲学。

莫言小说反映了个体的存在是建立在自然万物的生命一体化原则的基础上，个体生命只是万物循环世界的一部分，体现了其侧重于表现个体的物质性存在。与新文学的生命哲学相比，两者对个体生命体验的侧重点不同，五四新文学更倾向于个体的精神体验，所以鲁迅提出了"历史的中间物"的观点，而莫言小说更倾向于个体肉身原初性体验的表达，个体生命只不过是社会这根"直肠"中的一部分。莫言小说中的身体观念具有福柯式的后现代身体理论特征，"福柯要解构这种由知识、道德和权利所掌握的主体，他要超越现代性的普遍性从而实现向原始身体经验的个体的关注，即一种自身关怀的伦理主体的回归，我们将其称为是一条向审美生存的回归之路"③。由此可见，莫言小说的身体个性化书写，具有明显的审美现代性诉求。现代身体理论认为，"人首先是一个身体和动物性存在，理

---

① 钟怡雯：《莫言小说：历史的重构》，台北：文史哲出版社，1997 年，第 63—64 页。

② 莫言：《酒国》，北京：作家出版社，2012 年，第 251 页。

③ 余璐：《问题史的转换：福柯的后现代身体理论》，《兰州学刊》，2011 年第 10 期。

性只是这个身体上的附着物，一个小小的'语词'"①。莫言小说的个性化叙事与五四新文学叙事有相通之处，也有对抗性，既是对新文学审美现代性传统的继承，也是对其科学理性思想的对抗。

莫言小说创作忠实于个体肉身体验的表达，但也不忘记表现精神的力量。文学身体学认为，"肉体必须抓住灵魂的衣角，才能完成文学的诗性转换"②，而莫言的小说则进一步说明了灵魂必须紧贴肉身，才能实现精神的高扬。莫言曾说，"饥饿的岁月使我体验和洞察了人性的复杂和单纯"，所以当他创作时，童年饥饿的肉身体验就成为宝贵的资源；他同时也认为，"我也没有忘记人性中高贵的有尊严的一面，因为我的父母、祖父母和许多像他们一样的人，为我树立了光辉的榜样"③。莫言早期创作的小说，像《透明的红萝卜》《铁孩》《五个饽饽》和《猫事荟萃》等主要表现了对个体饮食饥饿体验的认同，对虚假政治宣传的拒绝。《红高粱家族》等新历史小说，也是建立在个体生存本能基础上的历史叙事，英雄故事也衍化为个体生存的抗争。他后来创作的一些社会文化批判小说，批判意识也建立在肉身基础上。像《檀香刑》那残酷的刑罚，不只是对人心灵的震慑。钱雄飞遭受的五百刀凌迟，刀刀割在肉体上，孙丙遭受的檀香刑，更是对肉身的极端摧残。《幽默与趣味》和《酒国》等有时干脆让人物的思想与躯体、精神与肉身分裂开来，重新认识灵肉二者的关系：《幽默与趣味》的王三能感到"自己的思想已经脱离躯壳，而躯壳则变成一坨半干的牛粪"④；《酒国》的丁钩儿在意志上拒绝喝酒，但手却一次次不争气地端起了酒杯，嘴也总是不争气地把杯中酒喝干，作者让酒后的丁钩儿的灵魂逃逸

---

① 汪民安：《身体转向》，载陈定家：《身体写作与文化症候》，北京：中国社会科学出版社，2011年，第56页。

② 谢有顺：《文学身体学》，载陈定家：《身体写作与文化症候》，北京：中国社会科学出版社，2011年，第106页。

③ 莫言：《我的文学历程——2006年9月在第十七届亚洲文化大奖福冈市民论坛的讲演》，《莫言讲演新篇》，北京：文化艺术出版社，2009年，第67页。

④ 莫言：《幽默与趣味》，《怀抱鲜花的女人》，北京：作家出版社，第437页。

肉身，让灵魂"贴在天花板上为自己半死的肉体哭泣"①。莫言小说中的人物常出现精神清醒而肉身沉沦的状态，肉身和精神呈分裂对立的状态。对个体生命肉身与精神分裂的叙述，正是为了揭示肉身和精神的不可分裂，如果人为地割裂二者的一体化状态，片面强调精神的重要性、至上性，那是违背个体存在的生命本真状态的。

把肉身和精神割裂开来，轻肉身，重精神，也是违背现代心理学和哲学的。个性心理学认为："人类从生命第五天开始，肉体和心灵就是不可分割的两部分，而且彼此合作。"②人的肉身和精神本是一体化的存在，现代哲学的一大特征就是个体的肉身觉醒。尼采说："我整个的是肉体，而不是其他什么；灵魂是肉体的一部分的名称。"③个体的精神总是统一于身体，完全不存在可以独立于身体的所谓心灵，不是我拥有身体，而是"我是身体"④。

生理性身体的存在是个体生存与发展的基础。鲁迅提出，作为个体的存在，"一要生存，二要温饱，三要发展"⑤；周作人指出："人并无与灵魂分离的身体。因这所谓身体者，原指是五官所能见的一部分的灵魂。"⑥五四新文学先驱者理解个体生命精神与肉体一体化的重要性，但许多作家在创作时还是存在重精神启蒙，轻视肉体本源的倾向，即使是"将写作定位于肌体血脉的，最有名的"⑦作家鲁迅，也因幻灯片事件，认为"凡是愚弱的国民"，即使体格健康、苗壮，"也只能做毫无意义的示众材料和看客"，

① 莫言：《酒国》，北京：作家出版社，2012年，第92页。

② [奥]阿德勒：《挑战自卑》，李德明译，北京：华龄出版社，2002年，第21页。

③ [德]尼采：《查拉斯图拉如是说》，严溟译，北京：文化艺术出版社，1987年，第31页。

④ 王晓华：《个体哲学》，上海：三联书店，2002年，第17页。

⑤ 鲁迅：《忽然想到·六》，《鲁迅全集》（第三卷），北京：人民文学出版社，1981年，第45页。

⑥ 周作人：《人的文学》，载吴秀丽等：《中国现当代文学作品与史料选》，杭州：浙江大学出版社，2012年，第236页。

⑦ 乐钢：《以肉为本，体书"莫言"》，载杨守森等：《莫言研究三十年》（下），济南：山东大学出版社，2013年，第27页。

所以他认识到"尊个性而张精神"[①]的重要性，从而弃医从文，走上了救治国民灵魂的道路。郜元宝也认为虽然鲁迅赞赏灵肉一元的理想，"反对灵肉分裂的二元论"，但其"早期的几篇文言论文可能最清楚地表明了这点重精神而轻肉体的倾向，后来这种倾向也基本没有改变"[②]。因此，可以说五四新文学因特定的时代背景，决定了其对肉身的关注远远少于对精神的关注。五四新文化运动初期倡导的就是"以自身为本位"的个性精神，但新文学总是与新文化运动所倡导的个性主义精神有一定的差距。五四新文学倡导的"以自身为本位"的个性主义精神没能在文学创作中得以更好地表达，导致了文学创作在很长时间内出现了重精神轻肉身的倾向，这一倾向最终在新时期文学，特别是在莫言等人的小说创作中得以纠偏与补偿。莫言小说非常重视对生理性身体的表现，生理性身体体验也是其小说创作的基点。

当然，莫言小说中"以自身为本位"的个性精神是对新文学叙事传统的传承与发展，也是对中国古代身心一元论观念的呼应。中国古代许多思想家都对身心关系进行了探讨，并且大都持身心一元论的观点。像《墨子·经上》的"生，刑与知处也"，指出了生命是肉身与精神同时存在于一体；《管子·心术上》的"心之在体，君子之位也"，指出了人的精神、心理只是身体的一部分的观点，等等。可以说，莫言小说创作对"肉身"人物的探索，为中国古代的身心一元论与现代西方的身体一体论思想找到了相逢或共通点。

第二节 "自主"的扩张与现代自由思想的对抗

五四新文学重视个性解放、个性自由，但由于时代的局限性，新文

---

① 鲁迅：《文化偏至论》，《鲁迅全集》（第一卷），北京：人民文学出版社，1981年，第57页。

② 郜元宝：《从舍身到身受——略谈鲁迅著作的身体语言》，《鲁迅研究月刊》，2004年第4期。

学所表达的个性解放大多停留在个体精神觉醒的层面上，对于个体觉醒后的个性自主问题大多缺乏进一步的深入探讨。鲁迅笔下狂人式的个性觉醒者，由初始的呐喊，最终走向了彷徨。《伤逝》中高喊"我是我自己的"，"谁也没有干涉我的权利"的子君，像娜拉般地离家出走，但最终走向了毁灭，涓生最后也只能发出"人必生活着，爱才有所附丽"①的慨叹；郁达夫小说的个性觉醒者最终成为忧郁的沉沦者，在性与生的苦闷的折磨下戕害自我；丁玲小说中莎菲式追求个性解放的女性，最终为了"广大的人类"的理想追求，放弃了自我，放弃了个性，成了大众社会的一员。许多作家也逐渐动摇了对个性的坚守。就连以狂飙突进的时代精神开一代诗风的郭沫若，也"觉得在大多数人完全不自主地失掉了自由，失掉了个性的时代，有少数的人要来主张个性，主张自由，未免过于僭妄"②。因此，有人指出，新文学没能坚持从"人"的问题出发，深入探讨个性主义问题，致使新文学中的个性主义问题成了"一个被简单化了的主题"③，也说明了五四新文学"刚刚起步时就在作家头脑中渐渐动摇了个性意识的肯定性……完全意义上的个性主义文学遭到了过早的抑制"④。当然，这不仅是创作者的局限，也是时代的局限。

莫言小说塑造了一系列具有个性"自主"倾向的人物，像《红高粱》的余占鳌和戴凤莲、《秋水》的老三和二小姐、《丰乳肥臀》的司马库和《生死疲劳》的蓝解放等，这些人物的个体经历、思想性格及生存背景有明显的差异，但他们的"自主"精神是相通的。当然，莫言小说中人物的个性"自主"，与新文学中人的个性自主并不完全相同。"自主人物"在莫言小说中是指那些主要听从个体身体内在本能，而不是顺从外来思想命令进行活动的人物。这些人物的"自主"精神与五四新文学中所讲的那种来

① 鲁迅：《伤逝》，《鲁迅全集》（第二卷），北京：人民文学出版社，1981年，第121页。

② 郭沫若：《〈文艺论集〉序》，《郭沫若研究资料》，王训昭编，北京：社会科学出版社，1986年，第216页。

③ 支克坚：《一个被简单化了主题——关于鲁迅小说及新文学革命现实主义发展中的个性主义问题》，《中国现代文学研究丛刊》，1981年第3期。

④ 朱寿桐：《创造社与新文学中的个性主义》，《中国现代文学研究丛刊》，1988年第1期。

自西方的民主、平等的个性自主的内涵是有差别的，与五四新文学中的个性自由思想也形成了一种补充与对抗的关系。

一、"自主"的扩张与反思

莫言小说中的"自主"人物带有一种来自个体身体本能的个体自由精神。他对这些"自主"人物的态度是复杂而矛盾的，对其敢于追求"自主"精神是肯定和赞赏的，但对"自主"中的唯我主义倾向又满怀忧虑。《红高粱家族》对"自主"人物的探索最为充分，而一些短篇小说像《秋水》等因篇幅所限，对人物个性"自主"的表现往往不够充分，因而在此主要以《红高粱家族》为例进行分析。

（一）个体肉身"自主"扩张的积极意义

发表于《人民文学》1986 年第 3 期的中篇小说《红高粱》是为莫言带来世界声誉的代表作之一，也是"红高粱家族"系列的第一部作品，小说充分展现和探讨了肉身本能"自主"人物扩张的魅力。莫言对其小说中的肉身"自主"人物的态度是复杂而矛盾的，对其敢于追求"自主"精神是肯定和赞赏的，但对"自主"中的唯我主义倾向又满怀忧虑。《红高粱家族》对人物个体肉身"自主"的探索最为全面和充分，也最能体现莫言小说的审美现代性诉求。

莫言在分析《红高粱》为何能引起这么大反响时认为，"这部作品恰好表达了当时中国人一种共同的心态，在长时期的个人自由受到压抑之后，《红高粱》张扬了个性解放的精神——敢说、敢想、敢做"[①]。这种精神不但契合了改革开放初期民众的精神需求，而且那种来自身体本能的个性张扬精神给现实中久被压抑的人们以心理安慰和精神鼓舞，另外，这种"自主"人物的个性张扬精神也具有普世的价值，因而才会产生世界性的影响。

《红高粱家族》发表后，评论界对其主题的评价形成了一些相反或相

---

① 莫言：《我为什么要写〈红高粱家族〉——在〈检察日报〉通讯员学习班上的演讲》，《小说的气味》，沈阳：春风文艺出版社，2003 年，第 20—21 页。

对的看法。概括起来看，主要有三种不同的观点：一种较有影响的观点认为，小说揭示了民族的生命意识，表现了作者所推崇和讴歌的"中华民族的酒神精神"[①]；另一种相反的观点认为，余占鳌的血性仅仅"是鲁迅所批判的土匪文化的主要内容"，"认同这血性的'土匪文化'，是对中国文化现代化道路的误解"[②]；还有一种折中的观点认为，《红高粱家族》的"'匪气'象征生命活力、'侠气'象征人格魅力、'正气'象征民族意志"[③]，以上观点都有其合理之处。那为何对同一部作品主题的理解会出现如此大的分歧？这主要是因对这种来自肉身本能的个性自由、个性张扬精神的不同看法所导致的。

莫言说，"《红高粱》歌颂了一种个性张扬的精神"[④]，但其在表现人物个性"自主"的张扬精神时也一直持矛盾而暧昧的态度，他把"高密东北乡"想象成最具个性"自主"精神之所在，但它也因此是"最美丽最丑陋、最超脱最世俗、最圣洁最龌龊"[⑤]的地方，可见，在莫言的意识中，这种源自生存本能的个性张扬精神本身就具有矛盾性，小说既歌颂来自身体本能的个性张扬精神的原始生命强力，又对其利己负面效应持否定态度。

莫言小说中"自主"人物的扩张建立在人物身体本能的基础上。五四新文学的个性解放思想虽然主要源于西方的个人自由主义，但五四时期许多思想家意识到，要想获得个性自由，必须反对奴化意识，寻求民族自然、原始生命野性的回归。鲁迅批判国民脸上只剩下了"驯顺"的"家畜

① 雷达：《历史的灵魂与灵魂的历史——论红高粱系列小说的艺术独创性》，《昆仑》，1987年第1期。

② 李宗刚：《民间视域下〈红高粱〉英雄叙事的再解读》，载杨守森等：《莫言研究三十年》（下），济南：山东大学出版社，2013年，第238页。

③ 宋剑华：《知识分子的民间想象——论莫言〈红高粱家族〉故事叙事的文本意义》，《广东社会科学》，2009年第2期。

④ 莫言：《作为老百姓写作——在苏州大学"小说家讲坛"上的演讲》，《小说的气味》，沈阳：春风文艺出版社，2003年，第15页。

⑤ 莫言：《红高粱家族》，北京：作家出版社，2012年，第3页。

性"，而"兽性"或"野性"①已消失了；陈独秀曾在 1915 年撰文主张把培养"兽性主义"作为教育之方针，他所说的"兽性"主要指"意志顽狠，善斗不屈""体魄强健，力抗自然""信赖本能，不依他为活""顺性率真，不饰伪自文"②等思想。这一思想在五四新文学中没能获得充分的表达，但在 20 世纪 30 年代一些作品中有所体现。像沈从文的《龙朱》《虎雏》《月下小景》和艾芜的《山峡中》等作品，都张扬了一种原始生命的野性。与沈从文、艾芜等人的作品相似，莫言小说中人物的个性张扬是建立在个体生存本能的基础上，是一种"以自身为本位"的个性自由精神，洋溢着一种未经驯化的原始野性色彩。但与沈从文和艾芜等人的作品不同的是，莫言对这种建立在身体本能基础上的生命野性力量的探索更为深入、全面。

　　小说为了探索"自主"人物个性张扬的可能，为人物个性成长和发展提供了一种几乎无家庭压抑的特殊背景和超阶级的土匪身份，这与五四新文学中的个性觉醒者大都有着封建大家庭的家庭背景和留学西方或深受西方文化影响的知识分子身份完全不同。首先，作者将余占鳌放在一个缺乏父母关爱的家庭环境中。余占鳌从小无父，母亲在儿子杀死与之偷情的和尚后自杀了。因此，他其实长期生活在一种无父无母的环境中，这也说明了他受家庭的约束较少，自然个性较少受到家庭的压抑。在莫言的心目中，家庭带给孩子的并不只是温馨和呵护，而更多的是对孩子个性的压制。他认为，家庭对孩子来说绝对是一种痛苦，"极端的爱"里包含了"极端残酷的虐待"。戴凤莲的家庭关系，通过其父母为了得到一匹骡子就把她卖给了财主的儿子——麻风病人单扁郎为妻可见，其父爱母爱脆弱得如一张薄纸。正因余占鳌和戴凤莲成长在这种缺乏"正常"的父母关爱的家庭环境中，所以，他们对一切有碍个性自由发展的势力都有着一种本能的抗争。其次，为了体现其个性自由精神，作者赋予这些"自主"人物以

---

　　①　鲁迅：《略论中国人的脸》，《鲁迅全集》（第三卷），北京：人民文学出版社，1981 年，第 309—310 页。

　　②　陈独秀：《今日之教育方针》，《陈独秀随笔》，海口：海南出版社，1996 年，第 19 页。

超阶级的独立的社会身份——土匪。莫言认为，"土匪是超阶级超社会超制度的一个产物"[①]。正因余占鳌具有超阶级的土匪身份，所以在抗战期间，他才完全体现出一种独立不羁的人格，他既不臣服于国民党的领导，也不完全听从共产党的指挥。在抗战来临时，出于生存本能，他自觉地联合国民党和共产党的军队共同作战，但在合作期间，他又始终注意保持自己的独立身份。五四新文学中的个性觉醒者因大都有着封建大家庭的背景和深受西方文化影响的知识分子身份，其来自身体本能的个性意识大都受到严重的压制，他们也大都身陷苦闷与彷徨之中；而莫言小说中的"自主"人物有着宽松的家庭背景和超阶级的自由人身份，因而他们的来自身体本能的自然天性得到了淋漓尽致的表现。

莫言小说"自主"人物的个性扩张是建立在身体本能的基础之上，这在情爱叙事方面表现得最为明显。许子东在论述郁达夫小说的性爱描写时认为，正常的性爱描写是创作者"企图在艺术中正视并讨论人的自然天性的一种尝试"[②]。莫言小说的情爱叙事往往也是探索人的自然天性的一种手段，这与五四新文学的情爱叙事传统是一致的。在他的一些小说中，性爱往往是个性独立自由程度的象征，是建立在个体生理本能基础上的个性自由的表现。余占鳌之所以爱上了戴凤莲，有着潜意识的作用。小说写他因为握了一下"我奶奶"的脚而唤醒了创造新生活的灵感，也彻底改变了二人的一生。欣赏小脚是传统文化陋习之一，冯骥才在《三寸金莲》中曾彻底地鞭挞了这一传统文化的劣根性。《红高粱》中余占鳌对小脚文化的认同，表面上似乎体现了创作者对民族传统文化的欣赏，但其目的却是想通过爱欲的展示探索人物的个性"自主"问题。《红高粱》通过对余占鳌和戴凤莲的情爱叙事，展示了人的深层心理结构的爱欲本能，体现了对个性自由、个性张扬的探索。

如果把《红高粱》的情爱叙事与五四时期的情爱叙事予以对照，其所

---

① 莫言：《在文学种种现象的背后——2002年12月与王尧长谈》，《莫言对话新录》，北京：文化艺术出版社，2009年，第75页。

② 许子东：《郁达夫新论》，杭州：浙江文艺出版社，1984年，第171页。

反映的个性解放、个性自由的差异是明显的。像冯沅君的小说《旅行》对一对未婚男女结伴旅行、夜宿旅馆的情爱叙事就颇具五四时代文化特色。

> 他把两条被子铺成两条被窝，催我休息的时候，不知为什么那样害怕，那样含羞，那样伤心，低着头在床沿上足足坐了一刻多钟。他代我解衣服上的扣子，解到只剩最里面的一层了，他低低的叫我的名字，说："这一层，我可不能解了。"他好象受了神圣尊严的监督似的，同个教徒祷告上帝降福给他一样，极虔敬的离开了我，远远的站着。①

《旅行》情爱叙事体现了五四时期个性解放思想的局限，但确实反映出特定时代的文化特征。小说表现了理性约束下爱情的纯真，而这一切在《红高粱》中则完全沦为情爱的放任。二者一重精神之爱，一重肉身之惑，表现出鲜明的两极化倾向。

身体解放，特别是肉身解放，是五四新文学未能完全实现的表达，也是新时期之前主流文学未能跨越的禁区。莫言在谈到"红色经典"作品时，认为当时许多小说描写的爱情，其"革命的意义大于生理的意义"②，《红高粱》中描写的爱情，基本还原到了个体的生理性身体的层面，也可以说，生理性身体本能基础上的爱欲追求是莫言小说情爱叙事的立足点。他的小说《爱情故事》中的爱情完全是来自身体本能的吸引与诱惑，这种情爱叙事具有超时代、超阶级、超政治的特征，但也有过于宣扬身体本能的倾向。

莫言小说中"自主"人物的个性扩张是建立在身体本能的基础之上，也是建立在个体生存本能基础上的，是一种强烈的个体生存观念的体现。为了能在恶劣的环境中生存下去，这些"自主"人物敢于同一切阻碍生命成长的势力做斗争，敢于为生命的自由发展牺牲一切，体现出一种原始本能的生命野性。在余占鳌等人物身上，确实体现出了一种顽强的生存意志和信念。"这样强烈的生存观念，是中国人对于生命的热爱，也是中国人

---

① 淦女士:《旅行》,《卷葹》, 北京: 人民文学出版社, 1983 年, 第 17 页。
② 莫言, 王尧:《从〈红高粱〉到〈檀香刑〉》,《当代作家评论》, 2002 年第 1 期。

对于未来充满了理想和希望的表现。"① 余占鳌作为这类人物的代表，他疾恶如仇、狂放不羁，作为土匪，他偷情野合、杀人越货，在生存本能下任意展示生命的强硬姿态。为了个人爱欲，他敢于反叛封建礼教，敢于杀死强娶戴凤莲的单家父子。但在抗日期间，他的这种高扬的个性又表现为鲜明的爱国精神。小说表现了作者对个体生存状态的关注，也表达了对民间个体生存意志的赞扬。

不可否认的是，莫言小说表现的"自主"人物的个性张扬精神具有明显的非理性个人主义特点，但正是这种非理性的身体本能为"自主"人物的个性张扬提供了动力源泉。许多人认为《红高粱》反映了对酒神精神的赞美。其实，凡是具有强烈的个性意识的作品，似乎都可以从酒神精神中找到理论支持，像屈原、竹林七贤、李白和郁达夫等作家的作品，都有人从酒神精神的角度解读过。莫言在塑造这些"自主"人物时，都是基于本能层面的身体反抗意识，这与重视肉体的尼采超人哲学具有某种内在联系。尼采一生努力的目标是"回到本能"，他认为"理智是肉体创造的小理性，肉体和他的本能乃是大理性"，因此超人总是从本能里面找到真正的自我，"所谓的自我就是本能主义"②，也就是说只有回到身体的本能，才能发现真正的自我，才能寻找到个性"自主"的动力。弗洛伊德把由"本我"需要而引起的紧张背后的力称为本能，他认为这是人的个性行为的真正的动力源泉，"本能意味着表现在精神生活上的身体需要，它是一切精神活动的最根本的原因"③。从弗洛伊德的理论来看，所谓的个性张扬实质上就是"生的本能"的张扬，而"生的本能"就是一种爱的本能、自卫的本能，或者说自我保护的本能。

这种源自人物身体本能的"自主形象"扩张往往具有鲜明的抗争与反叛意识。莫言说："我觉得爷爷和奶奶在高粱地里的'白昼宣淫'是对封

① 莫言：《身体的痛苦与欢乐——与波兰记者对话》，《莫言对话新录》，北京：文化艺术出版社，2009 年，第 229—230 页。

② 李石岑：《超人哲学浅说》，载成芳：《我看尼采》，南京：南京大学出版社，2000 年，第 217—218 页。

③ 高玉祥：《个体心理学》，北京：北京师范大学出版社，1989 年。

建礼教的反抗和报复。"①从五四新文化运动以来，对封建礼教的反抗一直是文学的主题，但五四新文学中一直缺乏真正的"以自身为本位"的个性"自主"人物，鲁迅说要培养新一代"敢说，敢笑，敢哭，敢怒，敢打"②，他一直呼唤超人的出现，"所谓'新神思宗'意志解放的非理性个人主义，一直是鲁迅创作的原动力，也是他创作的目的"③，但他的笔下却没有完整的"超人"，出现的大多是一些"狂人"或"疯子"。

莫言的小说写出了敢想敢做的精神，写出了来自身体本能的个性"自主"的扩张者，但这样的人物都是生命本能的扩张者，凭借的都是人类生命的原始力量，这种力量并不完全是五四新文学所倡导的建设性的个性自由思想，有时还是一种破坏性的力量。除了余占鳌外，《秋水》中的为情私奔，去高密东北乡创造独立世界的老三和二小姐，还有《天堂蒜薹之歌》的高马、《丰乳肥臀》的司马库等都是"自主形象"的代表，这样的人物最终都只能走向自我否定的悖谬性困境。

（二）个体肉身"自主"扩张的困境

莫言说："我觉得鲁迅最缺少的是弘扬我们民族意识里面光明的一面。一味地解剖，一味地否定，社会是没有希望的。"④这话虽不一定准确，但反映了莫言小说创作有着对五四新文学叙事传统传承与创新的意图。因鲁迅也曾致力于民族英雄形象的塑造，像《非攻》中的墨子、《理水》中的大禹等都是其塑造的民族脊梁式的形象，可以说，"莫言和鲁迅都有很强烈的英雄'情结'"⑤。与莫言相比，鲁迅似乎对民间英雄人物缺乏深入探讨，但其代表作《阿Q正传》中的阿Q，作者其实是把他"作为'吃人社

① 莫言：《〈奇死〉后的信笔涂鸦》，《昆仑》，1986年第6期。

② 鲁迅：《忽然想到·五》，《鲁迅全集》（第三卷），北京：人民文学出版社，1981年，第43页。

③ 周昌龙：《五四时期知识分子对个人主义的诠释》，载许纪霖、宋宏：《现代中国的核心观念》，上海：上海人民出版社，2011年，第262—263页。

④ 房福贤：《全国首届莫言小说创作研讨会纪实》，载杨守森等：《莫言研究三十年》（上），济南：山东大学出版社，2013年，第291页。

⑤ 王学谦：《莫言与鲁迅的家族相似性》，《吉林大学社会科学学报》，2014年第3期。

会'的英雄人物"来塑造的，其"精神胜利法"也是作者"要使阿Q活下去的意志和作者的绝望——对黑暗社会的认识所展开的'内在抗争'"[①]的表现，而莫言小说中塑造的民间英雄形象，也是要"使人物活下去的意志"，也是基于个体的生存本能，在这一点上，二者又具有某种相似性。

莫言小说塑造的所谓民间英雄形象在特定时期体现了民族的正义精神，有其积极意义的一面，但也有相反的一面，那就是这种基于身体本能的"自主"人物常陷入悖谬的困境，其本身就是一个矛盾体。在《红高粱》的基础上，莫言随后又创作了《高粱酒》《高粱殡》《狗道》和《奇死》等作品，组成了"红高粱家族"系列，贯穿这几篇作品的统一主题就是对"自主形象"的探索及其发展困境问题的认识。如果说《红高粱》主要展示了来自身体本能的个性张扬精神，那么《高粱酒》《高粱殡》《狗道》和《奇死》等则主要揭示了这种源自身体本能的个性张扬的悖论，表现了对"自主形象"扩张问题的深入思考。

首先，基于身体本能的"自主"人物，往往只强调个体生存的利益，而缺少对其他个体生命的尊重，这主要表现在余占鳌的杀人行为上。对于余占鳌的杀人行为一直颇有争议：有人认为因为他生存在一个杀人的世界里，"是一个必须杀人否则就活不下去或活不痛快的世界"，认为其率性而行的怪异行为，与"日军践踏中华河山相比，书中人物的特立独行，严格讲，并无任何出轨之处"[②]；有人认为"像余占鳌这样在张扬自我个性的同时，扼杀了其他人释放'生命激情'的权利，这本身不仅只是余占鳌的霸权表征，也是叙事者的叙事霸权的表征，而且还是解读者的话语霸权的表征"[③]。余占鳌的杀人行为确实在某种意义上体现了一种生存的目的，如果不通过杀人个体就无法生存，这杀人的目的似乎也有一定的合理性，但如果这行为导致了对他人身体的戕害，那么这种个性张扬精神就陷入了一种

---

① [日]伊藤虎丸：《鲁迅与日本人——亚洲的近代与"个"的思想》，李冬木译，石家庄：河北教育出版社，2000年，第139—140页。

② 周英雄：《红高粱家族演义》，《当代作家评论》，1989年第4期。

③ 李宗刚：《民间视域下〈红高粱〉英雄叙事的再解读》，载杨守森等：《莫言研究三十年》（下），山东大学出版社，2013年，第239页。

自我毁灭的悖谬困境。此后创作的《蛙》表现了对残害他人身体行为的忏悔，这是莫言思想的变化，也是对余占鳌杀人行为的否定。

其次，小说中男性"自主形象"的扩张有时缺乏对女性个体生命应有的尊重，也预示了这种基于身体本能的个性张扬必然会走向悖谬性困境。《红高粱家族》的情爱书写，是建立在传统男权文化的基础上的，这种传统思想缺乏对女性个体的尊重。余占鳌当年不顾一切地爱上戴凤莲，但却始乱终弃，与使女恋儿私奔，最后过上了一夫多妻的生活。另外，《四十一炮》中的罗通、《丰乳肥臀》中的司马库和《生死疲劳》中的蓝解放等人物身上也体现了这一点，这都反映了男权文化无视女性个体尊严的现象。海外学者朱玲发现《红高粱家族》中的戴凤莲和恋儿分别被塑造成了"天使"与"魔鬼"的两极代表，如果说戴凤莲是"魅力"的代表，那么恋儿就是"恶魔"的象征。小说写恋儿被黄鼬勾去了魂魄，陷入了"诱惑与死亡的泥潭"，并且最终体内的"恶魔"发作，发出令人恐怖的声音[1]。戴凤莲和恋儿两位女性形象似乎也象征了"自主"人物扩张的正负两面性：如果说戴凤莲象征了个性适度扩张的积极、正义的一面，那么恋儿则无疑象征了个性过度扩张的消极、邪恶的一面。恋儿的形象其实也可以看作余占鳌的个性扩张最终会走向悖谬的象征。

基于身体本能的"自主"个性扩张往往会产生正负两面性的结果，这也是人们对其褒贬不一的原因之一。对于这一现象，有人早就指出：重视人的本能无疑是对人自身的一种尊重，扼杀人的本能只能是对于人自身的一种无情摧残。人的本能无疑是具有合理性的——在人的创世纪、在非常艰难的生存条件下，人生存的本能往往会发出璀璨夺目的人性之光；当人的本能超出他的合理性，便成了丑陋不堪的"罪恶之花"[2]。

对于余占鳌式的基于个体生存本能基础上的"自主形象"，有人称之

---

① 宁明：《海外莫言研究》，济南：山东大学出版社，2013年，第47—49页。

② 陈国安：《小说创作的艺术与智慧》，长沙：中南大学出版社，2004年，第121页。

为"强力型人物"或"强力型自然人"，认为"强力型人物的自我矛盾"[①]，"强力型自然人无法确立超越精神"[②]，最终必然会导致"自我瓦解"。这些对小说中基于生理性本能基础上的"自主"人物的分析，确实指出了这些"自主形象"的矛盾性所在。《麻风女人的情人》中的春山和《生死疲劳》中的蓝解放等"自主"人物也都面临着个体生存的现实困境。由此可见，与五四新文学基于"人类的身体和一切本能欲求，无不美善洁净"[③]，应得到完全满足的个性解放的乐观想象不同，莫言小说对人物个性"自主"扩张的探索也只能是一种审美现代性的想象。

（三）个体肉身"自主"扩张的文化渊源与时代意义

莫言前期小说创作中的"自主"人物形象，虽然与五四新文学存在着一定的关联，但因文化的时代差异"不只是时间性的，而是本质性的"[④]。与五四新文学的个性自由思想深受西方个人主义思想影响不同，莫言小说中"自主"人物的扩张具有明显的中国传统的庄子式随心所欲的个性自由思想和杨朱式的唯我主义特点。庄子的个人主义强调个人不为外物所累，而要充分发挥个人的灵性，是一种审美的个性主义，但道家给百姓所留下的，正是这种"自由自在，随心所欲的个人自由主义传统"，是"一种江湖侠客式的自由"。以余占鳌为代表的"自主"人物的无所规范、无拘无束的行为，确实具有一种传统的"江湖侠客式的自由"特点。另外，这种人物形象也体现出一种中国传统杨朱式的个人主义思想。杨朱提出"拔一毛利天下，亦不为也"，被认为是"中国最早的个人主义"[⑤]。像余占鳌的抗战行为虽然反映了一种民族的抗争精神，但对他来说，其参与战争的主

---

① 江春：《历史的意象与意象的历史——莫言长篇小说〈红高粱家族〉得失谈》，《齐鲁学刊》，1988 年第 4 期。

② 汪树东：《从价值层面重读〈红高粱家族〉》，《西华师范大学学报》，2007 年第 1 期。

③ 周作人：《爱的成年》，《周作人散文全集》（2），桂林：广西师范大学出版社，2009 年，第 64—65 页。

④ 张福贵、刘中树：《晚明文学与五四文学的时差与异质》，《中国社会科学》，1996 年第 6 期。

⑤ 许纪霖：《大我的消解：现代中国个人主义思潮的变迁》，载许纪霖、宋宏：《现代中国的核心观念》，上海：上海人民出版社，2011 年，第 211—212 页。

要目的还是为了个体生存，这是一种生存的本能，是一种"为我"或"贵己"意识。这与五四个性主义所强调的个人自由思想也有明显差异，"自由主义的个人自由是有限度的自由，是在法律之内以不损害别人自由为限度的自由"①，因自由主义认为，"只有使每个人自由的程度未超出可以同其他一切人的同等自由和谐共存的范围，才能够使所有人都享有自由"②。而《红高粱家族》表现的个性自由意识一切都是为了个体生存目的服务的，和西方自由主义强调个人权利与义务对等的思想还是有明显差异。当然，小说中余占鳌的随意杀人与爱的始乱终弃等行为，与杨朱式"非损人"的个人利己主义思想也不完全相同，但却有着我国传统个人自由思想的"唯我主义"特点。

莫言小说中的"自主"人物形象大都具有明显的利己主义思想，这种个性精神的张扬本身就具有两面性，它既体现了民族文化光明的一面，也有极强的负面效应。与五四新文学相比，莫言小说中这种"自主"人物的现实意义似乎非常有限，其实不然。随着新时期改革开放和市场经济的发展，张扬个性的个人主义思想已成为一种时代潮流，但"在中国当代个人主义之中，占主流的似乎不是我们所期望的那种具有道德自主型的、权力和责任平衡的个人主义，而是一种中国传统意义上杨朱式的唯我主义，这种唯我式的个人主义，以自我为中心，以物欲为目标，放弃公共责任，是一种自利式的人生观念和人生态度"③。由此可见，《红高粱家族》个性张扬所展现的传统个人主义思想有着典型的时代意义。在 20 世纪 80 年代人们纷纷唱出"妹妹你大胆地往前走"的时候，这正预示了传统唯我式的利己个人主义思想又一次在当代中国社会抬头了。当前社会存在的道德沦丧、欲望横流正是这种利己式的个性扩张所带来的恶果。莫言对此也非常困惑，他认为中国社会发展唯一健全的意识就是"农民意识"，如果不把

① 胡明贵：《自由主义与新文学现代性品格》，北京：人民出版社，2013 年，第 24 页。

② [英]哈耶克：《自由主义》，载王焱等：《自由主义与当代世界》，北京：三联书店，2000年，第 123 页。

③ 许纪霖：《大我的消解：现代中国个人主义思潮的变迁》，载许纪霖、宋宏：《现代中国的核心观念》，上海：上海人民出版社，2011 年，第 209 页。

"农民意识光明的一面弘扬起来"，社会是没有发展希望的，但"有时又觉得这是不可能的，这样发展下去，又是一个恶性循环，又回到原来的起点上去了。我目前是痛苦的，也是矛盾的"①。这种痛苦和矛盾其实也是肉身"自主"人物在现实中面临的永恒的矛盾与困境。

1988 年创作的《人与兽》似乎可看作《红高粱家族》的续篇，是对余占鳌结局的续写，也是对这种"自主"人物归宿的思考。小说写一位被抓去日本服役而后独自逃到野外生活了十一年的中国人，写他在即将对一个日本农妇实施侵害时，无意中发现其裤衩上的补丁而良心发现，并终止了自己的侵犯行为，这体现了"自主"人物尊重"他者"意识的觉醒，也是对《红高粱家族》中余占鳌式的"自主形象"的否定。

《红高粱家族》表现了莫言对男性形象个性张扬的探索达到了一个顶点，也意识到了"自主"人物扩张的悖谬性，意识到自由是有限制的，"也都是要付出代价的"。他说："人应该在遵纪守法的前提下，最大限度地争取个人的自由。"② 他认为，"人类的欲望是填不满的黑洞"，"凡事总有限度，一旦过度，必受惩罚，这是朴素的人生哲学，也是自然界诸多事物的规律"③。当莫言说出这些话的时候，其思想已经与五四个性主义的自由思想实现了对接。

莫言小说人物的个性张扬是建立在身体本能基础上的，具有弗洛伊德的"生的本能"的影子，也有叔本华、尼采等非理性个人主义特点，但其表现的个性自由思想又具有明显的民族传统文化色彩，这体现了他对中西方文化思想结合点的探索，体现了他企图融会中西文化，创造新文化的努力。莫言曾说："我个人理解，保持旧的文化不是根本目的，根本目的是要

---

① 房福贤：《全国首届莫言小说创作研讨会纪实》，载杨守森等：《莫言研究三十年》（上），济南：山东大学出版社，2013 年，第 291 页。

② 莫言：《我写小说，小说也写我——与〈中国空港〉记者赵学美对话》，《莫言对话新录》，北京：文化艺术出版社，2009 年，第 187 页。

③ 莫言：《文学的责任》，《现代人才》，2012 年第 10 期。

借助这些传统，创造新的亚洲文化。"① 这应是莫言小说孜孜以求地探寻传统文化中个人主义思想之目标。

当然，完全的个体肉身"自主"只能是一种艺术想象。因此，《红高粱家族》更多的是创作者对人物个性"自主"扩张的一种激情想象。"自主"人物在现实中难免会陷入困境，也许完全肉身"自主"的个性张扬只能存在于艺术之中。在现实生活中，完全的肉身"自主"的个性张扬是不存在的，所以只能把这种精神寄托于艺术，让人们借助艺术来获取心灵的慰藉，而这也正是审美现代性的目标。

二、女性"自主"的扩张与悲剧

虽然莫言在《红高粱家族》中对男性的"自主"扩张的想象与建构陷入了悖谬性困境，但他始终对"自主形象"的探索抱有极大的热情。因此，《丰乳肥臀》转向了对女性"自主形象"的探索。《红高粱家族》虽然也写到了女性的"自主"意识，但其主要是作为男性"自主"扩张的正负两面性的象征而存在的，而《丰乳肥臀》集中探讨了民族传统文化下女性"自主"扩张的问题。与《红高粱家族》中余占鳌的个性张扬最终走向伟大与丑陋的两难处境相似，《丰乳肥臀》对女性"自主形象"的探索也最终走向了母性崇拜与悖谬的两难境地。小说对女性"自主形象"的探索似乎也包含着对五四新文学中女性悲剧与母性崇拜思想的传承与深化。

与《红高粱家族》相比，《丰乳肥臀》所体现的"自主形象"的内涵更为复杂。作者企图把上官鲁氏作为一个靠身体本能力量来实现肉身"自主"的形象来塑造的，但她又呈现出一种复杂状态：在生子之前，她连正常生存的权利都没有，只能凭身体本能的原始力量来获取个体的生存权，当然也就没有真正自主的可能；生儿育女后，其母性意识得以张扬，母性的扩张似乎体现了女性自主实现的可能，但上官金童的成长似乎又反映了母性对子女个性成长的约束，从而出现了母性的崇拜与批判的悖谬困境，

---

① 莫言：《作家需要加强技巧——2006 年与新华社记者平悦对话》，《莫言对话新录》，北京：文化艺术出版社，2009 年，第 455 页。

这已完全不同于五四新文学中单纯的母性崇拜意识。

（一）女性被动"自主"的抗争与悲剧

莫言的一些小说表现了女性为了获取个体的生存权，只能牺牲自己的身体与尊严，这是女性身体本能的抗争，也是女性个体生存出现危机时的无奈选择。

上官鲁氏的成长环境与《红高粱家族》中的余占鳌有些相似，她自幼父母双亡，是姑姑把她抚养成人。她在无父无母的环境中成长，这似乎也暗示她个性成长较少受到家庭压制。婚后因丈夫没有生育能力致使她三年未育，上官鲁氏也因此受尽了丈夫和婆婆的虐待。为了能生存下去，她不得不放弃个人尊严与姑父生下了上官来弟，而重男轻女的传统观念，决定了生下女儿后的上官鲁氏并不能获得生存的尊严，为了生一个男孩，她一次次地借种生子，先后又与姑父于大巴掌、赊小鸭的、江湖郎中、杀狗人和和尚等生下了七个女儿，最后在与瑞典牧师马洛亚结合后生下了一对龙凤胎，实现生子的夙愿，也获得了一名妇女"正常"生存的权利。小说创作后，国内曾一度禁止出版，也引起了诸多的争议。有读者把这一饱经沧桑的母亲误读为"一个很脏的荡妇"，莫言对此非常痛心，他多次说，"对小说中的母亲来说，最深重的痛苦莫过于被逼不断和自己毫不相识、更不爱的男人去睡觉"[①]，他认为"这一笔恰好是对中国封建制度最沉痛的一种控诉，因为是中国的封建制度把一个想活下去的女人逼到了这种程度"[②]。

揭露和批判封建礼教对女性的迫害一直是新文学的一大主题，女性个性解放的呼声也一直绵延不绝。但因时代和思想的局限，五四新文学中女性的个性解放往往只是一种精神的出走，母亲的形象也大多是"非人"的，出卖肉体的母亲留下的仅仅是"颓败线的颤抖"，"为奴隶的母亲"的身体也仅是生育工具。当前女性生存状态虽已发生了很大变化，但女性作

---

① 莫言：《在文学种种现象的背后——2002 年 12 月与王尧长谈》，《莫言对话录》，北京：文化艺术出版社，2009 年，第 100 页。

② 莫言：《我为什么写作——2008 年 6 月在绍兴文理学院的讲演》，《莫言讲演新篇》，北京：文化艺术出版社，2009 年，第 213 页。

为传宗接代工具的传统观念，在当代社会，特别是农村仍然广泛存在。现代身体理论认为，"女人的解放离不开身体，而女性的抵抗也必然从身体出发"①。上官鲁氏的反抗意识，其根源也与余占鳌相似，都是基于一种生存本能。《丰乳肥臀》中上官鲁氏因丈夫不育而被迫借种生子的叙述，已不只是停留在"女性的性爱都成为衡量女性独立程度的有趣的测试"②的层面，而是更多地写出了女性的身体反抗，这种反抗不仅有着反封建意义，也有着重要的生存意义，反映了当代文化中的一种身体自觉。

莫言小说中的女性形象，大都有着顽强的生命意志，她们传承了五四新文学的反封建意识，体现出一种强烈的身体"自主"意识。有人认为，《红高粱》中的"我奶奶"、《红蝗》中的四老妈和《丰乳肥臀》中的上官鲁氏，"三位女性作风都'不正派'，但其生命都是缘于个体生命的爱与恨，都是个体生命伦理的维护者"③。但与《红高粱》的"我奶奶"、《红蝗》的四大妈相比，上官鲁氏对个体生命尊严的维护，显得更为艰难，也更为荒谬。她以牺牲自己的身体来获取个体存在的尊严，以牺牲自己身体来追求个体自由。对此，有人一针见血地指出小说表现了"'力比多'释放的悲歌和欢歌"④。这确实指出了上官鲁氏的"自主"行为的根本，但更确切地说应该是指弗洛伊德所说的生的本能、自卫的本能，也可以说是自我保存或维护自身存在的本能。上官鲁氏丈夫不育，使她陷入"无后为大"的封建道德批评的旋涡，而与别的男人睡觉又陷入了"不洁"的痛苦深渊。小说形象地写出了男权文化下女性左右不是的尴尬处境。面对上官鲁氏的这一生存困境，像《红高粱》中戴凤莲临终前喊的"我的身体是我的，我为自己作主"的个性"自主"话语就显得虚幻无力了。小说写出了深陷男

① 李简瑗：《女性身体叙事话语的嬗变》，载陈晓云：《中国电影的身体政治》，北京：中国电影出版社，2012年，第127页。

② 宁明：《海外莫言研究》，济南：山东大学出版社，2013年，第86—88页。

③ 张文颖：《来自边缘的声音——莫言与大江健三郎的文学》，北京：中国传媒大学出版社，2007年，第103页。

④ 朱德发：《"力比多"释放的悲歌和欢歌——细读莫言〈丰乳肥臀〉有所思》，《中国现代文学研究丛刊》，2013年第4期。

权文化牢笼的女性身体抗争注定是一场悲剧。上官鲁氏考虑的只能是如何正常地存活下去，她也只能以牺牲自己的身体来获取生存的权利，而《红蝗》中四大妈身体出轨的抗争因不是基于繁衍后代的目的，其最终换来的也只能是被休的命运，这些都反映了男权文化下女性争取个体"自主"的悲剧。

（二）母性"自主"扩张的利他性与悖谬

莫言小说揭示了在男权文化下，女性身体"自主"的抗争大多是悲剧。这说明了男权社会下女性"自主"的虚妄，与五四新文学中女性解放的命运具有相似性。但莫言小说还揭示了女性"自主"扩张的另一面，那就是母性"自主"扩张的意义与悖谬。

1. 母性"自主"扩张的利他性

女性的个性中往往表现出一种强烈的母性意识，这种母性意识具有明显的利他性特点。为了子女，女性可以舍弃自己的一切，这是母性的伟大之所在。五四新文学所塑造的母亲形象大多存在着母性崇拜的倾向，像冰心的《超人》、冯沅君的《写于母亲走后》和苏雪林的《棘心》等都塑造了神圣无私的母亲形象。

莫言说在精神方面，"确实感到女人的力量比男人要强大"，女性之所以在危机的关头"能够表现得比男性更坚强，那就是母性的力量"[①]。《丰乳肥臀》中上官鲁氏发现婆婆似乎要危及小女儿的安全时，竟用擀面杖将婆婆的头颅砸扁了。婆婆在中国封建社会一直是压在妇女头上的一座大山，往往是妇女受奴役的直接来源，在此她殴打的应该不只是婆婆的头颅，更是对千百年来压在妇女头上的封建礼教思想的鞭挞。上官鲁氏敢于殴打婆婆的力量正是出自母性本能，是母性本能的力量驱使她举起了擀面杖，是母性的本能给了她力量。中国传统文化一向是"以长者为本位"的，上官鲁氏的行为显示了母性本能的力量似乎能打破这种传统观念，也隐含着五四时期所倡导的"以幼者为本位"的伦理观实现的可能。

---

① 莫言：《细节与真实——2005 年 4 月在中央电视台双周论坛的讲演》，《莫言讲演新篇》，北京：文化艺术出版社，2009 年，第 364 页。

西蒙·波娃说，"通过母性，女人得到了完全的自我实现"①。为子女的利他性是母性的特点，母性的利他性在某种意义上似乎也意味着女性利己意识的丧失，但母性正是在这种利他性中实现"自主"，也体现了母性的伟大。莫言小说中的女性往往比男性更伟大、更高尚。之所以如此，也许正是因女性具有的母性利他性的存在。上官鲁氏一生育有八女一子，她不仅饱经生子之痛，而且还尝尽了抚养子女及后代的万般艰辛。在兵荒马乱的年代，她靠一双小脚带着儿女四处逃难，历经坎坷；在饥饿的年代里，她用自己的胃偷装生产队的豆子，回家后再呕吐出来，借此来维持全家人的生计。上官鲁氏的形象闪现出一种忘我的母性光辉。莫言说："女人一旦成为母亲，她身上就会焕发出伟大的力量，在面临巨大困难时，女人总是表现出比男人更加强烈的生存欲望和生存能力。"②上官鲁氏看着儿女们一个个长大成人，又目睹其一个个鲜活的生命惨遭折磨，离她而去：大女儿被当作罪犯枪毙，二女儿被炸死，三女儿摔下悬崖而死，四女儿把自己卖到了妓院，"文革"时又被折磨致死……她为儿女付出了一生所有，临终陪伴她的只有一个"窝囊废"的儿子。

叶绍钧在五四时期说："女人被人把'母''妻'两字笼罩住，就轻轻地把人格取消了。"③女性在"为人妻"和"为人母"的过程中，在某种意义上都是以牺牲自我的利他性来实现的，这体现着女性的伟大。

上官鲁氏不仅抚养着自己的儿女，还担负着抚养"儿女的儿女"的任务。这些儿女的孩子有国民党和共产党的后代，还有伪军的后代，上官鲁氏对他们都一视同仁。她认为这些孩子不管其父母是站在哪个立场上，"对一个生命来讲，对一个母亲来讲，都是一样的"④。上官鲁氏的母爱精

---

① [法]西蒙·波娃：《第二性——女人》，桑竹影等译，长沙：湖南文艺出版社，1986年，第303页。

② 莫言：《身体的痛苦与欢乐——与波兰记者对话》，《莫言对话新录》，北京：文化艺术出版社，2009年，第230页。

③ 叶绍钧：《女子人格问题》，《新潮》第1卷第2号（1919年2月）。

④ 莫言：《我为什么写作——2008年6月在绍兴文理学院的讲演》，《莫言讲演新篇》，北京：文化艺术出版社，2009年，第213页。

神就像大地一样博大、宽厚和仁慈，其母爱其实已经超越了对亲生子女之爱，也超越了阶级之爱，而体现出关爱每一个个体生命的博爱精神，体现出一种母性崇拜意识。这与五四新文学将母性利他性夸大化神圣化的"爱的哲学"具有相似性。

2. 母性"自主"扩张对子女个性成长的束缚

如果说莫言小说将母性的利他性神圣化体现了他对五四新文学对母亲形象塑造的传承，那么表现母性"自主"的扩张对子女个性成长的压抑则主要反映了莫言小说创作对新文学母性书写的深化。

许多读者意识到莫言小说对传统母亲形象的塑造有颠覆的倾向，但论者大多局限于小说"将母亲建构为丑陋、粗鄙、自私、冷漠、淫荡等多种异态"[①] 来说明其对传统母亲形象的颠覆，其实，这仅是一种表面现象，或仅是一个方面。其实，莫言小说对母亲形象的最大颠覆体现在书写了母性对子女个性成长的束缚上。高度的个性张扬往往具有两面性，因此对"自主形象"的书写就往往不是单纯的歌颂或批判，而是歌颂中有批判，批判中有歌颂。莫言在对女性"自主形象"的探索中，意识到在男权文化思想浓厚的社会里，女性只有在身体本能的觉醒后才可能会实现"自主"，但《丰乳肥臀》却在无意中揭示了母性张扬，或者说母性的利他性的发展也会走向悖谬，那就是母性的扩张会约束子女个性的成长。

新文学因过多地迷恋母性的神圣与崇拜，母性对子女个性发展的束缚在文学中有淡化或被掩盖的倾向。虽然淦女士的《慈母》和罗家伦的《是爱情还是苦痛》等作品也反映了母性对子女个性解放的束缚，但恋母文化心理大大消解了这种意识，"恋母之情与现代性爱从两个方面撕裂'我'的心"[②]，人物往往呈现出一种身心分裂的状态。

《丰乳肥臀》揭示了上官鲁氏似乎在生子之后才获得了女性"自主"的可能，但其母性的过度扩张也会压抑子女的成长，这在上官金童的身上体现得最为明显。在子女成长过程中，其自然个性的发展往往会受到父母

①　周红莉，曹佳敏：《论莫言小说对母亲形象的颠覆》，《当代文坛》，2014年第4期。
②　朱立立：《论五四文学中母性意识的复杂性》，《华侨大学学报》，1992年第2、3期。

的压制。上官鲁氏的女儿们似乎都保留着母亲追求"自主"的基因，她们在婚姻选择上都没遵从母亲的安排，而是完全坚持自己的选择，纷纷离开了母亲。唯一一个没离开过上官鲁氏的孩子就是她唯一的儿子——上官金童。与其姐姐相比，他也是得到母亲溺爱最多的孩子。上官金童是上官鲁氏与一位瑞典牧师所生的混血儿，按照科学生育的理论来说，这种混血儿应该有更健壮的体魄和心智，但小说中的这个混血儿却是一个天生的"恋乳厌食症"患者，吃奶到十多岁了还是一吃别的食物就呕吐，上官金童的恋乳无疑是一种象征。对于上官金童恋乳现象的文化象征意义，学界提出了不同的看法。其中邓晓芒的观点似乎更为合理，他从文化恋母情结的角度认为《丰乳肥臀》"揭开了一个骇人的真理"，即"国民内在的灵魂、特别是男人内在的灵魂中，往往都有一个上官金童……在向往着不负责任的'自由'和解脱"①。莫言对此说法非常赞同，他也认为："上官金童的恋乳症，实际上是一种'老小孩'心态，是一种精神上的侏儒症。"② 其实，从个性成长的角度来分析上官金童的恋乳问题，应该更有说服力。邓晓芒所说的文化恋母情结的产生，其根源在于母爱过度。因与西方以个人为本位的文化传统不同，中国传统文化是一种以家族为本位的文化。家族文化强调子女对父母的依附性，而缺乏西方文化从小就重视孩子个体独立意识的培养。上官鲁氏对子女的关爱，特别是对上官金童的溺爱，是造成其恋乳的主因。莫言对父母的关爱与孩子个性成长的关系有独到的认识，他认为父母"最真挚的爱里包含着最苛酷的虐政"，并说"我崇拜反叛母亲的孩子"③。正是母亲的溺爱使上官金童不肯断奶，上官鲁氏甚至还准备让他"吃奶吃到娶媳妇"，还列举哪些孩子吃奶吃到了娶媳妇，这也养成了上官金童吃奶的依赖性。上官金童七岁时因为断奶投过河，因孪生八姐分食乳汁，就粗野地用脚踹她，大哭大叫。由此看见，原本的母爱神圣在此却

---

① 邓晓芒：《灵魂之旅——九十年代文学的生存境界》，武汉：湖北人民出版社，1998年，第150页。

② 莫言：《在文学种种现象的背后——2002年12月与王尧长谈》，《莫言对话新录》，北京：文化艺术出版社，2009年，第106页。

③ 莫言：《大肉蛋》，《文学自由谈》，1986年第1期。

走向了悖谬的否定，这是对母性神圣的利他性的否定，也是对我们民族传统家族文化痼疾的否定。母爱神圣的神话在上官金童面前走向了反面，可见，莫言对母性之爱是持赞美和否定的双重态度，其实也是对中国传统家族文化既欣赏又批判质疑的矛盾心态。

与西方文化相比较，中国传统文化是一种带有原始意味的宗法家族制文化。宗法家族文化强调父母对子女的控制，以及子女对父母的服从，是一种缺乏自我意识的文化。与西方重个体的传统文化相比，中国重群体的宗法家族制传统文化尤其不利于后代个性意识的养成。孙隆基指出："如果说西方文化可以算是一种'弑父的文化'的话，那么，中国文化就不妨被称之为'杀子的文化'。"[1]《丰乳肥臀》反映的这一现象应该是源于原始母性文化意识的强大，也隐含着对我国当代社会溺子现象的批判。小说既礼赞母爱的神圣，又忧虑母性文化强大对子女个性成长的压制，这说明莫言对女性"自主"的探索像《红高粱家族》中对男性个性张扬的探索一样，都走向了一种悖谬性的困境。

通过以上分析可以明白，莫言对基于生理性本能的"自主"人物始终持有一种悖论式警惕态度，也就是既肯定"自主"人物的价值，又质疑其负面后果。这与五四新文学对个性自由与解放的简单化、理想化想象已完全不同。

第三节 "有价值的个性"与现代自由精神的调控

莫言认为，在人类历史发展的长河中，涌现了许多有个性的人，"用小说表现这些个性，是小说家永远的任务"[2]。他的小说对人物个性的探索传承了新文学叙事传统，但他并没有仅仅停留在个性解放、个性自主的层面上，而是对人物个性自由的价值进行了反思。那就是从身体与土地的关

---

① [美]孙隆基：《中国文化的深层结构》，桂林：广西师范大学出版社，2011年，第210页。

② 莫言：《现实主义一直是文学的主流——2006年3月与〈芙蓉〉杂志编辑努力嘎巴对话》，《莫言对话新录》，北京：文化艺术出版社，2009年，第180页。

系来看，人只是大地的一部分，"一切来自土地的都将回归土地"，人追求个性自由不能"忘记自己是大地的儿子"①，忘记个体生命的本源与归宿。

莫言在谈《生死疲劳》时，曾提出了"有价值的个性"和"没有价值的个性"的观点，认为创作者应该有辨别"有价值的个性"和"没有价值的个性"的能力。莫言在此所说的"个性"似乎已不同于《红高粱家族》和《丰乳肥臀》中说所表现的生理层面的个性，而更多的是指一种社会经验层面的个性。其实不然，弗洛伊德指出，人的身体中既有"生的本能"，也有"死的本能"，即"回到无生命状态的本能"②，人时刻都是在"求生"与"向死"的本能中疲劳奔波。《生死疲劳》对人物个性价值的表现也是莫言对个性自由问题的新的探索。"有价值的个性"既是一种社会生存经验，也是一种听从个体身体本能的表现。"有价值的个性"人物蓝脸之所以能不屈服于政治的高压和群体意志的影响，首先是源于一种社会生存智慧，当然，也是一种"死的本能"。

一、"有价值的个性"的内涵

莫言在谈到《生死疲劳》中的蓝脸和洪泰岳时认为他发现了人的发展中"有价值的个性"和"没有价值的个性"。什么是"有价值的个性"呢？他认为，"那些在世俗社会的汪洋大海里敢于特立独行、敢于逆潮流而动，敢于'冒天下之大不韪'，敢于'以自己的个性反对自己的身份'而且被历史证明了他们的坚持是正确的人，就是有价值的个性"③的人。

蓝脸被称为"有价值的个性"的人，按照莫言的说法，这价值主要体现在他特立独行地坚守自己的信念，并且这种坚守被历史证明是有意义的。蓝脸本是地主西门闹收养的一名长工，他在人民公社时期一直坚持单

---

① 刘再复：《仁厚的地母呵，爱之神》，《太阳·土地·人》，天津：百花文艺出版社，1984年，第22页。

② [奥] 弗洛伊德：《自我与本我》，载车文博编：《弗洛伊德文集》（6），长春：长春出版社，2001年，第29页。

③ 莫言：《文学个性化刍议——2004年8月在深圳社会大讲堂的讲演》，《莫言讲演新篇》，北京：文化艺术出版社，2009年，第292页。

干，是全国"唯一坚持到底的单干户"，他当时因坚持单干拒绝入社而承受了巨大压力。莫言说他对"蓝脸这个人物倾注了心血和感情"，因"在当时那个年代里，有这样一个敢于逆历史潮流而动的人，敢于不向大多数人投降的人，我觉得他身上包含了很多宝贵的素质，最后经过历史的发展，证明他的这种坚守是有道理的，是有价值的"①。蓝脸拒绝入社的理由很简单，只是"想自己做自己的主，不愿意被别人管着"。②他坚持单干其实体现了一种朴素的自主意识。莫言认为，"这个蓝脸，是一个了不起的，敢于坚持己见，不惜与整个社会对抗，最后用生命捍卫了自己的尊严的人"③，表现了他对蓝脸的个性独立、自由精神的赞赏。

蓝脸这一原创性文学形象的原型，来自莫言邻村一个"不识时务""顽固不化""死不入社"的"姓孟的单干户"，但他也有着莫言爷爷的影子。莫言说他爷爷很"有性格""有远见"，但"比较固执"。互助组他还可以接受，但对取消个人资产而走集体化道路就接受不了，"心里面非常抵触"，他之所以反对集体化，是因其朴素的个体生存经验，认为"亲兄弟都不行，这么一帮邻居，一帮互不相干的人合到一块干活怎么能干好"④呢？历史也证明了其观点的价值和意义。

莫言在此谈到的蓝脸个性的价值，其实，仅仅说出了其社会意义或政治意义上的价值。其实他的个性之所以有价值，还体现在生存论或存在论意义上，那就是如何在风云变幻的政治斗争或物欲横流的社会里不随波逐流，而坚持个性的独立与自由，坚守属于自己的那一方土地的问题。小说最后说一切来自土地的，最终还要回归土地，这是莫言对生命归宿的思索。这与弗洛伊德"死的本能"的理解非常相似，"死的本能"是指"回到无生命状态的本能"，"一切生命的目标就是死亡"，即回到"重新成为

---

① 莫言:《莫言八大关键词》,《碎语文学》,北京:作家出版社,2012年,第284页。

② 莫言:《生死疲劳》,北京:作家出版社,2012年,第171页。

③ 莫言:《生死疲劳不是梦——香港浸会大学"红楼梦文学奖"获奖感言》,《莫言讲演新篇》,北京:文化艺术出版社,2009年,第73页。

④ 莫言:《在文学种种现象的背后——2002年12月与王尧长谈》,《莫言对话新录》,北京:文化艺术出版社,2009年,第4页。

无机物"① 的状态。老子也表达过相似的观点。老子曰："夫物芸芸，各复归其根。归根曰静，静曰复命，复命曰常，知常曰明。"（《道德经》）在老子看来，世间万物最终都要回归到自己的本原，恢复到自然的本性，只有认清自然规律才称得上高明。既然一切生命都要回归到无机物的状态，那么社会上的尔虞我诈、官场上的钩心斗角、商海里的物欲追逐都没有了意义。因此，不如保持清静，坚守属于自己的一方土地，才是一种自然的生存状态。这应该才是蓝脸个性的真正价值所在。

除了蓝脸外，《红耳朵》中的杜十千也可以称得上是莫言小说塑造的一位"有价值的个性"的人物。杜十千本是地方首富王百万的独子，他长着一对粉红色招风大耳。但因父亲梦中听说儿子是叫花子托生，他一夜之间由父母的掌上明珠沦为长工，后因一位相面先生说他将来是大贵人，因此又时来运转，摇身变成了富家公子，并得以接受共产主义教育。父亲死后他把家产挥霍一空，走上了乞丐的道路，不料随后而来的土地改革，那些得到他钱的人大都被划为地主或富农，而杜十千却得以"存己"。当然杜十千与蓝脸还是有很大的差别的，他没有像蓝脸那样明显地与整个社会对抗，可能有人也认为他的散财行为与当前市场经济发展观念不符，其实不完全是这样。《红耳朵》也许正是对当前市场经济下人的欲壑难填的批评，并且也是对老子的"损有余而补不足"的"天之道"（《道德经》）的认同。这样看来，红耳朵杜十千的行为也与老子的思想存在某种微妙联系。

通过与《红高粱家族》等作品的比较，可以发现，莫言新世纪以来对个性自由的探索，已由先前的基于个体生存本能的"自主形象"的探寻，走向了更具个体现实生存经验的"有价值的个性"的思索。如果说余占鳌等人的"自主"主要源于一种"生的本能"的生存渴望，那么，蓝脸等人的"自主"则主要源自一种社会生存智慧或"死的本能"的驱使。从余占鳌到蓝脸等人物形象的变化体现了莫言在新世纪前后对个性自由思想的不

---

① ［奥］弗洛伊德：《自我与本我》，载车文博编：《弗洛伊德文集》（6），长春：长春出版社，2001 年，第 29 页。

同理解。

二、"有价值的个性"的反思

莫言曾说《生死疲劳》中洪泰岳的个性是"没有价值的个性"。洪泰岳作为一位乡村统治者，是"后革命战士"①，也是一位极"左"政治专制的代表。他在解放后的屡次政治运动中都扮演着政治斗争工具的角色，失去了本真自我而沦为政治傀儡。他固执地坚持集体化经济的正确性，对于实现包干责任制不能接受，顽固地认为发展个体经济会让铁打的红色的江山"改变了颜色"。莫言曾说，"人总是会有一些舍不得放下的东西，这就是人的弱点，也是人的丰富性所在"②。当然，这里所说的洪泰岳是"没有价值的个性"，主要是社会意义上的，而不是文学意义上的。

《生死疲劳》表现了对个性价值的探索，小说不仅表现了蓝脸、蓝解放和蓝开放等祖孙几代人在现实社会对个性自由的追求，而且也表现了死者西门闹在生死轮回中追求个性自由的不死的魂灵。地主西门闹本是一个勤俭持家、热爱劳动和乐善好施的人，他"靠劳动致富，用智慧发家"，平生没干过亏心事，却在土改中成了一个连阎王都承认其有冤情的冤死鬼。即使在死后一次次转生为驴、牛、猪、狗和猴之后，其追求个性自由的意志和精神仍然不灭，最后还要化身为大头婴儿蓝千岁滔滔不绝的话语宣泄。西门闹认为自己在从人到驴、从驴到牛、从牛到猪、从猪到狗的转化过程中，"这块犹如大海中孤岛的土地，都与我有着千丝万缕的联系"③。西门闹一次次的生死轮回、一次次的寻找肉身，实质上寻找的是令其眷恋的这方土地。有人说，《生死疲劳》中"九死九生也改变不了的意志和精神正代表了高密农民的那种顽强不屈的精神"④，这种生死不灭的对个性自

---

① 《生死疲劳》中作者虚构了一部"莫言"创作的小说《后革命战士》，在其中塑造了一位人物"老铁"，详见莫言的《生死疲劳》（作家出版社，2012 年，第 360 页）。

② 莫言：《文学的责任》，《现代人才》，2012 年第 5 期。

③ 莫言：《生死疲劳》，北京：作家出版社，2012 年，第 444 页。

④ 杨素梅：《莫言与高密民间传说》，载徐怀中等：《乡亲好友说莫言》，济南：山东大学出版社，2013 年，第 47 页。

由的执着追求也代表了我们民族顽强不屈的精神，也是人类绵延不绝的精神追求与希望。

小说中生者与死者对"有价值的个性"的共同坚守，既表现了对个性自由精神生死不渝的坚守，也体现了"有价值的个性"坚守的艰难。《生死疲劳》似乎表明不管人的个性如何发展，如何张扬，其最终结局只能是回归土地，回归到无机物的状态，这是"死的本能"的必然结局，也是"天道"。而西门闹的生死轮回只是生命的一种"强迫性重复"①的本能表现，也是道家所讲"万物并作，吾以观其复"（《道德经》）的必然结果。正如《红楼梦》"好了歌"所说，"古今将相在何方？荒冢一堆草没了"。表达的意思也就是自汉晋以来"最好的两句诗"，即"纵有千年铁门槛，终须一个土馒头"。作者认识到在现实生活中不管人的个性自由精神如何张扬，都要受到自然生存法则的约束，都无法摆脱生死轮回的宿命。

有人在论述晚明文学与新文学的关系时指出，在个性自由的尺度上，五四新文学与晚明文学"是相通的"。但不同的是，晚明个性文学将人还原为世俗的、生理的人，而五四新文学则把人"提拔为'思想的人'"，从而使个性自由上升为一种社会意识、群体意识，"同时又作为一种自由境界的理想尺度，对本能的个性主义欲望产生某种调控作用"②。莫言小说将"思想的人"再次还原为"肉身的人"，他提出的"有价值的个性"其实也是对新文学表达的个性自由思想的再调控。五四时期，陈独秀认为强调个性自由时，"不应主我而奴他人"③。莫言小说最终说明的是人们在追求个性自由时，不能以群体意志奴他人，不能"主我而奴他人"，而要时刻明白个体肉身的本源与归宿，这既有对我国传统个性主义思想的认同，也包含着对现代自由思想的反思与调控。

---

① ［奥］弗洛伊德：《自我与本我》，载车文博编：《弗洛伊德文集》（6），长春：长春出版社，2001年，第27页。

② 张福贵，刘中树：《晚明文学与五四文学的时差与异质》，《中国社会科学》，1996年第6期。

③ 陈独秀：《敬告青年》，《新青年》，1915年9月15日，第1卷1号。

第三章
"非自主形象"与批判传统的重构

莫言小说人物个性精神的探索是沿两条路向展开的：一路走向以《红高粱家族》和《丰乳肥臀》等为代表的"自主形象"自由精神的探索，另一路走向了对"非自主形象"的批判。《丰乳肥臀》之后，他就很少单纯写那种基于个体肉身本能基础上的"自主形象"的个性扩张，也很少再去表现对传统文化既欣赏又质疑、既肯定又否定的矛盾心态，而是将重点转向了社会文化对人的个性压抑与异化的批判，其小说创作的现实意义越来越明显，批判的锋芒也越来越尖锐。

与五四新文学主要批判封建礼教对人的毒害相似，莫言小说也批判人物的"非自主"问题。"非自主形象"是指莫言小说中那些不能完全听从个人身体本能，而主要遵从外来思想或命令进行活动的人物。有人认为，莫言对以鲁迅为代表的五四新文学的追随，主要表现在"对国民奴性与吃人文明的尖锐批判"①。其实，莫言小说除了将批判的矛头指向了外在的社会文化之外，还主要指向了人性缺陷。他认为，"个性发展的阻碍有两个方面：一个是来自社会的压力，没有发扬个性的条件和机会；另一方面来自我们个人"②。因此，他的批判矛头指向了造成人物"非自主"现象的外在社会文化和人自身的不完整性。

"种的退化"反映了莫言小说创作与五四新文学叙事不同的社会历史

---

① 李静：《不驯的疆土——论莫言》，《当代作家评论》，2006 年第 6 期。

② 房福贤：《全国首届莫言小说创作研讨会纪实》，载杨守森等：《莫言研究三十年》（上），济南：山东大学出版社，2013 年，第 291 页。

观。他的小说创作批判了专制社会、"常人"社会以及假道学思想对人物个性的压抑，而身体异常者的书写体现其与五四新文学不同的社会文化批判指向。莫言的小说展示了专制文化如何通过对人物身体的规训来实现身体与人的异化，还揭露和批判了功名文化、物欲文化以及酒文化对人的异化。另外，他的小说还揭示了人的不彻底性，呼吁人的个性忏悔与个性化生存方式的构建，这也是对五四新文学自我批判传统的深化。

第一节 "压抑"的反抗与社会批判的延伸

虽然《红高粱》和《丰乳肥臀》中"自主"人物的个性扩张都体现了自身的矛盾性和悖谬性，但人物个性"自主"的发展，是莫言小说创作的永恒向往，即使小说对"自主"人物的探索走向了两难困境，他仍不放弃这一信念。其实，莫言意识到真正的肉身"自主"人物在现实生活中很难生存，作为群体生存的个体生命总会受到外在社会文化的压抑。"压抑"人物是指莫言小说中自然个性受到压制的人。因此，他将批判的矛头首先指向了外在社会文化对人物自然个性的压抑，这也是新文学中社会文化批判的延伸。

莫言在《红高粱家族》等作品中不仅着力书写祖辈的个性自由精神，而且对后辈个性自由精神的丧失深表忧虑。在他看来，"种的退化"就是人的个性自由精神丧失的象征，也是他对未来个性发展的忧虑。

一、"种的退化"与个性发展观

"种的退化"是莫言在《红高粱家族》中提出的观点。叙述者有感于"我爷爷""我奶奶"一代人强烈的个性自由精神"使我们这些活着的不肖子孙相形见绌"，祖辈们敢于杀人越货、勇于反抗侵略的英勇悲壮行为使"我"自惭形秽，"在进步的同时，我真切地感到种的退化"[1]。《弃婴》的叙述者对故乡抛弃女婴的传统陋习、重男轻女的愚昧观念深恶痛绝。在目睹

---

① 莫言：《红高粱家族》，北京：作家出版社，2012 年，第 4 页。

故乡一个个行动迟缓、腰背佝偻的未老先衰的男孩的丑态后，"我更加深刻地体会到了人种的退化"①，再次表达了对故乡未来命运的担忧，表现了对人类个性发展的忧虑。

在莫言的小说中，"种的退化"主要是通过代际差异的对照叙述来表现。他的家族小说大多反映了祖辈、父辈和孩子三代人的生活，在不同辈分人物个性精神的展示中反映这一现象。《红高粱家族》的祖辈余占鳌和戴凤莲敢爱敢恨，敢于同日军顽强抗争的行为体现出强烈的个性自由精神，而作为父辈的豆官虽然也有跟随前辈英勇杀敌的经历，但主要还是在与狗的搏斗中体现出自身残存的野性。豆官在与狗的搏斗中痛失一卵，似乎也隐喻了其人物个性中野性的削减。而小说中的"我"完全沦落为一个"可怜的、孱弱的、猜忌的、偏执的、被毒酒迷幻了灵魂的孩子"②。《丰乳肥臀》中上官家的三代男人，上官斗、上官寿喜与上官金童是一代不如一代，祖辈上官斗敢于带领村民同修筑胶济铁路的德国人打仗，父辈上官寿喜是没有生育能力的人，而上官金童则彻底沦为具有恋乳癖的"窝囊废"。《老枪》中大锁一家三代男人死在同一杆枪下："爷爷"因狂嫖滥赌被"奶奶"射杀，"爹"因与公安员争斗而自杀，大锁却因枪走火误杀了自己，三代人宿命般的命运也印证了"种的退化"。

与莫言小说中人物个性的三代递减不同，五四个性主义文学中人物的个性往往呈现为一种代际递增现象，在三四十年代的家族小说中发展为三代递增现象。五四个性主义文学因时代的局限，真正书写三代人的作品不多，但有许多作品揭示了"父与子"的个性冲突。冰心的《斯人独憔悴》、鲁迅的《伤逝》等作品中，父辈大多是守旧和愚昧的代表，而子辈多数是追求个性解放的人物，两辈人不同的新旧观念形成冲突。在三四十年代出现的家族小说，像巴金的《家》、老舍的《四世同堂》和路翎的《财主的儿女们》等，这些家族小说中三代人的个性意识大多是三代递增的关系，即祖辈多是封建卫道者，而最年青一代多是个性觉醒者，这也是五四新文

---

① 莫言:《弃婴》,《白狗秋千架》,北京:作家出版社,2012年,第49页。

② 莫言:《红高粱家族》,北京:作家出版社,2012年,第351页。

学中"父子"个性冲突的延伸。这些小说都继承了五四个性主义文学的反封建意识和社会历史进化观,因而才会出现人物个性意识三代递增的进化现象。

"种的退化"表达了莫言对社会历史发展的自我体认,包含着丰富的历史哲学思想。虽然莫言小说与五四新文学的个性观有明显差异,但二者也有相通之处。早在五四时期,鲁迅就在《略论中国人的脸》中批判国民脸上只有"驯顺"的"家畜性"或奴性,而缺乏"兽性"或"野性",而莫言在 20 世纪 80 年代重提"种的退化",其实也是对鲁迅所批判的人的个性中"兽性"与"野性"丧失的回应,体现了对个性中野性回归的呼唤。有人指出,莫言早期小说"对'种的退化'的解读揭示了历史、社会、道德诸种因素对家族或种族的原始生命冲动的压抑和扼制",这从莫言小说来看,无疑是正确的,但认为"种的退化"的寓言"在生命层面上获得了'改良国民性'的现代性的启蒙意义"[①]的观点却值得深思,因为这与五四个性主义文学有着不同的思考。从鲁迅与莫言小说中儿童形象的差异可以看出,二者笔下的儿童形象是完全不同的两种面目。鲁迅笔下的儿童形象,不管是《故乡》中活像二十多年前闰土的水生,还是《社戏》中的阿发、双喜等,他们大都有着红实圆活的面目和聪明伶俐的言行;而莫言小说中的儿童形象几乎个个都是畸形儿,不管是《透明的红萝卜》中身体发育不良的黑孩,还是《四十一炮》中拒绝长大的罗小通,以及《丰乳肥臀》中的大头婴儿蓝千岁等,都是如此。两位作家笔下儿童形象的巨大差异体现了作家不同的个性发展观与社会历史观。鲁迅作为启蒙文化的倡导者,他对社会历史发展持科学进化观点,认为国民性中一些民族优良品质的丧失是因封建礼教的压抑,而作为涉世未久的儿童受封建礼教的毒害最少,因此他笔下的儿童形象仍然具有天真烂漫的"真人"特质;而作为20 世纪 80 年代的作家莫言,他对科学理性的进化论深表怀疑,历史发展的辩证法又说明了在历史发展的过程中,"民族的不肖子孙丧失了我们祖

---

① 赵歌东:《"种的退化"与莫言早期小说的生命意识》,《齐鲁学刊》,2005 年第 4 期。

第三章 『非自主形象』与批判传统的重构

先的某些优良品质，民族本性在某些方面退化了"①，因此他小说中的儿童形象大都丧失儿童的自然天性，而呈现出一种未老先衰的面目。

二、个性压抑的原因

出于对"种的退化"与个性发展的忧虑，莫言小说还对造成个性压抑的原因进行了多元探索。五四新文学揭示了个性压抑的原因主要是封建礼教的毒害、国家民族的愚弱，以及个人的不觉悟，莫言小说在此基础上又有了新的探索。他对专制思想、"常人"社会和假道学思想压抑人物个性的现象都进行了猛烈抨击。

（一）专制思想压抑个性

如果说五四新文学对个性压抑的批判主要指向了封建礼教的迫害，那么莫言小说对个性压抑的批判则主要指向了封建残留的专制思想。

在对专制思想的批判中，莫言小说的批判矛头主要指向残存的封建政治专制意识。《天堂蒜薹之歌》和《生死疲劳》等都抨击了政治专制思想对人的个性的压抑。《天堂蒜薹之歌》以 1987 年山东省苍山县发生的蒜薹事件为原型，表现了地方政府专制对农民个性的压制。莫言说："我写《天堂蒜薹之歌》，实际上是把我积压多年的，一个农民的愤怒和痛苦发泄出来。"② 小说主要通过高马和高羊等人物形象表现了农民自然合理欲求与地方官僚主义的冲突。高羊因家庭出身不好先后两次被强迫喝自己的尿，是一位个性被磨平了的人。高马是转业军人，他追求恋爱自由、个人幸福，因爱上了准备为哥哥换媳妇的姑娘金菊，多次遭到其兄弟的殴打。金菊父母在无奈下最终答应把怀有身孕的女儿嫁给高马，但条件是必须交万元订婚礼金。他于是把全部的希望寄托于蒜薹，但由于地方政府官僚主义造成的蒜薹滞销，他在蒜薹事件中登高疾呼。被捕后听说金菊已自杀，万念俱灰，他在法庭上宁死不屈的呼声表现了其刚毅的个性，以及对压抑个性的

---

① 颜水生：《莫言"种的退化"的历史哲学》，《小说评论》，2010 年第 3 期。

② 莫言：《在文学种种现象的背后——2002 年 12 月与王尧长谈》，《莫言对话新录》，北京：文化艺术出版社，2009 年，第 79 页。

地方政府专制的不满。

除批判政治专制对个性的压抑外，莫言的小说还批判了家长专制思想对孩子个性成长的压制。《枯河》写小虎因爬树压断树枝，不幸砸死了村支书的女儿，因而被自己的父母和哥哥活活打死。《大嘴》写一个多嘴多舌、口无遮拦的孩子，受到担心祸从口出的父母和哥哥的严厉管制。当然，这些小说中反映的家长专制思想也是特定时代政治专制思想的折射和缩影，与五四个性主义文学反映的家长专制主要是封建礼教专制思想的折射与缩影有明显差异。

（二）"常人"社会压抑个性

莫言对人物个性发展的探索始终充满了兴趣，对个性自由者始终充满着敬意。个性自由者在现实中总是要受到来自各方面的压制，"常人"社会对人物个性的压制，也是莫言小说叙事的关注点之一。

"常人"是海德格尔思考个体与群体关系时提出的一个重要概念，这一概念与鲁迅提出的"庸众"概念相似，但"庸众"和"常人"所代表的"鲁迅与海德格尔分别拈出的'思想平均数'和生存论'平均状态'"[1]观念有明显差别。莫言小说体现的个群关系不存在鲁迅的"独异的个人"与"庸众"的紧张关系，倒更接近海德格尔生存论的"平均状态"对个体生命的压抑关系。"常人"世界规定了人的存在方式，要求人应按照事先确定了的准则和规律行事，用一定的规范把人的个性压抑到一种平均状态，因此，"常人以非自立状态与非本真状态的方式而存在"[2]。"常人"世界认可与否的"平均状态"形成了某些公众意见，正是这些公众意见"平整"了人物个性的存在。

莫言的一些小说，像《麻风女的情人》《麻风的儿子》《冰雪美人》和《普通话》等都集中探讨了"常人"社会对人物个性的压抑。

---

① 魏韶华：《"林中路"上的精神相遇——鲁迅与克尔凯郭尔比较研究》，北京：中国社会科学出版社，2004年，第223—238页。

② ［德］马丁·海德格尔：《存在与时间》，陈嘉映等译，上海：三联书店，2006年，第149页。

　　早在近代，康有为就指出，"人人各有自主之权，自由之理，不能以多数胜少数论也"①；五四时期，胡适指出，"社会最大的罪恶莫过于摧残人的个性，不使他自由发展"②，因而倡导西方文化的"健全的个人主义"。但作为群体生存的个体难免要受到社会群体的压制。

　　《麻风女的情人》以主人公春山的经历为线索，表现了"常人"社会对人物个性的压制。春山身怀绝技，但深藏不露，对"常人"撺掇其与他人摔跤置之不理，也不屈从于村长的命令；他童叟无欺，扶危济困，在听说麻风病人黄宝的老婆因病急需送医时，在"常人"们都避之不及时，他主动将其送往医院。帮助麻风病人被"常人"看作"傻"，因为"聪明"的"常人"对麻风病人都避而远之。更出乎"常人"意料的是，春山不仅帮助麻风病人，而且还对麻风女人产生了感情，结果遭到了黄宝夫妇的痛打。更令人不可思议的是，麻风病人黄宝对春山与自己妻子的不轨行为，不但不以为耻，反而大肆张扬，似乎想借此证明麻风病人与"常人"的平等。最终在"常人"的压制下，像春山这样具有鲜明"自主"个性的人，发出了"我这样的人，无脸活在世上了"③的慨叹。春山愿意帮助麻风病人以及他对麻风女人产生感情，表现了春山把麻风病人当作"正常人"看待，没把其视为异类，而黄宝主动宣扬春山对自己妻子的不轨行为，似乎也想证明自己的"常人"身份，并借此向"常人"靠拢，但这种宣扬的背后包含着"常人"社会对人物个性的压制。与《麻风女的情人》相似，《麻风的儿子》也写到了麻风病人，也出现了麻风病人夫妇，并且同样写了名叫袁春光的"自主"人物对麻风病人方宝的妻子产生了感情并遭到了其夫妇的毒打，这篇小说与《麻风女的情人》存在明显的互文关系。但与《麻风女的情人》不同的是，《麻风的儿子》重点写"常人"给麻风病人及其后代带来的压制。小说主要写张大千因母亲患有麻风病而饱受"常人"

---

①　康有为：《大同书》，长春：吉林出版集团有限责任公司，2012 年，第 117 页。

②　胡适：《"易卜生主义"》，载袁伟时编：《告别中世纪：五四文献选粹与解读》，广州：广东人民出版社，2004 年，第 227 页。

③　莫言：《麻风女的情人》，《与大师约会》，北京：作家出版社，2012 年，第 547 页。

歧视，他为了表达对这种歧视的不满和反抗，自己挖起了一块新鲜牛粪吃了下去。身体是个性的载体和象征，对麻风病人的压制，其实也是对不同个性者的压制，小说形象地表现了"常人"社会对麻风病人的压制以及对这种压制的不满和反抗。

莫言小说还经常写到一些优于"常人"者遭到"常人"社会的压制和摧残。《冰雪美人》的孟喜喜因长相出众、个性活泼而不见容于"常人"社会。学校领导视其为异端，最终以作风不正将其开除了。她后来与寡母共同经营鱼头火锅饭馆，因经常穿红色旗袍，化着浓妆站在店门口招徕顾客而被人诬蔑为"干上了'那一行'"。孟喜喜到一家诊所看病，因医生一直忙于给表面上似乎更重的病人治疗，她却延误了救治时间而在无声中死去了。小说写出了一个个性孤傲的女子无声的痛苦，更鞭挞了"常人"社会对一位优于"常人"的女子的扼杀。《普通话》主要写师范毕业生小扁因回到家乡积极推广普通话，最后竟被压制和折磨致疯。可见"常人"社会对优于"常人"者个性压制之大，摧残之深。

（三）假道学思想压抑个性

批判假道学思想对人的个性的压抑和异化在晚明文学中就有所反映，在五四新文学中表现得更为鲜明。晚明个性主义文学的批判主要集中于程朱理学践踏人的个性方面，矛头"直指程朱理学为'假道学'"[①]。李贽提出的"童心"说主张"顺其性不拂其能"[②]，有无拘无束、率性而为的个性内涵，是对假道学思想的批判。鲁迅1924年创作的《肥皂》是五四新文学中批判假道学思想最为深刻的作品，小说着力刻画了外表道貌岸然而内心卑污肮脏的四铭先生，并无情地撕下了这位假道学者的虚伪面具，强烈抨击了假道学思想对人的毒害。

莫言小说也批判了假道学思想对人个性的压抑和异化问题，这与晚明及五四新文学对假道学的批判是一脉相承的。《金发婴儿》深刻批判了假道学思想对人的压抑与异化，莫言说这篇小说是他最喜欢的作品，因为

---

① 王国建:《晚明个性解放思潮与小说人物性格》，《文学评论》，2003年第6期。

② 李贽:《焚书·续焚书》，长沙:岳麓书社，1990年，第87页。

"它更像一篇小说，深入到人的隐秘世界里"①。小说的主人公孙天球是一名连队指导员，也是一位被假道学思想异化了的人。他为了制止战士们靠近一尊裸体女塑像，用尽了一切愚蠢可笑的办法，但自己却没能抵制住女塑像的诱惑，并萌生了对妻子的思念。他对妻子没有感情，娶妻的目的只是为了让她帮助照顾失明的老母亲，在得知青年黄毛闯入妻子的生活后，他亲自深夜回家捉奸并将其送进了监狱。当发现刚生的儿子酷似黄毛时，孙天球残忍地掐死了这个孩子，走向了攻击他人身体的"施虐症"的疯狂。小说对孙天球假道学思想的批判是深刻的，文中不仅借连长的话批评了他禁止战士们窥视女塑像的愚蠢可笑，而且还通过其言行不一的表现彻底撕开了假道学者的丑恶面纱。作为连队指导员的孙天球禁止战士们接近女塑像，自己却常借助望远镜偷偷地"研究"女塑像。这与鲁迅的《肥皂》对假道学者隐秘心态的揭示与剖析是一致的。当然，《金发婴儿》对假道学思想批判最深刻有力的是孙天球母亲对儿媳紫荆出轨的理解与同情，她对儿媳的理解是基于自己年轻时的经历。孙天球的母亲十七岁时被卖给了一位五十多岁的布贩子为妻，惨遭老布贩子折磨的她最终与布贩子的年轻侄子私奔了，小说由此揭示了假道学者孙天球本人就是一个乱伦的私生子。孙天球母亲的经历是对封建礼教束缚女性个性自由的最沉痛的控诉，也是对假道学思想禁锢人的身体本能的猛烈抨击。小说既表达了对自然人性的肯定，也批判了假道学思想对人的天性的压抑。

总之，真正的个体自由人在现实生活中很难生存，作为群体生存的个体生命总会受到外在社会文化的压抑。因此，莫言将批判的矛头首先指向了外在社会文化对人物个性的压抑，这也是五四新文学社会文化批判传统的延伸与拓展。

三、身体异常者与个性压抑

在莫言小说中，个性压抑首先是一种肉身压抑。不管是《春夜雨霏霏》中思夫少妇雨夜情爱萌动的私语，《丑兵》中的战士牺牲前对那碗豆

---

① 莫言等:《与莫言一席谈》,《文艺报》, 1987 年 1 月 17 日。

腐炖粉条的惦念，还是《透明的红萝卜》中黑孩的饥饿体验，都建立在个体肉身体验的基础上。与之相似的是，五四新文学的个性解放，也是在对个体身体压抑体验的书写中实现的。鲁迅的《狂人日记》既写象征意义上的封建礼教吃人，也写现实中的人吃人现象；郁达夫的《沉沦》不仅写灵的痛苦，也写肉的苦闷等。但与五四新文学重视人物个性的精神压抑不同，莫言小说中人物的个性压抑更多地体现在那种肉身本源的个体体验，更侧重生理性身体的表现，这一点在身体异常者的书写中体现得尤为明显。

莫言小说中的身体异常者通常被看作身体残疾，但因《残疾人残疾分类和分级》明确说明，残疾是指"身体结构、功能的损害及个体活动受限与参与的局限性"[1]，而莫言小说中的许多人物又不完全符合身体残疾的界定，他们只是一些异于"正常人"的"身体异常者"。"身体异常者"是叶舒宪在《身体人类学随想》中使用的一个术语，此文指出中国古代的圣贤大多是一些身体"不具者"[2]。当然，所谓的身体正常与异常都是相对而言的，正常身体标准的界定其实也意味着对身体多样化、个性多样化的扼杀。

（一）身体异常者

莫言小说中的身体异常者有多种类型，具体来说，有残疾人、身体部位或器官异常者、半人半兽者和儿童发育异常者，等等。

① 中国法医学会编：《人体伤亡伤残鉴定及赔偿标准选编》，北京：中国标准出版社，2011年，第122页。

② 叶舒宪：《身体人类学随想》，载陈定家：《身体写作与文化症候》，北京：中国社会科学出版社，2011年，第282—283页。

莫言小说中身体异常者情况一览表

类型			身体异常者	人数	
残疾人	视力残疾	盲人	《民间音乐》中的小瞎子、《秋水》中的盲女、《丰乳肥臀》中的玉女、《金发婴儿》中紫荆的婆婆、《二姑随后就到》中的德重	5	49
		独眼	《透明的红萝卜》中的菊子、《白狗秋千架》中的暖、《丰乳肥臀》中的方金	3	
		雀盲眼	《草鞋窨子》中薛不善的雀盲女人	1	
	听力残疾	聋子	《草鞋窨子》中的六叔	1	
	言语残疾	哑巴	《白狗秋千架》中暖的丈夫和三个儿子、《姑妈的宝刀》中的三兰、《丰乳肥臀》中的哑巴三兄弟、《红高粱家族》中的哑巴、《二姑随后就到》中的德高、《红树林》中的陈小海	11	

类型			身体异常者	人数	
肢体残疾		瘸子	《天堂蒜薹之歌》中的方一君、《梦境与杂种》中的王瘸子、《丰乳肥臀》中的行乞少年	3	
		无腿	《屠夫的故事》中的小女孩、《复仇记》中的阮书记	2	
		戴假肢	《丰乳肥臀》中的孙不言和杨公安、《断手》中卖樱桃的老人	3	
		手臂残疾	《断手》中的苏社和留嫚、《丰乳肥臀》中的"独臂人"和龙青萍	4	
		罗锅子	《三十年前的一次长跑比赛》中的朱总人、《我们的七叔》中的朱老师、《筑路》中的刘罗锅、《梦境与杂种》中的褚老师、《模式与原型》中的周五、《二姑随后就到》中的地	6	
		半个屁股	《革命浪漫主义》中的"我"	1	
		侏儒	《酒国》中的余一尺、《蛙》中的王胆	2	
智力残疾		傻子	《檀香刑》中的赵小甲、《枯河》中的小虎、《罪过》中的大福子、《二姑随后就到》中的德强、《模式与原型》中的张国梁、《红树林》中的小强	6	

类型			身体异常者	人数	
精神残疾	疯子		《蛙》中的陈鼻	1	
身体部位或器官异常	颜色异常	红耳朵	《红耳朵》中的杜十千	1	17
		黄头发	《金发婴儿》中的黄毛	1	
		面部生痣	《生死疲劳》中的蓝脸、蓝解放、蓝开放	3	
	功能异常	牙齿如钢	《铁孩》中的铁孩	1	
	形体异常	六趾	《初恋》中的女孩	1	
		独乳	《丰乳肥臀》中的老金	1	
		麻脸	《翱翔》中的洪喜、《天花乱坠》中歌舞团的幕后伴唱者、皮匠、《牛》中的麻叔、《模式与原型》中的胡寿和张麻子	6	
		器官肥大	《蛙》中的郝大手（手大）、《大嘴》中的"我"（嘴大）、《牛》中的杜五花（"大头、大腚、大妈妈"）	3	

类型	身体异常者	人数
半人半兽	《红蝗》中的祖先（生有蹼膜）；《球状闪电》中的瘦老头（长有羽毛）；《翱翔》中的燕燕（长出翅膀）；《酒国》中的肉孩（生有鱼鳞）；《幽默与趣味》中的王三（变成了猴子）	5
儿童发育异常	《透明的红萝卜》中的黑孩（营养不良）；《生死疲劳》中的大头婴儿蓝千岁（先天发育不良）；《四十一炮》中的罗小通（身体成人而思想上拒绝长大）；《梦境与杂种》中的柳树根（脑袋与身体不成比例）	4
生殖器损伤	《你的行为使我们恐惧》中的吕乐之、《革命浪漫主义》中的"老红军"、《红高粱家族》中的豆官	3
变性人	《扫帚星》中的"俺"	1
麻风病人	《麻风病人的情人》中的黄宝夫妇、《麻风的儿子》中张老三的妻子和儿子张大千方宝夫妇、《红高粱家族》中的单扁郎、《姑妈的宝刀》中张老三的妻子	8

第三章 『非自主形象』与批判传统的重构

上表是莫言小说中出现的主要的身体异常者形象，涉及的作品有 46 篇，几乎占其小说数量的一半。从表中可以看出，莫言小说中的身体异常者除了残疾人之外，还有身体器官异常者、半人半兽者和发育异常者等不同类型，其人数和残疾人数量大致相当。由此可见，莫言小说中的身体异常者并不仅限于残疾人，还有许多是身体器官或部位的异常者。

值得注意的是，精神残疾曾是五四新文学最常见的身体残疾现象，也是国家颁布的《残疾人残疾分类和分级》中的六类残疾人之一，但精神残疾者除了《蛙》的陈鼻外，在莫言的其他小说中很少见。

精神疾病曾是五四新文学中常见的身体症状。鲁迅《狂人日记》中的"狂人"、《长明灯》中的"疯子"、庐隐的《丽石的日记》中精神错乱的丽石、许钦文的《疯妇》中的双喜大娘和蹇先艾的《乡间的悲剧》中的祁大娘等，都是精神残疾者。五四新文学中除了精神残疾之外，其他人物也大多是精神愚昧或麻木的身体异常者。五四小说中虽然也有一些身体异常者形象，像鲁迅的《阿 Q 正传》中的红鼻子阿义、花白胡子和驼背五少爷，《药》中的方头和三角脸等，但莫言小说中的身体异常者形象显然要比鲁迅及其他五四新文学中的多，并且五四新文学中的身体异常大多是一种精神疾病的身体表征。与五四新文学中的身体异常者大多为精神残疾或精神异常不同，莫言小说中的身体异常者大多显现为肉身异常。他的小说中众多的身体异常者表明人的身体状况先天不同，人的个性也不可能完全平等划一。

孙隆基认为，西方文化"重精神"的倾向导致了西方人出现精神病较多，而中国传统文化的"身体化"倾向决定了"中国人出现精神病（不是'神经病'）的情形比西方少很多"①。中国古代文学中出现的大多是身体"不具者"，像《庄子》中的支离疏、叔山无趾和王骀等身体残疾者，都是肉身异常者形象，甚至有人"把中国古代的圣贤及文化创造者全部考证为

---

① ［美］孙隆基：《中国文化的深层结构》，桂林：广西师范大学出版社，2011 年，第 47 页。

残障者"①。五四新文学中出现如此多的心理精神病患者，与其深受"重精神"的西方文化的影响不无关系；而莫言小说重视肉身异常者的书写既是对五四新文学西化倾向的反拨，也是对我国"身体化"传统文化的回归。

（二）身体异常者与个性压抑的隐喻

莫言是现当代文学史上塑造身体异常者形象最多的作家之一，对身体异常者的书写也体现了他对身体与人物个性关系的思考。与五四新文学中的精神异常者往往是个性觉醒者或压抑者的表征相似，莫言小说中的身体异常者也往往包含着个性压抑的隐喻；但与五四新文学往往从人物精神的压抑来反观人物的身体表征不同，莫言小说常从人物肉身出发反思人物的个性精神状态。

莫言小说中身体异常者个性压抑的隐喻与卡夫卡《变形记》的"身体是一个被压抑的主体"②的观念是一致的。他的小说中的身体异常者与个性压抑隐喻的书写主要体现在两个方面。

第一，身体异常者是个性压抑的身体表征。相对于身体正常者来说，莫言小说中的身体异常者可分为两类。一类是身体残缺者：有盲人、独眼、哑巴、瘸子、失去生殖器者或失去了半个屁股者等。另一类是身体过剩者：大手、大耳朵、六个脚指头、有蹼膜的人和长有翅膀的人等。莫言小说中身体的"过剩和残缺一样，都是人的身体对现实世界和自然世界的残酷回应"③，是残酷现实的肉身印记。人的个性在发展过程中难免要受到现实社会的制约或压制，这种制约或压制往往会通过肉身表现出来，打上身体烙印。

莫言小说中的身体异常者所反映的个性压抑体现在很多方面：首先，一些身体异常者常带有饥饿年代的身体印记，这在一些身体异常的儿童身上表现得最为明显，像一些身体发育不良和身体器官异常的儿童都体现了

---

① 叶舒宪：《身体人类学随想》，载陈定家：《身体写作与文化症候》，北京：中国社会科学出版社，2011年，第287页。

② 刘恪：《现代小说技巧讲堂》，天津：百花文艺出版社，2012年，第73页。

③ 张文颖：《来自边缘的声音——莫言与大江健三郎的文学》，北京：中国传媒大学出版社，2007年，第63页。

这一点。《透明的红萝卜》中的黑孩代表了饥饿年代饥饿儿童的共同特点，那就是头很大，脖子很长，小腿瘦如柴棒，这是特定年代儿童自然天性受压抑的形象写照；《四十一炮》中的罗小通身体长大而精神拒绝长大，反映了特殊年代留下的心理阴暗影响了其个性的正常成长；而《铁孩》中那吃铁如吃普通食物的孩子，夸张地表现了在粮食匮乏时代被迫扩大食物来源所带来的身体异化现象，也是人的异化的象征，当然，也讽刺了只重视大炼钢铁，而无视百姓生存的历史事实。其次，一些身体异常者也体现了市场经济时代，一些人盲目追求名利而导致的身体异常现象。这在《你的行为使我们恐惧》中表现得最为明显，小说中民间歌手吕乐之为了能在城里赢得市场，为了使自己的声音能与众不同，不惜割去了自己的生殖器，这沉痛地控诉了市场经济下人对身体之本的虐杀，似乎也讽刺了新时期以来文学艺术界为了标新立异，急于与传统文化之根断裂的异常现象；另外，《酒国》中的侏儒余一尺是酒国最富有的老板、市政协委员、省劳动模范，曾"与酒国市八十九名美女发生过性关系"[①]，他对金钱、荣誉和美女等都有着疯狂的占有欲。余一尺的侏儒形象似乎是市场经济发展过程中出现的经济巨人与文化侏儒现象的象征，也是市场经济下人的象征。再次，一些身体异常者也体现了时代政治文化对人的个性的压抑。像《丰乳肥臀》中的蓝千岁的身体其他器官萎缩，而智力与口才超常，是一名象征了"未来人类"[②]的大头婴儿，也预言了只重视精神而无视身体的社会文化必将导致人的头脑发达、四肢简单；《筑路》中的刘罗锅象征了人在特定时代所遭受的精神与肉身的双重折磨；等等。这些身体异常者身上都有着个性压抑的身体烙印。

当然，莫言小说中的一些身体异常者也是人性恶的象征。像《模式与原型》中的傻子张国梁竟放火烧死了自己的亲生母亲，而《二姑随后就到》中的哑巴德高、瞎子德重、痴呆儿德强，以及驼背弓腰的地等，这些

① 莫言：《酒国》，北京：作家出版社，2012年，第196页。

② 莫言：《我写小说，小说也写我——与〈中国空港〉记者赵学美对话》，《莫言对话新录》，北京：文化艺术出版社，2010年，第187页。

身体异常者都是人性恶的代表。另外，还有许多身体异常者是人性与兽性融合的象征，莫言小说中的许多哑巴形象就体现了这一点，这其实也从另一方面表明了人的个性的复杂性，也无意中说明了个性解放思想的简单化和理想化。

第二，以身体异常者反衬"身体正常者"个性的匮乏。莫言小说中有大量的身体异常者形象，而身体异常者也可以说是人物不同个性的象征。陈染认为，"在一些传统的文化观念中，认为每一个个性化的个人是残缺的、非普遍意义的"，人们"习惯于接受和认定被'社会过滤器'完全浸透、淹没过的共性的'完整的人'"，其实这种完整的人"只是在张三李四的表象特征上有所不同，而在其生命内部的深处，却是如出一辙"，并且"在人性的层面上，恰恰是这种公共的人才是被抑制了个人特性的人，因而她才是残缺的、不完整的、局限性的"。① 在陈染看来，身体异常者与正常者仅仅是相对而言的，身体异常者往往是一些个性充盈的人，而一些所谓的身体正常者却往往缺乏个性。莫言小说中的一些身体异常者也体现了这一点，身体异常者往往能反衬身体正常者个性的不足。

个性心理学家阿德勒说，"器官有缺陷的人通常比身体正常的有更大的成就"，这是因为他们有身体缺陷而产生的"自卑情结"以及其对自我限制的训练的"补偿作用"②。莫言小说中的身体异常者往往能显示出比身体正常者更顽强的生命力，这无意中也反衬了身体正常者个性的缺乏。五四新文学中的"狂人""疯子"或抑郁病患者往往比所谓的"精神正常者"更富有个性意识的觉醒相似，莫言小说中的身体异常者常表现出超常的生存能力，这从不同的角度反衬出身体正常者个性的缺乏，生命力的不足。首先，一些身体残疾者往往体现出某方面个性的充沛。莫言小说中的盲人往往比身体正常者更富有人生的智慧，因为他们更习惯于倾听本人身体内在的声音。像《民间音乐》中的小瞎子不满足世俗生活而有着更高的精神追求；《丰乳肥臀》中的玉女看破红尘，无法忍受母亲像牛马那样用

① 陈染：《不可言说》，北京：作家出版社，2000年，第181页。
② ［奥］阿德勒：《挑战自卑》，李德明译，北京：华龄出版社，2001年，第38、58页。

胃偷粮食再"反刍"呕吐出来的残忍而自杀。哑巴往往比身体正常者更富有自然野性,因为他们更少受语言理性的束缚。像《丰乳肥臀》中的孙不言作战最勇敢,性爱最粗野。傻子往往比身体正常者更有智慧,因为他们比正常人更少受欲望的诱惑。像《罪过》中的大福子完全不像傻子,而是对社会人生有独到理解的智者;《檀香刑》中的赵小甲表面上傻却能发现人的真面目。罗锅子比身体正常者更有毅力,那是因为他们经受了更多的磨炼。像《三十年前的一次长跑比赛》的朱总人不但能赢得长跑比赛的胜利,也能赢得人生的胜利。侏儒们能取得比身体正常者更多的成就,因为他们更能感受到自身的不足,像《酒国》的余一尺在金钱、荣誉和美女方面的疯狂攫取;《蛙》中的王胆对生育孩子的强烈愿望。其次,莫言小说中半人半兽的身体异常者多是一些长有翅膀的人,他们对自由往往比身体正常者有着更强烈的向往。《球状闪电》中长有翅膀的瘦老头,经常喊着"我要飞",但最后被畜牧专业的大学生拔光了羽毛,似乎象征了现代科学理性对人的自由精神的约束。再次,莫言小说中器官异常者往往比身体正常者更能透彻地理解人生的价值和意义,因为这些人大都饱受社会的歧视和虐待。《红耳朵》中的杜十千长有两只粉红色的大耳,绰号"红耳朵",他在富有时主动散尽百万家产,才得以在土改时保存自我;《生死疲劳》中的蓝脸左脸上有巴掌大的一块蓝痣,他不顾外在压力坚持单干,最后被证明他的个性是有价值的。 这两人都是身体部位或器官异常,都曾做过长工,也都饱经磨难,因身体异常而带来的人生大起大落让他们看透了社会人生,都属于大彻大悟之人,洞悉人生的价值与归宿。最后,莫言小说中一些身体发育不良的儿童大多有着强烈的生存或言说欲望,这些人物身上其实都有着作者童年的影子。莫言小时候饱受饥饿的困扰,他的小说中也有许多饥饿的儿童形象,像《透明的红萝卜》中饥饿的黑孩;《四十一炮》中的罗小通和《生死疲劳》中的蓝千岁等发育不良者都已化身为叙述者,他们都在滔滔不绝的话语中言说自我,也都以其身体异常体验的表达为文学提供了新鲜的内容。有人指出:"在文学进化过程中,一些重大的进步,特别是在被称为'艺术'的活动中,常常是由那些逸出正规的人或者异常人完成的。"①这一现象在鲁迅的《狂人日记》的狂人身上得到了验证，在莫言小说中发育不良的儿童叙述者身上又一次得以验证。

（三）身体异常者与文化转型的表征

巴赫金在分析拉伯雷的作品时指出："在拉伯雷笔下的形象中，怪诞人体不仅与宇宙的而且也与社会——乌托邦的和历史的母题，其中首先是与时代的嬗替和文化的历史革新的母题，交织在一起。"②巴赫金指出"怪诞人体"的出现往往与时代变革及文化革新密切相关，这在莫言小说与五四小说中也有所表现。五四新文学中的"怪诞人体"主要是一些"狂人""疯子""庸众"或其他的精神异常者，而莫言小说中的"怪诞人体"却大都是肉身异常者，这种从五四小说中精神"怪诞人体"到莫言小说中肉身"怪诞人体"的变化，也有着丰富而深刻的时代嬗变与文化变革的象征意义。

与五四小说重视人物精神异常状态的书写相反，莫言小说中的身体异常者书写往往是为了唤起人们对个体肉身存在的关注，也批判了文化发展中的身体失语现象。

首先，莫言小说中的身体异常者是对过于关注人的精神而无视人物肉身存在的文化现象的对抗。这在《断手》中表现得最为明显，小说主要写对越自卫反击战的战斗英雄回到家乡后的遭遇。这篇小说虽然与新文学的关联不是很明显，但重视人物精神而忽视肉身表现一直是五四以来文学的一大倾向，《断手》也可以看作是对此倾向的反拨。按照当时革命英雄小说的一般写法，可能要写到英雄人物的英勇事迹，归来后在故乡受到的厚待，以及其崇高精神的影响等。《断手》也写了云南前线失去了一只手的战斗英雄苏社，回到家乡后受到政府和群众的厚待，但这些却不是小说表

---

① 叶舒宪：《身体人类学随想》，载陈定家：《身体写作与文化症候》，北京：中国社会科学出版社，2011年，第283页。

② [苏联]巴赫金：《拉伯雷研究》，李兆林等译，石家庄：河北教育出版社，1998年，第376页。

现的重点，小说重点关注的是战争英雄的生存状态。断手后的苏社回到家乡一直忙于出席村民的宴请，但时间一长，百姓的看法就变了，觉得他不是正经人，却像个"兵痞子"，甚至传言他的手不是在前线受的伤，而是用手榴弹砸核桃时，把手给炸掉了。面对种种流言，苏社仍以英雄身份居功自傲。当他在卖樱桃的老人面前傲慢无礼，吃了樱桃不给钱时，老人把一条假腿摘下来扔到他面前，原来这位老人是抗美援朝的战斗英雄。在抗美援朝战斗英雄的假腿面前，苏社断手后的居功自傲就彻底失去了意义。由此可见，《断手》是对以往小说盲目歌颂战争英雄形象的消解，而且小说的深刻之处在于，《断手》并不仅仅停留在对以往战争小说英雄精神的解构的层面上，其更深层的意义是为了表达对个体生存状态的关注。这一意义主要通过苏社与村中残疾姑娘留嫚的交往与对话体现出来。留嫚和苏社都是"瘸爪子"，不同的是留嫚生来畸形，左臂短小，用她自己的话说，"你这个瘸爪子和我这个瘸爪子可是不一样的"，因"你的是光荣的瘸爪子"①。但不管是光荣还是不光荣的手臂残疾者，他们在面对个体生存现实时的身体困境是一样的。不同的是为了生存，留嫚学会了用牙齿咬绳从井中提水的方法，而苏社缺乏这一生存能力。由此可见，任何精神荣誉都不可能完全解决残疾人个体生存的现实困境，任何人的生存都需要个体的自立、自强。

有人说："在《断手》中，由于莫言理论准备的不足，他对中华民族传统的道德观念缺乏应有的哲学熔炼和隧火。"②其实，《断手》就是希望把空洞的精神说教置于一旁，而以个体的肉身体验来重新走近战斗英雄，走进身体异常者的世界，从而认识一个个孤独的身体异常者的生存状态。也正因小说拨开了政治或文化的虚幻面纱，袒露出个体生存的身体困境，所以才说明了英雄荣誉对个体的影响可能只是一时的，而个体生存能力对其的影响却是一生一世的朴素哲理。莫言小说中的身体异常者叙事，正是借助

---

① 莫言:《断手》,《白狗秋千架》,北京:作家出版社,2012年,第260页。

② 常智奇:《理论准备不足将使莫言没言——读〈断手〉有感》,《文学自由谈》,1987年第1期。

极端的事例，对五四以来，特别是"文革"文学片面夸大人的精神的重要性而无视个体身体生存困境问题的质疑与对抗。

其次，莫言小说中的身体异常者书写，还常批判身体失语现象。如果说《断手》以对身体异常者的关注呼吁要更多地关注个体生存的身体状态，那么《白狗秋千架》则以对身体异常者的书写反映了民间的身体失语现象，这也是与五四新文学中知识分子精神话语的对抗。

《白狗秋千架》是莫言为数不多的以知识分子为叙事视角、以知识分子返乡为题材的作品之一。小说写童年时期的暖因在"我"的撺掇下去荡秋千，却意外摔下秋千架而被刺槐针扎了右眼，成了"个眼暖"，她后来嫁给了哑巴，又一胎生了三个哑巴儿子。阔别十年回到家乡的知识分子"我"，因此目睹了儿时好友暖及其家人艰难困苦的生存状态。知识分子返乡题材小说曾在五四新文学中形成过一股风潮，《白狗秋千架》也是对五四知识分子返乡小说的延传和发展。但与五四知识分子返乡题材小说不同的是，《白狗秋千架》叙述的虽然也是一位知识分子返乡的故事，但莫言民间价值立场上的写作，也决定了这篇小说言说主体的不同。五四知识分子返乡题材小说中的返乡知识分子一般是言说的主体，精神愚昧的民众往往是启蒙的对象；而《白狗秋千架》的言说主体是以暖为代表的农民，返乡知识分子"我"，仅是小说为了表达反知识分子话语而设置的诉求对象，在此小说中的知识分子已褪去了启蒙的光环，他们仅是民间"失语"残缺身体的见证者。小说结尾写"我"从童年时的好友暖家回来，暖坐在一片高粱地里等"我"，此刻她要求"我"帮她生个会说话的孩子。这是知识分子"我"返乡时故乡农民提出的最后要求，"要个会说话的孩子"，体现了民间渴望自我言说的强烈愿望。莫言小说中出现得最多的身体残疾或异常者形象就是哑巴形象，也隐喻了民间渴求的不仅是精神的觉醒，也是"会说话的"身体的健全。

《丰乳肥臀》中上官鲁氏因丈夫性无能而借种生子，《白狗秋千架》的暖也因丈夫残疾而企图通过借种的方式来实现生个会说话的健全孩子的愿望，但与上官鲁氏希望通过借种生子换取自己的生存权利不同，暖的借种生子似乎是想通过牺牲自己的身体来实现后代健全的身体话语能力，这体现了民间对身体话语权的渴望，当然也包含着对五四新文学重精神话语而轻肉身话语现象的对抗。

总之，从五四小说中精神"怪诞人体"到莫言小说中肉身"怪诞人体"的表现，其实也象征了 20 世纪文学中的人物形象已实现了由世纪初"重精神"的人向世纪末"重肉身"的人的转换，而莫言小说中的身体异常者正是时代嬗变和文化艺术革新的表征。

第二节 "异化"的沉沦与文化批判的拓展

莫言小说不仅批判了外在社会文化对人的自然个性的压抑，也批判了社会文化对人的个性的异化。与"鲁迅的思想始终围绕着自己与他人的身体展开"①一样，莫言小说对人物的个性异化的探索也始终是围绕着身体进行的。在他的小说中，人的异化首先来自权力话语对人身体的规训和异化。莫言不仅批判了专制文化对人的身体的规训和异化，还批判了功名文化、物欲文化和酒文化对人个性的异化。

一、身体的规训与异化

在莫言的小说中，专制思想对人个性的异化主要源自身体的规训，精神异化是建立在身体异化的基础上。像《红高粱》的活剥人皮，《檀香刑》的斩首、腰斩、阎王栓、凌迟和檀香刑，《枯河》中父母对孩子的殴打等，都体现了专制思想正是通过对人的身体的规训和异化来实现对人的异化。

福柯认为权力话语对身体的规训，"最终涉及的总是肉体"，"肉体也直接卷入某种政治领域；权力关系直接控制它，干预它，给它打上标记，训练它，折磨它，强迫它完成某些任务、表现某些仪式和发出某些信

---

① 郜元宝：《从舍身到身受——略谈鲁迅著作的身体语言》，《鲁迅研究月刊》，2004 年第 4 期。

号"①。在五四时期，鲁迅的《阿Q正传》、《药》和《示众》等小说以展示酷刑文化对人的摧残来批判国民文化心理的劣根性，而莫言认为，"这是人性当中的阴暗面，鲁迅揭示的也不仅仅是中国人的心理，而是全人类的心理"②。在鲁迅小说中，受刑者肉体的挣扎与被杀戮的血腥场面大多被遮掩或省略了，而莫言小说则把血肉淋漓的酷刑场面还原与呈现出来，从而揭示了身体的规训与异化是实施精神高压的基础与前提，也深刻批判了专制文化对人的异化。

身体规训与异化现象在《檀香刑》中表现得最为充分，小说中"杀身成仁"的表演，是身体规训与异化场景的再现。小说的核心事件是京城刑部大堂的首席刽子手赵甲对抗德英雄、民间艺人孙丙实施檀香刑的过程。重点表现了刽子手对钱雄飞实施凌迟五百刀和对孙丙实施檀香刑的场面及细节。凌迟五百刀，要割足五百刀再让犯人死去，如果中途死了则是刽子手活做得不漂亮；檀香刑是用细长的檀木棒子，从下到上直穿人体，并且还要让受刑者在数日内保持活命，这些都是政治专制者对人肉体的惨无人道的惩罚。小说因对行刑过程中血肉淋漓的肉体折磨场面的展示，曾遭到了许多读者的批评，认为其有溢恶倾向。其实，莫言正是通过展现这血淋淋的肉体惩罚场面，让人们重新体认专制思想如何通过对人的肉体惩罚来实现身体与人的异化。

除了《檀香刑》之外，莫言的许多小说都表现了身体的规训与惩罚问题。《红高粱家族》中的砍人头、剥人皮和割耳朵，《二姑随后就到》中的天和地兄弟俩设计的"彩云遮月""精简干部""油炸佛手""虎口拔牙"和"步步娇"等四十八种酷刑手段，都把身体的规训与惩罚淋漓尽致地展现出来。

身体规训与惩罚的目的主要是为了实现精神上的控制。谢有顺指

---

①　[法]米歇尔·福柯：《规训与惩罚：监狱的诞生》，刘北成等译，北京：三联书店，2003年，第27页。

②　莫言：《说不尽的鲁迅——2006年12月与孙郁对话》，《莫言对话新录》，北京：文化艺术出版社，2009年，第200页。

出，按照哈维尔的研究，"造成恐惧的原因，除了精神的高压之外，主要就是肉体的残酷折磨，直至消亡"①。小说表现权力对身体的规训，并不只针对肉体，突出肉体也许正如叔本华所说，"因为精神痛苦比肉体上的痛苦要大得多而能使后者不被感觉"②，小说力求把这不易被察觉的精神之痛通过肉体之痛表现出来。因此，与其说是莫言对酷刑描写有偏爱，还不如说是他重视对酷刑下灵肉一体化的身体异化体验的表达。

五四时期，周作人就指出，人来自"动物"，又是由动物"进化"③的。人的身体中有"兽性的残留"，但也有"神性"存在。而如果把人的身体完全等同于动物的身体，那是对身体的异化，也是对人的异化。现代身体理论认为，"人物身体处在被异化的过程中，甚至由人物身体变成了动物身体"④。《檀香刑》中这场"杀身成仁"的酷刑表演，其实正体现了人的身体异化现象。刽子手赵甲秉承其师傅认为所有人都是两面兽的观点，认为杀人与杀猪、杀狗没有什么本质的差别，这其实是完全把人的身体看作动物身体。福柯认为，"无论古典或现代时期，身体总是权力对象"⑤，权力社会从根本上看更像一个惩罚社会。在惩罚社会中，人的身体已不是灵肉统一的身体，而是异化了的动物性或物质性的身体。小说不但揭示了受刑者的身体完全被异化为动物性或物质性的身体，而且还写傻子赵小甲借助"胡须"，竟发现赵甲是一头黑豹子，大老爷钱丁是一只白虎精转世，眉娘是一条大白蛇，大街上到处都是畜生。小说借助赵小甲的傻话对人的动物性身体的揭示，与鲁迅通过狂人对封建礼教吃人本质的癫狂发现有着惊人

---

① 谢有顺：《当死亡比活着更困难——〈檀香刑〉的人性分析》，《当代作家评论》，2001年第5期。

② ［德］叔本华：《作为意志和表象的世界》，石冲白译，北京：商务印书馆，1982年，第410页。

③ 周作人：《人的文学》，载吴秀丽等：《中国现当代文学作品与史料选》，杭州：浙江大学出版社，2012年，第236页。

④ 刘恪：《现代小说技巧讲堂》，天津：百花文艺出版社，2012年，第73页。

⑤ 赵一凡：《从卢卡奇到萨义德：西方文论讲稿续编》，北京：三联书店，2009年，第695页。

的相似性和深刻性。小说揭示了在人们把受刑者的身体异化为动物的身体时，其实也把自己异化为了动物，而人的个性在此也被完全异化了。

在五四时期，鲁迅主要揭示了行刑文化中受刑者与看客精神的扭曲，血淋淋的行刑场面在鲁迅小说中大部分是被遮蔽了的，而莫言小说则把这残酷的肉体行刑场面如实甚至夸张地展示出来，从而揭示出权力惩罚社会正是通过这鲜血淋漓的酷刑表演把身体与人完全异化了。

二、"异化"共在的批判

"异化"是德国古典哲学常用的一个术语，费尔巴哈用其"表达人的本质的二重化和颠倒，认为宗教是人的本质的自我异化，是人的本质的虚幻反映"①。莫言小说所表现的"异化"人物主要是指那些虽有独立的个性，但"因种种社会原因(如宗族社会的家长制、道德规范、价值观念和专制主义的社会政治环境)而受到禁锢"②，个性也因此产生变异，从而丧失了本真自我的人物。

五四新文学主要批判封建思想文化下人的奴化现象，批判国民的劣根性，而莫言小说不仅表现了人的奴化心理，也批判了人的工具理性的异化问题，批判个性异化的共在现象，这一点在《檀香刑》中表现得最为鲜明。

莫言小说主要批判了专制文化对人的异化，专制文化不是把人看成目的，而是当作实施专制的工具。人的异化首先表现在小说中人物个性化名字的丧失，"人的名字……它告诉人们，这个人是永存的，不可毁灭的实体"③。像《檀香刑》中赵甲、孙丙和钱丁等人物的名字似乎已不再体现实体性区别，而仅仅体现为一种宽泛性的符号，正像鲁迅小说中的阿Q或小D等符号化名字一样，都是一种个性异化或丧失的象征。通过莫言的小说来看，人物个性的异化或丧失主要体现在对身体的无视与摧残上。

---

① 乐黛云等：《世界诗学大辞典》，沈阳：春风文艺出版社，1993年，第689页。

② 王锐生：《人的个性》，《北京大学学报》，1990年第3期。

③ 柳鸣九：《新小说研究》，北京：社会科学出版社，1988年，第38页。

　　《檀香刑》是一部演示专制文化"杀身成仁"场面的作品，也是一部演示弗洛伊德的"受虐"和"施虐"的"死的本能"的作品，而对身体"受虐"和"施虐"的攻击是因人们对身体的异化造成的，这是莫言小说独到的发现与表达。封建卫道者、受刑者、刽子手以及看客共同组成了个性异化共在的群体，共同组成了一个对身体的"施虐"与"受虐"的世界。

　　刽子手赵甲是《檀香刑》着力刻画的人物，他是统治者实施酷刑的工具，兼有工具理性与奴性的双重异化人格。莫言说，"我觉得鲁迅还没有描写刽子手的心理"①。《檀香刑》中刽子手的心理反映了一种疯狂的"施虐症"。弗洛伊德认为，所谓的"施虐症"也是一种"死的本能"，其最重要的派生物就是攻击，也就是一种破坏本能。小说的深刻之处就在于把刽子手赵甲的"施虐症"本能通过具体叙述形象地揭示了出来。赵甲不但精通历代酷刑，是京城刑部大堂的首席刽子手、大清朝第一快刀，而且是"有所发明、有所创造的专家"，而刽子手的发明创造充其量也只是为攻击他人的身体提供便利罢了。

　　有人认为现代社会就是一个惩罚社会，而惩罚的工具是由人来扮演的，这也反映出刽子手工具理性的异化。赵甲的可怕之处在于其对受刑者没有丝毫的同情，却有着对自己杀人技艺的欣赏和杀人职业的自我高贵化心理。他认为，"杀猪下三流，杀人上九流"②，可见其受政治工具理性毒害之深。在他的眼中，犯人都是"一个个物质性的人"。其实，当赵甲把犯人看作物质性的人的时候，恰恰忽视了自己也是一个杀人工具的物质性存在，自己也已丧失了自我，而成为奴隶。"所谓的奴隶，不就是丧失个人的情感和意志、只剩下物质性和动物性的人吗？"③由此可见，刽子手赵甲只是一名统治者实施身体规训的工具或奴隶而已。

──────────

　　① 莫言：《我为什么写作——2008年6月在绍兴文理学院的讲演》，《莫言讲演新篇》，北京：文化艺术出版社，2009年，第216页。

　　② 莫言：《檀香刑》，北京：作家出版社，2001年，第87页。

　　③ 谢有顺：《当死亡比活着更困难——〈檀香刑〉的人性分析》，《当代作家评论》，2001年第5期。

不但刽子手具有工具理性和奴性人格，而且受刑者也具有这一特点。小说主要表现了钱雄飞、孙丙等受刑者形象。按照传统文化的观点来看，他们都是带有英雄色彩的人物，也是肉身的献祭者，都属于甘愿献出身体的"受虐者"。中国古代的忠君思想是一种献身的思想。钱雄飞和孙丙都是以岳飞为榜样的人，而岳飞的"精忠"思想不仅是铭记在心中，更是刻在肉身上，是一种具有献身意识的愚忠。小说对受刑者，特别是对钱雄飞肉体之美的欣赏，表现了叙述者对肉身的肯定，而对孙丙甘愿牺牲自己身体来与统治者相抗争的精神有赞扬，但对其自愿献祭身体的行为又不无批判，这也体现了作者对儒家学说的舍生取义、杀身成仁思想的质疑。

小说不仅批判了刽子手与受刑者形象的异化，而且还批判了知识分子形象的异化。《檀香刑》主要批判了监刑官钱丁这样一位具有知识分子和政客双重身份、双重人格的封建卫道者形象。作为封建知识分子，钱丁有着为民请命的理想，而政客的身份，又决定了他必然是统治者的帮凶。这种尴尬的双重身份决定了其必然是一位灵肉分裂者、地地道道的"两面兽"：表面上与结发妻子相敬如宾，背地里却与媚娘偷情；行为上似乎是在维护主子的利益，暗地里却向外来敌对势力讨好。小说形象地揭示了他灵肉分裂的体验："他感到自己高尚的精神如眼前朝天大锅里的牛杂汤的气味一样洋溢开来，散布在清晨的空气里。他的身体，似一个冻透了的大萝卜，突然被晒在了阳光下，表皮开始融化、腐烂，流出了黏稠的黄水。"①

莫言对知识分子灵肉分裂的批判总是不遗余力的，也许在他看来，正是知识分子制造了灵肉分裂的文化现象。钱丁最后在丧心病狂的绝望中刺死了孙丙，似乎也隐喻了统治者和知识分子合谋杀死了民间身体的存在。如果是刽子手杀死了受刑者的肉体，那么正是像钱丁一样的灵肉分裂的知识分子打着冠冕堂皇的理由最终谋杀了受刑者的身体。

在展示酷刑文化对人肉体戕害的同时，莫言的小说也没有忽视对看客

---

① 莫言:《檀香刑》，北京：作家出版社，2012 年，第 294—295 页。

的批判。统治者想借助行刑场面实现对民众的精神高压，而看客则想从血淋淋的行刑场面中得以满足自己"受虐"和"施虐"的阴暗心理。统治者实施酷刑是为了达到其专制的目的，而看客也"被邪恶的趣味激动着"的同时，自觉认同统治者实施的身体规训。莫言在此对看客的批判与鲁迅是一脉相承的，鲁迅所说的，"暴君治下的臣民，大抵比暴君更暴"① 也由此可见。

在继承鲁迅对受刑者与看客批评的基础上，莫言小说对封建卫道者、施刑者、受刑者和看客等个性异化共在的群体形象都无情地予以批判。小说通过血淋淋的酷刑场面表达了在异化共在的现代社会，作为个体心中同时存在的施刑者、受刑者与看客"三位一体"② 的黑暗意识。在这场"杀身取义"的酷刑表演中，几乎所有人物都已被完全异化了。唯一一个似乎还没被异化的人，却是傻子。按照海德格尔的观点来看，这篇小说其实就是人性"沉沦状态下异化的共在"③ 的现代社会寓言，这也是对五四新文学国民性批判的扩展。

当然，除《檀香刑》揭示和批判了专制社会下人性异化的共在，莫言的其他小说，像《欢乐》《四十一炮》和《酒国》等也分别揭示和批判了人的异化现象。

三、"异化"的原因

五四新文学大多将人个性异化的原因归于封建礼教的迫害。莫言在继承新文学叙事传统的基础上对人物的个性异化问题进行了多向探索。除了专制思想等对人的个性的异化外，还有功名文化、物欲文化和酒文化等对个性的异化。

---

① 鲁迅：《六十五 暴君下的臣民》，《鲁迅全集》（第一卷），北京：人民文学出版社，1981年，第366页。

② 莫言：《知恶方能向善》，《莫言散文新编》，北京：文化艺术出版社，2009年，第250页。

③ 姜建成：《科学发展观：现代性与哲学视域》，南京：江苏人民出版社，2007年，第202页。

（一）功名文化对个性的异化

莫言小说人物的个性异化不仅来自封建专制和假道学思想，而且也有功名思想作祟。他小说的主人公大多是纯然的农民形象，以知识分子为主人公的作品较少，主要有《欢乐》《球状闪电》《十三步》和《幽默与趣味》等。其中 1987 年发表的《欢乐》是一篇以高考复读生为主人公的作品，也是一篇集中探讨功名文化对人的个性异化的作品。

《欢乐》主要讲述了农村学子应对高考时的故事，小说形象地展现了一名高考复读生在复读和高考期间所遭受的肉身与精神的双重痛苦。主人公齐文栋，连续回炉复读四年，参加过五次高考，但终因"高考综合征"的折磨，屡次落榜，最后喝下剧毒农药，走进了肉体不痛苦、灵魂也不痛苦的世界。弗洛伊德认为自杀行为也是"死的本能"的一种表现，是一种"受虐症"。作为一名复读生，齐文栋深知高考对改变人的命运的重要性，考中了就成为"上人"，"考不中进'人间地狱'，面朝黄土背朝天，找一个凸牙齿女人也如蜀道难"[①]。但他在复读和高考期间无法摆脱肉身和精神的双重折磨：在复读时，其肉身的痛苦不仅来自成群结队的跳蚤和虱子的叮咬，更重要的是源自其青春期的骚动情感，他无法抵制同桌冬妮娅身体的诱惑，也无法摆脱对女班主任的身体想象，一个英文字母朦胧的性暗示，就使其心猿意马，他意识到自己已不适合再坐在中学课堂里了；在高考期间，他的痛苦不仅是来自大脑，更重要的是来自参与智力活动的腹脑。具身认知理论认为，"作为肠道本身的神经元环路的第二大脑即腹脑跟大脑一样参与人的智力活动如记忆和思考等，并影响个人的理性思维"[②]。齐文栋在高考期间胃肠中数千条蛔虫的厮杀鸣叫一次次地毁掉了他的希望。小说写出了一位饱受肉身与精神双重折磨的当代读书人的悲剧，也是一篇书写身体及生命丑陋的作品。小说开篇所说的"我不赞美土地，谁赞美土地就是我不共戴天的仇敌；我厌恶绿色，谁歌颂绿色谁就是杀人

①　莫言：《欢乐》，北京：作家出版社，2012 年，第 271 页。

②　费多益：《寓身认知理论的循证研究》，《科学技术哲学研究》，2010 年第 1 期。

不留血痕的屠棍"①，对土地和绿色的厌恶表面上似乎是对生命的厌恶和批判，其实是对恶劣的生存环境的否定。齐文栋生活在一个散发着臭味、霉味、农药味和血腥味的世界，在这里人与动物的排泄物和尸首随处可见，老鼠、跳蚤、虱子和蛆虫等肆意横行，这与闻一多的《死水》所描绘的环境一样令人窒息和绝望。

五四新文学对读书人或知识分子形象的塑造，往往侧重精神状态的批判。鲁迅的《孔乙己》曾揭示了封建科举制度对读书人肉身和精神的双重迫害。孔乙己作为一个落魄的"青白脸色"的读书人，他好喝懒做、自命清高，因偷窃其脸上常添"新伤疤"，并最终因偷丁举人家的东西被"打折了腿"，由"站着喝酒而穿长衫的"的人变成了一个坐着用手走路的人。封建科举制度对孔乙己的迫害不仅是精神上的，也鲜明地表现在肉体上，但毋庸讳言的是，鲁迅对孔乙己所遭受的肉身迫害，更多是从外在视角来描绘的，而《欢乐》对齐文栋所经受的痛苦，完全是从肉身的内在视角来展示的，小说似乎由此打开了身体内在的狂欢世界，不同的身体器官都在各自诉说着"自我"。

莫言小说只忠实于表现来自个体身体内在的声音，还原人物身体的真实存在状态。当然，这身体是被功名社会完全异化了的身体。

（二）物欲文化对人的异化

五四时期，最早对物欲文化有深刻认识和批判的是鲁迅，在他看来，"这种物质文明对于西方来说可能迫不得已，但'横取而使之中国则非也'"②。因五四新文学批判的矛头主要指向了封建思想，其对物欲文化对人物个性异化的批判涉及不多。

作为新时期走上文坛的莫言，他既对新时期以前经济贫困、物质匮乏时代无视个体生命存在状态的社会持批判态度，也对新时期市场经济社会所导致的物质至上观念持怀疑心态；他既反对新时期以前社会对个体物欲

---

① 莫言：《欢乐》，北京：作家出版社，2012年，第271、297、240页。

② 许纪霖：《大我的消解：现代中国个人主义思潮的变迁》，载许纪霖、宋宏：《现代中国的核心观念》，上海：上海人民出版社，2011年，第224页。

需求的压抑，也反对市场经济发展带来的物欲膨胀，表现了他对物质文明发展的矛盾心态。他的小说创作对物欲文化的书写常表现为两种向度：当笔触伸向历史时，就往往表现为对物质文明发展的向往，对人自然的、合理的物欲需求的肯定；当笔触涉及现实时，他又表现出对极端物欲社会的否定和批判。这在一些时间跨度较长的长篇小说，如《四十一炮》《丰乳肥臀》和《生死疲劳》等作品中表现得极为明显，这些长篇小说对物欲书写的态度，以新时期前后为界，其由肯定到否定的变化，表现了创作者对不同时代物欲文化的不同态度。

　　莫言 2003 年创作的长篇小说《四十一炮》以"身体已经长得很大"而"精神还没有长大"的罗小通的滔滔不绝的诉说为线索，表现了对物欲的思索。庄子曰："丧己于物，失性于俗者，谓之倒置之民。"（《南华经》）小说首先借助肉欲诉说改革开放前物质匮乏带来的个体生命压抑，也批判了当下极端物欲主义所导致的个性异化。小说集中表达了对肉欲、情欲、权欲和物欲之关系的思索。"肉欲"是"物欲"的核心和具体化，"情欲"是"物欲"的象征，而"权欲"是"物欲"延伸和发展。小说通过欲望的展示来观照个体生命的存在状态，也通过不同的个体命运来反思民族国家的历史与现实。

　　正如罗小通所说："世界上其实只有一个问题，那就是肉的问题。"[1] 他因小时候喜欢吃肉但无肉可吃，成长为一个具有强烈食肉欲的吃肉能手。罗小通的形象似乎也是一代国人物欲发展的象征。他母亲杨玉珍的节俭几乎到了吝啬的程度，她有强烈的致富欲，但这种致富欲建立在压制儿子和丈夫的自然肉欲的基础之上，这种压制导致了儿子的肉欲膨胀和丈夫与野骡子的私奔。罗小通的父亲罗通，是个忠实于自我、向往自由的人。他不惧权贵，敢于和村长老兰较劲，他难以忍受妻子对其自然肉欲的压抑，为满足肉欲而与人私奔，但在野骡子死后重新回到家乡时，他的血性与野性都荡然无存了，并且在与老兰的较量时也由先前的占上风转向了屈居下

---

① 莫言:《四十一炮》，北京：作家出版社，2012 年，第 293 页。

风，最后在精神崩溃下酿成了杀妻的悲剧。莫言曾说："环境真能使人残酷啊！"① 这在罗通身上表现得最为鲜明。村长老兰是一个集"性欲""权欲"和"物欲"追求为一体的欲望化形象。他靠黑心发家，发明了猪肉注水法，并带领全村人致富，他既是罗小通曾经崇拜的对象，又是仇人。如果说罗小通的肉欲压抑和膨胀象征了民族国家不同时期的生存状态；那么母亲杨玉珍对自然肉欲的压制和对物质欲望的追逐，更多的是象征了特定时期民族国家的历史，而父亲罗通和村长老兰对欲望的不同态度则象征了当下社会两种不同的物欲观念，俩人的冲突就是两种不同文化力量的较量。对此，有人说："莫言对肉体和欲望的描写大多是寓言性的，用以表现他对传统和社会的批判。"② 小说借助不同的个体欲望故事，通过对欲望主题的反思，既批判了压抑个体肉身／物质需求的历史，也批判了过度追求个体肉欲／物质满足的社会现实。

莫言小说对物欲社会对人的个性异化的批判有对新文学叙事传统的传承与发展。鲁迅在《伤逝》等作品中表达了个体生存的物质性保障的重要性，但他对西方的物质主义又保持着清醒的认识，"掊物质而张灵明"的主张反映了鲁迅反对"偏至"的物欲主义对人的个性的蒙蔽和异化。莫言对"欲望的泥潭"中众生的困顿与个性迷失，有着自己独到的理解。他认为："小说中人物所遭受的苦难，并不完全是外部原因造成的，最深重的苦难来自内心，来自本能。"③ 这是莫言对物欲社会中人的独到认识，这一独到的发现也让他的小说对个体生命包含了更多的人性理解与同情，但也削弱了对外在社会文化批判的锋芒。

（三）酒文化对人的异化

莫言认为1988年开始创作的长篇小说《酒国》中"对肉孩和婴儿筵席的描写是继承了先贤鲁迅先生的批判精神"，"主观上是沿着鲁迅开辟

① 孙文鹰：《莫言：我的饺子唱着歌来了》，载徐怀中等：《乡亲好友说莫言》，济南：山东大学出版社，2013年，第81页。

② 钟怡雯：《莫言小说：历史的重构》，台北：文史哲出版社，1997年，第71页。

③ 莫言：《小说与社会生活——2006年5月在京都大学会馆的演讲》，《莫言讲演新篇》，北京：文化艺术出版社，2009年，第95页。

的道路前进"①。《酒国》的吃人叙事与鲁迅的《狂人日记》存在着诸多关联之处，中西评论界对这两篇小说的对比研究也表现出了极大的热情，都指出了二者的承传关系。其实，通过叙事内容来看，小说表面上是批判酒文化对人的个性的吞噬，而实质上是批判灵肉二元文化下人的个性瓦解。因此，小说不仅是对《狂人日记》的传承，还包含着对深受西方二元文化影响的五四新文学"重精神"倾向的对抗。

小说写省特派侦查员丁钩儿奉命前往酒国调查食用婴儿事件，结果在酒国的食色引诱下，丁钩儿没能抵挡住欲望的诱惑，参与了食用婴儿的盛宴，由吃人的调查者变成了吃人者，并且在与情妇的冲突中失手杀人，由调查员变成了被通缉者，最后跌入茅坑，丧了性命。丁钩儿的命运，也包含着对传统文化贞女节妇"投粪保身"故事的戏仿。从大茅坑作为"欲望的象征"②来看，小说似乎说明在欲望面前人人难以"守节"，连"救人者"也难以自保。

莫言认为酒"从来就不是单纯的液体"，"从来都是文化的象征"③。《酒国》自然也并不仅仅停留在欲望批判的层面上。小说中酒仅是象征，其主要目的是批判肉身与精神的二元分裂，批判精神离身文化。丁钩儿多次嘴上说着"不喝了，酒多误事"，但身体却总是不由自主地喝干杯中酒。他一次次地提醒自己，但又一次次禁不住肉身的欲望。与其说丁钩儿是奉命去酒国调查食用婴儿案件，不如说是去亲身体验肉身与精神的二元分裂之痛。小说反复叙写丁钩儿在酒国体验到的肉体与意识的分离现象。如：

连续九杯白酒落肚，丁钩儿感到身体与意识开始剥离，不，剥离不准确，他准确地感到自己的意识变成一只虽然暂时蜷曲翅膀但注定要异常美丽的蝴蝶，正在一点点从百会穴那部位，抻着脖子往外爬，被意识抛弃的

① 莫言：《说不尽的鲁迅——2006 年 12 月与孙郁对话》，《莫言对话新录》，北京：文化艺术出版社，2009 年，第 196 页。

② 莫言：《在文学种种现象的背后——2002 年 12 月与王尧长谈》，《莫言对话新录》，北京：文化艺术出版社，2009 年，第 90 页。

③ 莫言：《酒与文学——在意大利诺尼诺国际文学奖颁奖仪式上的演讲》，《恐惧与希望：莫言小说创作集》，深圳：海天出版社，2007 年，第 126 页。

躯壳，恰如被蝴蝶扬弃的茧壳一样，轻飘飘失去了重量。①

丁钩儿在醉酒状态时感到了"肉体与意识离婚"，意识逃逸肉体，"贴着天花板上为自己半死的肉体哭泣"，"悲哀地注视着不争气的肉体"。在肉体与意识的分裂体验中，他精神的英雄主义理想已经被"不争气"的肉身所击破，从而说明了肉身并不完全听从精神的指引，而精神也并未必比肉身高明。

有人指出，"说到自我意识，《酒国》最刻意凸显的便是人我之分"②，"人我之分"在此似乎是指灵肉之分。小说不仅形象地展现了没有了灵魂的身体是行尸走肉，也深刻地揭示了离开了身体的灵魂只能是孤魂幽灵，脱离了身体的精神是无力的、虚假的。关于精神与肉身、精神与身体的关系，是人类长期以来一直思索而众说纷纭的问题。"如果说，长期以来，人们总是将身体分成两部分，分为意识和身体，而且意识总是人的决定性要素，身体不过是意识和精神活动的一个令人烦恼的障碍的话，那么，从尼采开始，这种意识哲学，连同它的漫长传统，就崩溃了。"③《酒国》也主要探讨肉身与精神不可分离的关系，也批判了肉身与精神的二元分离现象。

小说发表以来，学界多把其看作是对民族酒文化的批判，其实，从小说探讨的肉身和精神的分裂现象来看，其批判的矛头不仅指向本土的酒文化，还更多地指向了西方或人类文化中肉身和精神的二元分裂问题。对此，有人指出，大醉后的丁钩儿虽然保持着意志清醒，但其肉体却完全处于麻醉的状态。并且认为，"'醉'的状态是意志对肉体的否定，而反过来则也可以说，是肉体否定了意志的'升华'，'升华'在肉体的否定面前成为一个幻象。"④论者对肉身和精神关系的分析无疑是深刻的，但运用的却是肉身与精神的二元论理论，而不是身心一体化观点，其实，"醉"的

① 莫言：《酒国》，北京：作家出版社，2012年，第48页。

② 周英雄：《酒国的虚实——试看莫言叙述的策略》，《当代作家评论》，1993年第2期。

③ 汪民安、陈永国：《编者前言——身体转向》，《后身体：文化、权力和生命政治学》，长春：吉林人民出版社，2003年，第1页。

④ 张闳：《感官的王国——莫言笔下的经验形体及功能》，《当代作家评论》，2000年第5期。

状态不仅是意志对肉体的否定，也不仅是肉体对意志的否定，而是对灵肉分离的否定，是对精神离身现象的否定。正如小说中所列举的酒国教授对酒的"两面性"的认识，一方面，"酒的本质是翱翔的精神"，古希腊的酒神象征着"狂欢"、象征着"自由精神的飞扬跋扈"；另一方面，酒在基督教中又被看作是"耶和华的血液"，"是耶和华救世精神的物质表现"，"宗教把酒当成一种精神，这是一种相当高明的见解……不少民族的语言中，还保留着这种痕迹，英语把烈酒写作 Spirits，法语把高度酒写成 Spiritueux，这些词都跟'精神'词根相同"[①]。可见，《酒国》主要是对西方重灵轻肉的身心二元文化的批判，当然，似乎也隐含着对深受西方文化影响的新文学的对抗。

《红高粱》中的酒神精神是原始生命力的根底、个性自由的根源，而《酒国》中酒文化是个体肉身的麻醉者和戕害者。从《红高粱》到《酒国》，可见"酒"在莫言小说中意义的变迁，如果说《红高粱》还主要是对酒神精神的赞美，那么《酒国》则主要表达了对灵肉二元文化的批判。小说中丁钩儿在酒醉状态下肉身的迷失和精神的清醒现象是耐人寻味的。一般来说，过量饮酒会导致人的神经麻醉，表现为酒癫状态，小说也写酒会麻醉人的神经，但小说中丁钩儿的酒醉状态是异常的，肉身麻醉和精神清醒的分裂，其实表达了对精神离身文化的思索。"丁钩儿醉酒后甚至分裂了灵魂和肉体，在第一人称和第三人称之间摇摆不定，丧失了自我的同一性。"[②]小说批判的就是精神与肉身的二元分裂，批判的就是过于重视精神而忽视肉身的文化现象。《酒国》呼唤肉身的回归，其实也是呼唤肉身与精神相统一的身体一体化思想的回归。精神内在于身体，正如心脏镶嵌于身体一样，是不能单独割裂的，没有了肉身，精神也就不存在了。也许正如刘小枫所说："现代人的灵魂是自己身体的灵魂"，"个人灵魂的这种

---

① 莫言：《酒国》，北京：作家出版社，2012年，第284页。

② 杨小滨：《盛大的衰颓：重读莫言的〈酒国〉》，载杨守森等：《莫言研究三十年》（下），济南：山东大学出版社，2013年，第63页。

非身体化，正是为了抑制个人的身体感觉，让人的感觉不要过于敏感"①。

许多论者注意到《酒国》所表现的"吃人"主题与鲁迅《狂人日记》的关联，认为二者对吃人文化的批判是一致的，但《酒国》对其深受西方二元文化影响的高度重视人的精神的理性化倾向又是不无怀疑的。《酒国》所表现的肉体与意识的冲突，其实也表达了由狂人的"世人皆醉我独醒"的精神自觉转向了"世人皆醉胡不醉"的肉身自觉，是对世俗肉身的回归，"这是酒疯对诗狂的瓦解，是告别文化道德整体观重返物欲底线的又一次离经叛道"②。小说由五四新文学疯癫式的精神个体完全走向了狂欢式的肉身个体。马克思曾指出："任何人类历史的第一个前提无疑是有生命的个人的存在。因此，第一个需要确定的具体事实就是这些个人的肉体组织以及受肉体组织制约的他们与自然界的关系。"③撇开了肉体，灵魂也将无家可归、无处安放。正如丁钩儿所说"我终于明白：如果我的肉体化为灰烬，那么我也将变成轻烟。它的消失也就是我的消失。我的肉体啊，醒来吧！"④可见，从《狂人日记》到《酒国》也深刻体现了由"重精神"到"重肉身"的身心一体化文化观念的传承与转向。

不仅《酒国》批判了灵肉二元文化对人的个性的扼杀，莫言的其他小说也常常批判人的灵肉分裂现象，特别是批判知识分子的灵肉分裂问题。《十三步》写殡仪馆美容师对死后的中学教师方富贵施行的大变活人、身首分家的整容，其实也象征了知识分子在当前市场经济下所出现的灵肉分裂；《幽默与趣味》的王三"身体虽然变成了猴子"，但其"思想还是大学中文系教师"的思想；《檀香刑》中知识分子出身的县官钱丁的精神"像大锅里的牛杂汤一样"沸腾洋溢，而身体却"似一个冻透了的大萝卜"冰凉透顶等，其实都是批判了一种灵肉分裂的文化现象。这些小说对重精神启蒙而忽视肉身书写倾向的对抗意识是非常明显的。

---

① 刘小枫：《沉重的肉身》，北京：华夏出版社，2012年，第126页。

② 乐钢：《以肉为本，体书莫言》，载杨守森等：《莫言研究三十年》（下），济南：山东大学出版社，2013年，第37页。

③ 《马克思恩格斯全集》（第3卷），北京：人民出版社，2002年，第21页。

④ 莫言：《酒国》，北京：作家出版社，2012年，第97页。

第三节 "忏悔"的呼唤与自我批判的深化

莫言认为个性发展的阻碍来自两个方面，一是来自社会，二是来自个人。作为群体性生存的个体，人时时面临着被外在的社会文化异化的风险。个性之所以容易被异化，归根到底是因人的不彻底性。莫言说："我的小说里没有完人，不论男女，都是有缺点的，正因为他们与她们有缺点，才显得可爱。"[①] 因此对个性异化的批判不应完全归咎于社会或他人，而应该更多地反思和批判自我。很多时候只有意识到"我也有罪"，才会更多地批判自我的不彻底性，才会理解和宽容他人之罪，也才会尊重和关怀每一生命个体。"忏悔"人物在莫言小说中主要是指那些认识到自我之罪，并具有自我批判和忏悔意识的人。他小说创作揭示了由于"人的不彻底性"，人往往失去本真的自我，而沦为政治工具，并在张扬工具理性时走向"主我而奴他人"的误区，当然，这"奴他人"在莫言小说中主要表现为对他人身体的伤害。

莫言在 2009 年发表的长篇小说《蛙》是一部继承与发扬鲁迅的自我批判精神的作品，也是一部集中探索个性的异化与忏悔的作品。小说揭示了"人的不彻底性"主要表现在个体对自我或他人身体、生命关怀的丧失上，从而呼唤身体、生命的尊重与敬畏，呼吁要确立身体至上、生命至上的观念。任何个性行为都要建立在尊重其他个体的身体与生命的基础上，只有这样，人类社会才会走向个性本真共在的和谐。

一、人名与身体隐喻

鲁迅在《且介亭杂文二集》中说："创作难，就是给人起一个称号或诨

---

① 莫言：《故乡·梦幻·传说·现实——2008 年 8 月与石一龙对话》，《莫言对话新录》，北京：文化艺术出版社，2009 年，第 423 页。

名也不易。"① 说明了小说中人物的名字不是毫无意义，而往往有着丰富的蕴涵。莫言小说的人名，也体现了作者对人名与人物个性关系的思考。

莫言说："在某种情况下，名字不仅仅是个符号，而是一个生命的组成部分。"② 他小说创作一直非常重视人名与个性的关系，不同的人名也体现着其在不同阶段对人物个性的探索。莫言早期创作中的肉身"自主"人物常用一些自然界的动植物的名字，如余占鳌、戴凤莲（《红高粱家族》）、高马、高羊（《天堂蒜薹之歌》）和春山（《麻风女的情人》）等，大多象征着人物自然个性的充盈；后期表现"非自主"人物时，常拟一些具有政治或文化意义的名字，像洪泰岳、金龙（《生死疲劳》）和皮发红（《挂像》）等，这些名字都表示政治觉悟较高而自然个性缺乏的人物；而像赵甲、孙丙和钱丁（《檀香刑》）等符号化的名字表示人物本真个性的丧失。而从《蛙》的内容来看，小说用不同身体器官给人物命名也有着丰富而深刻的身体人类学隐喻意义。

《蛙》通过人物以身体器官或部位命名的特有文化现象表现了对身体重要性的关注。小说开头就写道："我们那地方，曾有一个古老的风气，生下孩子，好以身体部位和人体器官命名。譬如陈鼻、赵眼、吴大肠、孙肩……"③ 莫言的这段话，让人想起鲁迅《风波》中的话，"这村庄的习惯有点特别，女人生下孩子，多喜欢用秤称了轻重，便用斤数当作小名"④。《风波》中"七斤""九斤"等人名，有着对身体的纪念意义，反映了特有的地域文化习俗；而莫言的《蛙》认为这种以身体器官命名风气的产生大概是因"'贱名者长生'的心理使然"，或者是认为孩子是母亲身上的一块肉的"心理演变"。据了解，山东许多地方给孩子取名时，确实存在"贱名者长生"的文化心理，但以身体器官或部位来命名的并不多见。不管是因"贱名者长生"的心理习惯，还是认为"孩子是母亲身上掉下来的一块

① 鲁迅：《且介亭杂文二集》，《鲁迅全集》（第六卷），北京：人民文学出版社，1981年，第384页。

② 莫言：《超越故乡》，《莫言散文新编》，北京：文化艺术出版社，2009年，第20页。

③ 莫言：《蛙》，北京：作家出版社，2012年，第5页。

④ 鲁迅：《风波》，《鲁迅全集》（第一卷），北京：人民文学出版社，1981年，第468页。

肉"的看法，以身体器官或部位为婴儿命名都表现了对身体的尊重，为了唤起读者对生命本体——身体重要性的关注。人物的命名方式体现了重视身体的民间文化传统，但这种传统在计划生育实施过程中被完全打乱了，计划生育的执行在特定时期也演变成了对身体迫害的群体行为。

鲁迅小说中有许多人物是以身体器官或身体特征命名的，但往往是绰号或借代，如赵白眼、王胡（《阿Q正传》），红鼻子阿义、花白胡子、驼背五少爷（《药》），方头、三角脸、瘦子（《示众》）等。如果把鲁迅小说中的这些人名，与莫言《蛙》中的人名相比，可以发现鲁迅小说中的这些人名带有精神病态性特征，而《蛙》中人名带有身体的生理性、物质性特点，这体现了不同时代的创作者对人名与身体关系的不同思考。

《汉语大字典》中，"身体"被解释为："身，躯也。耳目鼻口百体共谓之一身。"[1]《蛙》中人物的名字涉及众多的身体器官，有五官（陈额、陈鼻、陈耳、陈眉、肖上唇、肖小唇、袁脸、袁腮）、内脏（万心、王肝、王胆）、四肢（万足、张拳、王脚、郝大手、李手），还有文中提到的赵眼、吴大肠、孙肩等名字也都涉及不同的身体器官。小说中这些以不同身体器官命名的人物也组合成了一个个身体器官大家庭，如五官系统大家庭，小说中划分得比较详细：陈鼻与陈耳、陈眉的父女关系；肖上唇与肖下唇、袁脸和袁腮的父子关系；消化系统大家庭：王肝与王胆的双胞胎兄妹关系；另外，还有主导其他器官运行的中心器官：万心；运动器官大家庭，主要一些没有亲情关系的人组成，如万足、张拳、王脚、李手等等。

以身体部位或器官给人物命名有丰富的隐喻意义。譬如"心"一般是指心脏、中心或思维器官，支配着其他器官的正常运行。管仲曾说，"君之在国都也，若心之在身体也"（《管子·君臣下》），表现了"心"在身体中如君王般至高无上的地位。主人公万心，本是一名妇科医生，但她后来却成为公社计划生育的领导者、组织者和实施者，她的角色也由生命的卫

---

① 汉语大字典编辑委员会：《汉语大字典》（第6卷），成都：四川辞书出版社，1990年，第3807页。

士变成了生命的残害者。万心在执行计划生育政策时使许多个体生命受到压制、迫害。小说叙述者万足是一名剧作家，知识分子形象的代表，"足"表现了知识分子"我"的强势姿态。有人指出，"拳""脚"往往能"给人一种强势的感觉"①，像张拳是村中"无人敢惹的强汉"，王脚也是一位征服过战马的人。而作为乡村知识分子的万足，"足"的命名更多地表现了其话语的强势性。万足在所谓的"前途"的话语欺骗下，把自己的妻子和未出世的孩子送进了地狱，又在自我安慰的话语欺骗下，不顾代孕者陈眉的感受抢走了孩子。知识分子"我"——万足一次次地欺骗他人，也欺骗自己，表达了民间价值立场下的创作者对知识分子强权话语的批判。而郝大手就是一个做泥娃娃的民间艺人，他长着一双具有灵性的又大又巧的手，他捏的泥娃娃活灵活现，像真娃娃一样；传言买了郝大手的泥娃娃"供奉着"，生的孩子就会"跟泥娃娃一个模样"；更加奇怪的是，买家买到什么性别的孩子，就会生什么性别的孩子……这似乎暗示这并不完全是制作泥娃娃，而是"女娲造人"神话的再现。耐人寻味的是，万心最后和郝大手走到了一起。如果说姑姑万心执行计划生育政策是对他人身体的摧残和迫害，那么郝大手则凭自己的卓越手艺在进行着对身体的修复与创生，也许可以理解为，计划生育带来的身体创伤，最后只能靠民间来修复。

用身体器官或部位命名不仅体现了作者对个体身体的重视，而且体现了对个体与社会、个体与世界的思考，具有身体人类学的深远意义。约翰·奥尼尔认为"人类首先是将世界和社会构想为一个巨大的身体。以此出发，他们由身体的结构组成推衍出了世界、社会以及动物的种属类别"②。小说中的人物大多以身体部位或器官命名，这些人物所代表的不同的身体部位与器官，似乎又共同组成了人类学意义上"人"的内涵。身体"既是个体又是群体"③的，是个体的"小我"与人类"大我"的关系。个

---

① 姜明瑶，郭秋烨：《莫言〈蛙〉的人名研究》，《现代语文》，2013年第1期。

② ［美］约翰·奥尼尔：《身体形态——现代社会的五种身体》，张旭春译，沈阳：春风文艺出版社，1999年，第17页。

③ 彭体春：《身体（Body）》，载王晓路等：《文化批评关键词研究》，北京：北京大学出版社，2007年，第262页。

体是"一类事物的单个存在"①，个体的人也是在群体、类的多种层面上同时存在的，离开了群体，个体的人也就不复存在。个体的身体存在需要不同器官的协调，而作为群体或类存在的人，也需要每个个体的健康发展，相反，每一个体生命的状态，都会影响到群体与人类的健康和谐。这种身体隐喻与五四新文学对个体"小我"与国家民族"大我"关系的思考是相似的。

莫言在散文中曾谈到他对汉字"人"的认识。他认为，"'人'字的结构就是互相支撑"，"不但灾难中的人要互相支撑，和平中的人也要相互支撑，……只有互相支撑，才能有生存空间"②。由此可见，对计划生育政策的批判并不是小说的主要目的，唤起对个体的身体与生命的尊重才是作品的主要指归。只有对不同个体的身体怀有敬畏之心，才能尊重每一个个体生命，人类社会也才会健康和谐地发展。

早在五四时期，周作人就提出："人在人类中，正如森林中的一株树木。森林盛了，各树也都茂盛。但要森林盛，却仍非靠各树各自茂盛不可。"③也就是说，个体是人类社会的基本单位，只有保证个体的健康与发展，才会有人类社会的兴旺与发达，这也是周作人的"个人主义的人间本位主义"的观点。由《蛙》可见，莫言小说与五四新文学作品相似，其以身体为本位的个性精神也具有五四时期所倡导的"个人主义的人间本位主义"特点。

二、对人性缺陷的认识

《蛙》形象地展现了特定背景下人的个性异化与忏悔的隐秘心理历程，表现了个性的异化过程，也表现了人的个性容易为外在的政治文化所异化的不彻底性。所谓的个性异化，在莫言小说中主要表现为人对身体敬畏感的丧失，对个体身体、生命尊重的缺乏。作者认为最令人痛心的行为就是

① 韩民青：《当代哲学人类学》（第2卷），南宁：广西人民出版社，1998年，第8页。
② 莫言：《"人"字的结构》，《莫言散文新篇》，北京：文化艺术出版社，2009年，第26页。
③ 周作人：《人的文学》，载吴秀丽等：《中国现当代文学作品与史料选》，杭州：浙江大学出版社，2012年，第237页。

对个体身体的侵犯和不尊重，因此人应该对这种行为忏悔。《蛙》指出，"写作要触及心中最痛的地方，要写人生中最不堪回首的记忆"[①]，这"最不堪回首的记忆"就是计划生育对个体身体的戕害。小说通过计划生育这一历史事件，形象地表现了不同身份的生命个体的个性异化和人性沦丧问题。

小说以叙述乡村妇科医生万心在执行计划生育政策时的态度和言行为重点，反映了当年乡村计划生育的实施给不同生命个体带来的肉身和精神伤害。实施计划生育的目的是为了给人们提供一个更合理、更适宜的生存空间，但这一政策的实施却是以剥夺其他个体生命、戕害他人的身体来实现的。万心作为一名乡村妇产医生，本是一位心地善良的生命维护者，她一度被乡亲们视为"送子娘娘"；但也正是这样的一个生命的保护神，却在带头执行计划生育政策时，亲手"毁掉了两千八百个孩子"[②]的性命，并且导致了许多家庭家破人亡，她也被人骂作没有人味的魔鬼。可见，计划生育期间，姑姑已经完全丧失了本真自我，几乎变成了一个与《檀香刑》中的赵甲、《生死疲劳》中的洪泰岳等人相似的，完全沦为一种政治工具理性的存在物，成了"没有价值的个性"的人。

姑姑万心之所以会衍化为一个"没有价值的个性"的人，是内外两方面的原因造成的。

外在原因是权力话语对身体的规训。万心之所以能对计划生育政策言听计从，是因政治权力对其身体的规训。她与飞行员王小倜的恋爱事件，给她带来了精神与肉身的双重伤害。王小倜的驾机叛逃使姑姑成了政治怀疑的对象，在无法解释清楚的情形下，她只能以牺牲身体的方式来表明个人的清白，自己"切开了左腕上的动脉"，并写下血书来表达自己的政治立场。她最后虽被救活了，却因"以自杀的方式向党示威"受了处分。姑姑虽然以牺牲身体的方式表明了忠心，但在"文革"期间，她仍然受到了一次次的惩罚，头发和头皮都被红卫兵揪了下来。在强大的权力话语面

① 莫言：《蛙》，北京：作家出版社，2012年，第185页。

② 莫言：《蛙》，北京：作家出版社，2012年，第278页。

前，个体唯一可以利用的就是肉体，唯一还具有反抗能力的也是肉体，因"肉体中存在反抗权力的事物"①。这种牺牲肉体的反抗最终换来的只能是对自己身体的异化，身体仅是一种反抗的工具。

内在原因主要就是个体对政治话语的主动归服，归根结底还是人性的弱点。当万心以自杀的方式表达政治忠心时，她其实已经开始丧失了自我，而沦为政治工具。在以群体话语方式表达的政治权力话语面前，个体往往会在精神虚妄话语的召唤下忽视了肉身自我的声音，因对精神的片面追求而迷失自我。小说曾借"我"去给姑姑送兔子肉时肉身与精神的对话揭示了这一现象："有两个我在辩论、打架，一个我说：吃一块，就一块；另一个我说：不行，要做个诚实的孩子，要听母亲的话。"② 这是生存于现代社会的个体生命时时面临的一种灵肉二元困境，片面听从肉身自我容易导致欲望至上，完全听从精神自我会走向思想至上。万心在贯彻执行计划生育过程中，完全尊奉了政治命令，没有顾及其他个体的身体与生命安全，而自觉把自身异化为政治工具。万心在与王脚、肖上唇拒绝结扎的冲突中，在与超生者耿秀莲、王仁美的冲突中，以及与陈鼻、王胆夫妇的抗争中所用的非人道手段，以及所导致的家破人亡的后果，正体现了人的工具理性张扬的恐怖，也展示了无视个体生命尊严的恶果。万心作为计划生育政策的拥护者和执行者，不仅断送了上千个尚未出生的孩子的生命，而且在对待违反计划生育的怀孕妇女时，也没体现出对其他个体生命应有的尊重。万心对他人身体、生命的态度其实是计划生育实施过程中部分国人，特别是部分地方官僚的形象写照。她在执行计划生育过程中与其他个体的冲突，其实也是国家、群体利益与个体利益的冲突。计划生育政策虽然有其合理性，却是以强制性地剥夺了其他个体的生存权益为代价的。

姑姑万心在执行计划生育过程也受到种种肉体和精神伤害，作为计生干部，姑姑的头被人用棍子打伤过，腿被人用剪刀捅过，还被人扔过黑砖

---

① [英]特里·伊格尔顿：《美学意识形态》，王杰等译，桂林：广西师范大学出版社，1997年，第17页。

② 莫言：《蛙》，北京：作家出版社，2012年，第47页。

头，她身上伤疤累累。正如姑姑对蝌蚪岳母所说，认为自己的"血债用血还清了"。因执行计划生育，她甚至被骂作"婊子""母狗"和"杀人魔王"，被诅咒"死后要被阎王千刀万剐"，即使是面对这些肉身与精神的打击，她仍然忠诚地执行计划生育政策，甚至到了"疯狂的程度"，也可以说她是以牺牲自己身体的代价来表达其对计划生育政策的忠诚。小说正是通过姑姑的形象，不仅写出了政治权力对个体精神和肉身的双重压制，以及个性异化的过程，而且重点表现了对其自身缺陷的认识，也是对人的缺陷的认识。"人不再是自为的、自在的人，而是社会机器中的一个环节，即使社会打着关怀人的旗号，但它的最终目的还是在利用人。"[①] 小说揭示人是不完善的，在特定的条件下，人往往会失去本真的自我，做出有害于自身或他人身体的事，从而也说明了真正"有价值的个性"应该是建立在对其他个体身体与生命尊重的交互主体性上。

三、个性的忏悔与救赎

与莫言的其他小说相比，《蛙》的深刻之处在于不仅从身体的角度表现了个性的压抑和异化，而且在对人性缺陷反思的基础上，进行了深刻的自我批判，表现出一种鲜明的忏悔意识。

小说中蝌蚪给杉谷义人的信中说，计划生育政策用一种极端的方式控制住了人口暴增的局面，为中国和全人类都做出了贡献。但《蛙》的主要目的不是歌颂计划生育的贡献，而是反思计划生育政策给不同个体生命带来的肉体与精神戕害，以及计划生育的执行者和被执行者共同感受到的个体罪责感，表达了不同身份人物的忏悔意识。

姑姑万心因在计划生育期间伤害了上千个生命，退休后意识到自己的"手上沾满了鲜血"，精神备受煎熬。在经历了青蛙围攻的恐惧和喝了绿豆汤"身上褪了一层皮"的蜕变后，走上了与郝大手携手做泥娃娃并幻想借此实现自我救赎的道路。小说通过捏泥娃娃的特写镜头说明了他们制作的

---

① 邓建平：《他者／他姓》，载王晓路等：《文化批评关键词研究》，北京：北京大学出版社，2007年，第324页。

泥娃娃不是普通的泥娃娃，而是一个个有着姓名、血缘和具体形貌特征的孩子，并且把这些孩子想象成其在执行计划生育期间戕害的一个个鲜活的生命，企图借此来获取肉身和精神的双重救赎。

小说叙述的忏悔与救赎行为主要是一种虚拟的象征，有人认为《蛙》"总幻想着无数小泥娃娃将要去投胎"，这种"忏悔的精神内涵"过于简单，"忏悔应当是一种担当、再生与希望"[①]。其实，小说在此要表达的是肉身救赎的无能，这已不同于五四新文学中的精神忏悔与救赎，因再深刻的精神忏悔也无法救赎已失去的肉身。五四新文学对精神启蒙意义的放大，文学始终承担着"救赎"的梦想，人们长期以来一直希望能"让文学成为一代人的精神'救赎'"[②]。《蛙》最后说明肉身救赎的徒劳与无能，其实也说明了伤害身体者永难救赎的命运。姑姑说，在夜深人静时，只有她和猫头鹰醒着，而那些蛙鬼们追得她满院子逃跑，小说似乎也借此说明了精神救赎之虚妄。她说："一个有罪的人不能也没有权利去死，她必须活着，经受折磨，煎熬……罪赎完了，才能一身轻松地去死。"[③]作者认为只有经历生命的忏悔，经历涅槃后的再生，才会有"真人"的回归。小说结尾写有兽性隐喻的小狮子开始分泌"犹如喷泉"的奶水，其实就表达了渴望人能蜕去兽性回归"真人"的希望。由此可见，莫言由此前对"人的不彻底性"的认识到对"真人"回归的期望，表达的其实也是鲁迅式的对绝望的反抗，目的是告诉人们"我们在绝望当中也有希望"[④]。

小说不仅写了计划生育执行者对自己行为的忏悔，还表达了知识分子"我"的忏悔意识，"我"为了自己所谓的前程，强迫妻子去流产，结果断送了她和腹中孩子的命。后来在借孕生子的过程中，受到了道德的谴责，想去阻止同学的女儿陈眉为"我"代孕，但在看到代孕公司广告牌上的数百张婴儿照片时，感到世间最庄严的感情，就是对生命的热爱。"我"

① 温儒敏：《〈蛙〉的超越与缺失》，《百家评论》，2013 年第 3 期。

② 张闳：《文学的神坛与祭坛》，《中国图书评论》，2012 年第 11 期。

③ 莫言：《蛙》，北京：作家出版社，2012 年，第 346 页。

④ 莫言、严锋：《文学与赎罪》，载王德威等：《说莫言》，上海：上海书店出版社，2013 年，第 199 页。

错认为自己终于得到了一次救赎的机会，并且欺骗自己"这个孩子其实就是那个孩子"。实际上，"我"这种自欺欺人的想法并不能抹掉对前妻和已逝孩子的愧疚之情，反而陷入了更深的罪恶感。"我"为了实现自我救赎，为了达到要一个孩子的目的而利用陈眉的身体代孕，但又剥夺她做孩子的母亲的权利，这与五四时期柔石的《为奴隶的母亲》的事件一样残酷无情，并且显然"在过去的救赎还没有完成前就形成了新的罪"[①]，也再次确证了肉身救赎的无能。小说最后借蝌蚪给杉谷义人的书信表达了自己的认识，即他企图把写作当成是一种赎罪方式，但写完后，心中的罪恶感不但没减弱，反而更加沉重。尽管他以种种理由为自己开脱，甚至把责任推给他人，但其最终意识到，"我是唯一的罪魁祸首"。蝌蚪的告白表达了肉身救赎的无能，因每一个孩子都是不可替代的，所谓的救赎只不过是一种自欺欺人的自我安慰，"这跟姑姑制作泥娃娃的想法是一样的"。蝌蚪在最后提出了自己的疑惑，"沾到手上的血，是不是永远也洗不净呢？被罪感纠缠的灵魂，是不是永远也得不到解脱呢？"[②]这也许是肉身救赎者永远的困惑。肉身的无可救赎是莫言小说叙事的独到发现，也判定了单纯的精神救赎之虚妄。

小说还写了日本人杉谷义人勇于担当，愿意用自己的努力为父辈赎罪的意图。因杉谷义人的父亲曾在侵华期间犯下罪行，他愿意以自己的努力来赎自己父辈的罪。小说在写到杉谷义人的赎罪意识时，作者的态度似乎与对姑姑及"我"的赎罪有所不同，姑姑和"我"的赎罪主要表现了这种赎罪行为的无力，表现了对姑姑罪行的同情和理解，对"我"的罪行的无可解脱，而写杉谷义人赎罪时，作品却完全持宽容的态度，认为他和他父亲都是战争的受害者，是战争使其父亲由救人的外科医生"变为一个杀人的人"。小说赞颂了杉谷义人勇于担当的精神，认为当今最欠缺的就是这种精神，如果人们都能去清醒地反省历史与自我，"人类就可以避免许许多多的愚蠢行为"。杉谷义人的忏悔似乎也表现了罪恶感的永恒存在，"他

---

① 张志忠：《关于〈蛙〉的多重缠绕———莫言作品导读》，《百家评论》，2013年第1期。

② 莫言：《蛙》，北京：作家出版社，2012年，第290页。

人有罪，我也有罪"，但对他人之罪，要理解宽容，对自己的罪责，要勇于反省、敢于批判，像鲁迅所说的要"更无情面地解剖我自己"[①]。勇于承担，才会认清自我的罪恶，也才会尊重他人，尊重生命。

宽容他人之罪，批判自我之恶，这是莫言小说叙事的大悲悯。他认为"大悲悯"既要同情好人，也要同情恶人，只揭露他人心中之恶，不揭示自我心中之恶，不是悲悯，而是无耻，"只有正视人类之恶，只有认识到自我之丑……才可能具有'拷问灵魂'的深度和力度，才是真正的大悲悯"[②]。莫言小说正是通过一种"个体化理解"，"实际上是向群体文化贡献了一种对生存意义的看法，而不是向群体证明了他人不敢做出的某一奇特行为（美国的个人主义文化就是由此走向偏颇和极端）和举动"[③]。

① 鲁迅：《写在〈坟〉后面》，《鲁迅全集》（第一卷），北京：人民文学出版社，1981年，第284页。

② 莫言：《捍卫长篇小说的尊严》，载王德威等：《说莫言》，上海：上海书店出版社，2013年，第4页。

③ 吴炫：《穿越中国当代思想》，南京：江苏教育出版社，2007年，第271页。

第四章
文体创新与文体自觉传统的纠偏

五四新文学诞生的一大动因是现代个性意识的觉醒，个性的自觉也推动了创作者的文体意识的自觉。五四时期是文体形式大发展的时代，小说也一跃而真正成为"文学之最上乘"①，并确立了"格式特别"的现代小说体式。"在现代小说体式确立的背后，是一种新的审美意识的确立，更深层则是新的关于人的观念即人的个性解放意识的确立"②。反过来说，五四小说体式的确立是"个体主体性在启蒙文学中凸现的隐性表征，是内容向形式积淀的结果"③，求新求变的个性精神总是促使创作者不断地创新小说文体形式。五四作家对古代小说的僵化模式极为不满，认为古代程式化小说模式是对个性自由的束缚，认识到小说形式是多种多样的，做小说的方法也是千变万化的，不能拘于一格。因文体是"文学作品中由主体的审美心理和精神结构所物化产生的话语体式"，五四小说文体意识的觉醒也经历了"一个从表层结构到深层结构"④的确立过程，因此，人们认识到文体自觉并不仅仅指"体裁"自觉，还应包括叙述、结构和话语等诸层面的"形式"自觉问题。在个性主义高扬的文化语境下，五四作家的小说文体自觉意识主要表现在小说体裁的更新、叙述方式的转换、结构的变革和个

---

① 狄葆贤：《论文学上小说之位置》，载张正吾等选注：《中国近代文学作品系列：文论卷》，福州：海峡文艺出版社，1992年，第270页。

② 季桂起：《中国现代小说体式的现代转型与流变》，济南：山东大学出版社，2003年，第79页。

③ 杨春时：《中国现代文学思潮》（上），南京：南京大学出版社，2011年，第273页。

④ 朱德发、张光芒：《五四文学文体新论》，《中国社会科学》，1999年第5期。

性化语言的表达等方面。

五四时期确立的现代小说体式发展到当代也形成了一些固定模式，加之受西化影响的偏僻，五四以来现代小说的形式追求不完全符合新时期一些个性化作家的创作要求，反而对一些作家的个性化写作产生了极大的约束。新时期先锋小说的文体实验就体现了文体自觉创新的尝试，而莫言是当代作家中文体先锋意识比较鲜明的作家之一。他认为所谓的先锋不仅是一种姿态，也不仅是一种写作态度，"先锋其实是一种内心需要，是一种重压之下，急于宣泄的内心需要"①。由此可见，与五四新文学的文体自觉的目的相似，其小说文体的先锋意识也是为了更好地表现"自我"或"自身"的一种文体自觉意识。莫言小说传承了五四新文学强烈的个性化创新精神，其文体创新也是内容向形式积淀的结果，也打上了其个体独特的生命印记。

莫言认为继承传统的根本目的是为了创新，但"创新应该是根据艺术原来的传统去创新，不应该漫无边际"②。与五四新文学作家的文体自觉意识深受西方文化影响不同，莫言小说个性化叙事的文体自觉意识更具有本土化、身体化特点，所以其小说的个性化叙事与五四小说的形式追求是一种既纠偏又创新的复杂关系。

莫言小说对五四小说文体互渗的探索、叙述方式的转换、心理化结构的变革和"言心"语言的运用等文体自觉意识的追求都有所纠偏。其小说创作对文体互渗的探索体现了对五四小说私语化倾向的反拨；叙述视角游戏体现了对五四小说限知叙事的拒绝；感知化结构体现了对五四小说心理化结构的补充与完善；而"言体"语言的诗性智慧与狂欢色彩则表现了对五四新文学"言心"语言的反抗。莫言小说个性化叙事的文体自觉意识包含着对五四新文学形式西化倾向的纠偏，并在纠偏中体现出自身强烈的个

---

① 莫言：《我对媒体有一种恐惧——2000年3月与千龙网记者王正对话》，《莫言对话新录》，北京：文化艺术出版社，2009年，第247页。

② 莫言：《继承与创新——在第十三届亚洲艺术节和第二届亚洲文化论坛的演讲》，《文艺研究》，2013年第12期。

性化文体自觉意识。

第一节　文体互渗与体裁反拨

从莫言小说创作历程来看，其文体探索表现为两个阶段：一是讲究内在情绪的自由表达，可称之为"自由地说"；另一阶段是注重了形式的意义，注意了形式与内容的相互冲突与克服，用莫言的话，可称之为"轻轻地说"。"轻轻地说"，是莫言学习了童庆炳讲授的文学形式与内容互相冲突和征服的知识后，产生的"顿悟"，他意识到文学内容与形式间的对抗能产生一种"审美愉悦"，他认为，"童老师这堂课里，实际上包含了一个小说秘诀，那就是：轻轻地说"①。从"自由地说"到"轻轻地说"的转变，反映了其文体自觉意识的变化，也是其创作前后两个阶段的文体特点。当然，从莫言的实际创作来看，他于1988年发表的《天堂蒜薹之歌》，就已经开始有了自己文体自觉的创新意识，在创作后期这种意识更为明显。

莫言篇幅最长的小说《丰乳肥臀》近50万字，而最短的小说《女人》还不足三百字，他对长篇、中篇、短篇和袖珍小说文体都做出了自己的独特贡献。他小说的文体形式，特别是长篇小说，几乎没有重复和雷同现象，每一部长篇小说都有自己的个性化创新。五四时期，茅盾曾认为鲁迅是创造"新形式"的先锋，"《呐喊》里的十多篇小说几乎一篇有一篇的新形式"②。莫言也可以说是创造小说文体新形式的"先锋"，这种"先锋"主要源自创作者强烈的个性意识，与五四新文学的文体个性化创新精神是一致的。

莫言小说创作对五四小说文体追求的纠偏主要表现在其对文体互渗以及对五四小说私语化倾向的反拨方面。

---

① 莫言:《轻轻地说》，载童庆炳:《维纳斯的腰带：创作美学》，上海：上海文艺出版社，2001年，第10页。

② 雁冰:《读〈呐喊〉》，《文学周报》(第91期)，1923年10月。

一、文体互渗的探索

对个性化叙事者来说，文体的界限也是对其个性自由的束缚，真正的个性化叙事往往能带来文学体裁的更新。现代白话小说文体的诞生就是五四个性意识在文体上的显现。五四时期出现的日记体小说、抒情体小说、散文化或诗化小说等，都体现出一种文体互渗意识，也体现了个性化叙事者的文体自觉意识。

莫言小说的文学体裁的更新也体现为一种文体互渗。所谓文体互渗主要是指一种文学体裁与其他文学体裁、古今文体以及其他艺术形式的互相嫁接、组合或交织现象。文体互渗在莫言小说中主要表现为对不同文学体裁的嫁接、对古代小说文体的翻新和对其他艺术形式的借鉴等，其文体互渗的目的是便于讲述来自"自身"的故事。

（一）由书信体到电子书信体

一般认为，五四书信体和日记体小说的出现，是创作者个性意识的文体表征，都是借了日记或书信的外壳来实现表达个体自我的目的，因日记和书信最能反映创作者的内心世界，能更自由地表现自我。鲁迅的《狂人日记》、庐隐的《丽石的日记》、冰心的《遗书》和丁玲的《莎菲女士日记》等都属于日记体或书信体小说。五四作家意识到日记体或书信体小说"叙事方式的精髓"[①]就是更能反映自我个性。莫言小说与五四新文学相似，非常重视小说文体的形式自由，但与五四小说重视借书信体或日记体小说表现创作者的个性相似，他的小说创作重视借书信体小说来表现"自身"个性。

五四小说作家非常重视书信体小说的创作，冯沅君曾说："至于书信，我以为应该较其他体裁的作品更多含点作者个性的色彩。"[②]莫言对书信体小说也是情有独钟。他说："书信体，这是一种古老的方法，它的好处是非常自由。"[③]从他的许多小说中可以看到书信体的影子，其处女作《春夜雨

---

① 陈平原:《中国小说叙事模式的转变》，北京：北京大学出版社，2010年，第93页。

② 淦女士:《淘沙》，《晨报副刊》，1942年7月29日。

③ 张英:《莫言：姑姑的故事现在可以写了》，《南方周末》，2010年2月21日。

霏霏》从内容上来看，更像是一位思夫少妇写给丈夫的一封私人信件，还带有现代书信体小说的私语特点，只是去掉了书信体的称谓和落款等外在形式而已。

莫言小说注重小说与书信的文体糅合，但与五四时期的书信体小说不同，他小说所采用的书信形式大多是现代电子书信体模式，也就是一种能添加大量附件的书信体。在这种文体中，书信只起穿针引线的作用，而小说的主体内容却在附件中。因此，莫言的书信体小说，也可以称为电子书信体小说。

《月光斩》是并不多见的用电子邮件形式创作的短篇小说，是一篇电子书信体小说。小说开头简要交代了收到电子邮件一事，写"在县文化局工作的表弟给我发来邮件说：最近县里发生了一件大事，请看附件——"①，引出小说主体，而主体部分就是一篇以电子信件的附件形式存在的小说，结尾部分写"我"看完附件，给表弟回复邮件，"我"对邮件的回复只有短短的一百多字。这篇小说具有明显的现代电子书信的文体特点，也就是注重了电子书信的附件功能，这也是莫言小说对新文学书信体小说文体的发展与创新。

电子书信体小说文体在莫言短篇小说创作中运用得不是很多，但为其长篇小说创作提供了便利。《酒国》虽没有标明是电子书信，并自称是"亲笔"信，但其形式完全是电子书信模式的。小说主要叙述丁钩儿去酒国调查食用婴儿事件，在叙述过程中，却加入了大量的"莫言"和酒学博士李一斗的通信，另外还有李一斗创作的小说作品。李一斗的作品都是作为附件形式存在的，是现代电子邮件模式的，整篇作品是小说夹带书信及附件的体裁形式。《蛙》也是书信、小说与戏剧的糅合，但其糅合方式与《酒国》又有所不同，甚至完全相反。《酒国》是小说中夹带书信，《蛙》却是书信中附带小说和戏剧。《蛙》由五封长信组成，五封信是这部小说的主线，但作为书信的附件形式存在的小说和话剧，却是整部小说的

---

① 莫言：《月光斩》，《与大师约会》，北京：作家出版社，2012年，第433页。

主体。

五四作家曾对书信体小说十分推崇，认为其"能比别的文章更鲜明地表现出作者的个性"①。莫言小说创作对书信体的迷恋也是为了更好地表达强烈的个性意识，但带上了当前电子时代书信体的特征。虽然在《酒国》中"莫言"称其为"亲笔"信，虽然《蛙》声明在电脑时代，用纸和笔写信已成为"一种奢侈"，且希望对方在阅读此信时，"能感受到一种古旧的乐趣"②，但其电子书信体特征仍然十分明显。虽然前电子时代也有书信中夹带其他文字材料的现象，但不可否认的是，书信中夹带大量的附件毕竟是现代电子书信的一大特征。对比五四时期的书信体小说与莫言的书信体小说可以发现，五四书信体小说的书信本身就是小说的主体，很少附带其他文字材料，而莫言的书信体小说几乎篇篇都有附件，并且附件都是小说的主体部分，而书信只起穿针引线的作用。由此可见，莫言小说的电子书信体特征是十分明显的。

从五四书信体小说到莫言的电子书信体小说还体现着一种从独语到对话的转变，表现为独语体书信与对话体书信两种特征。五四书信体小说的一大特征就是重视个人私语的表达，都是主人公的精神独白或灵魂袒露。而莫言小说的书信体小说不仅重视主人公的私语表达，还更为重视互通书信双方的对话与交流，他的书信体小说都有书信往来的形式。也就是说，莫言小说的书信体不是独语式的，而是对话式的。《酒国》中"莫言"与李一斗的书信往来，不只是表达了李一斗向"莫言"虚心求教的态度，更重要的是交流了二人对酒国社会种种怪异现象的看法，目的是让读者在双方的相互对话中把握小说主旨。《蛙》虽然没有《酒国》那样烦琐的书信来往形式，全文的五封信都是作家蝌蚪写给日本人杉谷义人的。虽然杉谷义人的回信在文中没有出现，但通过蝌蚪的信的内容，仍然能够感觉到杉谷义人来信中表达的对父辈在侵华战争中犯下滔天罪行的灵魂忏悔与勇于

---

① 周作人：《日记与尺牍》，载袁鹰编：《文谈书话卷》，北京：华夏出版社，1995年，第449页。

② 莫言：《蛙》，北京：作家出版社，2012年，第4页。

担当的精神，这是一种精神的对话，而且小说的形式也更为干净、单纯。

莫言小说对电子书信体的运用更为重视小说的对话效果，这通过其对五四日记体小说的扬弃也可以发现。五四小说更为重视创作者内心世界的表达，所以具有私语表达倾向的日记体小说受到了作家们的普遍青睐。在五四时期，日记体小说的数量和影响力远远超过了书信体小说，不管是鲁迅的《狂人日记》、庐隐的《丽石的日记》，还是丁玲的《莎菲女士日记》，这些日记体小说都是五四小说的代表作。日记体小说虽然在表现人物心理世界时具有优势，但其过分重视创作主体的私人化表达也影响了小说的对话与交流效果。莫言小说选用书信体而弃用日记体小说，也是他重视小说的对话性表达而轻视小说私语化表达的体现，而其将五四书信体小说改造为现代电子书信体小说，无疑进一步凸显了书信体小说的对话性效果。

五四小说重视个体心理的表达，所以适合表达心灵私语的书信体和日记体小说得以广泛运用，而莫言小说重视来自个体肉身感知的表达，更为重视不同身体体验的对话，所以能提供便捷对话的电子书信体小说受到了青睐。莫言的电子书信体小说，是现代电子书信与小说文体的互渗，也是对五四书信体小说的继承与发展，其让现代白话小说由个体心理私语的表达走向了个体身体对话的转变。

五四小说重视心理私语的表达，不但促进了书信体小说和日记体小说的大量出现，而且催生了现代抒情小说和心理小说等小说体裁的更新，而莫言重视身体体验的对话与讲述则带来了"说书体小说"或"评书体小说"体裁的更新。

（二）对古代小说文体及其他艺术的吸收与改造

莫言小说的文体创新还表现在其对古代小说文体的继承与翻新，这主要体现在其对话本小说、章回体小说和评书体小说文体的吸收与改造方面。

话本小说、章回体小说和评书体小说因叙事的程式化和文体的模式化，曾为五四小说创作所遗弃。莫言却从这些古代小说文体中发现其故事性强和注重听说关系的优势，化腐朽为神奇，巧妙地将其融入自己的小说创作中，增强了小说的故事性和说话性特点，他的小说不仅故事性强，而且具有鲜明的个人言说特点。莫言曾自称是一位讲故事的"现代说书人"，他认为在自己早期的作品中，自己作为讲述者是隐藏在文本背后的，但从《檀香刑》开始，"感觉到自己是站在一个广场上，面对着许多听众，绘声绘色地讲述"①。莫言小说重视个人体验的表达，更重视个人的讲述，这是对小说"诞生地"的回归。

莫言对古代小说文体的借鉴不是全盘吸收，而是取其所长，翻新改造。譬如传统章回体小说曾因形式僵化，容易束缚创作者的个性，而受到许多五四作家的批判。茅盾曾指出："章回的格式太呆板，本足以束缚作者的自由发挥……现代的章回体派小说，根本错误即在把能受暗示能联想的人类的头脑看作只是拨一拨方动一动的算盘珠。"②被五四作家所遗弃的章回体小说在莫言的笔下重新焕发出了生机，其关键在于对章回体小说的改造。《生死疲劳》就是他对传统章回体小说形式的成功借鉴，当然也加入了创作者的自由创新。莫言去掉了传统章回体小说常见的"呆板牵强"的结构和拖沓冗长的"记账式"叙事模式，而只借鉴了章回体小说的"回目"格式，用以概括章节的主要内容，便于故事讲述和读者阅读，而其内在叙事完全是现代叙事模式，是旧瓶装新酒。

另外，莫言小说对话本小说或评书体小说的借鉴，主要是吸收其"说话"的语流态势，而对其他篇首有"入话"，篇末有诗词作结的"套话"等模式废除了，并且把古代文体的模式化语言，如"话说""且听下回分解""花开两朵，各表一枝"等抛弃了。莫言对古代小说文体的吸收和利用，是他自觉选择的结果，正如张恨水"觉得章回小说，不尽要可遗弃的东西"③一样，他也从古代话本小说、章回体小说和评书体小说中发现了有价值的东西，并加以吸收、改造和利用，这也是对五四新文学对古代小说文体矫枉过正的补救。

---

① 莫言：《讲故事的人——在诺贝尔文学奖颁奖典礼上的讲演》，《当代作家评论》，2013年第1期。

② 沈雁冰：《自然主义与中国现代小说》，载严家炎：《二十世纪中国小说理论资料》（第2卷），北京：北京大学出版社，1997年，第227—228页。

③ 张恨水：《总答谢》，《写作生涯回忆》，北京：人民文学出版社，1982年，第89页。

莫言小说不仅注意糅合其他体裁形式、翻新古代小说文体，而且还注重吸收评书、戏曲等口头艺术。

莫言小说注重对传统评书、戏曲等声音艺术的吸收和融合，使小说又回归到了口头艺术、声音艺术。五四小说重视表述的书面化，小说主要成为一种可供阅读的书面艺术，而作为口语艺术、声音艺术，也就是"讲"和"听"的传统小说文体特点被淡化了。如果说《四十一炮》对说书人话语方式的模仿，让莫言找到了一种自由畅达的口语化讲述方式，那么《檀香刑》对民间戏曲"猫腔"的借鉴，使小说由私语化、书面化语言变为戏曲化、口语化语言。他认为语言的"韵律和节奏，是通过声音表现出来，即使你阅读时不出声，但声音还是在你的意识深处轰鸣着"①。对猫腔声音韵律和节奏的借鉴，使《檀香刑》具有了"戏曲化的小说"或"小说化的戏曲"的特色。莫言对小说与地方戏曲艺术的糅合，是传统小说"讲述"艺术的回归，也是对五四小说私语化、书面化倾向的反拨。

二、私语化倾向的反拨与情节强化

如果说五四小说因注重个体心理私语的表达而体现出一种心理化与情节淡化的文体自觉意识，那么莫言小说则主要在表达个体身体体验的对话或讲述中体现出一种故事情节强化的文体自觉意识。莫言小说的形式探索具有强烈的个性化文体自觉意识，但与五四小说淡化故事情节注重心理私语的表达的文体自觉意识不同，他小说创作更为注重故事的讲述，不管是对五四书信体小说的吸收与改造，还是对古代小说及其他艺术形式中故事讲述方式的借鉴等，都体现了其力求在故事的讲述中实现表达"自身"的一种文体自觉意识。这既是对五四新文学个性化叙事传统的传承，也是对其文体西化倾向的纠偏。莫言小说的文体自觉意识是一种本土化、传统化的文体自觉意识。

人物形象、故事情节和环境这三大小说要素在不同时代的小说中都有

---

① 莫言、张慧敏：《是什么支撑着〈檀香刑〉——答张慧敏》，载杨杨：《莫言研究资料》，天津：天津人民出版社，2005年，第75页。

所侧重。因小说以塑造人物形象为中心，所以许多创作者都较为重视小说的人物形象，故事似乎被放在了较次要的位置。其实从小说的文体特点和发展渊源来看，小说原本就是讲故事。爱·摩·福斯特说："小说就是讲故事。故事是小说的基本面，没有故事就不成为小说了。"[①] 中国古代六朝志怪小说、志人小说、唐代的传奇小说、宋元的拟话本小说以及明清小说中，一些有代表性的小说文本都有生动有趣的故事，小说作者也似乎都在为如何才能把故事讲得生动有趣方面下功夫。五四现代小说是随着现代个体意识的觉醒而兴起的，对表现人物心理的重视，使一些作品出现了淡化故事情节，重视心理表现的倾向。五四时期出现的抒情小说、心理小说或意识流小说都或多或少地存在着故事情节淡化的倾向。

莫言小说非常注重故事的生动、刺激和新颖，这也是对五四小说故事情节淡化倾向的反拨。他说要把小说写"好看"当成自己创作的最高要求，认为"好看"的小说"要有好的故事"[②]。他的小说，不管是长篇、中篇，还是短篇，都有生动的故事在里面，并且力求把这些故事讲得有趣、刺激、有意味。莫言在诺贝尔文学奖颁奖典礼上演讲时，许多人都希望能听到他能讲到什么"高深"的理论，但让人大跌眼镜的是其高调地宣称自己就是一个"讲故事的人"。其实，莫言宣扬自己是"讲故事的人"，正表现了他对小说本体的坚守。故事是小说的本体，没有了故事情节，人物形象只能是一个个孤零零的画像，小说也就不存在了。美国小说理论家利昂·塞米利安指出："可以认为故事在小说中是次要的，但如果没有故事就不能称之为小说。"[③] 毋庸讳言的是，故事情节淡化是现代中西方小说创作的普遍风向。五四以来，随着心理化小说、抒情小说和诗化小说的兴起，小说中故事淡化的倾向非常明显；而西方小说随着普鲁斯特的《追忆似水年华》、乔伊斯的《尤利西斯》等意识流小说的风靡，以往小说中生动有

---

① [英]爱·摩·福斯特：《小说面面观》，苏炳文译，广州：花城出版社，1984年，第23页。

② 莫言：《我想做一个谦虚的人——1999年3月与〈中国图书商报〉记者陈年对话》，《莫言对话新录》，北京：文化艺术出版社，2009年，第233页。

③ [美]利昂·塞米利安：《现代小说美学》，宋协力译，西安：陕西人民出版社，1987年，第84页。

趣的故事情节大都化为了难以拼接的碎片，意识流小说虽然在探索人物的潜意识或无意识方面有很大的贡献，但对故事性的忽视却常常让小说成为令人难以卒读的"天书"，小说也因此远离了大众读者。莫言对故事的重视，既是对现代西方意识流小说对故事忽视的反拨，也是对五四小说故事性弱化的反抗，其目的是让小说重归故事本体。

当然，莫言创作重视故事在小说中的本体地位，但他并不单纯是为了故事而讲故事，其讲故事的主要目的是为了更好地表述个体的身体体验，这与五四小说淡化情节、注重表现个体的心理体验是一致的，都是一种个性化表达的反映。莫言小说力求把"自身"非理性世界通过讲故事的方式生动形象地展示出来，也是一种为了更好地表达"内在自我"的文体自觉意识。

莫言小说在坚守故事在小说中本体地位的同时，也把小说的文体自由推向了新的境界。小说、散文、诗歌等体裁都有较稳定的文体特点，一般不会互相混淆。五四时期虽然出现了诗化小说、散文化小说形式，但其小说的文体特征仍然非常明显。在莫言的笔下，小说和散文的文体界限似乎被完全打破，二者都可以讲述来自"自身"的故事。他许多小说写的都是自己或自己熟悉的经历，具有明显的自传色彩。他在小说创作中叙述的一些事件，在其散文中也经常出现，散文中记叙的一些事件也往往能在其小说中找到。他还提出了散文也可以像小说那样虚构，他的一些作品，很难分清是小说还是散文，文体界限模糊。《猫事荟萃》本是对鲁迅的《狗·猫·鼠》的模仿与戏仿之作，并颇具鲁迅杂文笔法，莫言最初是把它作为杂文发表，但编辑却将其作为小说刊发，以致有人批判这篇作品"在本质上已经彻底违背了小说的文体规范"[①]。其实，真正的个性化文体创新都是对既有文体规范的突破。钱理群曾认为鲁迅的《示众》"完全不符合教科书上关于'小说'的定义"，"但这'不符合'恰恰是鲁迅的文体自觉的反映。鲁迅在文学创作上，是最强调自由无羁的创造的……从不考

---

① 王干：《反文化的失败——莫言近期小说批判》，《读书》，1988 年第 10 期。

虑它是否符合某种既定的规范"①。对鲁迅小说文体叛逆的高度评价，也恰恰能说明莫言小说突破文体规范的价值。小说的文体规范是对个性化创作者的约束，具有高度个性意识的创作者都是在一次次打破既定规范的基础上，推动小说文体的更新和发展。鲁迅认为他所创作的《故事新编》"不足成为'文学概论'之所谓小说"②。可见，运用固有的文学理论来解读真正的个性化作品，往往会出现捉襟见肘的现象。莫言认为，"小说无论是在形式上还是内容上，都是无穷无尽的，是一个可以不断拓展开阔的领域"③。在他的笔下，小说完全成为一种自由艺术，可以随意嫁接、糅合其他文学体裁和艺术形式。

当然，莫言对小说文体形式的自觉探索不是一味地求新求异，更不是为了炫奇弄巧，而是为了更好地表现内容服务的。莫言前期的小说创作，特别是《红高粱》和《欢乐》等作品，内容上表现了对无羁的个性自由精神的向往，所以文体形式也完全是自由式的；其后期小说主要转向了对人物个性异化的批判，也注意了小说形式对内容的控制，注意了根据内容表达的需要来变化外在形式，或者借助形式来更好地表达内容。《酒国》是小说与书信的糅合，在叙事过程中不时地插入"莫言"与李一斗的通信，以及李一斗创作的小说，这既巧妙交代了一些必要的内容，又与整篇小说的叙事内容相契合；侦察员丁钩儿在调查过程中时时为美食、美酒和美女所打断一样，表现了其在酒国灵肉分裂的生存状态。《蛙》通过蝌蚪与杉谷义人的通信，既交代了以杉谷义人为代表的侵华日军将领的后代，对自己父辈当年侵华时犯下罪行的忏悔，又写清了中国乡村的计划生育情况，从而把人物因计划生育事件所表达的忏悔意识和生命关怀意识由国内扩大到了国外、由现实追溯到了历史。由此可见，小说文体的自由也是"戴着镣铐跳舞"的有限制的自由，其根本目的还是为内容服务，并且要与内容

---

① 钱理群：《鲁迅作品十五讲》，北京：北京大学出版社，2003年，第32页。

② 鲁迅：《故事新编·序言》，《鲁迅全集》（第二卷），北京：人民文学出版社，1981年，第342页。

③ 莫言：《写最想写的——2006年6月在上海大学的讲演》，《莫言讲演新篇》，北京：文化艺术出版社，2009年，第178页。

相协调，这与五四新文学的文体自由精神具有相似性。

第二节　叙述视角实验与叙述拒绝

故事是小说的本体，但故事必须借助叙述者的讲述才能成为小说，因此小说创作的关键是故事的讲述。同样一个故事，不同的叙述者，或同一叙述者从不同角度进行叙述，则其趣味性可能会有较大差异，也会衍化出不同的主题和风格。因此，小说叙述首先要确定故事的叙事者、叙事人称和叙事视角。

五四作家虽然也在小说叙事角度上进行了多元探索，但"'新小说'家基本上不讨论小说的叙事角度问题"[①]，这也是其重视私语的表达，而忽视故事讲述的叙事表征。当然，五四作家虽然"不讨论"叙述角度，并不是说他们在创作时不重视叙述角度问题。五四小说创作为了达到启蒙的目的，大多追求叙述的真实性效果，在叙述视角方面进行了多方面的探索，主要是由传统的全知视角转为了限知视角。五四小说的叙事视角转换为表现人物的个性化心理提供便利，能更真实地表现了人的内在世界，也倾向于运用追求叙事内容真实性的限知叙事。

现代西方小说理论认为，叙事角度是"小说技巧的关键"[②]。莫言小说尤为重视叙事角度的实验。故事是小说的本体，但故事必须借助叙述者的讲述，才能成为小说，因此小说创作的关键是故事的讲述。同样一个故事，不同的叙述者，或同一叙述者从不同角度进行叙述，则其趣味性会有较大差异，也会衍化出不同的主题和风格。因此，小说叙述首先要确定故事的叙述者、叙述人称和叙述视角。

莫言小说对叙述者、叙述人称和叙述视角都进行了探索性运用，他对全知叙述、限知叙述和多重叙述都进行了卓有成效的个性化实验，其小说叙事角度的实验也包含着对传统叙事方式的改造、发展与突破。

---

① 陈平原：《中国小说叙事模式的转变》，北京：北京大学出版社，2010 年，第 62 页。

② 罗钢：《叙事学导论》，昆明：云南人民出版社，1994 年，第 159 页。

一、全知叙述的运用与改造

全知叙述主要指叙述者犹如上帝般无所不知、无所不晓。一般认为，传统小说第三人称叙述是最为常见的全知叙述方式。五四小说创作者因不满于第三人称全知叙述的虚假性，许多作家倾向于采用更具真实感的第一人称限知叙述。全知叙述虽有自己的缺陷，但也有限知叙述所不具备的优点，那就是其比限知叙述更自由、更灵活，也更有生气。

莫言的许多小说都运用了第三人称全知叙述方式。他把现代小说创作几乎弃用的第三人称全知叙述加以改造利用，从而让传统叙事方式又焕发出了新的生机与活力。

与古代传统小说相比，莫言在运用第三人称全知叙述时，更加注重叙事者全方位的身体感知、情感展示和时空的自由转换，而将其过多的议论说教意味舍弃与搁置了。《透明的红萝卜》是一篇采用第三人称全知叙述的小说，但正是这篇小说让莫言一举成名。这篇小说之所以引起人们的关注，关键在于其全方位地呈现了黑孩独特而新鲜的身体内外感知和生命体验。小说主体以传统第三人称全知视角进行讲述，但在写到黑孩时，又与黑孩的内视角相结合，从而写出了限知叙述难以传达的人与自然万物交互感知的身体体验，展示出了一种活蹦乱跳的个体生命存在的世界。莫言的中短篇小说，大约有三分之一采用第三人称叙述。短篇小说有《丑兵》《放鸭》和《白鸥前导在春船》等30多篇，中篇小说《流水》《野种》《筑路》《怀抱鲜花的女人》《幽默与趣味》《模式与原型》《师傅越来越幽默》和长篇小说《天堂蒜薹之歌》等，都主要采用了第三人称全知叙述。这些运用第三人称全知叙述的作品，越是能展现出个体身体内在感知的作品，越富有感染力，譬如《枯河》《拇指铐》《翱翔》和《怀抱鲜花的女人》等；而一些具有限知叙述倾向的第三人称叙述作品，如《放鸭》《白鸥前导在春船》《因为孩子》和《流水》等，因未能全方位地展现出个体丰富的身体感知，其感染力也大为逊色。

莫言小说不仅注重翻新运用传统的第三人称全知叙述，而且对第一和第二叙述人称的运用也追求全知化叙述效果。

人们普遍认为，第一人称叙述是一种限知叙述，其实不然。莫言小说的第一人称叙述往往具有全知叙述的效果。之所以具有这样的效果，主要是因其丰富的想象力，还有对身体幻觉、错觉的迷恋。他的小说创作为了表达丰富的身体非理性体验，第一人称叙述常因丰富的想象、幻觉及错觉等因素的介入而成为一种全知叙述。正如热奈特分析普鲁斯特的《追忆似水年华》时所说："'第一人称'的叙述有时又是无所不知的叙述。"[1]莫言小说的第一人称叙述大多带有全知叙述特色。《爆炸》写军人"我"奉命回家说服家人不让妻子生二胎，并带妻子去流产的过程。小说不仅以第一人称叙述写出了父亲的一巴掌打在"我"脸上的鲜活感觉，还叙述了在妻子做人流手术时，"我"借助非凡的联想想象能力所展现出的野外二十多个男人追杀狐狸的情景。"我"能听到了千里之外"咻咻的喘息，闻到了他们腋下的汗臭"[2]。"我"似乎有着特异的功能，在产房门打开的时候，"我"看到的那些医疗器械，竟与"我"想象的"一模一样"。另外，"我"还能想象到具有魔幻色彩的狐狸引路、狐狸炼丹的情景。这些内容似乎都带有一种民间的迷信色彩，但这些带有迷信色彩的内容却往往蕴含着对身体、对生命和自然的敬畏，体现了对"迷信可存，今日之急也"[3]观念的认同，也体现出第一人称全知叙述的魅力。

一般来说，第一人称限知叙述能给读者以真实感，所以在五四小说创作中得到了广泛运用。五四小说创作对第一人称限知叙述和客观叙述的强调，虽然增强了叙述话语的真实性，但也往往容易导致叙事内容的沉闷和趣味性的下降。莫言小说对第一人称全知叙述方式的运用，不仅有利于表达个体的非理性体验，还能使叙述更加自由，也增强了小说虚拟性的魅力。

---

① [法]热拉尔·热奈特：《叙事话语 新叙事话语》，北京：中国社会科学出版社，1990年，第178页。

② 莫言：《爆炸》，《欢乐》，北京：作家出版社，2012年，第220、227页。

③ 鲁迅：《破恶声论》，《鲁迅全集》（第八卷），北京：人民文学出版社，1981年，第28页。

与第一人称的全知叙述相似，莫言小说的第二人称叙述也常常追求一种全知叙述效果。关于第二人称是否存在，学界一直颇有争议，一般认为第二人称叙述是第一人称叙述的一种变式。莫言的许多小说，像《欢乐》《你的行为使我们恐惧》等都运用了第二人称叙述，表现了他对叙述人称探索的热情。《欢乐》通过展示高考复读生齐文栋在服农药自杀前的自由联想、内心独白，不仅表现了他心理的痛苦与绝望，还借助第二人称叙述形象地透视了其患高考综合征期间所遭受的肉身痛苦。读者不仅能感知其胃肠饥饿的蠕动，仿佛还能"看到数千条蛔虫鸣叫着，厮杀着，疯狂争夺一个油煎包"[①]。小说形象地展示了齐文栋在高考及复读期间所饱受的精神与肉身的双重折磨。可见，莫言小说的第二人称叙述既表现了叙述者、人物与读者平等对话的欲望，也体现了创作者强烈的个性自由意识对第二人称限制叙事的改造。

二、限知叙述的探索与发展

从古代小说的全知叙述转向限知叙述，是五四小说叙事衍化的一大特点，如果说对全知叙述的灵活运用体现了莫言小说对传统小说叙述模式的改造，那么，对限知叙述的创新运用则是他对五四以来现代小说叙述方式的继承与发展。

莫言在创作初期大多运用第三人称叙述，后期较喜欢运用第一人称；短篇小说运用第三人称稍多一些，而长篇小说更多运用第一人称叙述。相对而言，他更喜欢运用第一人称叙述。这与现代小说多青睐于用第一人称叙述是一致的，但莫言对第一人称的限知叙述又有创新性的发展。

一般来说，限知叙述可以是第一人称叙述，也可以是第三人称叙述。限知叙述又可以分为两种类型，一种是叙述者等于作品中的人物，也称为内聚焦叙述；一种是叙述者小于作品中的人物，也被称为外聚焦叙述。现代小说创作追求限知叙述的真实性效果，但许多作家对限知叙述的运用往往过于呆板，而忽视了对叙述自由的追求，这一问题在传统小说向现代

---

① 莫言：《欢乐》，北京：作家出版社，2012年，第270页。

小说转变时期就存在。陈平原曾指出，"新小说"理论家中"真正意识到限制叙事并非只是束缚，而可能是一种更大的自由，更有利于作家的'趋避''铺叙'的，大概只有俞明震一人"①。现代小说创作过于看重能体现出真实感的限知叙述，而对其自由性的忽视由此可见一斑。

莫言小说对限知叙述的运用非常注重其自由性的发挥，似乎更喜欢用第一人称内聚焦叙述视角，而且"我"具有更自由的叙事能力。《红高粱家族》就体现了莫言对第一人称限知叙事的创新运用。小说一开始就介绍"我"作为事件的"局外人"，通过调查而具有"全知"的本领："父亲"不知道"奶奶"在这里演过多少"风流悲喜剧"，"父亲"也不知道在这片"黑土上，曾经躺过奶奶洁白如玉的光滑肉体"②，而这些"我"都知道。小说主要讲述了"我爷爷""我奶奶"的故事，"我"并不是这个故事中的人物，"我"只是故事的一个叙述者。热拉尔·热奈特认为叙事作品的第一人称有两种不同情况，语法上对二者不加区别，但叙述分析应分辨清楚，一种是叙述者"把自己称作叙述者"，一种是叙述者和故事中某个人物"同为一人"，他认为第一人称叙述指的是第二种情况，因为叙述者可以随时以此第一人称身份介入叙事，因此"从定义上来讲任何叙述都有可能用第一人称进行"③。按照热奈特的观点来看，《红高粱家族》中的"我"的叙述不是严格意义上的第一人称叙述，小说采用第一人称只是为了增加亲近感，这与现代小说中的"我"作为故事的旁观者和见证者似乎没有多大的区别。但现代小说中的叙述者"我"大多作为事件旁观者或见证者，更能反映叙事内容的亲历性或现场性，也更具有真实性；而《红高粱家族》中的"我"只是一个旁听者或想象者，"我"叙述内容的真实性是十分可疑的。

当然，《红高粱家族》的叙述视角创新更主要地体现在对复合型叙述

---

① 陈平原：《中国小说叙事模式的转变》，北京：北京大学出版社，2010年，第65页。

② 莫言：《红高粱家族》，北京：作家出版社，2012年，第5—6页。

③ ［法］热拉尔·热奈特：《叙事话语　新叙事话语》，北京：中国社会科学出版社，1990年，第171—172页。

视角的运用上。莫言说："我对《红高粱》仍然比较满意的地方是小说的叙述视角"，……写到"'我'的时候是第一人称，一写到'我奶奶'，就站到了'我奶奶'的角度，她的所有的内心世界都可以很直接地表达出来。"① 这种复合型叙述视角不但叙述非常方便，而且"全知全能，一切都好像是我亲眼所见。这种视角同时也是一种对历史的评判态度"。② 莫言的这种复合型叙述视角体现出一种高度的叙事自由，不但解决了创作者创作历史题材小说生活阅历的局限，而且解决了单纯的第一人称限知叙述的局限，有人认为，这种复合人称和叙述视角带来的是"抒情自由＋结构自由＋叙述自由"③。可见，复合叙述者体现了作者高度的个性自由精神，也是对第一人称限知叙述自由性的探索。

一般认为，复合型叙述视角是莫言小说创作的独创，其实，这种双重叙述类型的复合型叙述视角早在五四小说中就已经出现。像鲁迅的《狂人日记》就运用双重叙述视角进行叙述的，第一段以"余"为叙述者，第二自然段转向了以"我"为叙述者。通过小说开头写的"某君昆仲，今隐其名，皆余昔日在中学校时良友"④ 来看，"余"是"隐含的作者"，而"我"是小说中的人物"狂人"，二者是不同的叙述者，运用的就是双重叙述视角。莫言小说所运用的复合型叙述者的叙事方式与之本质上是一样的，但不同的是，二者对这一双重叙述的复合型叙述视角运用的目的完全不同甚至相反，《狂人日记》用双重限知叙述视角的目的"意在使读者相信狂人的日记的真实性和语无伦次的合理性"⑤，而莫言小说所使用的"我爷爷"与"我奶奶"类型的双重叙述视角的目的是为了强调叙事的虚拟性和故事的非亲历性。因此也可以说，莫言小说所采用的复合型叙述视角既是对

---

① 莫言：《关于〈红高粱〉的写作情况》，《南方文坛》，2006 年第 5 期。

② 莫言：《在文学种种现象的背后——2002 年 12 月与王尧长谈》，《莫言对话新录》，北京：文化艺术出版社，2009 年，第 89 页。

③ 王西强：《论 1985 年后莫言中短篇小说的"我向思维"叙事和虚构家族传奇》，载杨守森等：《莫言研究三十年》（中），济南：山东大学出版社，2013 年，第 335 页。

④ 鲁迅：《狂人日记》，《鲁迅全集》（第一卷），北京：人民文学出版社，1981 年，第 422 页。

⑤ 王子华：《鲁迅小说中的第一人称》，《云南民族学院学报》，1987 年第 12 期。

五四新文学双重叙述视角的继承，也包含着对其注重"亲历性"的限知叙述的拒绝。

莫言创作的许多历史题材小说都采用了这种复合型的叙述视角，像《食草家族》《秋水》《遥远的亲人》《人与兽》《良医》《神嫖》《蝗虫奇谈》《祖母的门牙》和《扫帚星》等，都借助复合型叙述视角将不同题材纳入"高密东北乡"的视域之下。与《红高粱家族》不同的是，在《食草家族》等小说中，"我"已不仅是叙述者，而化身为事件中的一个人物，部分事件的亲历者或见证者，目的是为了更好地实现限知叙述自由性的表达，这些都是莫言小说对第一人称限知叙述的创新运用。

三、多重叙述的游戏与突破

莫言小说的叙事成就主要体现在他对多重叙述的运用上，多重叙述的运用突破了单一叙述的专制性和权威性，而走向了平等对话，这也体现了他对小说限知叙述的拒绝。最早较集中反映他对多重叙述实验的作品是1985年发表的中篇小说《球状闪电》，小说主要运用了第三人称限知叙述，但在叙述过程中时时变换叙述人称和视角，既有主人公蝈蝈的第一人称叙述，还有其妻子茧儿和女儿蛐蛐的第一人称叙述，另外还有动物刺球（刺猬）和奶牛的第一人称叙述，这使整篇小说的叙事自由而灵活。在长篇小说《十三步》《酒国》《檀香刑》和《生死疲劳》中，作者也都以不同的方式运用了多重叙述方式，力求以多重叙述来展现不同个体肉身体验与精神追求的冲突。

莫言小说叙述人称和视角变化最灵活、最复杂的作品是1988年发表的长篇小说《十三步》，又名《笼中叙事》，这篇小说几乎将所有的叙述人称和视角都尝试了一番，创造出一种超级叙述模式。

如果说，《红高粱家族》中"既是第一人称视角又是全知的视角"的"那么一点独创性"[①]，让莫言尝到了叙事角度实验的甜头，那么，《十三步》

---

① 莫言:《〈红高粱家族〉的命运》,《莫言散文新编》,北京:文化艺术出版社,2009年,第154页。

就是一部集中体现其叙事角度实验的文本。莫言说："在写《十三步》时我认识到视角就是结构，人称就是结构，认识到人称一旦确定之后，你就不是在叙述故事，而是在经历故事。"① 他认为新的叙事视角，"会制造出一个新的叙事天地"，因而力求在叙述视角的灵活运用中实现叙事的实验。

《十三步》无论是内容还是形式都富有先锋意味，也是莫言小说中叙事最为诡异的一部作品。小说叙述人称与视角如走马灯般地随意切换，充满着叙事的炫奇斗巧、奇诡变化，但又有完整生动且富有刺激性意味的故事情节。

小说写中学物理老师方富贵累死讲台，因要为后死的王副市长整容让路，他的尸体被塞进冰柜后竟又奇迹般地活了过来。方富贵的复活引发了一连串的荒诞事件，已死之人的复活是为世人所不能容忍的，妻子拒绝其进门，原工作单位认为他的"复活是反动"，因学校想利用他"辉煌的死"来争取教师生活条件的改善，甚至连全市人民一齐怒吼："方富贵不能复活！"这说明当人们都认为"你"死了时，"你也活不了了"。殡仪馆女整容师李玉蝉将方富贵与她丈夫张赤球换容，让方富贵替其丈夫上课，而让其丈夫去做生意，结果方富贵由此经历了身首分离的痛苦，张赤球也成了一个无家可归的孤魂。小说在对整容师梦幻般的大变活人、脑体分离的叙述中，隐晦而深刻地表现了市场经济下的人们，特别是知识分子所面临的灵肉冲突与生死拷问。正如小说中所说："有的人活着，但早已死啦；有的人死了，但永远活着！"② 这其实反映了对脑体分离、灵肉分裂观点的不苟同。

当然，小说最有价值、最具探索意味的是对叙述角度的探索与实验。莫言认为，《笼中叙事》更符合他写这篇小说的本意，"笼中叙事实际上是有一个超级叙事者来讲的。就是一个关在笼子里的人来讲故事。关在笼子里的人就象征一个中学教师"③。"笼中叙事"，莫言又称之为"超级叙述"，

① 莫言：《在文学种种现象的背后——2002年12月与王尧长谈》，《莫言对话新录》，北京：文化艺术出版社，2009年，第89页。

② 莫言：《十三步》，北京：作家出版社，2012年，第73页。

③ 莫言：《在文学种种现象的背后——2002年12月与王尧长谈》，《莫言对话新录》，北京：文化艺术出版社，2009年，第82页。

简单地说，是一种从不同叙述者、不同视角进行的反复叙述，也就是文中曾经提到过的"多重叙述"。"笼中叙事"是靠一个超级叙述者来进行的，但到底谁是超级叙述者，小说对此一直讳莫如深，但指出了超级叙述的"总枢纽"之所在：

> 我们看到叙述者躲在笼子阴暗的角落里，窥探着物理教师和整容师的全息梦境，并听着他把他看到的杂乱无章地转述给我们。在他的语言的浊流里——在他的嘴巴和我们耳朵之间，经常插进一个老女人的身影。……她是多重叙述的总枢纽，所有的声音、气味、颜色、动作，都是她盒子里的私产，她是一部大型电影的总导演，一个庞大乐队的总指挥，一位统率三军的总司令。[①]

小说在此似乎表明超级叙述者的总枢纽是一位饱经苦难、阅尽沧桑的老妇人，或者说是一个女巫。其实，小说中所谓的超级叙述者并不是某一个具体的人，而是虚拟化的叙述者。《十三步》不仅内容具有猎奇色彩，更多的还是对小说叙事艺术的猎奇。小说将一个带有恐怖、色情和猎奇意味的故事题材通过频繁转换叙述者及叙述视角，进行多维立体透视，实现一种全知化的叙述效果，并且在众声喧哗中再现出转型时代骚动不安的个体体验。

莫言小说的多重叙述实验是对叙述者和叙述视角自由转换的探索，也是对限知叙述的突破，体现了创作主体高度的自由精神。莫言认为"文学就是一种艺术形式，本质是一种游戏的东西"[②]，任何叙事规范都是对这种游戏的约束，文学的发展就是打破既有规范的创新。五四现代小说的诞生和20世纪80年代先锋小说的文体实验都包含着打破既有文体规范的冲动，莫言小说的多重叙事实验也隐含着对现代小说第一人称限知叙事规范的突破。

多重叙述实验体现了莫言对小说叙事的游戏心态和创新意识。《十三步》开篇就流露出对叙述人称和视角探索的热情。小说开头就写道："马

---

① 莫言：《十三步》，北京：作家出版社，2012年，第206—207页。

② 莫言：《作家和他的创造》，《文史哲》，2003年第2期。

克思也不是上帝！你坐在笼子里的一根黄色横竿上……毫无顾忌地对我们说。"① 在此的"你"，根据上下文来看，就是"笼中叙述者"，小说开头是"你"讲给"我们"听。接着下一段叙述视角马上发生了转换。"他的话大逆不道"中的"他"，指"笼中叙述者"，叙述者转向了"我们"，在此的"你"按一般的叙述规则应写为"他"。作者在此似乎就是在玩弄和炫耀一种叙述游戏。再如小说开篇的第四自然段：

原子弹爆炸时，钢铁都气化啦，沙漠里的沙子都变成了玻璃！他说——你对我们说——学生的头颅在他描述出来的蘑菇烟云里时隐时现……好像我右边笼子里那只高傲的羊驼……他感觉自己有点迷糊，晃晃头更迷糊，这些孩子都有些怪模怪样起来，他们在想什么？你拒绝粉笔的声音混合在你叙述故事里的粉笔在黑板上艰涩运动的声音，使我们感到十分牙碜。你说：大家想想看，学生们在想什么？你让我们代替方富贵思想？②

在这一段话中，出现了"我""你""他""我们""他们"等多种叙述人称，叙述视角也随着人称的变化而自由变换，初看上去令人眼花缭乱，细读会发现这是写"笼中叙述者"在向"我们"讲述方富贵上课的情景。上文中"他"指物理教师方富贵，"你"指"笼中叙述者"，但"好像我右边笼子里那只高傲的羊驼"一句中的"我"，也指"笼中叙述者"。小说叙述时引用人物的话语，常常不加引号，故意让读者琢磨半天才明白谁是说话者。这段话的叙述视点频繁转换，先由方富贵—转向笼中叙述者—学生—笼中叙述者—学生—"我们"—笼中叙述者—"我们"。在此，小说阅读如观"天书"，传统小说阅读的轻松感荡然无存，读者只能在作者多重叙述的游戏中紧张思索。这也许是这篇小说叙事实验的目的，也是其为何会遭到大众读者冷落之原因所在。

当然，《十三步》的多重叙述并不仅仅是一种叙述游戏，而是一种"有意味的形式"，是内容与形式的统一。小说主要以殡仪馆"美丽世界"

---

① 莫言：《十三步》，北京：作家出版社，2012年，第1页。

② 莫言：《十三步》，北京：作家出版社，2012年，第4页。

的女美容师李玉蝉为中心，连接了生与死两个世界的荒诞故事，在不死不活、半死半活的个体体验中反思社会现实，追问人生意义。而要更好地表现这一主题，最好的途径就是通过不同身份、不同处境的叙述者来表达不同的个体体验，多重叙述正好提供了这样一种真真假假、虚虚实实的众声喧哗的话语方式，小说的主旨也正是借助这种多重叙述一层层地剥离出来。由此看见，所谓的多重叙述不仅是多角度叙述，也是多层次叙述，这一叙述实验反映了对小说全知叙述自由效果的追求，也体现了对追求叙事真实性的现代小说限知叙事倾向的拒绝。

如果说五四以来现代小说创作力求通过第一人称的限知叙述给读者以真实感，那么莫言小说则以叙事角度的多元实验表明，小说就是自由虚拟的"有意味的形式"。

第三节 感知化结构与心理化补充

莫言小说具有强烈的个性意识，而苏联学者 H. 莱捷斯指出，强化个性因素"会影响作品的艺术结构"[①]。其实，具备强烈个性意识的创作者都会感到文体固有结构规范的束缚，都会有个性化结构创新意识。我国现代小说结构的创新体现了创作者强烈的个性意识，但五四时期"以西例律我国小说"[②]对传统小说结构认识的偏差对小说创作产生了极大的消极影响。莫言小说吸取了传统小说重视故事情节的趣味性和完整性的优点，创造出了一种既能体现创作者鲜明的个性，又有较强情节意味的小说结构。这既有对五四小说结构西化倾向的纠偏，又有对我国传统小说结构形式的吸收与改造。

我国现代小说主要是在西方文学作品和理论的影响下实现对古代小说结构的创造性转换，虽然五四以来的许多小说作家在创作时都有一种难舍

---

① 立早：《个性问题学术讨论会》，《外国文学研究》，1981 年第 1 期。

② 刘勇强：《一种小说观及小说史观的形成与影响——20 世纪"以西例律我国小说"现象分析》，《文学遗产》，2003 年第 3 期。

的传统情结，但其小说淡化情节、注重心理化结构的西化倾向是非常明显的。古代小说大多以情节为中心，而五四小说常以情绪或心理为中心，是一种更具个性化的表达。陈平原认为，"真正使'五四'文坛显得绚丽多姿的，不是故事，而是作家这种独特的'感觉'"，而"'独白'无疑是对以情节为中心的传统小说叙事结构的最强烈冲击"①。五四现代小说创作常通过截取生活横截面的方式来表现人物心理，并不特别注重表现事件的完整性。莫言小说的结构安排大都体现着一种强烈的个性化创新精神，但与五四小说结构重心理展现不同，他的小说结构似乎更重视身体感知意识的表达。

一、感知化内在纹理结构与心理化结构的补充

纹理泛指物体上的线条或纹路，也用来指文章的细密结构。美国汉学家浦安迪在研究中国传统叙事文学时曾指出"'纹理'(texture，即文章段落间的细结构)，处理的是细部间的肌理，而无涉于事关全局的叙事构造"②。

莫言小说在继承与发展五四小说注重感觉、情绪的个性化表达的基础上，又有自己的创新，那就是感知化内在纹理结构的运用。与五四小说的心理化内在纹理结构特点不同，莫言的小说具有一种感知化内在纹理结构特征。所谓感知化内在纹理结构，就是一种以身体感知游移为叙述线索的结构形式，它比心理化结构更为注重身体感知的丰富性和非理性特征。如果说五四小说结构具有心理横断面的特点，那么莫言小说结构就具有身体感知的块茎思维特征。

莫言小说的常以人物的生活经历或片段来安排首尾完整的事件发展过程，但其内在结构却往往以人物的身体感知来安排叙事进度。《透明的红萝卜》为了展示黑孩不同时段的身体感知，多次有意延长叙述时间，甚至不惜让故事时间暂时出现"中顿"现象，从而更好地展示其与自然社会的身体交流，展示出身体感知的非理性混沌感。"中顿"是萨特在评论福克

---

① 陈平原：《中国小说叙事模式的转变》，北京：北京大学出版社，2010年，第120、117页。

② [美]浦安迪：《中国叙事学》，北京：北京大学出版社，1996年，第88页。

纳小说时所用的一个术语，他认为福克纳的小说中"从来不存在发展"，"他的现在就是无缘无故的到来而中顿"①，"中顿"在此应该是故事时间暂停或停滞的意思。莫言小说叙事过程中也常常出现"中顿"现象。《爆炸》为了展示父亲打在"我"左腮上的一巴掌，不惜采用夸张变形的手法，极力铺陈渲染，而对于"我"从部队返家的经过却是一笔带过，结构上可谓疏可走马、密不透风。为了表现妻子流产过程时间的漫长，叙述者故意东拉西扯，一会儿写产妇生产的艰难，一会儿写姑姑讲述狐狸精的传说，一会儿写妻子流产前的犹豫，一会儿写男人们捕捉狐狸的情景等。"我"感觉妻子进产房时间很长了，但看表才知道她"进产房才七分钟"，这体现了对身体的非理性体验的认同。小说还写到"有识之士"对人口迅速增长充满忧虑，妇产专家认为实施人工流产是贯彻计生政策的"有利武器"，人们似乎认为凭借貌似强大的理性武器就可以掌握人类的命运，但小说却告诉读者，其实人类连狐狸炼丹的传说都难以解释清楚，文中二十多个男人竟追不上一只狐狸，这些内容其实都印证了小说中所说的"人在茫茫时空中如同纤尘"②。这不是迷信，而是对身体非理性世界的敬畏。感知化结构的运用也表现了创作者对非理性身体感知世界的认同。

与心理化小说结构相比，莫言小说的感知化结构更注重以身体的感知来组织材料和表达主题。这种感知化结构不只停留在浅表的生理性感知层面上，而是包孕和联系着丰厚的时代社会和历史文化信息。感知从来就不只是独立的肉身体验，它也是联想、想象和幻觉的起点，当下的身体感知不仅折射出特定的时代文化特点，而且还联系着过去，昭示着未来。《爆炸》中父亲打"我"的一巴掌，并不只是引起简单的生理疼痛，而且联系着时代政策给个体生命带来的心理疼痛，当然，也折射着特定时代的社会疼痛。有人说，这一巴掌打在了计划生育政策上，其实，这一巴掌还有着更丰富的意蕴。小说叙述了由这一巴掌引发的联想和想象，并且作者巧妙

---

① ［法］保罗·萨特：《福克纳小说中的时间：〈喧哗与骚动〉》，载《福克纳评论集》，李文俊编，北京：中国社会科学出版社，1980年，第160页。

② 莫言：《爆炸》，《欢乐》，北京：作家出版社，2012年，第233页。

地将这一巴掌的背景放在了打麦场上，这也是北方农民最苦最累的劳动场景，在这里父母像牛马一样劳动，这一巴掌让"我"想到了父母劳作的辛苦，以及他们怀揣着的能有一个孙子和一个孙女的朴实而美好的愿望；这一巴掌联系着"我"与妻子的相识相恋，以及我对妻子感情的淡漠，等等，都是由这一巴掌的身体感知生发而来的。小说就是按身体感知、联想或想象，甚至按幻觉或错觉来组织材料、安排结构。《球状闪电》也是如此，小说主要以主人公蝈蝈遭受雷击后的混沌感知为中心，叙述了他从儿时尿床到结婚生子的成长片段，回顾了他因患高考综合征而落榜，与农村姑娘茧儿结婚，巧遇中学同学毛艳并与之创业而互生恋情的故事，这中间还夹杂着动物刺球和奶牛对蝈蝈两次恋情的见证叙述，众多的事件都以感知化叙事方式糅合在一起。

　　五四以来现代小说结构的心理化倾向使小说创作并不完全遵循客观故事时间的时序，而更为注重一种心理化时序的表达，表现在结构上主要就是倒叙手法的大量运用。莫言小说的感知化结构常常以身体感知为叙事的动力和线索，叙事时间自由变化，故事时间和叙事时间相互交错。他不仅继承了五四小说创作常用的倒叙、插叙或补叙手法，而且还吸取了我国古代小说中常见的预叙手法，来全面地表达人物的身体感知历程。譬如《红高粱》的开头写"父亲"跟着"后来名满天下的传奇英雄余占鳌"的队伍去伏击敌人的汽车队，以及"父亲"就这样奔向了"在故乡通红的高粱地里属于他的那块无字的青石墓碑"[①]；《檀香刑》的开篇就写"俺公爹做梦也想不到再过七天他就要死在俺的手里"[②]；《丰乳肥臀》中上官来弟带着妹妹们去捉虾时看到隐藏在灌木丛中的沙月亮时，小说写道，"这个黑脸男人，最终钻进了她的被窝"[③]，等等，都运用了预叙手法。这既设置了悬念，引起读者的兴趣，又能产生虚实相生的神奇结构效应。热拉尔·热奈特认为，"时间上的预叙，至少在西方叙述传统中显然要比相反的方法（指

---

① 莫言：《红高粱家族》，北京：作家出版社，2012年，第3页。

② 莫言：《檀香刑》，北京：作家出版社，2012年，第5页。

③ 莫言：《丰乳肥臀》，北京：作家出版社，2012年，第25页。

倒叙）少见得多"①，而杨义认为，在中国传统叙事中作家往往"在作品的开头就采取了大跨度、高速度的时间操作，以期与天人之道、历史法规接轨"②，这充满了"对历史、人生的透视感和预言感"，因此，预叙也就不是中国传统叙事的"弱项"而是"强项"。在莫言小说中，特别是长篇小说中常出现大量的预叙，正是继承了我国古代小说"与天人之道，历史法规接轨"的叙事意图，另外，也充满了对生命和历史的"透视感和预言感"。莫言小说正是巧妙借助预叙手法来安排结构，使小说结构自由而灵活，并具有我国传统文化的意蕴。

　　莫言小说的感知化叙述结构，粗看起来较为松散，但其实都围绕着人物的身体感知理路展开，并且在表现身体感知的游移时，他特别注重通过一个个形象的故事来表达，这使整篇小说形成了一种大故事套小故事的套层结构。像《透明的红萝卜》主要写饥饿的黑孩偷萝卜，并且因产生幻影而寻找红萝卜，因毁坏了田地里的萝卜而被捉，并受到惩罚的故事，但在叙述这一主要事件之外，作者还写了小铁匠偷学手艺逼走师傅，小铁匠、小石匠与菊子姑娘的感情纠葛等许多小故事。《草鞋窨子》主要写"我"退学后跟五叔六叔学编草鞋的故事，虽然"我"学编草鞋很"灵"，但"我"的兴趣却并不在这里，而是在学编草鞋时能听到大人们编的故事，特别是小轱辘子和虾酱贩子于大身讲述的他们走南闯北的经历以及鬼怪故事。小轱辘子和于大身讲的亲身经历在"我"听来都带有传奇色彩，像于大身卖虾酱巧遇女子大白鹅撒泼，小轱辘子的旧相好小寡妇改嫁县长的爹，五叔和六叔共娶一妻轮流回家的故事等，这些都半真半假；而大人们讲的鬼怪故事因有名有姓在"我"听起来都带有真实意味，像南乡的老婆婆带着两个闺女智斗蜘蛛精的故事，老光棍门圣武住阴宅醉遇穿红缎子的女人等妖魔鬼怪的故事等，这些又都半假半真。莫言小说中的故事都是真真假假、虚虚实实，这也是感知化结构所带来的特点。莫言小说大多任

---

①　[法]热拉尔·热奈特:《叙事话语 新叙事话语》，北京：中国社会科学出版社，1990年，第38页。

②　杨义:《中国叙事学》，北京：人民出版社，1998年，第152页。

由感知与联想的发展信笔写来，许多故事看似离题万里，但又似作者有意为之，"假如偏执于某种既定的小说理念，你或许会觉得莫言的小说太散，没有既定的章法"①。许多叙述看似"赘述"，但又写得趣味横生，读来令人不忍割舍。

莫言小说的感知化结构注重身体感知的自然表达，带有明显的非理性特征，这与现代意识流小说的非理性倾向相似，但他的小说比一般的意识流小说更为重视身体感官的丰富体验，而不仅仅是心理活动过程。如果说意识流小说表达的是一种全息心理图片，那么莫言小说更多的是一种全息身体感知图片。譬如《欢乐》就是一篇带有意识流小说特点的作品，但如果把这篇小说与西方的意识流作品，以及我国现当代其他作家的意识流小说相比较，会明显发现莫言小说有着更多的肉身感官体验书写的特点。莫言的小说也写心理，但并不仅仅写心理，心理活动仅是身体感知的一部分，小说每一部分的叙述都离不开身体某一或某些器官的感知诱发，具有明显的块茎思维特点。

块茎思维是德勒兹提出的一个术语，他认为人的认知思维并非全是理性的，而"更像根茎，更像草"，"具有一些可能的、半偶然的、量的机制"②，正是这种机制形成了一种个性化的"差异世界"。虽然小说的情节似乎已经完全碎片化、零散化了，但读者仍能从中读出较完整生动的故事情节。像齐文栋来自肠胃的饥饿体验、来自痔疮的折磨，对母亲衰老了的身体的发现，来自女同桌身体的诱惑等，都带有身体感知的块茎思维特点。块茎思维主要以个体不同身体器官的感知为线索，具有多元化特点。正如齐文栋的呐喊："富贵者欺负我，贫贱者嫉妒我，痔疮折磨我，肠子痛我头昏我，汗水流我腿软我，喉咙发痒上腭呕吐我……乱箭齐发……"③身体感知的块茎思维特点，打破了心理思维的一元化倾向，而走向了身体思维的

---

① 杨扬：《讲故事与听故事——评〈木匠与狗〉》，载中国小说学会：《2003年中国小说排行榜》（上），长春：时代文艺出版社，2004年，第44页。

② [法]吉尔·德勒兹：《哲学与权力的谈判》，刘汉全译，北京：商务印书馆，2001年，第170页。

③ 莫言：《欢乐》，北京：作家出版社，2012年，第267—268页。

多元化。因此，块茎思维也是一种创造性思维，让思维活动由一元走向多元，让人们更全面地认识自身。

强调莫言小说结构具有身体感知的块茎思维特点，并不是说其小说否定线性思维或树状思维，相反，他的小说创作不可能完全脱离线性思维，块茎思维只是对单一线性思维的补充，其小说感知化的内在纹理结构也是对小说心理化结构的补充与完善。

二、传统结构模式改造与西化结构的纠偏

如果说感知化的内在纹理结构是莫言小说对五四小说心理化结构的补充，那么他对我国古代小说外在结构的吸收和改造，则既表现了对五四小说结构西化倾向的纠偏，又体现了对心理化结构的补充。

莫言小说外在结构异常复杂，不仅短篇、中篇与长篇小说的结构迥然不同，而且不同的长、中、短篇小说也各不相同，再加上他创作前后期小说结构意识的差异，都让他的小说的外在结构问题颇为复杂。但不管怎样，莫言小说的外在结构还是显示出一些规律性特点，这表现了他对我国古代小说结构艺术的继承与创新。

我国古代小说结构往往包含着传统文化的意蕴，并与我国的传统文化密切相关。莫言小说对我国古代小说结构的继承表现在诸多方面。

首先，是对古代小说"缀段"式结构的借鉴。

缀段式结构是我国古代小说常用的叙述结构模式。所谓缀段就是以段为事件单元，一段一段故事相互连接组成小说，由于一些段落与段落之间的故事缺乏必要的有机联系，结构上往往显得较为松散。五四以来因受西方小说结构观念的影响，古代小说的缀段式结构受到胡适、陈独秀和茅盾等人的批评，他们认为古代小说的缀段式结构中故事与故事缺乏必然的有机联系，缺乏西方小说的首、身、尾的生命结构形式，因而对其竭力贬斥。茅盾认为传统小说写完一个人的故事再写一个的方法是"一种手工业式的技巧"[1]。近年来，学界对传统小说的缀段式结构进行了较客观辩证的

---

[1] 茅盾:《话匣子》，上海：上海良友复兴图书印刷公司，第 181 页。

分析，认为"古代小说的缀段性结构与中国文化传统的独特思维方式、时间观念以及阐释传统等诸多因素有关"①。

　　莫言小说在叙述过程中时常随机而自然地插入一些与主要叙述事件有关的内容，打乱原有的叙事节奏，丰富作品的内涵，从而形成一种穿插与缀段式结构形式。《三十年前的一次长跑比赛》就采用了这种结构形式，小说常随感知化表达的需要，自由地穿插与嵌入一些相关的情节或内容。小说主要写一位富农出身的代课教师、右派朱总人参加一次万米长跑比赛的情景，长跑比赛叙述往往因事件单调而难度较大，但莫言却把一次简单的长跑比赛写成一篇天花乱坠的中篇小说，运用的主要就是穿插与缀段式结构。全文分为"小引""大引""正文"和"结尾"四个部分。"正文"部分主要写长跑比赛的过程，在写"正文"之前，通过"小引"对人物的介绍，"大引"的层层铺叙，然后才写到比赛情况。"大引"将胶河农场身怀绝技的右派以讲故事的方式一一介绍；然后又具体写了"我"的作文受到老师表扬、发表，并受到革委会主任的接见；接着又写了郭元因偷木头被抓而亡命兴安岭的故事；然后写到朱总人参加跳高比赛，以及他与县乒乓球冠军打球的经历，就这样层层铺垫，才引出"正文"。"正文"在叙述长跑比赛过程中，也时常打断对比赛的叙述，随机插入一些看似无关的事件。由发令员钱满囤想到作为学校总务主任的他带头掀起的"捡鸡粪运动"；由现场观众的议论想到朱总人制服村中不良青年桑林的故事，由比赛期间操场旁边的一声鞭响引出了村民王干巴与观众群的冲突；接着又在比赛叙述中插入了朱总人因走路先迈右腿而被打为右派的荒诞经历，还插叙了他在游泳时与人比赛憋气时展示出的惊人的肺活量；在比赛最后，随着警察的介入，长跑比赛的结果意外地成了人格魅力的比赛。"结尾"又补叙了朱总人与寡妇皮秀英结婚，以及他们私挖地道和偷种大麻的事情，等等。小说主线虽是写三十年前的一次长跑比赛，但大量篇幅却是与长跑比赛关系不大的系列众生故事。可见，这种穿插与缀段式结构的主线仅仅

---

　　① 段江丽：《譬喻式阐释传统与古代小说的"缀段性"结构》，《文学评论》，2009年第1期。

是一根晾衣绳，上面挂满了五彩缤纷的故事，这也是这种结构的特点和魅力。

穿插与缀段式结构不仅是莫言一些短篇小说的组织方式，在其长篇小说中也得到运用。莫言说："我对长篇小说的结构的追求从《红高粱家族》之后才比较自觉。"①小说主线虽然是对日军的伏击战，但其中却穿插了大量的爷爷和奶奶的爱情故事，"大大超过了写主线的篇幅"②。《红高粱家族》主要以人物贯穿的方式把一系列的中篇组合在一起，《食草家族》主要以主题统一的方式来组织材料。这两部长篇小说的缀段式结构与《儒林外史》等传统小说的串珠式缀段结构有明显的相似之处，结构的松散性也非常明显。而在以后创作的《丰乳肥臀》和《生死疲劳》等，先前简单化的串珠式的缀段结构已转化为《金瓶梅》和《红楼梦》等传统小说的"网络式"③缀段结构方式。缀段式结构表面上看似乎较为松散，但为叙述者提供了自由，也为小说增强了故事性，颇有善于借连环相缀的寓言故事和艺术形象来说理的《庄子》笔法。

莫言小说的这种穿插与缀段式结构既保留了传统缀段式小说叙事的完整性，又能根据感知化表达的需要，自由地穿插交代相关的内容，从而使小说张弛有度，保持一定的叙述节奏。

其次，是对古代小说"三复情节"结构的改造。

莫言许多小说都采用了一种带有复调与分合式特点的结构形式，这种结构粗看起来是对西方复调小说结构的模仿，但其内在的精髓却是对民族传统文化精神的继承与演化。《檀香刑》吸取了传统小说的经典结构模式，全文分为"凤头""猪肚"和"豹尾"三大部分。这些小说都按照一种"分—合—分"的模式来安排结构，这种结构模式也蕴含着《三国演义》等传统文学作品所传达的"分久必合，合久必分"的朴素意识，与我

---

① 莫言：《在文学种种现象的背后——2002年12月与王尧长谈》，《莫言对话新录》，北京：文化艺术出版社，2009年，第88页。

② 易丽华：《启蒙略辨·双重主题·叙述策略——我读〈红高粱〉》，《文艺争鸣》，2014年第5期。

③ 陈辽：《中国古代长篇小说结构的嬗变》，《江海学刊》，1995年第1期。

国古代小说结构中时间关系的"三复情节"和空间关系的"三极建构"①观念具有某种相似性，也反映了"天人合一"思想对其小说结构的影响。《檀香刑》的"凤头"部分采用了现代复调小说结构，通过媚娘、钱丁、赵甲和赵小甲等不同人物的视角来展开叙述，特别是傻子赵小甲视角的运用，可以说是对《喧哗与骚动》傻子班吉叙述方式的借鉴，但莫言的高明之处就在于他对西方文学结构的借鉴，仅是局部的、零散的，而其作品的整体结构却闪耀着民族传统文化精髓。《檀香刑》没有像《喧哗与骚动》那样通篇都是分离的复调模式，而是在"猪肚"部分又回归了第三人称的叙述方式，体现了由"分"到"合"的转化，最后的"豹尾"部分，叙述却又转向了多人叙述的复调式结构，体现出从"合"到"分"转变。这样整篇小说的结构就是按照一种"分—合—分"的模式来安排的，这一结构模式也蕴含着我国古代文学作品所传达的"分久必合，合久必分"的思想。

莫言的许多长篇小说都有这种复调与分合式结构特点。《天堂蒜薹之歌》通过瞎子张扣的民谣、作者的叙述和地方官方媒体的报道三个角度较全面地讲述与展示了蒜薹事件；再如《生死疲劳》中"莫言"的叙述、蓝解放的叙述，以及西门闹转生的驴、猪、狗等的叙述也构成了一种复调关系，但这种复调又都统一于作者的叙述之下。在分合式结构模式中，莫言似乎格外倾心于三重叙述，也就是常采用三个叙述者来叙述故事，这应该与我国古代小说结构中时间关系的"三复情节"和空间关系的"三极建构"②观念具有某种相似性，也反映了"天人合一"思想对其小说结构的影响。

第三，是对古代小说章回体结构精髓的吸收。

我国古代小说的章回体结构因外在形式松散，在五四小说创作中曾一度受到作者和读者的冷落，20世纪40年代赵树理等曾对传统章回体小说形式予以改造和利用，但在20世纪小说发展中，章回体结构大都被纯文

---

① 杜贵晨：《"天人合一"与中国古代小说结构的若干模式》，《齐鲁学刊》，1999年第1期。

② 杜贵晨：《"天人合一"与中国古代小说结构的若干模式》，《齐鲁学刊》，1999年第1期。

学作家所遗弃。80年代的小说文体实验，大多是对现代西方小说文体的模仿和借鉴，而无暇顾及对我国传统小说文体的改造与翻新。莫言2006年出版的长篇小说《生死疲劳》，就是对传统章回体小说结构进行改造和创新意义的作品，也是一部借鉴吸收传统章回体小说结构精髓的作品。

莫言对章回体小说的成功运用不仅指其对传统章回体小说外在结构形式的借鉴，更重要的是对其"循环轮回"的内在结构所体现的对传统思想精髓的吸收。莫言说："至于六道轮回，其实是一个时间问题，是这部小说的时空结构。这些是我要表现的重点，或者说是我自认为《生死疲劳》这部小说最有价值的地方。"①《生死疲劳》运用了传统章回体小说的外在结构模式，小说还蕴含着一种生死轮回、生命循环的内在结构，在此称之为章回与循环式结构。

从外在结构来看，《生死疲劳》在结构上并无特别创新之处。小说前四部采用了章回小说的双句标回模式，但每一部的章回数目不同，双句标回的字数不等，有七字、八字或十字等多种形式，双句回目有的对仗严格，也有的双句回目仅是字数相同，并不注重严格的对仗，可见，《生死疲劳》在运用章回体形式时，并不为其传统的外在形式所拘，而是追求一种自由的表述。小说第五部的"结局与开端"又回归到了四字单句的现代小说标题样式，从形式上看是对古代章回体小说形式的改造。

但从内在结构来看，《生死疲劳》隐含着传统道家思想的生死观念与往复循环的生命意识。古代章回体小说非常注重首末回的安排，首回往往起到统摄全篇的效果，也往往隐含着小说的主题意向，像《红楼梦》首回的"梦幻识空灵"和《水浒传》首回的"误走妖魔"都是如此，而这两部小说的末回都是对首回的照应，不管是"归结红楼梦"，还是"梦游梁山泊"，体现的都是一种"首尾大照应"的传统结构观念。《生死疲劳》的前四部都是从本部分首回的"转世"写到末回的"身亡"，每一部分都体现着一个生死轮回过程，整篇小说的首回与末回又体现着由死到生的转化。

---

① 莫言，崔立秋：《"有不同的声音是好事"——对〈生死疲劳〉批评的回应》，《文学报》，2006年9月28日。

小说首回表现了阎罗殿的世界，营造出生死边缘的氛围，主体部分表现了西门闹由驴到牛，从牛到猪，从猪到狗，最后转化为大头婴儿蓝千岁的生命轮回历程。这种生死轮回观念也体现着一种传统民族文化心理，小说既表现了一种"生死疲劳"的生命体验，也表达了对"身心自在"的向往。

近年来随着章回体小说研究的深入，学界认为传统经典的章回体小说，如《封神演义》《儒林外史》《水浒传》和《红楼梦》等小说的章回结构中，往往包含着一种"天人合一、因果报应、谪世转世、团圆中兴等文化观念及民族心理"①。《生死疲劳》的生命循环往复结构包含着传统宗教和道家的生死观念和生命轮回的文化心理。而五四小说创作在"以西例律我国小说"的影响下，把我国章回体小说结构的精髓连同其"洗澡水"一起泼掉了，《生死疲劳》对古代章回体小说的运用也是对五四小说结构偏颇的补救。

可见，莫言小说注重了对古代小说结构形式的吸收和改造，既有对我国古代小说外在结构形式的借鉴，也有对古代小说结构中民族文化精髓的传承。在五四小说中已不多见的古代小说结构模式，在莫言小说中又获得了创造性的运用。

第四节 "言体"革新与语言反抗

莫言认为"小说语言，是个性化作家或者是个性化作品的最显著的标志"②，一个好的作家，要有好的语言，作家成功与否主要看其是否创造了属于自己的个性化语言。"语言是莫言最大的个性"③，他的小说创作归根到底是一种罕见的个性化身体认知语言现象。

莫言小说与五四新文学都非常重视个性化语言的运用，但他们又有很

---

① 潘建国：《关于章回小说结构及其研究之反思》，《北京大学学报》，2013 年第 3 期。

② 莫言：《文学个性化刍议——2004 年 8 月在深圳社会大讲堂的讲演》，《莫言讲演新篇》，北京：文化艺术出版社，2009 年，第 286 页。

③ 梁鸿：《当代文学视野中的"村庄"困境——从阎连科、莫言、李锐小说的地理世界谈起》，《文艺争鸣》，2006 年第 5 期。

大差别，具体来说那就是五四新文学更注重对西方语法规范的借鉴，而莫言小说更为注重对民间诗性语言的吸收。五四新文学的语言体系是在西方语法规范的影响下逐渐建立起来的。对此，毕飞宇认为，五四文化先驱对现代汉语的最大的贡献"并不是使用了白话"，而是"他们吸收了西方语言的语法规范"，使现代白话语言"受到了西方语法规范的有效干预"①。与五四新文学受西方语言的影响不同，以莫言为代表的许多当代作家都非常注重对民间诗性语言的寻找和发现。因以五四以来的现代典范白话文著作为基础建立起来的普通话的运用，也往往会部分地掩盖创作者的个性话语与不同地域的民间话语特色。正如有人评论韩少功的《马桥词典》所说，普通话"不仅同一化了这个世界，而且还以语言滤洗的方式，重新编制了这个世界的话语秩序，由此带来的严重后果，便是语言对人存在原初性的遮蔽"②。因此，与五四作家企图借鉴西方语言规范来重建现代白话语言规范不同，当代许多作家企图通过对民间诗性语言的寻找来表达自我与重新构筑个人的文学语言世界。莫言小说非常注重对民间语言的吸收，注重对有着民间原生态意味的"言体"语言的寻求与表达。

当然，从某种意义上来说，任何语言都与身体有一定的关系，都可以称之为身体认知语言。在此称莫言小说的语言为身体认知语言，主要是相对于很长时间里文学语言的"言心"倾向而言的。莫言小说的身体认知语言，特指其小说中高频率出现的、众多的肉身认知词汇。他的小说创作非常注重对民间语言的吸收，注重对有着民间原生态意味的身体认知语言的寻求与表达。莫言的小说身体认知语言是一种源于身体原初体验的感性语言，是一种企图抵达肉身存在的身体认知语言，也是一种具有诗性智慧和狂欢色彩的语言。

一、"言体"语言与"言心"语言

毕飞宇认为，莫言小说的魅力主要源于大量名词的运用，名词的大量

---

① 汪政：《语言的宿命》，《南方文坛》，2002 年第 4 期。

② 叶立文：《言与象的魅惑》，《文学评论》，2010 年第 3 期。

运用为读者展现了"外面的世界"。毕飞宇之所以认为莫言的小说涉及"外面的世界",是因为在他看来,在过去很长的时间里"汉语小说里只有灵魂"①。五四时期以白话代替文言的"诗歌革命","把白话假定为一种最接近内心的语言"②,是一种侧重表达人的思想感情的"言心"语言。莫言小说语言与五四新文学的"言心"语言不同,但又存在着一种互补关系。

莫言小说文本中不仅充斥着大量的名词,而且还有大量的表示身体器官或身体部位的词语,他力求在对不同身体器官的认知中给人以深刻的印象。譬如下面一段文字:

他把早就不中用了的罪恶累累也战功累累的勃朗宁手枪对准长方形的马脸抛去,手枪笔直地飞到疾驰来的马额上,发出沉闷的撞击声。红马脖子一扬,双膝突然跪地,嘴唇先吻了一下黑土,脖子随着一歪,脑袋平放在黑土上。骑在马上的日本军人猛地掼下马,举着马刀的胳膊肯定是扑断了。因为我父亲看到他的刀掉了,他的胳膊触地时发出一声脆响,一根尖锐的、不整齐的骨头从衣袖里刺出来,那只奓拉着的手成了一个独立的生命在无规律地痉挛着。骨头刺出衣袖的一瞬间没有血,骨刺白疼疼的,散着阴森森的坟墓气息,但很快就有一股股的艳红的血从伤口处流出来,血流得不均匀,时粗时细,时疾时缓,基本上像一串串连续出现又连续消失的鲜艳艳的红樱桃。他的一条腿压在马肚子下,另一条腿却跨到马头前,两条腿拉成一个巨大的钝角。父亲十分惊讶,他想不到高大英武的洋马和洋兵竟会如此不堪一击。爷爷从高粱棵子里哈着腰钻出来,轻轻轻轻唤一声:

"豆官。"③

这段文字出自《红高粱家族》的《狗道》,毕飞宇曾以此段文字为例分析莫言小说语言中充斥着大量名词。其实,此文中不仅有大量的名

---

① 毕飞宇:《找出故事里的高粱酒》,《钟山》,2008年第5期。

② 鸿俊:《"个性主义"文学的语言观与现代汉语形成期的修辞观》,《福建师范大学学报》,2008年第3期。

③ 莫言:《红高粱家族》,北京:作家出版社,2012年,第155页。

词，而且还有许多表示身体部位或器官的词语。这三百来字的短文，有近二十个不同的身体词语，像"脸""额""脖子""膝""嘴唇""脑袋""胳膊""骨头""骨刺""手""血""腿""肚子""头"和"腰"等。当然，这些表示身体器官或部位的词语，有许多指动物的身体器官或部位，对动物身体的人体化认知，其实也是人类早期身体认知的共同特点，当然也体现了一种生命一体化思想。

知觉现象学认为，身体是语言产生和发展的动力，言语是身体主体的建构物，也就是说，"是身体在表现，是身体在说话"①。莫言小说中身体词汇的大量出现似乎也印证了这一点。

从总体来看，莫言小说中身体词汇的运用主要是基于两方面的目的。

一是强化对肉身的认知。刘小枫指出，"言词和灵魂没有肉身是不存在的，肉身才为言词和灵魂的在场提供了所必需的空间"②。莫言小说进一步突出了对肉身的认知。他的小说语言有的直接叙述身体器官或部位的状态，像上文中写胳膊触地发出"一声脆响"，一根"尖锐的、不整齐的"骨头从衣袖里"刺出来"，"耷拉着"的手成为独立的生命"无规律地痉挛着"；有的通过身体与外在事物的对照来强化对身体的认识，以自然界无生命的事物喻身体的，像《大风》写大风吹来时蹦蹦爷的双腿像钉子似的"钉在堤上"，腿上的肌肉"像树根一样条条愣愣地凸起来"③，借类比来表现其坚忍顽强的硬汉精神；也有以自然界其他生命形式来喻身体的，像《鱼市》写德秀像一条"满腹仔儿"的小青鱼，写老耿挑着两篓鱼，"好像一只大鸟在飞翔"④，《粮食》写"伊"走路时脖子一抻一抻地，"宛若一只挣命的鹅"⑤。莫言小说中大量运用身体词汇的目的是为了唤起人们对肉身的关注。海德格尔说语言是存在的家园，语言也是身体存在的家园。

二是通过肉身沟通外在世界。现代身体理论认为，身体是一切事物

① [法]梅洛·庞蒂：《知觉现象学》，姜志辉译，北京：商务印书馆，2001年，第256页。
② 刘小枫：《沉重的肉身》，北京：华夏出版社，2012年，第91页。
③ 莫言：《大风》，《白狗秋千架》，北京：作家出版社，第169、171页。
④ 莫言：《鱼市》，《与大师约会》，北京：作家出版社，2012年，第45页。
⑤ 莫言：《粮食》，《与大师约会》，北京：作家出版社，2012年，第107页。

的源泉，我们对事物的认识都要借助于身体。莫言小说拒绝对空洞理性语言的认同，而强调在个体的身体感知中认识与沟通外在世界。维柯认为，"人在无知中就把他自己当作权衡世间一切事物的标准"①，无知状态下的生命个体认识与权衡外在世界的标准也只能依靠个体的身体感知，而个体的身体感知也是认识外在世界的必要路径与动力源泉。像《老枪》中大锁对枪的认识不是其机械构造，而是对枪的身体感知，伸手摸枪时，"第一个感觉是指尖冰冷，冷感上侵至胸肋，使他良久觳觫"②，他感觉这枪具有一种灵性，能听到枪"咯咯吱吱响"，这不仅是对枪的恐惧，也是对身体非理性感知的敬畏。人不仅靠理性来认识世界，还要用自己的身体感知来把握世界。以身体权衡万物，世上的一切都有了生命，有了灵气。《透明的红萝卜》把火车看成是"独眼的怪物"，"趴着跑，比马还快，要是站着跑呢？"③莫言小说中有大量的以身度物的语言：像《老枪》写一个水汪子边缘"跳动着针刺样的光芒，像一圈温暖的睫毛"④；《鱼市》写"太阳红红的，像个羞怯的女人"⑤；《大风》写村里的"娘儿们"赞扬蹦蹦爷活儿干得好时，并不只是通过她们的口头称赞来表现，而主要是借助她们铡麦时的身体表现来赞美，在铡蹦蹦爷收割的麦个子时，"娘儿们"单手握着铡刀柄，"手腕一抖，屁股一翘，大奶子像大白兔一样跳了两下，'嚓'，麦个子拦腰切断"，但当铡到"埋汰主儿"捆的麦个子，她们双手按铡刀，"奶子颠得像要插翅飞走，才能把麦个子铡断"⑥。另外，在莫言的小说中，不仅人打量着万物，万物也注视着人类，像《苍蝇·门牙》中"苹果树忧悒地望着我，我忧悒地望着苹果树"⑦，《球状闪电》中刺球对小说主人公命运的关注，以及《生死疲劳》中人与动物的生死轮回与相互关注等，都既表

---

① ［意］维柯：《新科学》（上），朱光潜译，合肥：安徽教育出版社，2006年，第239页。

② 莫言：《老枪》，《白狗秋千架》，北京：作家出版社，2012年，第241页。

③ 莫言：《透明的红萝卜》，《欢乐》，北京：作家出版社，2012年，第7页。

④ 莫言：《老枪》，《白狗秋千架》，北京：作家出版社，2012年，第240页。

⑤ 莫言：《鱼市》，《与大师约会》，北京：作家出版社，2012年，第37页。

⑥ 莫言：《大风》，《白狗秋千架》，北京：作家出版社，2012年，第165页。

⑦ 莫言：《苍蝇·门牙》，《白狗秋千架》，北京：作家出版社，2012年，第303页。

现了人与自然万物的平等意识，也反映了语言就是人在以自身来度量万物的观照下创生的。

莫言小说语言是一种身体认知语言，他非常重视语言与身体的联系。他在谈到语言与作家的关系时，多次提到徐怀中对文学语言的看法，那就是"在某种意义上说，语言是一个作家的内分泌"①。"内分泌"的说法虽让人感觉有些模糊、笼统，但指出了身体与语言的联系。美国小说家伯罗斯在小说《裸体午餐》中说："作家只写一个东西：写作时感官所面临的东西……"② 这一观点和莫言小说创作非常相似，都是以自身作为个体话语的本源。

郜元宝指出，鲁迅也认为只有"回到蚊虫叮咬大腿的那种切近的身体感受"，才能明白"怎么写"的问题，认为他小说中也"弥漫着一种鲁迅式的身体语言"，但鲁迅的文学是"以贬抑身体在意识形态中的地位为起点的"，其小说中大多是"精神化和隐喻化的身体，是'灵明''灵觉'的载体"，"身体主要是被描写的对象，而非言说的主体，所谓身体语言也并不是身体言说自己的语言，而是意识和精神主体借助于身体的言说"③。这也说明了以鲁迅为代表的五四新文学语言中更多的还是表现精神或心理的"言心"语言。

与五四新文学"言心"语言的欧化倾向不同，莫言的身体认知语言是一种企图抵达民族深层心理结构和文化积淀的语言。汉语一向有着重视身体语言的传统，"身"字在古汉语中大量存在，如"三省吾身"（《论语·学而》）、"修其身而平天下"（《孟子·尽心下》）、"正身安国"（《荀子·乐论》）等。"中国人对'身'字的运用，足以说明在中国文化对'人'的程序设计里，人的生命与存在的意向都导向'身体化'的倾向"④。

---

① 莫言：《写最想写的——2008 年在上海大学的讲演》，《莫言讲演新篇》，北京：文化艺术出版社，2009 年，第 183 页。

② 李斯：《垮掉的一代》，海口：海南出版社，1996 年，第 20 页。

③ 郜元宝：《从舍身到身受——略谈鲁迅著作的身体语言》，《鲁迅研究月刊》，2004 年第 4 期。

④ [美] 孙隆基：《中国文化的深层结构》，桂林：广西师范大学出版社，2011 年，第 55 页。

中国古代的身体文化因五四以来的文学过度重视人的思想精神的重要性而大为淡化了，肉身成了精神的拖累，也被"有意味的缺席"了，这在20世纪的大部分文学中都是不争的事实，莫言小说对身体词汇的大量运用也可以说是对长期以来文学中肉身"缺席"的对抗。

二、诗性智慧与"文学的国语"

莫言小说的身体认知语言具有以个人身体衡量自然万物的倾向，这种倾向与维柯所讲的诗性智慧的语言特点具有某种相似性。维柯指出，在一切语种里涉及无生命事物的表达方式大多"都是用人体及其各部分以及用人的感觉和情欲的隐喻来形成的"。他认为在人类童年时代，人们常用"以己度物"的方式，赋予一些自然事物以人的感觉和情欲，诸如用"首"或"头"来表示顶或开始，用"额"或"肩"表示山的部位，针和土豆有"眼"，杯或壶有"嘴"，耙、锯或梳有"齿"……这从不同的语种里都可以举出许多类似的事例，这些事例说明了"无知状态"下的人常把自身当作衡量自然万物的标准，从而"把自己变成整个世界"。维柯进而指出，理性的玄学说"人通过理解一切事物来变成一切事物"，而"这种想象性的玄学都显示出人凭不了解一切事物而变成了一切事物"[①]。在这种身体化认知下，世界也就变成了一个庞大的身体，而身体也成了"破解世界的一把密钥"[②]。

莫言小说的身体认知语言既体现着创作者对个人身体的认知，也体现了以个人身体来重新度量世界的尝试与勇气。他的许多小说大都以儿童为叙事视角，从语言的表达技巧看，其目的是想重返幼年时的前语言状态，有人认为"幼年"就像是一片"黑大陆"，在等待语言的照亮[③]。以儿童化的"隐含的作者"来叙事——莫言小说大都存在着一个儿童化的"隐含的作者"，这种"无知"或"半无知"状态下的儿童化好奇心为其以一己的

---

① [意]维柯:《新科学》（上），朱光潜译，合肥：安徽教育出版社，2006年，第238-239页。

② 张之沧等:《身体认知学》，北京：人民出版社，2014年，第89页。

③ [意]吉奥乔·阿甘本:《幼年与历史：经验的毁灭》，尹星译，开封：河南大学出版社，2011年，第57—58页。

身体去认识世界提供了可能和便利。维柯认为"好奇心"是诗性智慧的起点，"是无知之女，知识之母"①，正是在好奇心的驱动下人才把自然界想象成巨大的躯体。

《新科学》还提出其他一些诗性智慧的范畴，那就是"想象""比喻、隐喻、替换和转喻""变形""符号、意象与象征"等。在这些诗性范畴中，维柯认为"比喻、隐喻、替换和转喻"是原始人类认识自我与世界的诗性智慧，是一种本能的、贫乏的认知和表达方式。莫言小说语言也多运用"比喻、隐喻、替换和转喻"的诗性表达，但他小说语言的诗性智慧，完全不同于原始人类的本能的、贫乏的认知和表达方式，而更多的是一种审美现代性的认知和表达技巧。与其他作家不同，莫言小说的"比喻、隐喻、替换和转喻"的运用，总是围绕身体展开，在身体一体化和生命一体化中体认自我和世界，因此莫言小说中的意象大多来自人的身体。生命一体化和身体一体化是古代先民根深蒂固的思维观念，莫言小说语言也体现了这一思想，其小说中理性化的文字较少，感性化的语言较多。现代身体人类学认为："只有跳出了所谓的'理性认识'和'感性认识'的机械两端论窠臼，摆脱灵肉两分和灵肉对立的思维模式，对人本身的认识才能够打开新的局面。"②

五四时期，胡适曾提出"国语的文学，文学的国语"③的语言功利观，其目的就是想通过白话语言实践，来重建民族语言规范，从而达到启蒙民众的目的，也使"最大多数的国民能够理解及运用这国语"④。莫言小说的身体认知语言与现代文学知识分子语言的群体规范性和功利性追求不同，他更为重视个体话语诗性智慧的表达。如果说五四以来文学把文学语

---

① [意]维柯:《新科学》(上)，朱光潜译，合肥：安徽教育出版社，2006年，第222页。

② 叶舒宪:《身体人类学随想》，载陈定家:《身体写作与文化症候》，北京：中国社会科学出版社，2011年，第284页。

③ 胡适:《建设的文学革命论》，载袁伟时编:《告别中世纪：五四文献选粹与精读》，广州：广东人民出版社，2004年，第348页。

④ 周作人:《国语改造的意见》，《艺术与生活》，石家庄：河北教育出版社，2001年，第52页。

言的工具性放在了第一位，把审美性放在了第二位，那么莫言小说正好相反，其身体认知语言是把文学语言的审美性放在首位的。相比于五四新文学对"文学的国语"的功利性建构，莫言小说语言虽然偏于感性语言的表达，但正是以一种个体化的身体认知和表达，来逃逸重重现代理性文化的笼罩，来重新审视身体存在的意义，重新认识现代理性语言的缺憾。

三、狂欢色彩与理性光芒

莫言小说语言的狂欢化色彩已有较多的论述，但从身体认知与语言的角度来论述的不多。其实，莫言小说语言的狂欢化主要体现在源自身体语言的喧嚣与杂乱上。

狂欢表达的就是身体暂时挣脱自由后的激情宣泄。伯高·帕特里奇以古代西方的性狂欢为例揭示了狂欢意义，他说："人总是处于一种矛盾的地位，在人身上既有文明倾向，又有动物倾向，人一般是通过节制动物本性而使两者相协调，但并不能解决不断增加的压力。于是各种各样的紧张状态就导致了一种释放，即狂欢。"[1] 莫言小说中大量的久被压抑的身体语言的释放，正体现了这种狂欢化特征。

莫言小说语言的狂欢主要表现在一些原本被认为不登大雅之堂的身体词语的大量出现。表示身体器官的各色词语在其小说几乎都能找到，特别是那些人们难以启齿或羞于出口，仅在字词典或科普读物中可见而在文学文本中难觅踪影的词语，像一些生殖系统词语、消化系统词语等，都冠冕堂皇地出现在了莫言小说中，有些甚至还登上了小说的标题，如大嘴、门牙、金发、红耳朵、丰乳和肥臀等。在莫言看来，这些身体词汇，特别是生殖或消化系统的下半身词语，不但不卑下，而且还有生命存在与延续的意义。像丰乳或肥臀不但不卑俗，而且是生殖图腾的象征，带有明显的身体崇拜、生殖崇拜的意味；而一些消化系统的词语，像口腔、肠胃、肛门等，都是生命新陈代谢的重要器官，是任何个体生命存在之本，但以往许多文学作品，过于关注精神内容，而忽视了物质性身体的书写。莫言小说

---

[1] 王建刚:《狂欢诗学》，上海：学林出版社，2000 年，第 74 页。

就是努力回归个体的肉身本源。小说《革命浪漫主义》通过一位老红军之口写当年过草地的身体体验，写"毛主席也饿得肚子咕噜噜响"，对伟人或英雄人物的书写也要还原到个体生命存在的本真面目。从个体存在的意义上说，精神与肉身本是一体化的，身体器官之间也无所谓高尚和卑下之分，都是身体的必要组成部分，因此表示不同身体器官的词语也没有贵贱之分，对身体部位或器官词语的等级划分，其实是二元对立思想的反映。尼采认为，身体与意识的二元对立，乃形而上学的一大诡计，"身体从此惨遭意识摧残"，而"身体比灵魂更古老也更令人称奇，我们的原则就是要以身体为准绳"①。莫言小说专门从所谓的身体"卑贱"部位的词语入手，来消解以往文学，特别是"文革"文学虚假的浪漫想象。《革命浪漫主义》从"我""意守屁股"的切身体验入手，结合一位老红军对"亲身经历的铁的事实的讲述"，粉碎了"我"头脑中虚假的革命浪漫主义想象。小说从"屁股"开篇，在失去屁股后，"我"才意识到屁股的重要性，"没有屁股坐不稳，没有屁股站不硬，人没有了屁股如同丢掉了尊严"②。小说中"我"在战争中失去屁股，老红军在战争中被子弹"把传种接代的工具打掉了"。莫言小说不仅毫不避讳对各种身体卑下部位词语的展示，毫不掩饰对身体隐秘部位词语的呈现，而且对有关身体活动的词语也力求如实地表达。他小说中不仅有大量的性描写语言，而且还有各色的生理性身体活动的相关词语，像吃、喝、大便、小便、屎、尿、屁和汗液等。这些在以往文学作品中不常见的与生理性身体活动有关的词汇往往与高调的精神词汇形成一种狂欢化效果。

　　谈到莫言小说身体认知语言的狂欢化，不能不涉及其骂语横行现象。他小说中的骂语也是一种身体语言。张柠通过分析《欢乐》的"血骂"指出，莫言小说的这种民间式骂语，是"一种与肉体器官相关的骂，而不是

<hr>

① ［德］尼采：《权力意志》，张念东译，北京：中央编译出版社，2000年，第37、38页。
② 莫言：《革命浪漫主义》，《白狗秋千架》，北京：作家出版社，2012年，第387页。

抽象的、定性的、审判式的骂"①。引人注意的是，晚明以来的几次个性主义文学思潮的高涨，都存在着骂语泛滥的现象。《水浒传》有关"鸟"的骂语堪称一绝，而《金瓶梅》被认为是"骂尽诸色"②；五四时期，鲁迅撰写的《论"他妈的"》、周作人撰写的《论骂人》都批判了"国骂"问题，体现了五四新文学对骂语的理性批判；而在 20 世纪 80 年代侧重表现非理性自我的个性主义思潮高涨时，骂语在文学作品中再次大量涌现：韩少功《爸爸爸》的丙崽高兴时就喊"爸爸"，不高兴时就说"× 妈妈"，一生只会两句话；莫言的小说也有大量的骂语。这一切似乎说明骂语与人的个性意识也有某种内在的联系，骂语似乎也有着一种肉身个性自由的隐喻在内。据说，在高密"民间的日常口语交流中，甚或是在昵爱表白中"，人们常常会听到"高密人富于'国骂'"的用语，这样的用语往往粗俗、直露、野蛮，"但同时又不能不承认，这是一种不顾及任何形而上束缚的感性生命的自由张扬"③，由此可见，文学中骂语的大量出现也是个性压抑的发泄，正是关于身体的低俗骂语与关于精神的高雅词汇的相互冲撞才形成了一种文学语言的狂欢化效果。而五四新文学对骂语的批判，其实也体现了理性语言对狂欢语言的打压。

在语言的发展过程中，不同的身体词汇遭受了不同命运，一些与人的精神或上半身有关的词汇获得推崇和礼待，而一些远离精神或与下半身有关的词汇却遭受歧视和打压。五四时期，周作人曾在《上下身》中批评了把一体化的身体区分为上下半身的思想，指出由于这种区分把"上下变而为尊卑，邪正，净不净之分了：上身是体面绅士，下身是'该办的'下流社会"④，这其实指出了社会文化对身体的异化，而不同身体词汇的命运就

---

① 张柠：《文学与民间性——莫言小说里的中国经验》，载张清华等：《看莫言：朋友、专家、同行眼中的诺奖得主》，武汉：华中科技大学出版社，2013 年，第 304 页。

② 鲁迅：《中国小说史略》，《鲁迅全集》（第九卷），北京：人民文学出版社，1981 年，第 180 页。

③ 杨守森：《高密文化与莫言小说》，载徐怀中等：《乡亲好友说莫言》，济南：山东大学出版社，2013 年，第 86 页。

④ 周作人：《上下身》，《雨天的书》，北京：人民文学出版社，2000 年，第 45 页。

是这种异化的表征。从狂欢化理论来看，莫言小说语言的狂欢首先就表现为这些久被压抑的下半身词语的大量出现，并与各种精神词汇、政治词汇等形成了一种狂欢化特征。

莫言小说极力将这些长期遭受文学冷落的肉身词汇与心理词汇等同地展示出来，并在身心统一观念的指导下，实现身心词汇的升格与降格化处理，在语言狂欢中不同的身心词汇获得了一种平等表达。对此，巴赫金在分析拉伯雷的作品时曾指出这一现象，认为"怪诞现实主义的主要特点是降格，即把一切高级的、精神性的、理想的和抽象性的东西转移到整个不可分割的物质——肉体层面、大地和身体层面"[①]。在莫言小说中，语言的狂欢并不只是身体认知语言的大释放，而且是各色语言的大杂烩、大碰撞，并且在不同语言的融汇和碰撞中，完成对高调虚假的理性语言的降格，凸现身体感性语言的价值与意义。他小说中往往各色语言杂陈，官方语言与民间语言相交融，政治群体语言与个体私人话语相冲突，肉身语言与精神语言相抵牾，身体不同器官的感知语言相交织，各色语言具有一种"普天同庆"的混乱、芜杂的狂欢意味。

海外学者孙笑冬认为，莫言的小说语言是一种"病态语言"，"混杂着农村方言、老一套的……修辞和文学上的矫揉造作"，认为"莫言的语言脱离了中国文学过往的数千年历史，不复优雅、复杂与丰富，而是一种染病的现代汉语"[②]。指出莫言小说语言的混杂性，并认为其是一种"病态语言"，是有一定道理的，但如果从身体认知语言的角度看，莫言小说语言其实正体现了以个体原初性的身体体验来衡量现代众声话语的勇气，力求穿越语言的喧嚣来认识本相，目的恰恰是为了"重建与现代汉语传统的联系"，他的语言也并非"脱离了中国文学过往的数千年历史"，而是对传统诗性智慧语言的回归。当然，莫言小说语言与传统的诗性语言有较大的差别，这差别主要表现在他的小说中除了有大量的个体身体认知语言、民间语言之外，还有众多政治语言、文学语言和现代科学语言等，他的小说

① ［苏联］巴赫金：《拉伯雷研究》，石家庄：河北教育出版社，1998年，第24页。

② 康慨：《孙笑冬：莫言的"染病"的语言》，《中华读书报》，2012年11月28日。

正是在众声喧哗的语言狂欢中重新认识不同语言的本真与虚假。莫言曾说自己的一些小说"变成了语言的狂欢节"①。《酒国》中有"文革"大字报语言、流行小说语言，也有对鲁迅早期小说语言的模仿等；《欢乐》中既有阶级斗争的宣传口号，也有官方计划生育的宣传标语；既有教师的教学语言，还有中学教材语言；既有传统诗词的语言，又夹杂着鲁迅小说或杂文的语言等，并在意识流般的话语宣泄中，形成了不同语言的对话、交流，目的是在语言的相互辩驳中认识本真的自我。在莫言小说语言的狂欢化表达中，往往是那种来自个体身体体验的话语显得生气蓬勃，而一些抽象的政治语言或理性语言往往显得空洞无力，从而形成一种语言反讽的效果。

与五四新文学语言侧重于向西方文学借鉴不同，莫言小说中的那种源自身体的感性语言更为注重对民间诗性语言的吸收。相对于长期以来文学重视语言的书面化来说，莫言小说更为重视语言的口语化表达。当代许多作家意识到文学创作，"声音"比"文字"更重要②。语言向声音的回归，是对语言原初性的回溯，也是向民间传统说唱艺术致敬。在莫言小说中，传统的民间语言形式，诸如民歌、民间戏曲与谚语等穿插其间，方言、俗语与骂语等随处可见。因此，莫言小说的身体认知语言也具有民间语言的特点，民间语言大多是一种强调身体原初性体验的语言，但"以身度物"的民间语言对文学创作来说，往往是一把双刃剑，它既为莫言小说带来一种感性的诗性光彩，也带来了一种良莠不齐、泥沙俱下的粗糙感，这与闪烁着理性光芒的严谨、规范和雄辩的知识分子语言完全不同。

莫言小说的身体认知语言恢复了我国传统文化的言体传统，并希望通过对身体认知语言的反思来重新思考个体与国家、与人类的关系，这其实与中国传统文化的身家同构思想也是一致的。我国传统文化中有身家同构、身国合一的思想，如《大学·礼记》的"身修而后家齐，家齐而后国

---

① 莫言：《在文学种种现象的背后——2002 年 12 月与王尧长谈》，《莫言对话新录》，北京：文化艺术出版社，2009 年，第 87 页。

② 毕飞宇、汪政：《语言的宿命》，《南方文坛》，2002 年第 4 期。

治";《孟子·离娄上》的"国之本在家，家之本在身";《管子·君臣下》的"四肢六道，身之体也，四正五官，国之体也"等，都反映了古人对身体"小我"与国家"大我"的思考。通过莫言的小说可以发现，莫言不仅通过"以自身为本位"的个性精神的探索来反思身体"小我"与国家"大我"的关系，还借此来审视身体"小我"与人类"大我"之关联。

第五章
传承与重构新文学叙事传统的
成因及意义

莫言小说创作对新文学叙事传统的传承与发展受内外在多种因素的影响。从主观来看，童年时饥饿孤独的身体体验与话语压抑决定了莫言小说传承新文学叙事传统的取向，而广采博取的兼容思想、"以人为本"的利民思想和万物有灵的泛神思想等齐文化血脉影响了他接受新文学叙事传统的态度，也影响了传承他个人主义思想与含魅叙事的特征。从客观来看，新时期文化生态的变化为莫言小说传承与重构新文学叙事传统提供了现实土壤，而文学主体性理论则提供了理论支持。莫言小说个性化叙事对新文学叙事传统的传承与发展是主客观两方面因素合力作用的结果。

　　高度的个性化叙事往往具有两面性，无论是人物个性还是艺术个性，都是如此。莫言小说个性化叙事传承与重构新文学叙事传统，实现了从表现"自我"到表现"自身"、从现代性到审美现代性、从"拿来"到"寻根"的创作转换，这也是文学艺术与社会文化由20世纪初"重精神"向世纪末"重肉身"的身心一体化思想转型的表征。当然，这种传承与重构也带来了感性泛滥与理性约束、人物个性的转化与长篇小说结构的安排、个性化表达与读者接受等值得深入反思的问题。相对于新文学个性化叙事解放偏于强调精神理性而忽视肉身感性的片面，以及知识分子启蒙表达与民众愚昧的对立，莫言小说个性化叙事的感性张扬未尝不是一种纠偏或补偿，当然有时也存在矫枉过正的现象。

　　五四新文学与莫言小说代表了"重精神"与"重肉身"的个性化叙事的两极，远离"重精神"的新文学个性化叙事会让我们变得平庸，而远离了"重肉身"的莫言小说，可能会使我们忽视了肉身的存在。

第一节　主观精神与新文学叙事传统的演变动因

莫言青少年时期就有强烈的叛逆意识，他在小学时曾办过《蒺藜造反小报》。据其好友张世家介绍，莫言最早的作品就是为此小报写的打油诗："造反造反造他妈的反，毛主席号召我们造反！砸烂砸烂全他妈的砸烂，砸烂资产阶级教育路线！"① 这首小诗形象地表现了他小时候的自由叛逆意识。

莫言说："我真正理解文学，始于我发现了童年记忆、理解童真之时，因为童年是与故乡、母亲等联系在一起的，一个作家的童年记忆决定了他的文学。"② 他的小说个性化叙事之所以体现出对新文学叙事传统的传承与重构意识，与他的先天禀赋有关，与他的身心压抑的童年体验也密不可分。

一、童年体验与叙事传统取向

莫言小说个性化对新文学叙事传统的传承与重构与其童年时代的独特体验紧密相关。

（一）饥饿孤独体验与书写认同

在莫言的童年记忆中，饥饿与孤独是其无法抹去的梦魇，他说自己是为了能过上"一天吃三顿饺子的幸福生活而写作，这跟鲁迅为了救治中国人麻木的灵魂相比，差别是那么大"③。他在《饥饿和孤独是我创作的财富——在史坦福大学的演讲》《饥饿者的自然反应——2003 年 10 月与法国〈观察报〉记者对话》和散文《吃相凶恶》《吃事》中都谈到了童年时肉身

---

① 张世家：《我与莫言》，载徐怀中等：《乡亲好友说莫言》，济南：山东大学出版社，2013 年，第 4 页。

② 莫言：《千言万语，何若莫言——以色列记者对莫言的访谈录》，《小说的气味》，沈阳：春风文艺出版社，2003 年，第 149 页。

③ 莫言：《我为什么写作——2008 年 6 月在绍兴文理学院的讲演》，《莫言讲演新篇》，北京：文化艺术出版社，2009 年，第 199 页。

饥饿的体验对其创作的影响。莫言说，"饥饿使我成为一个对生命体验得特别深刻的作家"，"所谓的自尊、面子都是吃饱了之后的事，对于一个饿得要死的人，一碗麻风病人吃剩的面条，是世间最宝贵的东西"①。在饥饿的状态下，人的个性又退化到了动物性层面，正如《红蝗》中所说："饥馑和瘟疫使人类残酷无情，人吃人，人即非人，人非人，社会也就是非人的社会，人吃人，社会也就是吃人的社会。"② 在"大跃进""文革"时期成长起来的农民出身的作家，大都有着刻骨铭心的肉身饥饿体验，这与五四新文学作家大多有着留学西洋的经历完全不同，其个性化叙事特点自然也会有偏差。

莫言在20世纪60年代初的饥饿年代，亲眼看到过许多因饥饿而丧失人格尊严的事，也亲身经历过为填饱肚皮而放弃个人尊严的事。他多次提到村里一群孩子为了能从粮食保管员那里得到一块豆饼而围在一起学狗叫的情景，而莫言就是这群学狗叫的孩子中的一个。他为了得到一块豆饼而学狗叫被家人发现后，曾受到了长辈的批评。爷爷说："嘴巴就是一个过道，无论是山珍海味，还是草根树皮，吃到肚子里都是一样的，何必为了一块豆饼而学狗叫呢？人应该有骨气！"③ 他认为家人的批评，当时并不能说服他，因为他知道吃山珍海味与草根树皮"并不一样"。莫言总是固执地认同个人的肉身体验，但又不仅仅认同肉身体验，他还从大人的批评话语中体会到一种尊严，意识到"这是人的尊严，也是人的风度"。他既认同精神的意义和力量，也感到放弃真切的肉身体验而认同高尚精神的艰难，这也决定了他在接受新文学叙事传统时，既高度地认同其肉身觉醒的书写，但又不完全否认其精神的重要性。

在莫言的童年记忆中，与饥饿相伴而生的就是孤独。他曾多次在公开场合说到自己因外貌丑陋，从小就经常受到"身体正常者"的嘲笑，这让

① 莫言：《饥饿和孤独是我创作的财富——在史坦福大学的演讲》，《小说的气味》，沈阳：春风文艺出版社，2003年，第45页。

② 莫言：《红蝗》，《食草家族》，北京：作家出版社，2012年，第107页。

③ 莫言：《我的文学历程——2006年9月第十七届亚洲文化大奖福冈市民论坛的讲演》，《莫言讲演新篇》，北京：文化艺术出版社，2009年，第67页。

他过早尝尽了异于"常人"的孤独体验。加之因得罪了学校的一名代课教师，学校随即以其富农家庭成分为借口剥夺了他上中学的权利，童年即辍学当放牛娃的独特经历，让他因此有了"被同龄人抛弃的孤独"①。过早远离了同龄人的他，只能与大自然的花草树木、飞鸟牛羊为伴，有时甚至会对着树木自言自语，他对牛的了解"胜过了对人的了解"②。但正如鲁迅所说，"世界上最强壮有力的人，就是那孤立的人"③。莫言这种童年的孤独体验也化为文学创作的强烈的个性意识，而"异于常人"的"丑陋"外貌又让他更多地关注人的身体，这与高度关注人的精神重要性的一些五四新文学作家是有差异的。

只有认识到莫言童年时代的饥饿体验，才会理解"丑兵"为何临死都念念不忘那碗豆腐炖粉条，才会理解为何铁孩的牙齿会坚硬如钢，才会理解《丰乳肥臀》中的上官鲁氏和《粮食》中的梅生娘为何会把胃变成偷粮食的口袋……只有理解莫言童年时的孤独和屡遭嘲笑的体验，才会明白他的作品为何会有那么多的身体异常者形象，为何他作品中的动植物那么富有灵性，为何人物会感到与动植物的距离很近，而与人的距离很远。也只有明白这一点，才会理解他为何如此迷恋于肉身体验的书写，并实现由五四新文学"重精神"向"重肉身"的个性化叙事的转换。

（二）话语压抑与言说方式的扬弃

据故乡好友王玉清介绍，莫言"从小就口无遮拦，爱挑战权威"④，但由于特定的时代背景，他爱说话的天性受到了压抑。他自己也说，"我想我小的时候还是很有表达能力的"，是个"炮孩子"，"有强烈的说话欲望，但后来被压迫住了"⑤。

---

① 李桂玲：《莫言文学年谱》，上海：复旦大学出版社，2014 年，第 3 页。

② 莫言：《饥饿和孤独是我创作的财富》，《法制资讯》，2012 年第 11 期。

③ 鲁迅：《热风·随感录四十六》，《鲁迅全集》（第一卷），北京：人民文学出版社，1981 年，第 333 页。

④ 倪自放，乔显佳：《莫言故乡的挚友王玉清谈莫言》，载徐怀中等：《乡亲好友说莫言》，济南：山东大学出版社，2013 年，第 26 页。

⑤ 李乃清：《莫言唯一一个报信者》，《南方人物周刊》，2010 年第 6 期。

莫言在青少年时代之所以饱受话语压抑，一方面与"文革"有关，另一方面也与其富农家庭出身有很大关系。对于自己的富农家庭成分，莫言曾深受其累，也一直耿耿于怀。他说："我家是一个上中农，处在贫农和富农之间的成分，几十年来，有一种如履薄冰的感觉，现在世界发生了变化，但骨子里还有这种东西。"① 新时期以前的很长时间里，富农的社会地位一直比较尴尬，既不是敌人，也不是革命依靠的对象，他们在社会上只能谨小慎微。莫言当时非常压抑，不愿说话，"一说话别人就骂我，任何一句好话都是多余的"② 正是特殊的家庭成分，使他对"文革"时期荒谬的政治说教的认识要比一般的孩子更深刻，也更独到，这应该也会使他对新文学的个性化语言有了自己的独到理解。

莫言在童年和青少年时期所经历的话语压抑在其小说创作中主要体现为两种形式，一种是直接表现童年时代的话语压抑，另一种是体现为压抑后的话语大爆发，这在某种意义上也体现了他对五四新文学的言说方式的扬弃。

莫言的许多小说直接表现童年时代所体验到的话语压抑，这些作品也往往具有自叙传的意味。《大嘴》生动地表现了一位名叫小昌、绰号大嘴的九岁男孩，因常口无遮拦，加之家庭成分不好，家人唯恐其祸从口出而惴惴不安。在一次茂腔剧团进村的欢迎会上，大嘴终因话语无忌被哥哥一巴掌打倒，"他还想喊叫，但喉咙已经发不出声音。……仿佛只有把拳头塞进嘴里，才可以缓解那种让他几乎要发疯的激烈情绪"③ 直接表现童年话语压抑的作品在莫言小说中的数量不是很多，但他的作品中，常有一些哑巴或几乎不说话的人物，如《透明的红萝卜》的黑孩、《枯河》的小虎、《丰乳肥臀》的哑巴三兄弟，《白狗秋千架》中暖的丈夫是哑巴，又一胎生了三个哑巴儿子，等等。莫言谈到自己的笔名，说是为了"告诫自己要少

① 莫言：《故乡·梦幻·传说·现实——著名作家莫言访谈录》，《小说的气味》，沈阳：春风文艺出版社，2003 年，第 159 页。

② 莫言：《在文学种种现象的背后——2002 年 12 月与王尧长谈》，《莫言对话新录》，北京：文化艺术出版社，2010 年，第 41—44 页。

③ 莫言：《大嘴》，《与大师约会》，北京：作家出版社，2012 年，第 487–488 页。

说话"①。这压抑不仅是精神的压抑，也是一种具身压抑的无处言说感。而且在强大的政治与知识分子精神话语的威压下，身体往往成为被剥夺了话语权的"莫言"存在，所以其才会有强烈的具身言说欲望。这似乎也决定了莫言虽然认同新文学的个性化语言特点，但对其过于强调精神重要性的"言心"语言又不无怀疑，他更为偏爱的是那种来自个体肉身体验的"言体"语言。

莫言在小说创作中最醉心的是话语压抑后的大爆发。《欢乐》和《四十一炮》是最具语言爆发特点的作品，也是最能代表其语言气势的作品。"几十年来压在心头不敢说的话，几十年不敢表露的感情，一旦得到宣泄的机会，其势也就如大河奔流，滔滔不绝，泥沙俱下"②，莫言曾认为《欢乐》是他写作状态非常好的作品，"九天写了将近七万字"，写得兴奋了，连笔都"赶不上思维"，"一大堆好句子滚滚而来，自己控制不住"③。莫言小说个性化叙事的话语大爆发与一些五四新文学作家的语言气势非常相似，都是久受压抑后的话语大解放。但二者不同的是，一些五四作家，像郭沫若早期诗歌创作的话语宣泄大都有着鲜明的逻辑性与雄辩性，而莫言小说个性化叙事的话语宣泄大多是感性话语的自然流淌。他认为文学语言"跟水一样，有一种势能"④，从高处倾泻而下，摧枯拉朽。

二、齐文化血脉影响新文学叙事传统的取舍

莫言的故乡高密在春秋战国时期属于齐国，齐国的传统文化底蕴较为浓厚。因齐国建国后遵循了"因其俗"的治国策略，再加之特有的地理位置和经济发展等因素的影响，齐文化形成了与鲁文化完全不同的特点。丰

---

① 莫言：《我平时是孙子　写作时色胆包天》，《钱江晚报》，2012 年 10 月 12 日。

② 莫言：《饥饿者的自然反应——2003 年 10 月与法国〈新观察报〉记者对话》，《莫言对话新录》，北京：文化艺术出版社，2009 年，第 280 页。

③ 莫言：《在文学种种现象的背后——2002 年 12 月与王尧长谈》，《莫言对话新录》，北京：文化艺术出版社，2009 年，第 77 页。

④ 莫言：《细节与真实——2005 年 4 月在中央电视台双周论坛的讲演》，《莫言讲演新篇》，北京：文化艺术出版社，2009 年，第 354 页。

富而独特的齐文化也孕育了一大批著名作家，像清代的蒲松龄、当代的莫言和张炜等。这些作家创作的题材内容和艺术风格虽然不同，但都带有齐文化特点，齐文化血脉已成为他们的一种集体无意识。

具体来看，广采博取的兼容思想、"以人为本"的利民思想、巫文化万物有灵的泛神思想等齐文化血脉对莫言小说传承与重构新文学叙事传统产生了很大的影响。

（一）广采博取思想影响接受态度

刘再复在谈到莫言小说创作时曾用"鲸鱼状态"和"鲸鱼精神"作比，"鲸鱼状态"或"鲸鱼精神"主要是指莫言小说创作与周围"成群结队的鲨鱼"相区别的独立行进的精神，此外，应该还指其小说海纳百川、包容万象的肚量。莫言说，"我想鲸鱼是从不选择食物的，它张开巨口，有点容纳百川的意思"①。他的小说无论是思想内容还是艺术风格都有着兼容并蓄、丰富驳杂的特点，这与齐文化广采博取、融会创新的特点是一致的。

虽然关于齐文化的特点争议颇多，但学界对其广采博取、融会创新的文化兼容性特点的认识几乎是共识性的。在齐国八百多年的历史发展中，一直有着注重多元文化融汇的特点。首先，齐文化的来源具有多元性。据《史记》记载，齐国建国后，姜太公采用了"因其俗，简其礼"的治国策略，与鲁国伯禽的"变其俗，革其礼"的方针完全不同，这使齐国原有的土著文化——东夷文化传统得以较完整地保存与传承。齐文化不仅较好地传承了东夷土著文化，而且还融合了多种外来文化。一般认为，土著的东夷文化，还有姜太公分封到齐国时所带来的周文化，以及殷商时期从中原地带渗透而来的商文化，是齐文化的三个主要来源②。其次，齐文化在发展过程中，大多传承着太公"尊贤上功"的治国策略，注意吸收不同的文化精英加入齐国的领导集团。齐威王兴建的稷下学宫，就是齐文化广采博取特点的发展与表现，也是其多元文化争鸣的象征。齐文化的形成和发展注

---

① 刘再复：《莫言的鲸鱼状态》，《华文文学》，2013 年第 1 期。

② 于嘉芳：《试论齐文化的三个主要来源》，《管子学刊》，1995 年第 3 期。

重广采博取，但更注意多元文化的融合创新。因此，与鲁文化独崇儒家思想的单一性不同，齐文化更具有文化的兼容性和多变性特点，比鲁文化也更为浑融。

莫言小说的思想和艺术均具有齐文化浑融复杂的特点，他对五四新文学的传承也具有这一特点。他既传承了周作人身心一体的个性主义文学观念，又有鲁迅强烈的个人主义与批判精神，还有对郁达夫小说人物肉身觉醒书写的借鉴等，都是对多元的新文学的融合与创新。当然，莫言小说要比五四新文学更为复杂。

首先，莫言小说传承了五四乡土小说创作传统，但与五四乡土小说相比，莫言小说中的乡土文化更为复杂。譬如对乡土人物形象的塑造，他不仅刻画了像蓝脸这样典型的农民形象，还塑造了众多的铁匠、石匠、木匠、杀猪匠、铜锅匠和草鞋匠等普通的乡村手工业者，以及民间艺人、民间医生、民间官吏、乡村知识分子和土匪等各色人物，可谓三教九流，无所不有。管仲在继承姜太公"通商工之业，便渔盐之利"思想的基础上，提出了"士农工商四民者，国之石民也"（《管子·小匡》），提出了"四民分业定居"思想，这与齐文化的多元浑融文化有关。莫言的小说中有从事工商牧副渔的各色人物形象，他的作品也是现当代文学史上乡村人物形象最为丰富的。自古以来，乡村文化就不是一种单一的农业文化，而是一种农工商牧副渔多元共生的浑融文化，这在农业优势不明显而走多元并举的齐文化中表现得最为明显。莫言小说中乡村人物身份的多样化其实也反映了齐文化的多元性。

其次，莫言小说的主题思想往往多义多解，具有复杂的综合性特征。学界对于其小说的主题往往"智者见智，仁者见仁"，常出现一些相反或相对的理解和观点。小说《红高粱》推出后，对其主题的解读，一直有着多种不同的看法。虽然莫言多次提到小说张扬了个性解放的精神，但学界大多痴迷于小说所反映的酒神精神，有人认为其体现的"生命强力"或"原始生命力"是民族精神的象征，也有人竭力否定这种精神，指出《红高粱》表现了具有启蒙意义的'张扬个性解放'的主题，但并没有表现无关乎思想启蒙的'崇尚生命强力'或'赞美原始生命力'的意蕴"①。其实，完全否认强烈的个性自由精神与"生命强力"或"原始生命力"的关系也是不合理的。《红高粱》鲜明的个性意识与五四新文学都表达了一种民族自强的渴望，只是莫言小说表现的民族自强意识更具民族与西方、传统与现代的多元文化浑融的特点。莫言小说的主题不仅具有多义性、丰富性，而且具有难以把握与阐释的复杂性。像他的成名作《透明的红萝卜》，就是一部人人都感知其妙，但又觉得妙不可言的作品，小说表现了儿童异常复杂的内在世界，"哪怕是孩子的内心世界，也是非常复杂的。这种内心世界的复杂性就决定了人的复杂性"②，可见，人的复杂性也体现了小说主题的复杂性。

最后，莫言小说的艺术风格具有浑融性特征。他的小说创作是自觉借鉴与吸取中外多种艺术形式的结果。像处女作《春夜雨霏霏》内容上有着新感觉派小说的身体感知书写的特点，但在语言上又有着五四书信体小说的独语特征。从《透明的红萝卜》开始，莫言小说艺术的多元浑融特点更为明显，都体现了中国传统文化与西方现代主义艺术相融合的倾向，他的小说形式上看是传统的，但手法上却是现代的，表面上是西方的，但骨子里却是民族的，是现代与传统、西方与民族的有机融合。另外，莫言小说还特别注意吸取中外不同的艺术手法，并将其融入自己的创作。譬如《檀香刑》就是有意借鉴了传统说书人的口吻和民间戏曲茂腔的话语方式，他发现，"茂腔的语言来自老百姓的日常口语，稍加提炼，非常生动、非常活泼、非常幽默"③。莫言小说不仅主动吸取民间戏曲艺术，还积极借鉴西方现代派绘画艺术。《红高粱》和《爆炸》等作品发表后，当评论界热衷于探讨马尔克斯和福克纳等西方作家对其小说创作的影响时，莫言却指出

---

① 易丽华:《启蒙略辨·双重主题·叙述策略——我读〈红高粱〉》,《文艺争鸣》,2014 年第 5 期。

② 徐怀中等:《有追求才有特色——关于〈透明的红萝卜〉的对话》,《中国作家》,1985 年第 2 期。

③ 张宜琦:《与莫言面对面》,载徐怀中等:《乡亲好友说莫言》,济南:山东大学出版社,2013 年,第 64 页。

对其产生最大影响的其实是凡·高、高更等现代派画家，"这些现代派画家的作品带给我的震撼一点也不亚于《百年孤独》"①。

（二）"以人为本"思想影响叙事重构

齐文化之所以能创造辉煌的历史，并在当今仍具有重要的价值，关键在于其"以人为本"的利民思想。齐国能存在八百多年，并成为春秋五霸之首，战国七雄之冠，也可以说，与其"以人为本"的治国思想有关。"以人为本"也就是要重视个体的权利与价值，五四新文学主要是借鉴了西方独立、民主、平等的个人主义思想，而莫言小说则主要是从民族传统文化的"以人为本"思想中发掘其个性主义精神。

谈到齐文化中的"以人为本"思想，不能不提到管仲。虽然莫言从未在文中提到自己与管仲的关系，但从其侄子管襄华的介绍可知，其实他们始终以管仲为自己的先祖②。齐国有姜太公、齐桓公和晏婴等一大批政治家，但从治国的贡献以及文化影响来说，管仲可谓既是一位承前启后者，又是一位集大成者。他继承了姜太公的治国经验，提出"夫霸王之所始也，以人为本"（《管子·霸言》），他也是历史上较早甚至最早提出"以人为本"观念的思想家。齐国之所以能成就春秋霸业，与管仲当政时推行的一系列"以人为本"的富民改革密切相关。管仲认为，"得人之道，莫如利之"（《管子·五辅》），利民是其改革的目标，富民改革也为齐国带来了社会经济的繁荣，齐国也一度成为当时最富有的国家。据《史记·苏秦列传》记载："临菑甚富而实，其民无不吹竽鼓瑟、弹琴击筑……家殷人足，志高气扬。"当时的齐国可谓一片繁华享乐的景象。《管子·治国》中说："凡治国者，必先富民。民富则易治也，民贫则难治也。"管仲推行的改革，富民政策是成功的关键，也是"以人为本"思想的落脚点。莫言小说对饥饿、贫困的叙述，其实也表达了对富民政治的渴望，也有着对管仲

---

① 莫言：《先锋·民间·底层——2007年1月与杨庆祥对话》，《莫言对话新录》，北京：文化艺术出版社，2009年，第393页。

② 管襄华：《小叔叔莫言和我》，载杨守森等：《莫言研究三十年》（下），济南：山东大学出版社，2013年，第290页。

提出的"仓廪实而知礼节，衣食足而知荣辱"（《史记·管晏列传》）观念的回应。

齐文化崇尚富民思想，在此观念影响下，莫言小说虽然没有直接描绘富民景象的内容，但对饥饿贫困状态下百姓生活的触目惊心的描绘，对饥饿状态下人性沦丧的批判与同情，其实都从反面表达了一种强烈的富民愿望。《粮食》写在饥饿的状态下，"人早就不是人了，没有面子，也没有羞耻"[①]；在特殊的年代里，"吃"是第一件大事，《丰乳肥臀》中连医学院的校花乔其莎在饥饿状态下都"既不相信政治也不相信科学，她凭着动物的本能追逐着馒头"[②]。莫言小说的饥饿叙述，也曲折地体现着对齐文化尊重个体生命的"以人为本"思想的认同。

齐文化"以人为本"的富民思想，表现的是人的独立意识的增强。齐文化的富民思想带来了经济的繁荣，也带来了商品交换的发展，而商品交换则又促使人逐步摆脱了"人的依赖关系"的束缚，较早地过渡到了有独立性的个人意识，"这种人的独立性是商品经济所需要的、所创造的"[③]。齐文化对商品经济的重视，也决定其更为注重个体的价值和意义。《史记·货殖列传》记载，齐人"怯于众斗，勇于持刺"，说明了齐人善于单打独斗而不擅长团体作战。崇尚个体英雄是齐文化的一大特点，这在许多历史史料中都有描述。莫言小说塑造的一些人物形象，像《红高粱》的余占鳌、《丰乳肥臀》的司马库和《生死疲劳》的蓝脸等都带有齐文化崇尚个体英雄的特点，体现的都是一种强烈的个性自由精神。

当然，莫言小说的个性精神也是改革开放时代社会需要的反映。新时期以前对政治阶级斗争的片面强调，恰恰忽视了经济对个体独立性的意义。新时期"以经济建设为中心"的方针的提出，特别是市场经济的确立，体现的正是对个体经济利益的维护和对个体生命价值的尊重，这与齐文化"以人为本"的富民思想有一定的相似之处。五四时期的个性解放强

---

① 莫言：《粮食》，《与大师约会》，北京：作家出版社，2012年，第108页。

② 莫言：《丰乳肥臀》，北京：作家出版社，2012年，第436页。

③ 陈志尚：《人学原理》，北京：北京出版社，2005年，第167页。

调人的精神解放，对经济基础对个性解放的意义的关注不是很多，像鲁迅的《伤逝》和柔石的《为奴隶的母亲》等作品虽然都涉及个体生存的经济基础问题，但不可否认的是，从五四到新时期，文学创作对人的回归中的经济独立问题的叙事还不多见。莫言小说对个体饥饿、贫困状态的揭示，以及对政治专制者独占财物现象的批判，从某种意义上来说也有着对五四个性解放的经济基础性问题的反思，也是对齐文化的富民政策及"富上而足下"①的分配体制的渴望。

（三）万物有灵思想影响含魅叙事传承

莫言的小说中也有"诸多的巫气"②。莫言小说具有巫性思维特质的含魅叙事特点。"魅"指"传说中的鬼怪"，现主要指具有神奇与神秘感的魔性力量。莫言小说的含"魅"特质颇有争议。从《透明的红萝卜》起，学者大都指认其作品有明显的拉美魔幻现实主义特点，认为他的创作是对魔幻现实主义的模仿。对此，莫言一直持否定态度。获诺奖后，其小说的含魅特质再次引起关注。有人从诺贝尔文学颁奖词中的"hallucinatory realism"发现了他与魔幻现实主义（magical realism）③的不同，认为从词语本身来看，称之为"梦幻现实主义"更合适。前诺贝尔文学奖评委会主席谢尔·艾斯普马克认为莫言小说受拉美魔幻现实主义影响，但又超越了魔幻现实主义，认为用"神秘现实主义"④来界定更恰当，这一认定也符合其特点。当前学界已意识到莫言的创作并不是对魔幻现实主义的简单模仿，与拉美魔幻文学仅"属于美丽的神交"⑤。马瑞芳指出，"莫言真正的老师不是马尔克斯，而是蒲松龄"，认为其小说的某些叙述是"向蒲松龄致敬"⑥，此说法也得到了莫言的认可。莫言小说的含魅叙事与《聊斋志异》

---

① 安作璋、王志民：《齐鲁文化通史》（第 2 卷），北京：中华书局，2004 年，第 134 页。

② 孙郁：《〈丰乳肥臀〉印象》，《中国图书评论》，2012 年第 11 期。

③ 郭英剑：《莫言：魔幻现实主义，还是其他》，《文艺报》，2012 年 12 月 21 日。

④ 王金跃：《诺贝尔文学奖前评委会主席：相信莫言会走得更远》，《北京晚报》，2014 年 9 月 7 日。

⑤ 陈众议：《世界文学视野中的莫言》，《文汇报》，2012 年 10 月 16 日。

⑥ 金涛：《关于莫言的 N 个悖论》，《中国艺术报》，2013 年 7 月 17 日。

存在着某种内在联系，但与其说是蒲松龄作品的影响，还不如说是二人共同成长的文化圈中东夷文化因子的影响。东夷文化指山东东部沿海一带的远古文化，莫言小说的含魅叙事只有追溯到东夷文化才能更好地理解和把握。

　　莫言的故乡高密在春秋战国时期属于齐国，齐地的东夷文化氛围较为浓厚，尤其是东夷巫文化。巫文化是一种形成于人类幼年时代并至今仍有影响的文化现象。鲁迅曾指出，"中国本信巫"①，中国的巫文化源远流长。学界普遍认为，中国的巫文化最早始于东夷文化，而东夷文化正是齐文化的主要来源之一。考古和文献资料证明，先秦时代齐地巫风和道教盛行，齐文化的底色是东夷巫文化，与大海相连的东夷巫文化是齐文化独具的特色，也"是中国古代志怪小说产生的最好的土壤"②。与大海相连的东夷巫文化有无限发展的时空观念，滋生了长生不老成道成仙的思想，以及无限自由的想象力。莫言与蒲松龄的生活时代虽然不同，但其所受的与大海相连的东夷巫文化的影响具有某种意义的神似性。张炜说，"胶东半岛的写作，基本上是齐文化圈的写作"，"齐文化如果不陌生，评议这一类作品就不一定使用拉美魔幻的概念了"③。齐文化圈自古有鲜明的东夷巫文化民间信仰特征，加之与大海相连的海市蜃楼或海天明灭现象，长生仙药、半人半仙、神山神物的怪异传说，更使生活于其间的作家创作，像蒲松龄、莫言和张炜等作家的创作难免带有神秘的含魅叙事特质。

　　1. 鸟崇拜书写与东夷图腾文化

　　齐文化、越文化和巴蜀文化等地都有鸟图腾存在，但学界一般认为中国的鸟图腾源自东夷文化。东夷也常被称为"鸟夷"，大量的文献资料证明了东夷有鸟图腾信仰。《诗经·商颂·玄鸟》载："天命玄鸟，降而生商，宅殷土茫茫"，表明了东夷人是商人的祖先；《史记·帝王世纪》载："太昊庖牺氏，风姓也。母曰华胥，燧人氏之世，有巨人迹出雷泽，华胥以足

---

① 鲁迅：《中国小说史略》，太原：山西古籍出版社，2001年，第22页。

② 叶桂桐：《论齐文化的特质》，《山东社会科学》，2000年第2期。

③ 张炜：《在半岛上游走》，北京：作家出版社，2009年，第170、189页。

履之，有娠，生伏（厄）牺……厄牺氏没，女娲氏立，亦风姓也。"伏羲与女娲皆是传说中东夷部落的首领，"风"与"凤"通假，表达了东夷鸟图腾的存在。《左传·昭公十七年》载："秋，郯子来朝，公与之宴。昭子问焉，曰：'少皞氏鸟名官，何故也？'郯子曰：'吾祖也，我知之。……我高祖少皞挚之立也，凤鸟适至，故纪于鸟，为鸟师而鸟名。凤鸟氏，历正也。玄鸟氏，司分者也……'"这一资料叙述了东夷社会以鸟命名官职，说明了东夷人的一大分支是鸟图腾的氏族部落，因而常被用来说明东夷人鸟崇拜的存在。

莫言小说有鸟崇拜的民间文化信仰，有鸟图腾文化基因。他小说中的人物常有似鸟飞翔的本领。如《翱翔》中燕燕苦于为哥哥换亲，在新婚日像鸟一样飞到了树巅，是人与鸟的类比想象。莫言小说的鸟崇拜意识表现在诸多方面。

首先，莫言小说中有许多半人半鸟的人物形象，这与东夷文献资料中常出现的人面鸟身形象极为相似。《大戴礼记·五帝德》载："东方鸟夷羽民。"《礼记·王制》载："东方曰夷，披发文身有不火食者矣。"人面鸟身的传说反映了东夷人喜欢按照鸟的模样来打扮自己。对此，《汉书·地理志》载："一说居在海曲，被服容止皆像鸟也。"人面鸟身形象在《山海经》中也有大量记载，这是受东夷鸟图腾文化影响的结果。譬如《海外东经》载："东方句芒，鸟身人面，乘两龙"；《海外南经》载："讙头国在其南，其为人人面有翼，鸟喙"；《海外北经》载："北方禺强，人面鸟身，珥两青蛇"；《大荒西经》载："西海渚中，有神人面鸟身……名曰弇兹"；《大荒北经》载："有儋耳之国，任姓，有神，人面鸟身"；另外，《大荒东经》《海内经》和《北山经》等典籍中都有人面鸟身的描绘。可见，人面鸟身的传说古代流传之普遍。关于《山海经》的作者虽然众说纷纭，但一般认为其出自"燕齐方士之手"[①]，这也从侧面证明了东夷文化中人面鸟身形象的存在。莫言小说中也有许多人面鸟身的怪异形象，这与《山海经》中的形象

---

① 肖兵：《山海经：四方民俗文化的交汇》，《山海经新探》，成都：四川省社会科学院出版社，1986年，第87页。

极为相似。小说《球状闪电》中那个整天喊着"我要飞"的"似人非人、似鸟非鸟的怪物"就是一位鸟人，这个形象与《山海经》记述的人面鸟身形象具有相似性。《球状闪电》中的鸟人形象，在小说中一直饱受歧视和虐待，甚至还被农学院畜牧系退学的大学生拔光了羽毛。小说以主人公蝈蝈遭受球状闪电的雷殛为中心，表达了对自然与生命的敬畏意识；而与球状闪电嬉闹的女孩蛐蛐遭受雷殛后得了魔怔般地会跳脚尖舞，她"脚尖鸡啄米般点着地"，整个身体"如同大鸟在天上飞"①，以及结尾女孩唱着"我要飞"，并像鸟一样飞走了，都体现了一种鸟崇拜意识。

其次，莫言小说还有对鸟仙崇拜的直接叙述。图腾"指一个氏族的标志或图徽"②，而鸟图腾也可以说是莫言小说中高密东北乡的标志或图徽。《丰乳肥臀》形象地表现了上官家族的鸟崇拜现象。在丈夫鸟儿韩被捉到日本后，上官领弟竟化身为鸟，在被人用黑狗血从屋脊泼下来后，她竟羽化成鸟仙，让母亲为其设坛。与之巧合的是，上官家的哑巴女婿托人带来的鸟画恰好成为鸟仙案前供奉的神像，更令人惊异的是画中的鸟竟与先前上官领弟从鸟儿韩那里背回的那只肉味鲜美的大鸟一模一样。小说表明，上官家族之所以有鸟崇拜意识，是因在野菜和走兽都被吃光的饥饿年代里，鸟儿韩捕捉的鸟成为上官家人渡过难关的最好食物，是鸟在饥饿年代救了上官家人的命，这与学界认为被尊为图腾的动植物往往是先民生存的重要食物资源的观点是一致的。小说不仅写上官家族通过食鸟渡过饥饿岁月，而且写海边的人请鸟仙为他们排忧解难。鸟仙"将一麻袋干鱼留给了我们"，"因为我们家的鸟仙，蛟龙河与辽阔的大海建立了直接的联系"③。这也指出了鸟类沟通了内陆居民与大海间的联系。关于图腾崇拜的起因，以及我国鸟图腾的发源地问题，学界一直众说纷纭，争议颇多。《丰乳肥臀》对上官家族鸟仙崇拜的叙述，以一种文学想象的方式印证了鸟图腾源于食物匮乏的学说，也印证了鸟图腾源于东夷文化的观点。

---

① 莫言：《球状闪电》，《欢乐》，北京：作家出版社，2012 年，第 53、126 页。

② 摩尔根：《古代社会》（上），北京：商务印书馆，1981 年，第 162 页。

③ 莫言：《丰乳肥臀》，北京：作家出版社，2012 年，第 120、123 页。

再次，莫言小说的鸟崇拜还表现在对残害鸟类行为以及规训与奴化鸟类行为的批判上。莫言的许多小说表达了对残害鸟类行为的谴责。《翱翔》中洪喜抱怨警察把化鸟而飞的妹妹用弓箭射下来，《球状闪电》中歧视和虐待半人半鸟的瘦老头的人如遭天谴，《丰乳肥臀》中的捕鸟专家鸟儿韩被捉到日本后，在野外孤独地生活了十八年等，都含有对残害鸟类行为的批判。但最能反映对残害鸟类行为的批判意识的，是《木匠与狗》。小说中的管小六凭捕鸟的高超技艺一生害鸟无数，他坐观木匠与狗的相互残杀，并在不动声色中用计活埋了木匠，表现了其对生命的无视与人性的险恶，也表达了对其残害鸟类行为的批判。莫言小说还批判了鸟类规训与奴化行为，《丰乳肥臀》表现得最为明显。小说中鹦鹉韩与耿莲莲开办了"东方鸟类中心"，在这里乌鸦经过训练能朗诵儿歌，训练有素的野鸡会跳迎宾舞，而八哥会用中英文报幕，还会齐声朗诵百鸟宴……归训后的鸟世界是人世间的缩影。莫言的散文《狗、鸟、马》，在对比了德国与中国的狗、鸟、马三种动物的不同生存状态和处境后，赞扬了家乡的狗与马自由自然的生存状态，批判了德国狗与马的宠物化饲养带来的野性退化；在写到中国与德国的鸟时，作者竭力赞美德国人与鸟的和谐相处，批判中国人对鸟类的随意捕杀。文中写道："也许有一天，人要从地球霸主的位置上退下来。不过那时候，我的肉体可能转化成了别的物质。……但我还是希望能变成一只鸟，变成一只在莱茵河边漫步的野鸭子也行。"[1] 希望化身为鸟的想象，也是鸟图腾崇拜的反映。

最后，莫言小说的鸟崇拜还表现为卵生神话的书写。鸟是东夷文化的图腾，当前对东夷文化的研究虽然分歧较大，但学界普遍认为东夷文化有着共同的卵生神话。东夷人的卵生神话在古代许多典籍中都有记载。《史记·殷本纪》云："殷契，母曰简狄……三人行浴，见玄鸟堕其卵，简狄取吞之，因孕生契。"《楚辞·天问》云："简狄在台，喾何宜？玄鸟致贻，女何嘉？"卵生神话反映的"鸟化宇宙观"[2] 虽然表面上与先民的生殖观念

---

① 莫言:《狗、鸟、马》，北京:文化艺术出版社，2010年，第122页。

② 陈勤建:《仙道思想——稻作鸟化宇宙观的展示》，《华东师范大学学报》，1997年第1期。

有密切联系，但其根底还是一种创世神话想象，表现了先民以鸟卵为生命与宇宙本源的思想。莫言的一些小说，只有追溯到东夷文化的渊源才能更好地解读。譬如，他的成名作《透明的红萝卜》自发表以来，学界众说纷纭，但从原型理论来看，小说带有鸟化宇宙的创世神话色彩。小说中描绘的红萝卜显现的画面如下：

"泛着青蓝幽幽光的铁砧子上，有一个金色的红萝卜。红萝卜的形状和大小都像一个大个阳梨，还拖着一条长尾巴，尾巴上的根根须须像金色的羊毛。红萝卜晶莹透明，玲珑剔透。透明的、金色的外壳里包孕着活泼的银色液体。红萝卜的线条流畅优美，从美丽的弧线上泛出一圈金色的光芒。光芒有长有短，长的如麦芒，短的如睫毛，全是金色……"[①]

这美丽奇特的红萝卜意象与我国混沌神话中的意象有某种意义上的神似性。关于混沌神话，《艺文类聚》载："天地混沌如鸡子，盘古生其中，万八千岁，天地开辟。"混沌神话是先民对宇宙起源及万物本原幼稚而大胆的想象，有鸟化宇宙的思想。小说中红萝卜的形体如大个的阳梨，这与混沌"鸡子"的形体有相似性；红萝卜还有着鸡子般外壳，而且也如鸡子般壳里包孕着液体。从外形看，这是一个既像萝卜，又像鸡子的混沌物，意象形体具有现实形象与神话原型形象相浑融的混沌性。从鸟化宇宙的观念来看，混沌如鸡子的红萝卜包含着一种创世想象，黑孩对透明的红萝卜的向往其实也表达了饥饿年代的人们对新世界的向往。

有学者指出，《诗经》"三百篇中以鸟起兴者，亦不可胜计，其基本观点，疑亦导源于图腾"[②]，这是对古代鸟书写根源的追溯，莫言小说中大量的鸟叙事也可追溯至东夷文化的鸟图腾，有着东夷文化的图腾崇拜因子。

2. 泛神想象与东夷文化信仰

东夷文化不仅信奉鸟图腾，而且信仰万物有灵的自然观。东夷文化注重"天道"，信奉万物有灵。万物有灵观念是东夷文化中生命一体化思想的反映，体现的是人与自然万物平等的朴素意识。东夷文化在发展过程中

---

① 莫言:《透明的红萝卜》,《欢乐》,北京:作家出版社,2012年,第45页。

② 闻一多:《闻一多全集》(2),上海:开明书店,1948年,第107页。

得到了齐国建国时"因其俗"的保护，因而使东夷文化的万物有灵思想得以较好地传承。东夷的文化万物有灵观念对后世文学的影响很大，最典型的是蒲松龄《聊斋志异》中狐魅想象，以及当代莫言与张炜等作家的泛神叙事。

莫言小说的泛神想象叙事明显，并有着多方面表征与意义。

首先，莫言小说的泛神想象表达了人与自然的平等意识。自然包括生物与非生物两大领域，莫言小说中，人与自然的平等观主要表现在人与动植物的平等意识方面。《透明的红萝卜》中人与鸭的相互观望，《球状闪电》中刺猬对人的观察与思索，以及《生死疲劳》中人与动物的六世轮回等都表达了原始而朴素的平等观念。《狗道》将"人的历史、狗的历史交织在一起"，人与狗的主奴关系被推翻，狗的世界与人类世界成为对等统一的世界。在《檀香刑》赵小甲"通灵虎须"的视野下，所有的人都还原为了家畜或野兽。自然万物也和人一样，具有灵性，并共同构成了生命一体化世界，而"人一旦意识到在精神领域里人要比动植物优越得多，那么，人和动植物之间的和谐相安立刻就会解体，生命一体化的世界立刻就会解体"[①]。小说中人与万物的平等意识与东夷文化万物有灵的观念相通，也表现了现代人对人类"自我中心主义"观念的怀疑。

其次，莫言小说的泛神倾向还表现在对大自然神秘世界的敬畏，也表现了在复杂神秘的自然面前人类的渺小与无能。《蝗虫奇谈》中的小小蝗虫，"一旦结为团体产生如此巨大而可怕的力量"，"号称灵长类的人类，在它面前竟然束手无策"[②]。这与东夷文化有虫神崇拜相通，山东许多地区有八腊庙和刘猛将军庙的虫神祭祀的记载。《战友重逢》中那幻化在人鬼之间的赵金，目睹许多鳝鱼自然叠成的宝塔，"感到人的悲哀与渺小"[③]。《玄中记》载："东方之东海有大鱼焉，行海者一日逢鱼头，七日遇尾，其产则三百里水为血。"（《太平御览·卷九六三》鱼类等许多小动物曾是东

---

① 张志忠：《莫言论》，北京：北京联合出版公司，2012年，第60页。

② 莫言：《蝗虫奇谈》，《与大师约会》，北京：作家出版社，2012年，第181页。

③ 莫言：《战友重逢》，《怀抱鲜花的女人》，北京：作家出版社，2012年，第347页。

夷人崇拜的对象之一，也是一种神秘的存在。在莫言的小说中，动物比人类有更强的记忆和更高的智慧。《一匹倒挂在杏树上的狼》中那为了复仇，千里迢迢地从长白山赶到高密东北乡的狼，其行为不可思议，但意志却令人惊叹；《猫事荟萃》中那被抛弃到三百华里之外的猫，竟以日均 18.82353 华里的行程返回家中，是不可理解的猫国奇迹；《爆炸》中几十个男人竟追不上一只狐狸，《丰乳肥臀》中神枪手龙场长的枪击竟伤不到狐狸一根毫毛等，都有神秘色彩。

再次，莫言小说的泛神叙事往往包含着一种精神象征或人生隐喻。《春秋说题辞》有"地精为马"之说（《初学记·卷二十九》，莫言小说中的牛马形象往往包含着某种人生精神寓意。《马语》中青稞马对主人的"一往情深"不但不被理解，反而遭到辱骂和殴打，所以决定再也不睁开眼睛，"向着那漫漫无尽的黑暗的道路，义无反顾地走去"[①]。《牛》中那头健美、倔强、敢于抗争、拒绝被骗的个性鲜明的牛，其实也寄寓了一种理想的生命状态，以及这种理想生命状态惨遭阉割的痛惜。

最后，莫言小说还常借助泛神叙事，拷问人性极限，展现人性善恶的"朦胧地带"。从莫言小说的人性书写来看，他既不是性善论者，也不是性恶论者，而持善恶的两面性观点。他说："我觉得人要是真的坏起来会超过所有的动物，动物都是用本能在做事情，而人除了本能以外，还会想出许多办法来摧残自己的同类。人一方面可以成佛、成仙、成道，可以是无限的善良，但要是坏起来就是地球上最坏的动物。"[②]《木匠与狗》中人狗争斗表现的狗的狡猾与凶恶，其实也隐喻了人性中兽性的残存。《筑路》中的人与狗较量，也在考量人性与兽性的关联。《生死疲劳》中人与动物的生死轮回，其实也表现了人性与兽性此消彼长的过程。莫言小说中人性善恶的两面性思想，借助于泛神想象生动地展现出来，这与人类最初通过人兽对照来认识人性与兽性的差异极其相似。

---

① 莫言：《马语》，《与大师约会》，北京：作家出版社，2012 年，第 181 页。

② 莫言，王尧：《在文学种种现象的背后——2002 年 12 月与王尧长谈》，《莫言对话新录》，北京：文化艺术出版社，2010 年，第 74 页。

泛神想象不是迷信，而是反映了人对自然的敬畏，其目的是让人重新思索人与自然的关系。现代科学理性的发展把人推向了大自然的对立面，人类"自我中心主义"导致了对自然规律的无视，盲目破坏、污染环境也将人推向了即将失去健康家园的尴尬境地。泛神叙事能唤起了人们对生态环境的关注，呼吁人与自然的和谐共存。莫言曾说："自然是人的自然，人是自然的一部分。"① 小说《金鲤》写孩子听完爷爷讲述的金芝姑娘为救女作家而溺水变成鲤鱼的故事后，把捕到的鲤鱼放归河流，表达的是人与自然要和谐共存的朴实愿望。

有人认为莫言小说的泛神想象受现代泛神论思想的影响，但其本源应追溯至东夷文化的万物有灵观。万物有灵观与泛神论思想有共通的"泛神"意识，都表现了人对自然的信仰和敬畏，但二者又是不同的概念。万物有灵是远古人类对自然万物的朦胧读解，是远古社会的普遍认识；而泛神论一般被认为是西方 16 世纪流行的一种自然哲学理论，以托义德和斯宾诺莎等人的思想为代表，宣扬"本体即神，神即自然"观念。生活在齐文化圈的莫言，其小说中的万物有灵思想，主要表现了人与自然和谐相处的自然原始生态伦理思想，这与东夷文化的万物有灵观念更为相似。另外，莫言小说中的"万物齐一"的平等观念也不能忽视传统道家泛神主义思想的影响，而道家文化与东夷文化有着千丝万缕的内在联系。

新时期文学泛神叙事的回归与文学寻"根"是同步的，莫言小说创作寻到的东夷文化的泛神之根极大地激发了他天马行空的想象力。文学由于理性主体的高度自信扼杀了创作者的泛神想象能力，泛神叙事逐渐曾一度淡出了当代主流文学领域。泛神叙事回归的不仅丰富了文学素材，拓宽了文学表现领域，更重要的是泛神叙事大大激发了创作主体丰富的想象力，并且为文学作品增添了灵动的诗意。莫言小说就体现出了一种原始的非凡的泛神想象能力，一旦去掉其小说中的泛神想象成分，其活力和灵气就丧失了一大半。

---

① 莫言:《会唱歌的墙》,《莫言散文新篇》, 北京: 文化艺术出版社, 2010 年, 第 166 页。

3. 鬼魂叙事与东夷文化观念

在原始人看来，人死后灵魂是不死灭的，而是化为鬼。《礼记·祭法》云："大凡生于天地之间者皆曰命。其万物死皆曰折，人死曰鬼。"鬼是人死后的灵魂，独立存在于世间，只是偶尔会现身。《山海经·西山经》载："东望恒山四成，有穷鬼居之，各在一搏。"

莫言小说中有大量的鬼魂叙事，并具有丰富的意义。

首先，莫言小说的鬼魂叙事常借助虚构鬼魂世界来讽喻现实人生。他的小说中的鬼魂叙事往往与归乡题材有关，似乎验证了《尔雅·释训第三》的："鬼之为言归也"的古训，鬼本意指从死人里回来的人。1989年发表的《奇遇》是莫言小说中鬼魂的第一次露头，小说中的"我"是一位军官，在夜行返家的路上一直用无神论提醒自己，但小时候听到的鬼故事总是"'连篇累牍'地涌进脑海"，黎明时正当"我"嘲笑自己疑神疑鬼的愚蠢可笑时，恰好碰到了大前天早晨就死了的邻居赵三大爷，托"我"代他转交抵债物。小说结尾写鬼并不如传说中那般可怕，而且鬼死不赖账，也不害人，"真正害人的还是人"。《管子·牧民》曰："不明鬼神则陋民不悟；不祗山川则威令不闻；不敬宗庙则民乃上校；不恭祖旧则孝悌不备。"莫言小说通过荒诞的鬼魂叙事来观照现实，通过鬼的和蔼可爱、不赖账、不害人来表现人在某些方面比鬼更丑陋、更可怕。

其次，莫言小说常借鬼魂叙事营造神秘奇境。如果说《奇遇》中一次神奇的遭遇使"我"认识到鬼的和蔼可爱，其比人更讲信用；那么《夜渔》中的"我"在中秋夜随九叔去捉螃蟹时则完全陷入了幻化的奇境，在奇境中，"我"由于受到荷花仙子的诱惑，获得了"终生难忘的幸福体验"，而引领"我"进入奇境的九叔，已幻化为闪烁着绿幽幽目光的半人半鬼的形象，而"我"遇到的面若银盆的年轻女人，她自称是人，其实更像是鬼。她既有捕蟹的特殊本领，又有预测未来的特异功能，她对二十五年后两人仍有一面之缘的神秘预言也得以应验。《山海经·大荒西经》云："有鱼偏枯，名曰鱼妇。颛顼死即复苏。"《夜渔》中"我"遇到的神秘女子更像是颛顼死后化为的鱼妇，都表现了对人的精神世界的虚幻性想象。

最后，莫言小说常借助鬼魂叙事表现荒诞的生死认知与现世体验。《战友重逢》写少校军官赵金归乡途中，遇到去世十三年的战友钱英豪，于是二人坐在路边的柳条上展开了真真假假、虚虚实实的促膝长谈。通过钱英豪的讲述可知，对越反击战中牺牲的官兵在阴间也有部队编制，而阴间部队与现实部队的生活情景没什么差别。阴间部队内也讲阶级、讲组织，送礼等不正之风也非常流行，"不死不知道，一死吓一跳"。小说除了借鬼喻人，还说明"这世界既是活人的也是死人的。死去的人以自己的方式占有世界"[1]。长篇小说《十三步》的鬼魅书写更为奇特，中学物理老师方富贵猝死讲台，在殡仪馆的冰箱内竟又奇迹般地活了过来，死后复生不被家人和世人所接纳，美容师对其进行换脸的荒诞手术，无意中把面首互换的双方都推向了魂不守身的尴尬。莫言小说中的人物常游走在人与鬼的边缘，既非鬼非人，又半鬼半人，这与东夷文化认为人死后灵魂还会活着的生死认知观相同，小说借此表达了荒诞的现世体验。

莫言小说的鬼魂叙事往往反映一种生死观念或因果报应思想，表面上带有迷信色彩，却反映了对生命的理解与敬畏，与东夷文化的原始生命意识相似。《生死疲劳》的西门闹阴魂不散，一次次寻找肉身，经历了鬼、驴、牛、猪、狗与猴的肉身转换，最终实现了从鬼到人的轮回。人鬼畜的轮回表面上印证了小说开篇的佛家偈语，其实与东夷文化的生死观具有一致性。再如《蛙》中姑姑作为妇科医生在执行计划生育期间剥夺过无数尚未出生的婴儿的生命，在退休当晚的归家途中，竟遭到了千万只青蛙大军的攻击，蛙声如鼓的哭叫"仿佛是无数受了伤害的婴儿的精灵在发出控诉"，这不是迷信，而是对生命的敬畏和对戕害生命行为的忏悔。

莫言小说的鬼魂叙事还表现了对世界神秘性以及对小说艺术的独特理解，带有神秘主义诗学特征。如小说《司令的女人》的写吴巴葬母的当晚，吴巴在丧宴上向人们详述司令杀死妻子"茶壶盖子"的经过，正当众人质疑吴巴本人害死了司令的女人并嫁祸他人时，大雪横飞的窗外突然响

---

① 莫言：《战友重逢》，《怀抱鲜花的女人》，北京：作家出版社，2012年，第376页。

起了十分耳熟的女子的声音，出现了一位女人模糊的身影。这神秘的女人是谁？是人是鬼？小说没交代就结束了。开放式结尾引导读者对故事的结局做出多重猜测，而神秘性结尾则把故事的结局引向复杂。杀死"茶壶盖子"的凶手到底是谁？是司令？还是省城记者吴巴？抑或是"茶壶盖子"的老情人？另外，司令犯了死罪的消息是事实还是流言？等等。小说的开放式结尾说明事件结局的多种可能性，而结尾的神秘性似乎也说明故事结局是读者永远无法透彻把握的谜，也似乎表明了现实生活本身就充满了诸多的未解之谜。莫言小说中有大量的鬼魂信仰叙事内容，鬼魂叙事反映了对文学写实主义的游离，笼罩着一层神秘主义诗学氛围。像一切神秘主义诗学一样，他小说的鬼魂叙事不是愚昧迷信的反映，而是"对世界的一种彻悟的洞察力和诗意想象力，是引导人生活的充实和完美的生命智慧和诗性智慧"①。周作人认为："民间的习俗大抵本于精灵信仰……明器里人面兽身独角有理的守坟的异物，常识都知道是虚假的偶像，但是当作艺术，自有他的价值，不好用唯物的判断去论定的。文艺上的异物思想也正是如此。"②这体现了鬼魅"异物"在文艺中的独特魅力。

　　鬼魂叙事在20世纪中国文学的大部分时间里都是缺席的，五四后文学对反映现实的群体理性经验的过度强调，忽视了对存在的个体非理性经验的表达，具有非理性特征的鬼魂叙事在很长的时间内一直没有获得应有的重视。鬼魅曾一度被看成是一种非理性迷信思想的反映，鬼魂叙事也被看作是违背现实主义理性精神的。这种状况在新时期发生了很大的变化，特别是20世纪80年代以来，鬼魂叙事在许多作家的作品中大量涌现，并常常浸透着不同的地域传统文化色彩，这在莫言的小说中尤为明显。

　　莫言认为，"真正的奇幻文学应该是现实主义的一种扩展"③，含魅叙事体现了创作者对自我非理性生命体验的感知与表达。莫言小说中的鸟图腾崇拜有着深厚的文化渊源，泛神想象为作品增添了奇幻特征，而大量的鬼

---

① 毛峰：《神秘主义诗学》，北京：三联书店，1998年，第74页。

② 周作人：《文艺上的异物》，《雨天的书》，北京：人民文学出版社，1988年，第28页。

③ 莫言、严锋：《文学与赎罪》，《说莫言》，上海：上海书店出版社，2013年，第200页。

魅叙事则让小说带上了神秘意味。作为成长在具有东夷基因文化圈中的莫言，其小说文本有明显的东夷文化的含魅特质。

莫言小说的含魅特征既是对齐文化及我国传统文学的继承，也体现了对以鲁迅为代表的新文学含魅叙事的认同，"他在精神深处衔接了鲁迅的思想，把生的与死的、地下与地上的生灵都唤起来了，沉睡的眼睛电光般地照着漫漫的长夜"。[①] 真正的含魅书写不仅是对现实主义的扩展，更重要的是体现着创作者对个体非理性生命体验的感知与表达，也是对生命的敬畏。

第二节　客观诱因与新文学叙事传统的衍化发展

莫言小说之所以具有传承与重构新文学叙事传统的倾向，应该也与时代文化语境的变化和文学主体性大讨论的开展有关。

五四新文学诞生于中国封建礼教色彩还比较浓厚的时代，个人主义思想在中国还缺乏生长的现实土壤，一部分接受了西方文化影响的知识分子，以西方的个人主义思想来反观中国，意识到迫切需要个性的解放，体现在文学创作中就是重视个性觉醒的书写。而 80 年代走上文坛的莫言，因新时期市场经济的转型，为个性的张扬提供了可能，他创作时将目光转向了对民族传统个性主义文化的追寻。文化的寻根既有民族文化的自觉与自信，也有个体的自傲意识。童庆炳在谈到《红高粱》中高粱酒经过一泡尿"就可以变成二十八里香"时认为，这反映了中国人的一种心理结构，就是"由自卑到自傲的心理结构"[②]。由五四新文学对封建传统文化的批判到新时期文学对传统文化精髓的寻找，隐含了国人由自卑到自傲的心理结构的变化。

鲁迅曾批评中国只有国家的自大、民族的自大而缺乏"个人的自大"。

---

① 孙郁：《莫言：中国文化隐秘的书写者》，《人民日报》，2012 年 10 月 16 日。

② 童庆炳等：《莫言研究生导师童庆炳教授谈莫言》，载徐怀中等：《乡亲好友说莫言》，济南：山东大学出版社，2013 年，第 150 页。

莫言小说创作是否能体现了鲁迅所说的"个人的自大"呢？确实，他的一些小说体现出了一种个体自大的意识，他也认为"鲁迅最缺少的是弘扬我们民族意识里面光明的一面"[①]。当然，鲁迅所说的"个人的自大"，与莫言小说所体现的个体的自大意识是有一定差别的，鲁迅所说的"'个人的自大'，就是独异，是对庸众宣战"，并且"他们必定自己觉得思想见识高出庸众之上"[②]，是一种精神意志的自大，而莫言小说中的个体自大更多的是一种非理性身体本能的自大，二者的差别也体现了现代性与审美现代性观念之间的差异。

个体的自傲与自卑也是一种时代情绪，新时期改革开放的文化语境使个性张扬得以可能，文学主体性大讨论的开展就是在这一语境下展开的。如果说时代文化语境的变化为莫言小说的个性化提供了现实的可能，那么文学主体性理论则为其提供了理论的支持。

一、文化生态的变化提供了现实土壤

文化生态是与政治、经济生态等相对应并相互联系的一个概念。文化生态是指一定时期内文化存在、发展及相互影响的各种要素的总和。新时期随着真理标准问题大讨论的开展以及"实践是检验真理的唯一标准"的思想的确立，思想解放观念逐渐深入人心，社会政治、经济和文化都发生了重大变革，文化生态也焕然一新。

首先，新时期文化生态的变化为传承新文学叙事传统提供了可能。

文化生态的变化与社会的政治、经济政策等都密切相关，文学生态作为文化生态中的一个组成部分，它与时代的政治、经济等因素有着千丝万缕的联系。新时期最重要的政治经济变革就是由以前的"以阶级斗争为纲"转向了"以经济建设为中心"的道路上，这一政策的调整也使文学逐渐摆脱了政治传声筒的附庸地位，文学生态也逐步走向了健康发展的道

---

① 房福贤:《全国首届莫言创作研讨会纪实》，见杨守森，贺立华:《莫言研究三十年》（上），济南：山东大学出版社，2013 年，第 291 页。

② 鲁迅:《随感录三十八》，《鲁迅全集》（第一卷），北京：人民文学出版社，1981 年，第 311 页。

路。莫言早期创作因受政治至上观念的影响，认为文学创作如能配合政策、配合某项运动"是一件光荣、了不起的事情"①。他最早的文学尝试都是为配合政治服务，莫言回忆其最早创作的一部名叫"胶莱河畔"②的小说写的是公社农民参加修河劳动一事，是当时流行的政治题材，虽原作已遗失，但据其表述来看该作品应该主要表现了农民在党的领导下敢与天地做斗争的思想。前文提到的小说《流水》具有明显的配合政治图解政治的倾向；而短篇小说《黑沙滩》还一度"成为整党的形象化教材"③。莫言创作初期的一些作品也曾深受政治化创作观念的影响，像《春夜雨霏霏》《丑兵》《为了孩子》和《售棉大路》等，都不同程度地带有图解政治的痕迹。新时期从以政治到以经济为中心的转变，使作家创作逐步摆脱了"文学为政治服务"的约束，创作成为个体自由精神的表达，莫言小说创作也才真正步入了自由发展的航道。其次，以经济建设为中心的指导方针的提出，唤起了国民心中久违的个体意识。从 1949 年到新时期很长的时间内，中国经济一直属于计划经济体制下的集体化大生产的发展模式，这种模式往往注重集体的力量和利益而忽视个体的权利和价值，而新时期经济改革的重点就是要打破"大锅饭"的集体经济发展模式，重视发掘个体的潜能和创造力。农业上施行"土地家庭联产承包责任制"，工业上积极探索现代企业管理制度，在分配方式上重视"多劳多得，按劳分配"，这一切都大大激发了劳动者的个体积极性。社会主义商品经济和市场经济的建立，更为重视个体的价值和利益。因此，有人指出"中国市场经济一定程度上已经唤醒了国人对个人权利、个人欲望、个体观念创造的憧憬"④，因个人意识、个性精神总是与商品经济、市场经济密切相关的。

刘再复认为，"20 世纪 80 年代是高扬主体性的启蒙时期，是"人—个

---

① 莫言：《我为什么写作——2008 年 6 月在绍兴文理学院的演讲》，《莫言讲演新篇》，北京：文化艺术出版社，2009 年，第 200 页。

② 管谟贤：《大哥说莫言》，济南：山东人民出版社，2013 年，第 87 页。

③ 莫言：《在文学种种现象的背后——2002 年 12 月与王尧长谈》，《莫言对话新录》，北京：文化艺术出版社，2009 年，第 62 页。

④ 吴炫：《构建当代中国个体观的原创性路径》，《学术月刊》，2012 年第 10 期。

体"重新站立起来的时期。文学创作正在经历着以个体话语取代集体话语的时期"①。新时期的经济改革为文学艺术的个性化创新提供了土壤，因经济改革唤醒了国人个体意识的觉醒，而个体正是个性的基础和载体。

五四时期的个性主义思潮虽然一度成为时代的最强音，但在封建意识浓厚的中国仍然难以避免"瞬间枯萎"的命运，其原因虽然与强大封建势力的阻挠有关，"但最根本的原因在于中国社会现实还缺乏相应的经济、政治、文化基础"②，特别是落后的社会生产力，更是抑制个性发展的根本原因之一。新时期"以经济建设为中心"的方针政策，以及商品经济和市场经济的发展，大大解放了生产力，也带来了经济、政治和文化的一系列变革。十一届三中全会后社会主义市场经济制度逐步确立，虽然中国几千年的封建制度使市场经济发展存在着先天不足的缺憾，但相对于五四时期的20世纪初来说，20世纪末的社会文化语境为个体意识的发展与成长提供了更为坚实的基础和肥沃的土壤。莫言小说创作恰恰就发生在这一语境下，并且也反映了这一时代的文化特征。

其次，文艺政策的调整为传承新文学叙事传统提供了条件。

新时期之前很长时间内，文学艺术创作一直停留在"为政治服务"的"歌德"层面上，鲜有创作者个性自由的表达。对文学艺术创作存在着不同程度的"瞎指挥"和"统得过死"等不按艺术规律办事的问题，这严重约束了文学艺术的发展。"文革"时期，这一现象更为严重，文学创作本应是个体生命体验的表达，却被误认为创作的关键是协同活动的结果，甚至提出了"三结合"的集体化创作模式，这种高度集体化的创作模式严重违背了文学创作的规律，抹杀了创作主体的个性锋芒。

"文革"期间形成的集体化创作观念在新时期受到了批评和抵制，而一系列文艺政策的出台和调整，为文学创作的个性化表达提供了政策的支持和保障。首先，是"文艺民主"政策的确立。1979年10月30日召

---

① 刘再复，杨春时：《关于文学的主体间性的对话》，《南方文坛》，2002年第6期。

② 张德祥：《悖论与代价：八十年代文学中精神现象批判》，西安：陕西师范大学出版社，1991年，第85页。

开的中国文学艺术工作者第四次代表大会是新时期文学艺术拨乱反正的大会，会上提出了"文艺民主"的思想，并对"文革"期间的集体化创作观念予以批评和否定。其次，"创作自由"口号的提出。"创作自由"是在 1984 年 12 月举行的中国作家协会第四次代表大会上正式提出的。第四次作代会提出文学创作是一种具有作家个人特色的精神劳动，"必须极大地发挥个人的创造力、洞察力和想象力"①，从而把"创作自由"写在了社会主义文艺的旗帜上，这为扭转以往高度的集体化创作提供了可能。可以说，"创作自由"的口号提出后，文学才真正步入了"黄金时代"。新时期初期，虽然"文革"期间形成的文艺黑线论遭到了批评和否定，但长时间形成的唯政治马首是瞻的创作思维定式以及文艺教条的约束还是影响了许多人的创作。莫言曾说在创作《透明的红萝卜》之前，"感到自己的创作很是艰难"，其原因是"我心中有一个鬼，这个鬼就是所谓的'革命现实主义和革命的浪漫主义相结合'的创作方法"②，这说明了极"左"文学观念对其毒害之深，也说明他还没有获得真正的创作自主权。再次，"双百"方针的重申。"百花齐放，百家争鸣"的方针是 1956 年正式提出，该方针的提出曾在短时期内促进了文学艺术创作的繁荣，但因种种原因这一政策在很长时间内都没能很好地贯彻执行下去，在"文革"期间，更是惨遭遗弃。新时期之所以重申"双百"方针的重要性，是因为这一方针是实现作家创作自由的外在保障。艺术作品是艺术创作者个体世界的反映，"作家永远是单数"③，艺术创作是高度个性化的创造活动，只有尊重不同创作者的个性，才会出现百花齐放的创作局面。这一系列文艺政策的实施为文学创作传承与重构新文学叙事传统提供了条件。

再次，新时期对新文学叙事传统重评的启迪。

新时期文学常被看作是"'五四'精神的重新凝聚"或"'五四'文学

---

① 胡启立：《在中国作家协会第四次会员代表大会上的祝词》，《文艺报》，1985 年第 2 期。

② 莫言：《没有个性就没有共性——2005 年 5 月在韩国"东亚文学大会"上的讲演》，《莫言讲演新篇》，北京：文化艺术出版社，2009 年，第 31 页。

③ 叶兆言、余斌：《午后的岁月》，桂林：广西师范大学出版社，2002 年，第 181 页。

传统的复苏"①，其民主、平等观念和个性精神的高扬，与五四新文学存在诸多相似之处。新时期文学之所以被看作是"五四"文学的回溯，有诸多原因，对现代文学的重新评价是影响新时期文学发展的原因之一②。莫言小说创作从学界对新文学的重新评价中吸取了许多宝贵的经验教训。

莫言说他"最推崇的"的两位现代文学作家，"就是鲁迅和沈从文"③。鲁迅和沈从文也可以说是新时期现代文学研究界关注最多的两位作家，鲁迅在新时期被呼吁重评的声音最高，而沈从文是新时期被重新挖掘并给予较高评价的自由主义作家之一。

新时期对新文学的重评对莫言小说叙事的影响主要表现在两个方面。首先，新时期对五四新文学作家的挖掘与认识。由于特定的时代政治原因，20 世纪文坛在很长时间内都存在着左翼革命文学一枝独大，在"文革"期间甚至一度发展到整个现代文学只剩下一个孤零零的鲁迅，其他风格流派的作家作品几乎被完全遮蔽或淹没了。进入新时期，文艺政策的调整和文学观念的变化，以及西方评论界的影响，让许多久被遗忘的作家又被重新挖掘和认识，像郁达夫、周作人、沈从文和张爱玲等一大批非左翼作家被重新认识并给予了较高的评价。莫言认为沈从文凭借"他独特的语言讲述他独特的故事"，创造了一种独特的文体，张爱玲则"使用一种别人没有使用过的语言写别人没有写过的故事"，他从沈从文和张爱玲等作家的个性化语言中得到启示，认识到"有了个性化的语言，反映了别人没有反映过的生活，具备了这两点才是好小说"④。其次，新时期对一些现代作家的重新评价。由于极"左"文艺观念的影响，现代作家的评价往往过于重视作品的时代政治意义，而忽视其作品的文学艺术价值，另外，由于特定时代的局限，一些以往已形成某种定论的作家似乎也急需重新认定，因

① 陈思和：《中国当代文学史教程》，上海：复旦大学出版社，1999 年，第 189 页。

② 洪子诚：《中国当代文学史》，北京：北京大学出版社，1999 年，第 230 页。

③ 莫言：《中国当代文学边缘——2002 年 7 月与法国汉学家杜特莱对话》，《莫言对话新录》，北京：文化艺术出版社，2009 年，第 254 页。

④ 莫言：《作家和他的创造——2002 年 9 月在山东大学文学院的讲演》，《莫言讲演新篇》，北京：文化艺术出版社，2009 年，第 150 页。

此，在新时期出现了重新评价现代文学流派和作家作品的热潮。这场现代作家重评的重点就是尽力抹去对作家作品评价的意识形态话语的笼罩，努力从更为宽广的视野或艺术的视角来重新认识作家作品的独特性。譬如新时期以来对鲁迅个体意识和个性主义研究的深化，20 世纪 60 年代国内虽然也有学者关注"鲁迅前期的个性主义"①，但由于极左政治话语和"文革"的影响，其个体意识和个性主义没能引起学界足够的重视。新时期以来，对鲁迅个体精神的研究取得了突破性的进展，涌现出了大批研究成果。像王晓明以心理剖析的方式，分析了鲁迅独特的人格，并力求"从个人的躯体内照见那卓越精神的蛰伏形态"②；钱理群系统地论述了鲁迅个体精神心理的深层结构，提出《野草》是"鲁迅最个性化，最具有独创性的精神创造物"③等观点；另外，国外鲁迅研究结果提供了许多有益的借鉴，也产生很大的影响。特别是日本学者对鲁迅的个性精神的重视，像伊藤虎丸在考察鲁迅经历和分析其作品的基础上提出了"个"的概念，认为"鲁迅则通过尼采，找到了东方所没有的、代表着近代西方精神特征的'个人主义'，在其中看见了'真的人'"④，这一观点也引起了我国鲁研界的共鸣，激发起国内研究鲁迅个体与个性精神的热潮。伊藤虎丸认为需要把鲁迅"个"的思想变为"自己的东西"，而我国学者发现了鲁迅强烈的个性精神在当前市场经济社会与文学创作中的价值。对莫言来说，他对鲁迅最为欣赏的也许就是前文所说的他发现鲁迅一旦开始文学创作，立即抛弃那种浅显的宣传式的口号，直面人心，直视人的灵魂的个性化创作心态，以及勇于创造属于自己的文体的那种个体创新精神。

莫言的小说与许多五四新文学作品虽然风格意趣迥然有别，但其内在精神却存在某种共通之处。读莫言的小说，常能感知到五四个性自由精神的回响。目前研究莫言与国内外文学关系时，存在明显的重国外轻国

① 林志浩：《论鲁迅前期的个性主义和进化论思想》，《上海文学》，1962 年 8 月号。

② 王晓明：《所罗门的瓶子》，杭州：浙江文艺出版社，1989 年，第 2 页。

③ 钱理群：《心灵的探寻》，北京：北京大学出版社，1999 年，第 11 页。

④ ［日］伊藤虎丸：《鲁迅、创造社与日本文学：中日近现代比较文学初探》，孙猛等译，北京：北京大学出版社，1995 年，第 311 页。

内、重西方轻传统、重古代轻现代的倾向。按莫言本人的说法，他较早接触的是现代文学，自称在七八岁时就开始读鲁迅的作品了。因此在研究莫言小说中西文化浑融的特征时，首先不能忽视其与新文学叙事传统的关联。

总之，新时期对新文学的研究，对周作人、沈从文和张爱玲等作家的挖掘与认识，对鲁迅等作家的重新评定，其实大都是对新文学个性化叙事作家的肯定，这一现象对莫言小说创作的影响是不容忽视的。

二、文学主体性理论提供了理论支持

新时期初期文坛上出现了一系列的文学论争，像关于文艺的"工具论""人道主义"论争、"朦胧诗"争论、"文学主体性"大讨论、"现代派"论争和"寻根文学"的探讨等。在众多的论争中，"文学主体性"大讨论及其理论对莫言小说创作的影响尤为重要。当然，他小说创作对新时期文学主体性理论既有个人的接受，又有个性化的扬弃。

新时期文学主体性理论的提出，始自刘再复1985年7月8日在《文汇报》发表的《文学研究应以人为思维中心》和1985年第6期在《文学评论》刊发的《论文学的主体性》。文学主体性的提出主要是基于对以往很长时间内文学主体性普遍失落的不满，目的是为了使文学活动摆脱大一统的机械反映论的束缚。文学主体性理论的核心观点是强调文学活动要"以人为思维中心"，要弘扬人的个性，发挥人的主观能动性，尊重人的个体主体性价值。文学主体论一经提出，就引起了大的论争，也就是新时期的文学主体性大讨论。

莫言小说创作体现了一种高扬的个性精神，体现了与文学主体性理论的相通之处。刘再复曾于"一九八四年秋冬之间，几次到解放军艺术学院文学系"给莫言等学员上课，此时虽然其关于文学主体性的论文还没公开发表，但其文学观念对学员有着潜移默化的影响。莫言后来在给刘再复的信中说："您的许多精彩观点时时难忘，并实际上成为我创作心理的一

部分，指导之功大焉！"① 这应不只是客套话，而是一种肺腑之言。刘再复后来说："莫言给我的印象，正是这样一种单枪匹马、特立独行的侠士精神。"② 这种"单枪匹马、特立独行"的精神从根本来说也是一种主体性高扬的个性精神。学界对莫言小说的主体性有不同的认识，但明确指出其与新时期初期文学主体性关系的不是很多。在人们对《红高粱家族》表达的精神内涵争论不休时，有人指出，"《红高粱家族》与所谓的'农民血气'或'民间立场'全然无关，它是 1985 年国内学界'主体性'大讨论的直接产物"③。姑且不论《红高粱家族》与农民血气或民间立场"全然无关"的观点是否正确，但指出其是新时期文学主体性大讨论的"直接产物"的说法还是很有见地，但这一观点当时并没能引起人们足够的重视，也很少有人对莫言小说与新时期主体性大讨论的关联作进一步的深入研究。从某种意义上说，莫言小说创作中强烈的个性精神就是从新时期文学主体性理论中获得了诸多启示。从中篇小说《红高粱》起，莫言小说创作就体现出受文学主体论思想影响的明显痕迹，这在其小说对象主体——人物形象上体现得最为明显。

（一）莫言小说对文学主体性理论的实践

莫言小说创作非常重视文学主体性，从对象主体来看，他把人物放在社会历史实践主体的地位上，充分展示对象主体的自主性、能动性和创造性。正因他小说创作时赋予对象主体充分的自主性，所以他在创作时才会感到"小说中的人物摆脱了你，战胜了你，人物自己要这样做，我无法左右"④。莫言小说中的许多人物都是个性高扬的人，虽然这种个性张扬与五四时期的个性观念有差异，但其对主体性的强调是相通的。如果说《红

---

① 刘再复：《莫言的鲸鱼状态》，《华文文学》，2013 年第 1 期。

② 刘再复：《说不尽的莫言——答〈南方都市报〉记者陈晓勤问》，《当代作家评论》，2013 年第 4 期。

③ 宋剑华：《知识分子的民间想象——论莫言〈红高粱家族〉故事叙事的文本意义》，《广东社会科学》，2009 年第 2 期。

④ 莫言：《在文学种种现象的背后——2002 年 12 月与王尧长谈》，《莫言对话新录》，北京：文化艺术出版社，2009 年，第 106 页。

高粱》的余占鳌和《丰乳肥臀》的上官鲁氏等主要反映了人的肉身"自主"性，那么《檀香刑》的赵甲、《生死疲劳》的洪泰岳和《蛙》的万心等人，从某种意义上来说都是张扬了一种工具理性，这些人在历史的发展过程中都体现出了一种强烈的主体意识，虽然他们之中的一些人的主体意识被历史证明是"没有价值的个性"。

刘再复指出"文学是人学"的命题恢复了人在文学活动中的地位，但又认为很长时间内人们在运用这个命题时存在着一些不足：第一是新时期之前的一些文学没有肯定"人作为精神主体的地位"，第二是没有承认"文学是深层的精神主体学"，第三是没有"充分尊重和肯定不同的精神主体"①，他认为可以从这三个方面来深化对"文学是人学"的命题。由文学主体性理论对人的精神主体的强调，可见其与五四个性主义文学"重精神"的观念具有某些共通的特点，但其对人是目的，而不是手段的论述又深化了五四个性主义文学对"文学是人学"的认识，这一观点在莫言小说创作中得到了形象化的表现。

第一，"人作为精神主体的地位"的确认。

莫言小说肯定人作为精神主体的地位，着力塑造个性复杂的"圆形人物"。"文学是人学"的观念虽然在"文革"前就已被广泛接受，但由于没能赋予人物精神主体的地位，作品塑造的大多都是一些带有"高大全"特点的"扁平人物"，没有血肉，也没有灵魂，没能反映出人物的丰富性和复杂性。文学主体性理论认为，要想改变这一点必须向人物的内宇宙拓展，要深入表现人物的灵魂。莫言曾说："'把好人当坏人写''把坏人当好人写'是我过去三十年来创作所遵循的一个基本想法"，而实际上也就是"把好人和坏人都当作人来写"。这一创作思想，实际也就是文学主体性所讲的要把人放在文学活动思维中心的观点的一种具体表现。他认为，把所谓的好人或坏人都当人来写，这样的小说才真正符合生活、符合文学的

---

① 刘再复：《论文学的主体性》，《文学评论》，1985 年第 6 期。

原则，也"才有可能有较长久的生命力"①。他小说中的人物常是美丽与丑陋、圣洁与龌龊、超脱与世俗、英雄好汉与"王八蛋"的对立浑融体，已完全摆脱了先前文学中人物形象的扁平化特点，而呈现出"圆形人物"形象的复杂性，不管是《红高粱》的余占鳌、《丰乳肥臀》的上官鲁氏，还是《生死疲劳》的洪泰岳和《蛙》的万心等，都是如此。莫言认为"就是要把恶魔上升到人的高度，把神下降到人的高度，我们使用人的观念来对待小说的人物"②。可见，把好人与坏人都当作人来写的思想，也是对新时期之前，特别是"文革"时期文学只见性格，不见个性的类型化人物形象的对抗，这与新时期初期的文学主体性理论的目标是一致的。

第二，"文学是深层的精神主体学"的探索。

莫言小说对人物精神主体的展现不只是停留在心理活动的意识层面，而且还深入人物的潜意识或无意识的深层结构。文学主体性理论认为，人的精神性主体包含着双层结构，即精神结构的"表层结构"和"深层结构"，"表层结构"就是人的意识层面的内容，而"深层结构"就是潜意识或无意识层面的内容，这与弗洛伊德的人格结构划分具有某种意义上的一致性。莫言小说中存在着大量的潜意识或无意识的非理性内容。譬如《透明的红萝卜》出现的红萝卜幻象，《白狗秋千架》中那只带路的白狗，《老枪》中父子三代死于同一杆枪下的宿命，《拇指铐》中那难以挣脱的手铐，以及各种各样的神仙鬼怪书写，都体现着一种非理性色彩，都是人的潜意识或无意识世界的反映。莫言小说中不仅有大量非理性的内容，而且其小说的叙述者也常常是一些非理性的人物或动物，像《透明的红萝卜》的叙述者黑孩、《四十一炮》的叙述者罗小通、《生死疲劳》中不同的动物叙述者，等等。可见，莫言小说不仅注重对非理性世界的表达，而且尝试着以非理性叙述者发现"理性的盲点"。斋藤晴彦曾借助荣格的分析心理学

---

① 莫言：《我为什么写作——2008年6月在绍兴文理学院的讲演》，《莫言讲演新篇》，北京：文化艺术出版社，2009年，第221、215页。

② 莫言：《写最想写的——2006年6月在上海大学的讲演》，《莫言讲演新篇》，北京：文化艺术出版社，2009年，第184页。

研究莫言作品中的无意识意象，并指出了其小说就是作者"自我实现的过程"或"个性化过程"①，也证明了莫言小说对无意识或潜意识世界的开掘。

刘再复指出莫言小说创作"更多地体现'全生命写作'的特点。'全生命'包括潜意识"②，对其小说创作中潜意识书写的肯定，其实也从侧面反映了莫言对文学主体性理论强调书写人的潜意识或无意识理论的认同与实践。

第三，"充分尊重和肯定不同的精神主体"的书写。

莫言小说创作发展历程中的不同作品表明，文学创作不仅要尊重某一精神主体，而且要尊重不同个性的主体。文学主体性理论认为，不同的精神主体在现实中表现为不同的个性，每一个性都是独立的丰富的世界，"它的深层都积淀着人类文明的因子，都具有群体精神的投影"③，只有尊重每一种个性才能更充分地认识不同个性的内涵和价值，也才能更好地认识人类自身。莫言小说对不同个性主体的尊重表现在多个方面。首先，他的小说不仅注重创作主体自我创作的自由，而且尽力赋予小说中不同人物以独立的个性，让人物充分发展自己的个性。譬如《红高粱家族》的余占鳌可谓"自主"人物形象的代表，他的小说即使写到"非自主"人物形象，也对其个性给予充分展示，即使写到《檀香刑》的刽子手赵甲，作者也忠实于表现其怎样"把活儿做好"的朴素而又可鄙的个性心理。其次，莫言小说表现了人与自然万物相通的意识。《透明的红萝卜》中黑孩对大自然有着异于常人的全息相通能力，表达了一种与自然万物平等共在的意识，并且带有一种中国古典的主体间性意味。这种前主体性的"古典的主体间性，即把自然和社会当作主体而不是客体（自然被人性化）"④。再次，莫言小说还表现了生命个体与个体之间应相互尊重的意识，每个人都是人类大家庭中的一员，这在《蛙》中表现得最为明显。

---

① 斋藤晴彦：《心理结构与小说——用分析心理学解读莫言的作品世界》，复旦大学博士论文，2012年，第35页。

② 刘再复、刘剑梅：《高行健莫言风格比较论》，《华文文学》，2013年第1期。

③ 刘再复：《论文学的主体性》，《文学评论》，1985年第6期。

④ 杨春时：《中华美学的古典主体间性》，《社会科学战线》，2004年第1期。

有人指出，"五四时期个性的建构并没有真正实现由'主体性'范式向'主体间'范式的转换"，"主要是在'主体性'范式下谈论个性"①。值得注意的是，20世纪80年代的文学主体性论争，大都关注了刘再复论述的个体主体性特点，而忽视了其包含的主体间性因子。其实，其主体性理论中包含着主体间性的某些思想，譬如对象主体，就意味着不仅仅把小说人物看作客体，而是看作另一个独立主体，也体现出一种"间性"意识。但由于过于强调精神主体的作用，也由于"这个思想没有提升到主体间性理论上来，在主体性框架内反倒显得有矛盾"②，这也说明其文学主体性理论的主体间性思想极为薄弱。

（二）莫言小说对文学主体性理论的扬弃

文学主体性大讨论对新时期文学创作和研究都产生了很大影响，为冲破长期以来的机械反映论提供了理论支持。文学主体论契合了时代文学发展的需要，成为20世纪80年代文学论争的焦点，甚至一度影响了以后文学创作与研究的走势。但不可否认的是，因刘再复的文学主体性理论是建立在康德的主体性哲学的基础之上，远离了西方20世纪文学创作的发展，带有"很强的半新半旧、过渡时期的色彩"③，有着明显的局限性。"他的理论实质上仍然属于古典人道主义的范畴。这一方面表现在他完全没有意识到古典人道主义理论中所包含的自我消解的因素，另一方面表现为他完全没有意识到人道主义或主体性自身的局限性"④，加之，对马克思主义反映论认识的偏差和对个体主体性的偏见，文学主体论一经提出就立即成为文坛争论的焦点。有人曾客观地指出，新时期文学主体性的倡导者"实际上是以个人主义思想为核心所构建的'个人'观念祛除了人的'阶级属性'，

① 顾红亮：《消极个性与积极个性——分析五四主流思想家个性观的一个新视角》，《华东师范大学学报》，2004年第6期。

② 刘再复、杨春时：《关于文学的主体间性的对话》，《南方文坛》，2002年第6期。

③ 陈燕谷、靳大成：《刘再复现象批判——兼论当代中国文化思潮中的浮士德精神》，《文学评论》，1988年第2期。

④ 陈燕谷、靳大成：《刘再复现象批判——兼论当代中国文化思潮中的浮士德精神》，《文学评论》，1988年第2期。

并且突出了'人的个性价值和非自觉意识'",是"个人主义思想观念借助'主体性'概念登上历史前台"①。80年代后期这场褒贬不一的文学主体性论争还没能充分展开就被人为地打断了,学界对文学主体性理论的关注也发生了转移。

从莫言小说的创作历程来看,他对文学主体论的认识也有一个发展过程。前期创作的《红高粱家族》和《丰乳肥臀》等注重对人物个性张扬的探索,后期创作的《檀香刑》和《生死疲劳》等对人物个性异化和价值的反思,体现了他对文学主体性理论由接受到扬弃的过程。作为20世纪80年代登上文坛的莫言来说,现代西方文学视野的扩大,加之主体性理论对作家主体性意识的强化,决定了他对文学主体论理论不会是照单全收式的全盘接受,而有着自己的个性化理解与扬弃。

第一,从重精神主体到重身体主体。

文学主体性理论认为,人的主体性包括两个方面,即人的实践主体性和精神主体性,二者分别指人在实践和认识过程中与对象建立的主客关系。刘再复认为,"人的精神世界是联系人与物质世界的内在链条",并称之为"内宇宙",认为"要高度重视人的精神的主体性"②。由此可见,其文学主体论把精神主体提高到了至高地位,甚至可称为文学精神主体论。这种精神主体的绝对化倾向带有五四以来文学高度重视人的精神主体解放的色彩,是建立在主客体对立的基础之上的,带有明显的偏颇性。梅洛-庞蒂曾认为:"真实的主体并非意识本身,而是'存在或通过一具肉体存有于这个世界'。"③莫言小说也重视人的精神,但其更重视身体主体性,精神只是身体的一部分,身体是精神的本源或载体。"如果把人物视为核心,那么小说除了身体之外它没有别的"④,离开了身体片面地强调精神,那精神

---

① 李定春:《想象个人:个人主义与1980年代的文学与文化》,哈尔滨:黑龙江教育出版社,2011年,第131页。

② 刘再复:《论文学的主体性》,《文学评论》,1985年第6期。

③ [美]詹姆斯·米勒:《福柯的生死爱欲》,高毅译,上海:上海人民出版社,2003年,第55页。

④ 刘恪:《现代小说技巧讲堂》,天津:百花文艺出版社,2012年,第63页。

也只能是无本之木。

　　法国思想家阿尔贝特·史怀泽指出："人越是敬畏自然的生命，也就越敬畏精神的生命。"[①] 莫言小说对人物个性的探索，始终围绕着人的身体展开。《红高粱》对人物身体本能的张扬，《檀香刑》对古代刑罚残害身体的批判，《生死疲劳》对身体的本源与归宿地——土地的思索，《蛙》对身体及生命的敬畏等，这一切都说明了，莫言小说正是通过对人物身体的表现来实现对片面的精神关注的超越，也是对文学主体论片面强调精神主体，而忽视身体主体的补充与完善。刘再复认为，莫言的小说是"中国大地上的野性的呼唤"，"使蜕化成意识形态现象的中国文学，又回归到生命现象与个人现象"[②]。只有回归身体才能回归完整的生命个体，五四个性主义文学虽有偏于精神理性的倾向，但鲁迅以及创造社许多作家的作品也大都弥漫着一种肉身血气的蒸腾。

　　第二，从主体性到主体间性。

　　如果说，从精神主体到身体主体，是莫言小说创作对文学主体性理论的第一次超越，那么从主体性到主体间性则是莫言小说创作对文学主体性理论的第二次超越。当然这两次超越并不是时间的先后，而主要是层次的不同，相对于第一次超越来说，第二次超越显然更具探索意识。

　　文学主体性理论把人看作文学思维活动的主体，把文学创作看作主体对客体的认识和征服活动。在文学主体的构成中，提出了具有主体间性色彩的"对象主体"的观点，认为对象主体的实现"就是把人当成人——把笔下的人物当成独立的个性，当作具有自主意识和自身价值的活生生的人，即按照自己的灵魂和逻辑行动着、实践着的人，而不是任人摆布的玩物与偶像"[③]，这是难能可贵的，但"对象主体"的本质，仍然带有"原子式的孤立个体"的特点，仍没能走出传统主体论的泥沼。刘再复后来意识

---

　　① [法]阿尔贝特·史怀泽：《敬畏生命》，陈泽环译，上海：上海社会科学出版社，1995年，第131页。

　　② 刘再复：《中国大地上的野性呼唤》，《明报》，1997年9月17日。

　　③ 刘再复：《论文学的主体性》，《文学评论》，1985年第6期。

到："主体性应该包括主体间性，这才是比较完整的理论。我们讲究主体性是为了张扬个性，但个性不是原子式的孤立个体，而是在人际关系中存在。"主体间性理论认为文学创作"是自我主体与他我主体间的对话、理解，而不是主体对客体的认识和征服"①。

首先，莫言小说创作历程鲜明地体现了他从对某一精神主体的探索、反思，最终走向了主体间性的思考。可以说，从《红高粱家族》始，他就着力表现人的个性张扬的探索，为了让人物余占鳌充分展现其主体性的自由，小说竭力去除了人物身上的种种外在束缚，但基于身体本能的个性张扬的人都最终难以逃脱自我否定、自我瓦解的命运；《丰乳肥臀》对女性"自主形象"的探索表明，女性主体的高扬，虽能带来反封建礼教的身体本能的原始力量，但母性的扩张却又无意中阻碍了上官金童的自然成长。此后，莫言对这种探索人物肉身"自主"的小说失去了兴趣，转向了对人类群体与个体关系的思考。从《檀香刑》表现的对社会文化对人的个性异化问题的探询，到《生死疲劳》中不同个性价值争锋的反思，最后走向了《蛙》呼吁尊重个体生命与忏悔的书写。如果说《生死疲劳》表达了个体生命与土地的思索，那么《蛙》则主要表达了主体间性的身体敬畏与生命信仰，体现出一种身体人类学思想。

其次，莫言小说的主体间性，不仅表现在人的个体与个体之间的"间性"关系上，还广泛体现在人与动植物，或人与自然万物的"间性"关系上。文学主体论认为"只有人，才是文学的根本对象"，这一观点没错，但值得反思的是文学主体性理论把人作为"文学的根本对象"的地位推崇得过高，而忽视了其他文学对象的重要性。这与五四新文学"在主客体关系中显然过分强调了人的主体性"②现象是相似的。在莫言的小说中，大自然是与人具有同样价值的文学表现对象。人来自自然，又受自然的奴役，对自然的漠视，已让人尝尽了环境污染、生态危机的苦头。《透明的红萝

---

① 刘再复，杨春时：《关于文学的主体间性的对话》，见杨春时：《现代性视野中的文学与美学》，哈尔滨：黑龙江教育出版社，2002年，第214、216页。

② 王铁仙：《鲁迅与中国近代的个性主义》，《学术月刊》，1993年第7期。

卜》表现了黑孩与大自然息息相通的神奇魅力，大自然也是一个独立的主体世界，它是否也在与人相互观望？文学主体论认为"人与动物最根本的区别是在于人能自由创造，自由选择，自由调节，在于人的创造能力"[1]。但莫言的许多小说似乎表明，人在强大而神秘的大自然面前也常常无能为力。《球状闪电》中闪电的神秘，《狗道》与《木匠与狗》中狗的疯狂与执着、《战友重逢》和《蝗虫奇谈》中鳝鱼和蝗虫等小动物集体力量的强大，都令人叹为观止、目瞪口呆。这不是为了引起人们的恐惧，而是为了唤起人们对自然万物日益淡化的敬畏意识和"天人合一"的原始而朴素的主体间性的平等精神，也是对主体性理论中"人类中心主义"思想的拒绝。

高扬科学理性的主体性在 20 世纪末逐渐走向了黄昏，特别是拉康对主体性的解构，主体成为语言建构的一种想象，而人的存在"总是在别处"[2]；还有福柯在尼采提出神的死亡之后，提出人也死了的惊世骇俗的观点。现代主体性经过后现代的轮番轰炸已摇摇欲坠、岌岌可危。甚至有人提出，"从某种意义上可以说，全部二十世纪的新文学，都是对人的主体性的抗议"[3]。但莫言小说创作高扬的个体主体性已回归到了身体，在身体存在意义上建构身体的主体间性，企图借此抵达"本真的存在境界"[4]，探索审美现代性的可能，这应该是主体性发展迎来的一缕曙光。

第三节　传承与重构新文学叙事传统的意义与反思

莫言小说创作对五四新文学叙事传统的传承与重构突破了长期以来极左意识形态导致的文学机械反映论的局限，体现了新时期"人的文学"的回归，在确立个性化创作观念，探寻以自身或身体为本位的个性精神发展

---

[1] 刘再复：《论文学的主体性》，《文学评论》，1985 年第 6 期。

[2] [法]拉康·雅克：《拉康选集》，上海：三联书店，2001 年，第 573 页。

[3] 陈燕谷、靳大成：《刘再复现象批判——兼论当代中国文化思潮中的浮士德精神》，《文学评论》，1988 年第 2 期。

[4] 王琼：《身体—主体间性：莫言小说的哲学视界》，《西北大学学报》，2013 年第 4 期。

的可能，以及小说文体意识的纠偏与创新等方面都达到了极高的水准。但文学艺术创作中高度的个性意识往往具有两面性，高度的个性化写作会获得人们的称赞，但有时也难免会招致部分人的批评，五四个性主义作家鲁迅、郁达夫和丁玲等人当时的遭遇也是如此。莫言是新时期以来受到褒扬和嘉奖最高的作家，也可以说是遭到误读和批评最多的作家之一。从1986年发表人物个性张扬的《红高粱》起，尤其是《欢乐》《食草家族》和《丰乳肥臀》等作品发表后，他的小说创作就一直被卷入赞扬和批判的双重话语旋涡。

一、传承与重构新文学叙事传统的意义

（一）从表现"自我"到表现"自身"

莫言小说创作具有强烈的个性意识，他认为创作是一项特殊的劳动，"是一种高度个性化的劳动"[①]。因此，文学创作要表现创作主体的个性化体验，作家要写出他感受最深的东西，要"讲他心里面最真实的话，写他心中最痛的东西"[②]，这样的作品才有价值。个性化写作就是要差异性地表达对自然、社会和历史的感知，而"文革"期间高度的集体化、非个性化写作不仅掩盖了创作者个性化体验的固有差别，也抹杀了文学的多样化色彩。莫言小说创作主体精神的高扬，对人物个性的探索，以及小说艺术形式的创新，都是个性化写作诉求的反映。莫言曾于2004年分别以《个性化的写作和作品的个性化》与《文学个性化写作刍议》为题发表讲演，大力倡导个性化写作，他意识到"强调个性才有生存之路"，但他发现，"我们一直想个性化个性化，不知不觉就滑向了共性的泥潭"[③]。文学创作最宝贵的就是个性化观念，早在五四时期，周作人就提出"个性的文学"观念，谈到新文学的要求时，他指出要"个人以人类之一的资格，用艺术的方法

---

① ［日］阿刀田高，莫言：《小说为何而存在》，《文学报》，2012年8月30日。

② 莫言：《故乡·梦幻·传说·现实——2008年8月与石一龙对话》，《莫言对话新录》，北京：文化艺术出版社，2009年，第422页。

③ 莫言：《小说的写作——2004年5月与〈北京文学〉编辑对话》，《莫言对话新录》，北京：文化艺术出版社，2009年，第452页。

表现个人的情感"①，认为新文学的要求其实就是个性化写作的要求。新时期文学和中小学写作教学也一直倡导个性化写作，但何谓个性化写作？相比于五四时期的个性化写作，莫言的个性化写作又有哪些新的特点？

长期以来，许多作家或学者都倡导个性化写作，对个性化写作的不同界定体现了认识的深化和拓展，也能说明五四新文学叙事与莫言小说个性化叙事的差异与联系。王铁仙认为，90年代的个人化写作与五四文学强调的以及新时期初期作家"自觉回归的个性表现"完全不同，五四作家强调创作的个性化，作家"认为个人是社会和人类的一员"，而他认为90年代的个人化，作家把自己与社会隔离开来，所表现的"实际上不是真实的个体自我，而是'自我'的虚构，空洞而苍白，读者从中看不到社会和自己"②。这一论述主要以创作者是否是作为社会或人类的一员来界定，具体来说，就是依据写作内容的社会意义的贫乏与否，以及是否把个人看作绝对的精神主体来区别。他还认为，新时期初到80年代前半期，也有不少五四式的个性化写作，就是既有"作家真实个性"，又有"深广社会意义"，认为90年代之后，"也可以看到这样的个性化写作，如'现实主义冲击波'和'反腐'题材的一些作品"③。可以看出，他所讲的个性化写作主要倾向于具有现实批判精神和社会意义的个性化写作，似乎把80年代后半期的具有非理性倾向的个性化写作排除在外的。而其在《中国现代文学精神》中又把80年代后半期的"关注非理性自我"的论述纳入"个性主义的潮流"的章节中。可见，是否表现非理性自我并不完全是划分个性化写作的根据，而且非理性自我也是自我或自身的一部分，非理性自我的揭示甚至有时更能帮助人们认识人的个性特征。五四时期鲁迅的《狂人日记》的狂人就是在癫狂的非理性状态下发现了封建礼教吃人的面目，体现

---

① 周作人：《新文学的要求——1920.1.6在北平少年学会的讲演》，《周作人作品精选》，武汉：长江文艺出版社，2003年，第23页。

② 王铁仙：《文学的社会性与写作的个性化》，《中国现代文学精神》，北京：人民出版社，2008年，第110页。

③ 王铁仙：《文学的社会性与写作的个性化》，《中国现代文学精神》，北京：人民出版社，2008年，第121页。

出个性意识的觉醒；郁达夫的《沉沦》是在非理性自我的觉醒中体验到自我的苦闷。莫言小说创作与五四新文学叙事都注重非理性自我的表现，不同的是五四文学中人的非理性自我的觉醒常常受到科学理性或道德理性的约束，个性觉醒的人物也因此经常陷入癫狂或沉沦状态，而莫言小说创作中的非理性自我的个性张扬却很少受到理性的压制，是一种感性个体主体性的张扬。另外，五四文学讲的个性化写作较为重视写作内容的社会意义，是一种个性观，其实，个性化写作不仅要重视创作的社会意义，而且更要重视创作的人类学意义，这也是"个人以人类之一的资格"进行创作的体现。

从根本上来说，五四新文学与莫言小说创作的个性化写作的区别主要在于社会现代性的个性主义与审美现代性的个性意识的差异，二者都以自己的方式实现对自我的认识与表达，都符合个性化写作原则，即"主要是要用适合自己的形式，重视地表达出，个人真切的因而也一定是独特的情志，同时当然也包括由此形成的叙述、描写的个别性原则"[①]。但莫言的个性化写作有对五四文学个性化写作强烈的主体精神的认同，也有对其过于理性化的对抗，也可以称其为审美的个性化写作。

根据以上论述，结合莫言小说创作与五四个性化文学传统，可以说个性化写作应该主要是指创作主体具有强烈的独立、自由意识，注重以对身心一体的人物个性精神的探索来贯通对民族和人类命运的思考，并具有鲜明文体创新意识的写作。因此，也可以说，莫言小说的个性化写作是对五四文学个性化写作的继承与扩展。二者都注重身心一体化体验的表达，但五四文学的个性化写作重视个体精神自我的表达，而莫言小说的个性化写作主要转向了对肉身自我的书写，也可以说是实现了由"自我"到"自身"的个性化写作的转换，这一转换也体现对人"自身"认识的深化。

（二）从现代性走向审美现代性

莫言小说创作既传承了五四新文学主体性高扬的精神，又包含着对其

---

① 王铁仙:《中国文学的现代转型及其意义》,《中国现代文学精神》,北京:人民出版社,2008年,第86页。

工具理性、科学理性的对抗，他小说创作继承与发扬的是一种以自身或身体为本位的个性精神，体现出一种审美现代性特征。

莫言小说创作与五四新文学叙事强调精神理性有所不同，他首先把人看成是一个活生生的肉身个体，力争重返个体的肉体本源，探询身心一体的个性发展问题。五四时期，鲁迅、周作人等人都非常重视人的灵与肉、精神与肉身、神性与兽性、社会性与自然性的统一，但因"西方哲学对人身体的遗忘，注定了它对人理解的残缺与片面，中国近代以来'西学东渐'的背景下，这种残缺则成为中国美学不得不接受的遗产"①，这也致使部分五四新文学在对身心一体问题的表现上常有所偏差。如果说五四新文学偏于表达精神的重要性，那么莫言小说创作就偏于表现肉身本源性体验的重要性，这是对五四新文学叙事的纠偏或补偿，当然有时也存在矫枉过正的现象。

莫言小说创作非常注重身心一体化体验的表达，其目的是为了实现对长时间缺席的肉身的在场与呈现。具体来说，就是力求在身心一体化的探询中发现个性之源，探索个性的张扬、压抑和异化问题，重估西方个人主义思想实现之可能与局限，呼吁个性化生存方式的构建。因作为个体的人，首先是一个活生生的有血有肉的人，而"不是现代经济与政治制度中理性的人，不是社会结构中伦理的人"，这实际上也意味着"在韦伯意义上的'理性化'的现代性线索之外，我们还能发现一条从'感性个体'出发的现代性线索"②。也就是说，相对于五四新文学偏于社会现代性来说，莫言小说创作更为重视审美现代性，他的小说"绝少对现代性的简单认同"，而是将统摄现代文学的现代性叙事"重新拉回言说与阐释的起点"，而"这也正是审美现代性所要完成的使命"③。莫言小说创作就是企图去除五四新文学叙事的理性色彩，而重返身体的感性本源，这既是对五四新文

---

① 刘成纪：《身体美学的一个当代案例》，陈定家：《身体写作与文化症候》，北京：中国社会科学出版社，2011年，第258页。

② 张辉：《审美现代性批判》，北京：北京大学出版社，1999年，第180页。

③ 温儒敏，叶诚生：《"写在历史边上"的故事——莫言小说的现代质》，《东岳论丛》，2012年第12期。

学张扬主体性传统的继承与坚守，也是对其实用科学理性的纠偏与对抗，目的是让文学回归感性的地面。

由此可见，莫言小说创作的现代性已不完全等同于五四新文学的现代性问题，而主要是一种既注重主体性的张扬，又重视人的灵性、本能或情感表现的审美现代性。审美现代性认为："在美学与艺术领域对人的灵性、本能与情感需求的强调，实际上，既是从感性生命的角度对人的'主体性'的直接肯定，又包含着对现代科技文明与理性进步观念的怀疑乃至否定。"① 审美现代性作为现代性内部的一个分支，既有对其主体性的捍卫，又有对其过于理性化的反抗。20 世纪 80 年代中叶后出现的注重个性张扬的文学与五四新文学在关注个性独立、自由等方面是相同的，但其重非理性的主体与五四新文学重理性主体的表现又不完全相同。从总体来看，二者可谓同中有异，或和而不同。

（三）从"拿来"到"寻根"

莫言小说创作对五四新文学的传承与重构，是希望"在广泛学习前人艺术的基础上，结合自己的艺术个性，创造出具有自己鲜明个性的东西来"②，也是在文化大交流、大融汇的时代背景下渴求独立、自主的表现。与五四时期中西交汇的文化语境相似，新时期文学也被置身于中西文化大碰撞的语境下。1978 年十一届三中全会的召开揭开了对外开放的序幕，西方各色文化纷纷涌入了，中国社会进入了一个中西文化大碰撞、大融合时代。这场中西文化的交流融汇一直持续到 1992 年社会主义市场经济制度确立后，才慢慢趋于平缓。

耐人寻味的是，20 世纪初期和末期的两次中西文化大碰撞、大融合，都带来了文学的大繁荣、大发展，文学创作都出现了个性主义的高涨，这其实也都反映了一种在特定语境下民族自立自强的焦虑，一种渴望在西方文化的冲击下重塑民族自我形象的焦虑。所不同的是，五四作家大多希望

---

① 张辉:《审美现代性批判》，北京：北京大学出版社，1999 年，第 5 页。

② 莫言:《传统与创新——在第十三届亚洲艺术节和第二届亚洲文化论坛的演讲》，《文艺研究》，2013 年第 12 期。

为老态龙钟的中国注入西方个人主义思想的异质血液，而20世纪80年代中叶后的许多作家大多希冀能从浩繁的传统文化中探寻民族个性主义残存的血脉，简单地说，也就是"拿来"和"寻根"的区别。

莫言小说创作与五四新文学叙事相似，都深受西方文学的影响。新时期的改革开放打破了文学发展的封闭禁锢状态，大量优秀的外国文学作品被纷纷介绍到了中国，西方不同国家的经典文学作品几乎同时登场，各种文学流派令人大开眼界。在大量的西方文学作品中，对文学创作冲击最大、影响最深的是各色的现代派作品，像象征主义、表现主义、未来主义、超现实主义、意识流小说、荒诞派戏剧、黑色幽默和魔幻现实主义等都对中国当代作家产生过或深或浅的影响。莫言多次谈到马尔克斯、福克纳、格拉斯、卡夫卡、川端康成和大江健三郎等外国作家对其创作的影响。西方现代派文学痴迷于对个体非理性体验的书写无疑给莫言小说创作提供了启示，现代派文学表达的身体是被压抑的主体的观念，与他饱受压抑的身体体验可谓一拍即合。新时期初期大部分中国作家都是在对西方文学的阅读、品味和模仿中进行创作的。因此莫言认为，没有一个80年代成名的作家敢说其创作没受到外国文学的影响，而正是在西方文学的影响下，"小说开始摆脱了'文学为政治服务'这样的咒语般的口号，获得了一定程度的心灵的和创作的自由"①，这与五四新文学深受西方文化与文学的影响的情形是极其相似的。

但值得注意的是，莫言在学习和借鉴西方文学时存在着一种既欣赏又心存戒意、既模仿又拒绝被同化的矛盾心态，这与五四新文学重视对西方文学的"拿来"主义态度又完全不同。莫言说"接触了西方的小说和理论，它起到了发现自我的作用"②，也感受到了"面对巨著产生惶恐和惶恐过后蠢蠢欲动"③。在学习借鉴西方文学时，他认为对中国作家来说，西

---

① 莫言：《向格拉斯大叔致意》，《小说的气味》，沈阳：春风文艺出版社，2003年，第31页。

② 莫言，王尧：《从〈红高粱〉到〈檀香刑〉》，见孔范今等：《莫言研究资料》，济南：山东文艺出版社，2006年，第59页。

③ 莫言：《黔驴之鸣》，《青年文学》，1986年第2期。

方作家像马尔克斯和福克纳就"像两座灼热的高炉，我们都是冰块，一旦靠近就会蒸发掉。当年我们唯一的办法是要逃离它，找到自己的写作道路"①。意识到必须拒绝对西方文学简单的模仿和借鉴，必须从中国传统文化的深层结构去寻找与西方现代主义文学的接合点。莫言在80年代初，接触了福克纳、马尔克斯、卡夫卡和川端康成等西方作家的作品后，"感到如梦初醒"，"想不到小说竟然可以这样写"，"类似的故事，在我的故乡，在我的童年经历中，可以说是比比皆是。于是我就放下这些书，开始写我的小说了"②。莫言对西方文学的阅读似乎都是浅尝辄止，但却又深受其创作精神的鼓舞。读福克纳的《喧哗与骚动》时，读到正文第四页的最末两行"就把书合上了，好像福克纳老头拍着我的肩膀说：行了，不用再读了，写吧！"③阅读川端康成的《雪国》，当"读到'一条壮硕的黑色秋田狗蹲在那里的一块踏石上，久久地舔着热水'"时，"脑海中犹如电光石火一闪烁，一个想法浮上心头"④。于是立刻拿起笔，在稿纸上写下《白狗秋千架》的开头，等等。由此可见，西方文学仅是莫言小说创作的一种触发媒介，他始终对西方文学保持着一种高度的警惕，只是希望借其激起自己的创作灵感，希望获取的是一种灵魂深处的沟通，他小说创作坚守的主要还是本土化个体体验的表达。《学习蒲松龄》写祖先托梦带"我"去拜见蒲松龄，祖师爷把一只黄毛大笔扔给"我"，说："回去胡抢吧！"⑤可见，在对待中西文学的态度上，与五四新文学的"拿来"主义不同，莫言更为重视对传统民族文化的"寻根"。

从其小说创作来看，相比于五四新文学重视从西方"拿来"其个人主义思想来说，莫言小说创作更为重视从民族传统文化中寻找个性主义之本，那就是民族传统的"身体化"文化。他小说创作更为重视个体肉身原

---

① 莫言：《两座灼热的高炉——加西亚·马尔克斯和福克纳》，《世界文学》，1986年第3期。

② 莫言：《没有个性就没有共性——2005年5月在韩国"东亚文学大会"上的讲演》，《莫言讲演新篇》，北京：文化艺术出版社，2009年，第31页。

③ 莫言：《说说福克纳这个老头儿》，《当代作家评论》，1992年第5期。

④ 莫言：《感谢那条秋田狗——日本版小说集〈白狗秋千架〉序》，《西部》，2007年第9期。

⑤ 莫言：《学习蒲松龄》，《与大师约会》，北京：作家出版社，2012年，第319页。

初性体验的表达，对人物个性自由的探索也更具有"身体化"民族传统文化特征，对个性的压抑与异化的批判也建立在"身体化"传统文化的基础上，这些都体现了其对民族传统文化的认同。因此，莫言小说创作对身体一体化体验的表达不仅是对五四新文学的传承与重构，更是对民族文化传统的呼应，这"既是民族精神顽强的自我巩固，也是人类抵抗文化趋同的悲壮征战"①。

二、传承与重构新文学叙事传统的反思

莫言小说创作所获得的嘉奖和受到的批评几乎是等量的，其高度的个性化写作，特别是其以自身或身体为本位的个性精神的张扬，因远离了传统阅读经验，难免让人一时难以接受。他的小说创作也有探索过度的一面，莫言对此有清醒的认识，他说："实事求是地说，我为年轻时的探索热情和挑战传统的勇气而自豪，同时也为因用力过猛所造成的偏差而遗憾。"②但莫言小说创作遭受批评最多的方面，也往往是他探索最深最远的地方。

（一）感性泛滥与理性约束

因莫言小说创作是建立在个体肉身原初体验的基础上，他的作品往往带有鲜明的感性色彩，而缺乏五四新文学那种鲜明的理性光芒。文学作品离不开感性内容，但相对于五四新文学来说，莫言小说中感性解放的书写要更为畅达，甚至故意不加约束。他认为这种感性的自由是文学创作的重要条件，过多的理性反而会约束了创作自由。莫言说，"不应该从理性出发来写小说，而应该从感性出发来写小说"，"作家理性思维能力越强，其小说越缺乏感染力"③。这是对五四以来文学过度重视精神理性，特别是"文革"文学创作"主题先行"问题的反拨，但也不排除莫言小说创作存在矫枉过正的现象。

与五四新文学高度重视人的精神解放不同，莫言小说创作更为重视人

① 季红真：《莫言小说与中国叙事传统》，《文学评论》，2014 年第 2 期。

② 莫言：《文集序言》（手稿），《红高粱家族》，北京：作家出版社，2012 年，第 2 页。

③ 莫言：《写作时要调动全部感受——2004 年在阿塞湖畔与记者对话》，《莫言对话新录》，北京：文化艺术出版社，2009 年，第 344 页。

物的肉身解放，认为肉身解放是精神解放的先在条件。身体解放从某种意义上来说，也就是感性的解放。

因莫言小说的个性自由是建立在身体自由、感觉自由的基础上的，所以他的小说创作往往带有感性书写泛滥的特点。对非理性感觉的强调，往往导致书写中的感性书写泛滥。这在莫言小说中主要表现为两个方面：一是小说中有大量的无节制的感性书写，有时一点刺激的触发都能引出大段大段的感性内容，这在《欢乐》《爆炸》和《食草家族》等小说中表现得极为明显。二是感性泛滥还表现在小说中的叙述转换常带有非理性特点，而过多的叙述人称和叙述视点的非理性转换，往往使小说的叙事显得较为随意。

莫言小说中感性泛滥的书写曾引起学界的批评。《红高粱》发表后，就有人指出其创作中的"自我意识颇为强烈"，"问题是，不要为了追求自我的实现，而忘了其他。文学是感性的，它更带主观色彩。但同时，也应该是理智的，要注意理性观照"[①]。还有学者指出"文学毕竟不是哭笑无常的小孩，它不能脱离理性的调节与控制"[②]。莫言小说创作中有着强烈的个性意识，但与五四新文学重视精神解放的个性意识不同，他的小说创作更为重视个性本源的肉身解放，这也导致其作品缺乏五四新文学中强烈的理性意识，而在感性解放的书写中往往缺乏理性的引导与约束。莫言小说中感性书写的铺排是其个性张扬的一大特点，但有时也成为缺陷。

感性与理性的融合是文学创作的基本原则，莫言小说创作带有强烈的感性色彩，而常忽视理性的控制，这已成为他饱受学界批评的焦点。但问题是如果莫言小说创作高度关注了理性的指导与约束，那其魅力也许就大打折扣，莫言也就不再是莫言。可见，如何做好肉身感性与精神理性书写的有机融合也许是文学艺术创作及研究的永恒话题。

（二）人物个性的转化与长篇小说结构的安排

简单地说，个性就是个体主体性，文学艺术中个性自主与自由发展往

---

① 蔡毅：《在美丑之间……——读〈红高粱〉致立三同志》，《作品争鸣》，1986 年第 10 期。

② 杨联芬：《莫言小说的价值与缺陷》，《北京师范大学学报》，1990 年第 1 期。

往往出现人物性格的双向逆反运动。刘再复在《个性之谜与性格的双向逆反运动》中认为，"任何成功的艺术形象都是活生生的人的丰富个性形象"，他们时刻处在像他自己又不像他自己的双向可能性之中。个性的实现都是建立在既有可能这样，又有可能那样的偶然性之中，"偶然性本身是二级的必然性"，既可能是美的，也可能是丑的，既可能是善的，也可能是恶的。人物"像他自己，又不像自己的现象的循环反复，便是性格的双向逆反运动"。①

五四新文学中，像鲁迅一些小说中的"狂人"或"疯子"形象的塑造，充分体现了人物性格的双向逆反运动问题。莫言小说创作在表现人物的个性时，也注意了展示人物个性的双向可能性，在他的小说中，人物往往在天使与魔鬼、英雄与"王八蛋"之间游走。他小说人物的个性是一种源于肉身本能的个性，人物个性的发展与转化主要是建立在身体的非理性本能的基础上，其人物个性的双向逆反运动也是建立在身体本能的非理性力量的作用之下，个性的转化往往显得较为突兀，有时甚至会有悖于常理。像《红高粱家族》过分夸大人物非理性的一面还是非常明显，余占鳌似乎完全处在身体本能的控制之下。小说写战争唤醒了他身体中最残暴的一面，也成就了他抗日英雄的功绩，似乎还有其合理性，但写到"奶奶"的一双小脚唤起了他的爱欲本能，做出了一系列杀人越货的行为，就完全是一种非理性的表现了。《丰乳肥臀》在表现上官鲁氏为了生存的尊严，完全置封建伦理于不顾，先后与不同的男人结合，作者似乎还是充分注意了人物生存本能抗争的合理性，而写到上官鲁氏用擀面杖捶杀婆婆的一幕，则完全陷入了非理性的疯狂。《蛙》中"姑姑"在身体规训的压力之下，完全放弃了自我，在执行计划生育的过程中，体现出非理性的执着似乎还可以理解，而其退休后夜遇群蛙就使其忽然良心发现，进而发生了自我忏悔意识的转变，似乎也有夸大之嫌，这种转变的突兀也使小说"后

---

① 刘再复：《个性之谜与性格的双向逆反运动》，《文学的反思》，福州：福建教育出版社，2010年，第278—292页。

半部分的'姑姑'就变得单薄，几乎成了概念化的人物"①。莫言小说人物个性的转化基本都是建立在非理性自我的基础之上，这是其小说人物个性的一大特点，也是引起争议较多的问题。

人物的个性转化需要建立在恰当背景条件的基础上，这样的个性转化才具有自然合理性。刘再复在论述个性之谜时，曾列举苏联作家拉甫列涅夫的中篇小说《第四十一》，莫言在演讲时也曾以此作品为例分析人物的阶级性与人性的搏斗，并称"鲁迅对这篇小说的评价甚高"②。他们之所以都非常看重这篇作品，其实与此作所体现的人物个性转化的自然合理也有很大的关系。《第四十一》因设置了合理的背景，玛柳特卡由爱恋到亲手杀死白匪军官的个性转化非常自然。通过对照这篇作品，可以更明显地发现莫言小说中一些人物的个性转化确实有时存在过于突兀的现象。可见，要想让人物个性的转化自然合理，小说必须设置合理的背景条件。

莫言小说创作中人物个性转化的问题也影响了小说结构的安排，他的一些长篇小说，特别是一些人物众多、情节复杂的长篇小说的结构常常出现后劲乏力的问题。所谓长篇小说结构的后劲乏力，主要是指在人物塑造、内容安排或精彩性等方面出现的小说后半部分不及前半部分的现象。

《丰乳肥臀》和《生死疲劳》被许多人看作是莫言小说的扛鼎之作，这两部作品都具有人物众多、历史跨度长和事件错综复杂的特点，但不得不承认的是，这两篇小说结构也都存在着后劲乏力的问题。这主要表现在这两部作品的前半部分都构思严谨、布局精密，但到了后半部分往往都呈现出一种乱象，结尾都有草草收场的痕迹。《丰乳肥臀》文尾的"拾遗补阙"和《生死疲劳》最后一部分的"结局与开端"虽有一定的结构创新意义，但似乎更像是对前文的补充交代，缺乏一种整体感，这在《丰乳肥臀》中表现得最为明显。之所以出现这一问题，一方面可能是因写作时间短、速度快，像《丰乳肥臀》的五十多万字的写作只用了八十三天；另一

---

① 温儒敏:《〈蛙〉的超越与缺失》,《百家评论》, 2013 年第 3 期。

② 莫言:《当代文学创作中的十大关系——2006 年 11 月在第七届深圳读书论坛上的讲演》,《莫言讲演新篇》, 北京:文化艺术出版社, 2009 年, 第 237 页。

方面可能是因作品人物繁多，要顾及众多人物的个性发展与转化，到最后驾驭的难度大。但更为重要的应该是过于重视人物身体本能的个性，而致使不同人物的个性差异不明显，个性转化往往也就难以体现。在莫言人物众多的小说中，对不同人物不同个性的表现有时不是很成功。像《丰乳肥臀》上官鲁氏的八个女儿，大多都是一个模式，这与作者注重人物肉身本能的个性展示有关。这一缺陷在《生死疲劳》中有所改观，注意了表现不同人物的个性差异，但这部小说对后辈人物的个性表现不够充分也影响了作品前后两部分的一致性。我国古代文学名著，特别是《水浒传》《三国演义》和《红楼梦》也都存在着人物众多、时间跨度大和事件错综复杂的问题，相对来说，这些古典名著的整体感都很强，这些作品中人物个性的外在差异明显，而莫言小说注重突出人物身体内在非理性个性的一面，对人物外在相貌、语言个性特征的关注相对较少，这也导致他的小说中人物个性往往只是给人一种强烈的力量感，但存在千人一面的现象，这对人物繁多的长篇小说结构的安排有很大的负面影响。五四新文学大多注重了人物理性与感性的冲突，人物的个性转化自有其合理之处，而莫言小说创作过于关注人物非理性个性的转化，这使不同人物的个性转化存在着某种相似性。

当然，由于长篇小说创作受长度、密度和难度的限制，加之莫言在长篇小说创作中所走过的弯路，他的长篇小说并不像其短篇小说那样灵活，部分长篇小说结构的后劲乏力就是他创作中较明显的问题。不但前文讲的《丰乳肥臀》和《生死疲劳》存在这一问题，《红高粱家族》也存在这种不足。《红高粱家族》作为由五部中篇小说连缀而成的长篇，不但各部分之间缺乏严谨的逻辑结构，而且后面几部中篇都是对第一部的补充或扩展，不但"小说的整体和部分不甚协调"①，而且后面几部成了第一部的补阙与附庸。当然，《红高粱家族》出现这一问题有其特殊原因。据莫言介绍，其原本只是想写一部中篇，但由于《红高粱》的成功，加之受约稿人的鼓

---

① 江春：《历史的意象与意象的历史——莫言长篇小说〈红高粱家族〉得失谈》，见李斌、程桂婷：《莫言批判》，北京：北京理工大学出版社，2013年，第9页。

动，就继续写了下去，"就那么个故事，反复地讲，同时把一些零零碎碎的东西弄进去"①，结果就成了一部由系列中篇组合而成的长篇小说，这也致使小说出现了结构后劲乏力的问题。

莫言也有许多长篇小说较好地把握了作品的整体性，不存在结构后劲乏力的问题。像《檀香刑》《酒国》和《十三步》等作品，全文贯通，结构合理。但相对来说，这些作品要比《丰乳肥臀》和《生死疲劳》的人物少、时间跨度短、事件也要单纯一些。当然，也并不是说人物或事件单纯的长篇小说，他都处理得很好，譬如有人指出《蛙》后半部分的人物塑造就不如前半部分成功，甚至存在着人物形象"扁平化"②的倾向。

（三）个性表达与读者接受

与五四新文学知识分子立场的个性化创作倾向不同，莫言继承了沈从文等作家民间价值立场的创作传统。他自称是"讲故事的人"，是"说书人"，但他所讲的"故事"已完全不同于传统说书人所讲的故事那样通俗易懂，老少皆宜。其许多作品都曾让评论者感到有"徒劳的危险"③，甚至发出"千言万语，何若莫言"④之叹，大众读者对其一些作品的读解更是如堕雾中。当然，莫言作品的难以把握有着多方面的复杂原因，但不可否认的是与其将身体无意识的深层领域引入了小说内容有关，也与他艺术上高度的个性自由精神不无联系。

五四新文学所反映的个性觉醒意识主要是基于西方个人主义思想的催生，科学与民主思想的倡导决定了五四文学中的个性解放思想都带有一定的现代理性色彩，对身体无意识的表现，常出现理性压制感性的现象。五四新文学深陷科学与民主的理性泥沼，除了一些安于闲适的个性主义作家外，大都彷徨于感性与理性的冲突，此时"有个性自觉的人往往都很痛

---

① 莫言：《在文学种种现象的背后——2002年12月与王尧长谈》，《莫言对话新录》，北京：文化艺术出版社，2009年，第71页。

② 温儒敏：《〈蛙〉的超越与缺失》，《百家评论》，2013年第3期。

③ 张清华：《叙述的极限——论莫言》，《当代作家评论》，2003年第2期。

④ [美]王德威：《千言万语 何若莫言》，《读书》，1999年第3期。

苦"①，不仅文学研究会的多数成员是这样，创作社的作家也大多如此。如果说鲁迅《狂人日记》中狂人的"癫狂"有着理性与非理性的混乱，那么像郁达夫《沉沦》将个性的压抑归因于国家民族的不强大就表现了精神理性与身体非理性的矛盾，表现了创作主体的理性自觉与对象主体非理性冲动发生裂变的悖论现象。

莫言小说创作将个性的探索深入到了人物的肉身层面，也就是无意识或潜意识的层面。在莫言小说中，身体本能是人物个性张扬的动力源，其对非理性身体世界表现的极端痴迷，对感觉、幻想和梦境等非理性内容的过分突出，已部分地远离了读者的阅读经验。《食草家族》是莫言长篇小说中对自我探索最为深远的作品，也是最令人费解的作品。小说全文由六个"梦"组成，时间含混遥远，人物半人半兽，事件朦胧含混，主题混沌复杂……整篇小说恰如痴人说梦。小说似乎是对人兽混杂生活的回溯，也是对人性之恶的探询；"蹼膜"似乎表达了对兽性的恐惧，但更像是对割蹼膜残暴行为的批判。莫言许多短篇小说写的往往是一种非理性的感觉，拒绝理性的分析与论述。《长安大道的骑驴美人》似乎写了对美的事物的追随与美梦破碎的体验；《怀抱鲜花的女人》写的似乎就是一个梦境，美人与狗的相伴出现似乎表达了创作者曾有的创伤；《夜渔》似乎就是表达了一种不可理喻的神秘体验；而《地震》写了宇宙自然现象的神秘，等等。莫言的小说中总是充满着一种真真假假、虚虚实实的神秘氛围，体现出一种混沌感。莫言小说创作对非理性世界的关注也是对高度理性精神的怀疑与对抗，他认为："任何一种现象都不是孤立的，任何事物都是连锁反应的。这边蝴蝶翅膀一扇动，那边引起一场九级风暴。"② 这是其对现代混沌理论的蝴蝶效应的认同。

现代混沌理论认为："现实世界的绝大部分不是有序的、稳定的和平

---

① 邓国伟：《五四新文学与个性主义文学传统》，《学术研究》，1994 年第 6 期。

② 莫言：《细节与真实——2005 年 4 月在中央电视台双周论坛的讲演》，《莫言讲演新篇》，北京：文化艺术出版社，2009 年，第 369 页。

衡的，而是充满变化、无序和过程的沸腾世界。"① 人物的个性世界具有非理性的混沌性，如果企图完全表现经过理性分析的内容，那么文学作品难免会与人所面对的主客观世界不一致；相反，越是表现没经过太多理性分析的原生态内容，文学创作才会越逼近世界本相。对此，亨利·詹姆斯说："在小说提供给我们的东西中，我们越是看到那'未经'重新安排的生活，我们就越感到自己在接触真理。"② 但不可否认的是，莫言小说这种以"原生态"混沌体验的方式逼近世界、逼近真理的方式，对习惯于理性分析的读者形成了一种挑战。

莫言小说难以读解，不仅因其创作内容侧重展示人物身体的非理性世界，也与其艺术上高度的个性自由意识有关。莫言对小说艺术进行了多方面探索，最大的贡献就是对叙述人称和视角的自由实验，其小说叙事角度的实验虽然有艺术创新的价值，但过于炫奇斗巧的叙事视角变换也会给读者带来了介入的困难。

莫言小说叙述角度实验打破了单一叙述人称和视角的限制，小说叙述也因此获得了极大的解放与自由，但过于追求叙述视角游戏的实验给读者阅读提供了难题。《十三步》是对叙述人称与视角最具有实验意味的作品，小说几乎将所有的叙述人称都尝试了一番，并且不同人称和视角在小说中随意转换，做到了叙述视角变换的充分自由，但这部作品也是莫言小说中最令人难以卒读的。小说叙述人称与视角在同一段落或同一句话中都有可能发生多次转换，读者在阅读时必须注意力高度集中，一不留神，人称视角的变换就会让人不知所云，阅读也因此成为猜谜游戏，以往轻松自在的阅读方式已难以胜任。甚至莫言本人后来读《十三步》时，"用六十种颜色的笔做了记号，也没读明白，都忘了自己怎么写的了"③。这说明不顾读

---

① [美]阿尔文·托夫勒：《从混沌到有序·前言》，上海：上海译文出版社，1987年，第2页。

② [美]韦恩·布斯：《小说修辞学》，华明等译，北京：北京大学出版社，1987年，第25页。

③ 莫言：《我为什么写作——2008年6月在绍兴文理学院的讲演》，《莫言讲演新篇》，北京：文化艺术出版社，2009年，第207—208页。

者而求新求异的形式技巧实验必然会走入死胡同，也说明了莫言的一些最具个性化创新意识的小说文本不能获得读者青睐的原因。

高度的个性化写作给莫言小说带来了正反两方面的影响，其优点从另一个角度来看，也许就成了缺点，而其缺陷也往往包含在其优势之中。

结　语
传承与重构新文学叙事传统的启示

个人化写作是 20 世纪 90 年代以来文学创作的主要趋向，对其渊源的争议颇多，有人认为，"中国文学的向内转，具有个人化写作的特征，如果要找到标志性人物的话，应该就是莫言"[①]。姑且不论此观点是否正确，但不可否认的是 90 年代以来形形色色的个人化写作，大都与莫言小说创作存在着某种微妙的关联。但莫言小说传承与重构五四新文学传统的个性化写作，与 20 世纪 90 年代部分沉溺于个人狭小的自我身心空间，仅注重书写一己体验而缺乏更为深广的社会学或人类学意义的个人化写作有明显差别。通过把握莫言小说创作的五四新文学传统，可以更好地认识 90 年代以来个人化写作的得失，更好地指导当下的文学创作。

首先，莫言小说创作与五四新文学叙事传统表明，创作不是走向作者的自我封闭化、绝缘化，而是要求创作主体要在独立自由的状态下，更好地倾听自我，创造性地发现自我，认识自我与他者的联系。而 90 年代以来的一些强调个人化写作的作家，虽然注重了自我个性的书写，但认为个人化就是要割断与自然、社会或历史等"他者"的联系，把自己看成是孤独的原子式的个体，沉溺于个人狭小的身心空间。这种创作思想指导下的作品，大多视野狭窄、题材单一，既缺乏现实针对性，又缺乏历史与人类学意义的厚重感。

五四时期，周作人在《个性的文学》中提出，"个性是个人唯一的所

---

① 陈晓明：《"在地性"与越界——莫言小说创作的特质与意义》，《当代作家评论》，2013年第 1 期。

备而又与人类有根本上的共通点"①；而莫言认为，"一个作家从自我出发写作，如果他个人的痛苦，个人的喜怒哀乐与大多数百姓的喜怒哀乐是一致的，这种从个性出发的个性化写作客观上就获得了一种普遍意义"②，二者强调的都是"个性的文学"的普遍意义。真正的个性化写作就是要把握时代脉搏，抓住特定时代个体生命的独特体验，写出时代的心声或人性的普遍意义。虽然莫言的一些作品不是来自当下现实的题材，但他善于借助非现实题材把当前的时代精神呈现出来。像《红高粱家族》虽然是抗战题材，但抓住了改革开放时代急需的个性张扬精神；《檀香刑》虽然写的是清末民初的历史题材，但写出了权力社会人性异化共在的众生相，提示人们要重视身体，尊重生命。这与90年代的一些个人化写作"从个人化角度切入，最后指向仍是个人化"完全不同，他的写作基本上是属于"从个人体验切入，但最终指向的无一不是超个人的公共意义"③那种类型的。

莫言对当前文学创作忽视现实的问题极为关注，他说："现在的年轻人，受到的压抑比较少，个性发展得相对健全，多关注一些社会性的东西，也许对写作有帮助。"④莫言小说创作与五四新文学叙事传统表明，创作者只有关注社会，才能更好地认识自我，作品也才会有更为深远的社会学或人类学意义。

其次，莫言小说创作传承与重构五四新文学叙事传统表明，写作不仅要表达"自我"，而且要表现"自身"，而真正的个性化写作不是走向肉体的自恋或自渎，而是强调从人物肉身本源出发，在身心一体的个性化体验与表达中更好地认识"自身"。90年代以来的一些身体写作或下半身写作，创作者完全沉浸于个人肉身自恋的迷梦，甚至走向了身体自渎或色情书写的道路，身体也因此完全沦落为游戏与享乐的肉体。因此，一些作者

---

① 周作人：《个性的文学》，载《谈龙集》，长沙：岳麓书社，1989年，第146页。

② 莫言：《说不尽的鲁迅——2006年12月与孙郁对话》，载《莫言对话新录》，北京：文化艺术出版社，2009年，第206页。

③ 丁帆：《个人化写作：可能与极限》，《钟山》，1996年第6期。

④ 莫言：《小说的写作——2004年5月与〈北京文学〉编辑对话》，载《莫言对话新录》，北京：文化艺术出版社，2009年，第452页。

误认为只要敞开自己的身体就是展现个性，这恰恰是对"自身"最大的误读，他们"本想通过回到身体回归自我，最终却抛弃了自我，人成为欲望的容器"①。这些仅满足于肉欲展现的作品说明，缺乏了对身体存在论意义或社会学意义的身体写作或下半身写作不是走向表现"自身"的个性化写作，而是"自身"的迷失。莫言小说创作实现了由五四新文学"重精神"到"重肉身"的身心一体化创作的转换，他的小说虽然篇篇不离肉身，但始终注意在身心统一的体验中探索个性发展的极限与可能，体现出更为深刻的人性探索。

再次，莫言小说创作传承与重构五四新文学传统表明，对文学传统的传承不是简单的形式模仿与复制，而是要走向不同文体形式的融合与创新。90 年代一些打着个人化写作旗号的创作，不但在内容上局限于书写创作者个人的一己情感，而且在形式上也没有创新的意图，文学创作对他们来说也就是"码字"，文体形式的模式化、雷同化现象比比皆是，这样的作品一旦生产出来就已沦为文学泡沫。文学的传承与重构不仅要求内容上要有新的探索，而且在文体形式上也应该有新的贡献。莫言小说创作不仅是对五四新文学文体自觉意识的传承与纠偏，也是对中西文体形式的融合与创新，他的每一篇作品在形式上几乎都有个人的创新，而且几乎没有两篇作品在形式上是雷同的。而 90 年代以来许多打着反传统旗号的创作者，不但同一个作者的作品，而且不同作者的作品在形式上也存在着千篇一律、抄袭模仿的现象，文学创作的机械化生产、模式化复制现象严重，这就完全违背了文学传统的传承与创新原则。

最后，莫言小说创作传承与重构五四新文学叙事传统表明，写作不是走向主体性的消弭，而是要走向主体性的高扬，这在"主体性的黄昏"时代显得尤为重要。90 年代一些强调个人化写作的作品带来的却是主体性的失落，这不仅表现在日常生活化叙事中主体性的淹没、感官刺激无节制书写中主体性的沉沦，而且也表现在对商品经济的盲目追逐中主体性的迷

---

① 陈定家：《身体写作与文化症候·导读》，北京：中国社会科学出版社，2011 年，第 14 页。

失，等等。五四新文学主要表现了对封建礼教思想的批判以及现代个性意识的觉醒，莫言小说创作则是对五四新文学个性化写作传统的继承与发展，他的小说创作既有对当前主体性失落现象的反思与批判，也有对五四新文学过于重视精神理性的反抗。如果说五四新文学的个性化写作主要追求一种社会现代性，那么莫言的个性化写作则倾向于追求一种审美现代性。当然，莫言小说创作的社会意义也许不如五四新文学那么明显，但其也有独到之处，因"审美既是一种独立的精神领域，又更是一种与社会现实对比性的存在"①。莫言小说创作张扬的是一种审美的个体主体性，是一种在现实中未曾实现或尚未完全实现的主体性张扬，作者正是借此映照现实生活中主体性的失落与不足，并激励人们为之努力。

可见，莫言小说创作传承与重构新文学叙事传统的个性化写作并不仅仅具有审美意义，也有一定的社会现实意义，那就是探索个性化生存方式之可能。莫言小说创作从个体肉身本源出发探索个性化生存问题，重估西方个人主义思想之理想化与虚妄性，呼吁身体人类学基础上的个性化生存方式之构建。他在诺贝尔文学颁奖现场的演讲，其实也表达了个性之于文学和社会人生的意义，特别是他最后讲的三个故事，都体现出一种朴素的个性化生存观念：当"众人都哭时，应该允许有的人不哭"②，要尊重他人的个性；当他人忽视你的存在时，也不要扮演"英勇的斗士"，而要包容对方；任何时候都不要以群体意志奴他人，而时刻要怀有对个体生命的敬畏。莫言小说中所讲述的故事也都是在呼吁个性尊重和个性化生存方式的问题，而五四新文化运动所讲的"德谟克拉西"，本来也"是要给个性以自由发展底机会"③。因此，莫言小说创作无疑也是对五四新文学中个性解放之理想的回应。

---

① 张辉：《审美现代性批判》，北京：北京大学出版社，1999年，第130页。

② 莫言：《讲故事的人——在诺贝尔文学奖颁奖典礼上的讲演》，《当代作家评论》，2013年第1期。

③ 中国李大钊研究会编：《李大钊全集》（第4卷），北京：人民出版社，2006年，第2页。

参考文献

一、中文

（一）著作、文集类资料

[1] 莫言:《莫言文集》，北京：作家出版社，2012 年版。

[2] 莫言:《小说的气味》，沈阳：春风文艺出版社，2003 年版。

[3] 莫言:《我与加西亚·马尔克斯》，北京：华文出版社，2016 年版。

[4] 莫言:《莫言对话新录》，北京：文化艺术出版社，2009 年版。

[5] 莫言:《莫言讲演新篇》，北京：文化艺术出版社，2009 年版。

[6] 张志忠:《莫言论》，北京：北京联合出版公司，2012 年版。

[7] 叶开:《莫言评传》，郑州：河南文艺出版社，2008 年版。

[8] 贺立华等:《怪才莫言》，石家庄：花山文艺出版社，1992 年版。

[9] 张灵:《叙述的源泉——莫言小说与民间文化中的生命主体精神》，北京：中央编译出版社，2010 年版。

[10] 付艳霞:《莫言的小说世界》，北京：中国文史出版社，2011 年版。

[11] 张文颖:《来自边缘的声音：莫言与大江健三郎的文学》，北京：中国传媒大学出版社，2007 年版。

[12] 钟怡雯:《莫言小说：历史的重构》，台北：文史哲出版社，1997 年版。

[13] 王育松:《莫言小说研究》，北京：社会科学文献出版社，2016 年版。

[14] 管笑笑:《莫言小说文体研究》，北京：北京师范大学出版社，2017 年版。

[15] 楚军:《莫言作品叙事研究》，北京：科学出版社，2017 年版。

[16] 胡铁生:《全球化语境中的莫言研究》，北京：社会科学文献出版社，2017 年版。

[17] 邓晓芒:《灵魂之旅》，北京：作家出版社，2017 年版。

[18] 刘法民:《莫言文学怪诞的功能价值》，上海：上海人民出版社，2018 年版。

[19] 范晓琴:《莫言作品及研究文献目录汇编》，太原：北岳文艺出版社，2014 年版。

[20] 张清华:《莫言研究年编》，北京：生活·读书·新知三联书店，2017 年版。

[21] 山东高密莫言研究会:《莫言与高密》，北京：中国青年出版社，2011 年版。

[22] 杨扬:《莫言研究资料》，天津：天津人民出版社，2005 年版。

[23] 孔范今、施战军:《莫言研究资料》，济南：山东文艺出版社，2006 年版。

[24] 杨守森等:《莫言研究三十年》（上中下），济南：山东大学出版社，2013 年版。

[25] 张清华等:《看莫言：朋友、专家、同行眼中的莫言》，武汉：华中科技大学出版社，2013 年版。

[26] 徐怀中等:《乡亲好友说莫言》，济南：山东大学出版社，2013 年版。

[27] 宁明:《海外莫言研究》，济南：山东大学出版社，2013 年版。

[28] 李斌、程桂婷:《莫言批判》，北京：北京理工大学出版社，2013 年版。

[29] 鲁迅:《鲁迅全集》，北京：人民文学出版社，1981 年版。

[30] 周作人:《周作人散文全集》，桂林：广西师范大学出版社，2009

年版。

[31] 郁达夫:《郁达夫全集》, 杭州: 浙江大学出版社, 2007 年版。

[32] 茅盾:《茅盾文艺杂论集》, 上海: 上海文艺出版社, 1981 年版。

[33] 赵家璧:《中国新文学大系: 1917—1927》(第二集), 上海: 上海文艺出版社, 2003 年版。

[34] 袁伟时:《告别中世纪: 五四文献选粹与解读》, 广州: 广东人民出版社, 2004 年版。

[35] 李今:《个人主义与五四新文学》, 哈尔滨: 北方文艺出版社, 1992 年版。

[36] 张永泉:《个性主义的悲剧: 解读丁玲》, 北京: 中国社会科学出版社, 2005 年版。

[37] 许子东:《郁达夫新论》, 杭州: 浙江文艺出版社, 1984 年版。

[38] 叶奕乾、孔克勤:《个性心理学》, 上海: 华东师范大学出版社, 1993 年版。

[39] 丁帆:《文化批判的审美价值坐标: 中国现当代文学思潮、流派与文本分析》, 北京: 北京师范大学出版社, 2009 年版。

[40] 杨洪承:《现象与视域: 20 世纪中国文学研究纵横》, 长春: 吉林教育出版社, 2003 年版。

[41] 温儒敏、陈晓明:《现代文学"新传统"及其当代阐释》, 北京: 北京大学出版社, 2009 年版。

[42] 严家炎:《二十世纪中国小说理论资料》, 北京: 北京大学出版社, 1997 年版。

[43] 王晓明:《所罗门的瓶子》, 杭州: 浙江文艺出版社, 1989 年版。

[44] 谭桂林:《人与神的对话》, 合肥: 安徽教育出版社, 2000 年版。

[45] 钱理群:《心灵的探寻》, 北京: 北京大学出版社, 1999 年版。

[46] 李泽厚:《批判哲学的批判——康德述评》, 北京: 人民出版社, 1979 年版。

[47] 童庆炳:《维纳斯的腰带: 创作美学》, 上海: 上海文艺出版社,

参考文献

2001 年版。

[48] 朱晓进:《中国现代文学研究的视域》,北京:人民文学出版社,2008 年版。

[49] 陈平原:《中国小说叙事模式的转变》,北京:北京大学出版社,2010 年版。

[50] 罗钢:《叙事学导论》,昆明:云南人民出版社,1994 年版。

[51] 季桂起:《中国现代小说体式的现代转型与流变》,济南:山东大学出版社,2003 年版。

[52] 陈国安:《小说创作的艺术与智慧》,长沙:中南大学出版社,2004 年版。

[53] 杨义:《中国叙事学》,北京:人民出版社,1998 年版。

[54] 陈思和:《中国新文学整体观》,上海:上海文艺出版社,2001 年版。

[55] 吴义勤:《中国当代新潮小说论》,南京:江苏文艺出版社,2010 年版。

[56] 王晓明:《二十世纪中国文学史论》,上海:东方出版中心,1997 年版。

[57] 王铁仙:《中国现代文学精神》,北京:人民出版社,2008 年版。

[58] 刘再复:《文学的反思》,福州:福建教育出版社,2010 年版。

[59] 刘再复:《罪与文学》,北京:中信出版社,2011 年版。

[60] 杨春时:《中国现代文学思潮史》,南京:南京大学出版社,2011 年版。

[61] 刘小枫:《沉重的肉身》,北京:华夏出版社,2012 年版。

[62] 许纪霖、宋宏:《现代中国的核心观念》,上海:上海人民出版社,2011 年版。

[63] 汪民安:《尼采与身体》,北京:北京大学出版社,2008 年版。

[64] 汪民安、陈永国:《后身体:文化、权力和生命政治学》,长春:吉林人民出版社,2003 年版。

[65] 陈定家:《身体写作与文化症候》，北京：中国社会科学出版社，2011 年版。

[66] 张之沧等:《身体认知学》，北京：人民出版社，2014 年版。

[67] 张辉:《审美现代性批判》，北京：北京大学出版社，1999 年版。

[68] 周宪:《审美现代性批判》，北京：商务印书馆，2005 年版。

[69] 叶舒宪:《探索非理性的世界》，成都：四川人民出版社，1988 年版。

[70] 王可俭:《老子庄子文选》，海南：海南国际新闻出版中心，1997 年版。

[71] 管仲:《管子》，长春：时代文艺出版社，2008 年版。

[72] 梁漱溟:《中国文化要义》，上海：学林出版社，1987 年版。

[73] 王焱等:《自由主义与当代世界》，北京：三联书店，2000 年版。

[74] 王志民:《齐文化概论》，济南：山东人民出版社，1993 年版。

[75] 宣兆琦等:《齐文化通论》，北京：新华出版社，2000 年版。

[76] [德] 恩斯特·卡西尔:《人论》，甘阳译，上海：上海译文出版社，1985 年版。

[77] [德] 尼采:《查拉斯图拉如是说》，严溟译，北京：文化艺术出版社，1987 年版。

[78] [德] 尼采:《曙光》，田立年译，桂林：漓江出版社，2000 年版。

[79] [德] 马丁·海德格尔:《存在与时间》，陈嘉映等译，北京：三联书店，2006 年版。

[80] [美] 李欧梵:《现代性的追求》，北京：三联书店，2000 年。

[81] [美] 王德威:《想象中国的方法》，北京：三联书店，2003 年版。

[82] [美] 王德威等:《说莫言》，上海：上海书店出版社，2013 年版。

[83] [美] 孙隆基:《中国文化的深层结构》，桂林：广西师范大学出版社，2011 年版。

[84] [美] 利昂·塞米利安:《现代小说美学》，宋协力译，西安：陕西人民出版社，1987 年版。

[85] [美] 韦恩·布斯:《小说修辞学》，华明等译，南宁：广西人民出版社，1987年版。

[86] [美] 詹姆斯·米勒:《福柯的生死爱欲》，高毅译，上海：上海人民出版社，2003年版。

[87] [美] 马泰·卡林内斯库:《现代性的五副面孔》，顾爱彬等译，北京：商务印书馆，2002年版。

[88] [美] 浦安迪:《中国叙事学》，北京：北京大学出版社，1996年版。

[89] [美] 约翰·奥尼尔:《身体形态——现代社会的五种身体》，张旭春译，沈阳：春风文艺出版社，1999年版。

[90] [英] 爱·摩·福斯特:《小说面面观》，苏炳文译，广州：花城出版社，1984年版。

[91] [英] 安东尼·吉登斯:《现代与自我认同：现代晚期的自我与社会》，赵旭东译，北京：三联书店，1998年。

[92] [英] 特里·伊格尔顿:《美学意识形态》，王杰等译，桂林：广西师范大学出版社，1997年版。

[93] [英] 伊格尔顿:《文化的观念》，南京：南京大学出版社，2003年版。

[94] [法] 莫里斯·梅洛－庞蒂:《知觉现象学》，姜志辉译，北京：商务印书馆，2001年版。

[95] [法] 米歇尔·福柯:《疯癫与文明》，刘北成等译，北京：三联书店，1999年版。

[96] [法] 拉康·雅克:《拉康选集》，北京：三联书店，2001年版。

[97] [法] 热拉尔·热奈特:《叙事话语　新叙事话语》，王文融译，北京：中国社会科学出版社，1990年版。

[98] [法] 吉尔·德勒兹:《尼采与哲学》，周颖等译，北京：社会科学文献出版社，2001年版。

[99] [日] 伊藤虎丸:《鲁迅与日本人——亚洲的近代与"个"的思想》，李冬木译，石家庄：河北教育出版社，2001年版。

[100] [苏联] 巴赫金:《巴赫金全集》，晓河等译，石家庄：河北教育出版社，1998 年版。

[101] [奥] 弗洛伊德:《弗洛伊德文集》，车文博编：长春：长春出版社，2001 年版。

[102] [奥] 阿德勒:《挑战自卑》，李德明译，北京：华龄出版社，2002 年版。

[103] [捷] 雅罗斯拉夫·普实克:《普实克中国现代文学论文集》，李燕乔等译，长沙：湖南文艺出版社，1987 年版。

[104] [意] 维柯:《新科学》，朱光潜译，合肥：安徽教育出版社，2006 年版。

[105] [日] 吉田富夫:《莫言神髓》，上海：上海文艺出版社，2015 年版。

（二）访谈、论文类资料

[1] 莫言:《莫言谈文学与赎罪》，《东方早报》，2009 年 12 月 27 日。

[2] 莫言:《我平时是孙子　写作时色胆包天》，《钱江晚报》，2012 年 10 月 12 日。

[3] 张英:《莫言：姑姑的故事现在可以写了》，《南方周末》，2010 年 2 月 21 日。

[4] 刘慧:《总在和自己决裂的人——莫言谈人生与创作》，《文学报》，2012 年 10 月 18 日。

[5] [日] 阿刀田高、莫言:《小说为何而存在》，《文学报》，2012 年 8 月 30 日。

[6] 莫言:《作家和他的创造》，《文史哲》，2003 年第 2 期。

[7] 莫言:《作家的魅力在于张扬小说的艺术性》，《探索与争鸣》，2006 年第 8 期。

[8] 莫言:《讲故事的人——在诺贝尔文学奖颁奖典礼上的讲演》，《当代作家评论》，2013 年第 1 期。

[9] 莫言:《传承与创新——在第十三届亚洲艺术节和第二届亚洲文化论坛的演讲》，《文艺研究》，2013 年第 12 期。

[10] 支克坚:《一个被简单化了的主题——关于鲁迅小说及新文学革命现实主义发展中的个性主义问题》,《中国现代文学研究丛刊》,1981年第1期。

[11] 王铁仙:《鲁迅与中国近代的个性主义》,《学术月刊》,1993年第7期。

[12] 王铁仙:《周作人的人性观和个性主义思想的嬗变》,《华东师范大学学报》,1994年第3期。

[13] 王铁仙:《中国文学中的个性主义潮流——从晚明到五四》,《文艺理论研究》,2001年第3期。

[14] 朱寿桐:《创造社与新文学中的个性主义》,《中国现代文学研究丛刊》,1988年第1期。

[15] 邓国伟:《关于五四个性主义文学及其走向问题的思考》,《中国现代文学研究丛刊》,1989年第1期。

[16] 胡焕龙、王达敏:《中国现代文学个性解放与反叛传统的形成》,《文艺研究》,2013年1期。

[17] 顾红亮:《消极个性与积极个性——分析五四主流思想家个性观的一个新视角》,《华东师范大学学报》,2004年第6期。

[18] 王国建:《晚明个性解放思潮与小说人物性格》,《文学评论》,2003年第6期。

[19] 王锐生:《人的个性》,《北京大学学报》,1990年第3期。

[20] 张福贵、刘中树:《晚明文学与五四文学的时差与异质》,《中国社会科学》,1996年第6期。

[21] 朱德发、张光芒:《五四文学文体新论》,《中国社会科学》,1999年第5期。

[22] 郜元宝:《从舍身到身受——略谈鲁迅著作的身体语言》,《鲁迅研究月刊》,2004年第4期。

[23] 杨经建:《五四文学与存在主义》,《厦门大学学报》,2009年第3期。

[24] 郑崇选:《重建个性化写作中的文学精神——关于〈中国现代文学

精神〉的当下意义》，《探索与争鸣》，2009 年第 12 期。

[25] 雷达:《历史的灵魂与灵魂的历史——论红高粱系列小说的艺术独创性》，《昆仑》，1987 年第 1 期。

[26] 谢有顺:《当死亡比活着更困难——〈檀香刑〉的人性分析》，《当代作家评论》，2001 年第 5 期。

[27] 张清华:《叙述的极限——论莫言》，《当代作家评论》，2003 年第 2 期。

[28] 孙郁:《莫言:与鲁迅相逢的歌者》，《当代作家评论》，2006 年第 6 期。

[29] 孙郁:《莫言:一个时代的文学突围》，《当代作家评论》，2013 年第 1 期。

[30] 宋剑华:《知识分子的民间想象——论莫言〈红高粱家族〉故事叙事的文本意义》，《广东社会科学》，2009 年第 2 期。

[31] 张闳:《文学的神坛与祭坛》，《中国图书评论》，2012 年第 11 期。

[32] 朱德发:《"力比多"释放的悲歌和欢歌——细读莫言〈丰乳肥臀〉有所思》，《中国现代文学研究丛刊》，2013 年第 4 期。

[33] 温儒敏、叶诚生:《"写在历史边上"的故事——莫言小说的现代质》，《东岳论丛》，2012 年第 12 期。

[34] 温儒敏:《〈蛙〉的超越与缺失》，《百家评论》，2013 年第 3 期。

[35] 洪治刚:《莫言是一个奇特的存在》，《百家评论》，2012 年第 1 期。

[36] 黄万华:《自由的诉说:莫言叙事的天籁之声——莫言新世纪 10 年的小说》，《东岳论丛》，2012 年第 10 期。

[37] 黄发有:《莫言的启示》，《东岳论丛》，2012 年第 12 期。

[38] 吴福辉:《莫言的"'铸剑'笔意"》，《中国现代文学研究丛刊》，2013 年第 4 期。

[39] 吴俊:《歧义的莫言的暧昧》，《文艺理论研究》，2013 年第 8 期。

[40] 王琼:《身体—主体间性:莫言小说的哲学视界》，《西北大学学报》，2013 年第 4 期。

[41] 曹霞:《如何"传统",怎样"民间"——论批评家对莫言写作资源的发现与命名》,《中国现代文学研究丛刊》,2014 年第 6 期。

[42] 吴义勤、王金胜:《"吃人"叙事的历史变形记——从〈狂人日记〉到〈酒国〉》,《文艺研究》,2014 年第 4 期。

[43] 李徽昭、李继凯:《论鲁迅与莫言小说中的女性命运》,《中国现代文学研究丛刊》,2014 年第 9 期。

[44] 易丽华:《启蒙略辨·双重主题·叙述策略——我读〈红高粱〉》,《文艺争鸣》,2014 年第 5 期。

[45] 庄森:《胡适·鲁迅·莫言:自由思想与新文学叙事传统》,《当代作家评论》,2014 年第 6 期。

[46] 季红真:《莫言小说与中国叙事传统》,《文学评论》,2014 年第 2 期。

[47] 王学谦:《莫言与鲁迅的家族性相似》,《吉林大学社会科学学报》,2014 年第 3 期。

[48] 王学谦:《魔性叙事及其自由精神——再论莫言与鲁迅的家族性相似》,《文艺争鸣》,2016 年第 4 期。

[49] 吴炫:《构建当代中国个体观的原创性路径》,《学术月刊》,2012 年第 10 期。

[50] 刘再复:《论文学的主体性》,《文学评论》,1985 年第 6 期。

[51] 刘再复:《莫言的震撼与启迪——从李欧梵的〈人文六讲〉谈起》,《读书》,2013 年第 5 期。

[52] 陈燕谷、靳大成:《刘再复现象批判——兼论当代中国文化思潮中的浮士德精神》,《文学评论》,1988 年第 2 期。

[53] 栾梅健:《从"启蒙"到"作为老百姓写作"——莫言对鲁迅文学传统的继承与创新》,《南京社会科学》,2015 年第 1 期。

[54] 张志忠:《莫言与〈铸剑〉:说不完的情缘》,《文艺争鸣》,2016 年第 11 期。

[55] 张志忠:《〈我们的荆轲〉:向〈铸剑〉致敬——莫言与鲁迅的传承关系谈片》,《南方文坛》,2017 年第 1 期。

[56] 张清华:《莫言与新文学的整体观》,《文学评论》,2017 年第 1 期。

[57] 王汝蕙、张福贵:《莫言小说获奖后在美国的译介与传播》,《文艺争鸣》,2018 年第 1 期。

[58] [日] 藤井省三:《鲁迅与莫言的归乡故事系谱——以托尔斯泰〈安娜·卡列尼娜〉为辅助线》(上、下),林敏洁译,《扬子江评论》,2014 年第 5、6 期。

[59] [日] 李冬木:《从鲁迅到莫言——中国现代文学在日本》,《东岳论丛》,2014 年第 12 期。

[60] [巴基斯坦] 穆罕默德·卡西姆·布丘:《全球化语境下文学创作的个性》,《南方文坛》,2018 年第 2 期。

二、外文

[1] Zhong, Xueping. ZaZhong Gaoliang and the Male Search for Masculinity. In Masculinity Besieged? [C] // *Issues of Modernity and Male Subjectivity in Chinese Literature of the Late Twentieth Century*.Durham: Duke UP, 2000.

[2] Howard Goldblatt. Forbidden Food: The Saturnicon of MoYan [J].*World Literature Today*, (74)3, 2000.

[3] Shelly W. Chan. Continuity and Discontinuity: The Fictional World of Mo Yan [D]. Ph. D dissertation, University of Colorado, 2003.

[4] Chan, Shelly W. From Fatherland to Motherland: On Mo Yan's *Red Sorghu* and *Big Breasts and Full Hips*.*World Literature Today*, 2000,(74,3).

后 记

刘再复曾用"鲸鱼精神"形容莫言创作海纳百川的特点，哈佛大学教授王德威指出莫言小说给人以"千言万语，何若莫言"之感，张清华认为研究莫言小说有"徒劳的危险"，都说明了莫言小说的庞杂和研究的难度。想深入把握和分析莫言小说创作特点，对我来说是一个不小的难题。之所以以此为题，是因为当年在确定毕业论文选题期间，恰逢莫言获诺贝尔文学奖，我当时只是想了解其中的一些创作奥秘，就选择了这一选题，并且得到了导师的支持。

本书是在我的博士论文的基础上修改而成的。在书稿即将出版之际，首先感谢我的导师杨洪承教授。当年从选题的拟定、结构的安排，到最后的撰写与修改，杨老师都进行了精心指导，提出了许多宝贵意见。杨老师不但学识渊博、治学严谨，而且为人宽厚、待人和善。先生在为学为人方面的言传身教将成为我终生的财富！自入杨老师门下，先生和师母田老师都非常关心我的学业和生活状况，这让我一直非常感激。

感谢何言宏教授的支持，感谢朱晓进教授、谭桂林教授、高永年教授和何平教授的指导，感谢我的硕士导师涂鸿教授的鼓励，也感谢杨四平、付用现和傅元峰等同学的关心和帮助。

当年，年逾不惑的我从北方小城到江南古都求学，而今到了知天命的我方始出书，不知是值得高兴，还是应该感到汗颜？我对书籍出版始终怀有一种敬畏。虽然以前也跟随老师和同事参编过几部教材，但从没想过自己单独出书。以前看到同事朋友们出书，只是心存羡慕，今日才深刻体会

后

记

287

到其中的甘苦。

　　另外，拙著的探讨仅限于文学创作文学关系研究，不对莫言个人进行评价。书稿在写作和修改过程中参阅了许多学者的研究成果，文中都做了标注，在此一并表示感谢。如有不妥或遗漏之处，恳请谅解。

彭秀坤

2020 年 11 月 19 日